Dark Romance

PENELOPE DOUGLAS

Dark Romance

roman

Traduit de l'anglais (États-Unis) par
LAURIANE CRETTENAND

Titre original : CORRUPT

HARPERCOLLINS FRANCE

83-85, boulevard Vincent-Auriol, 75646 PARIS CEDEX 13.
Service Lectrices — Tél. : 01 45 82 47 47

www.harlequin.fr

ISBN 978-2-2803-8964-8

« Tu es mon créateur, mais je suis ton maître. »

Mary SHELLEY, *Frankenstein*

Pour Z. King

1

Erika

Il ne serait pas là.

Pourquoi viendrait-il à la fête d'adieu de son frère, puisqu'ils ne se supportaient pas ?

Donc… il ne serait pas là.

Retroussant les manches de mon pull léger, j'ai passé la porte et traversé l'entrée à toute allure pour me précipiter dans l'escalier.

Du coin de l'œil, j'ai aperçu Edward, le majordome des Crist, qui arrivait vers moi. Je ne me suis pas arrêtée.

— Mademoiselle Fane ! Vous êtes très en retard.

— Oui, je sais.

— Mme Crist vous a cherchée partout.

Je me suis tournée pour le regarder par-dessus la rambarde, feignant l'étonnement.

— *Elle* m'a cherchée ? Vraiment ?

Il a pincé les lèvres dans une moue contrariée.

— Eh bien, elle m'a envoyé vous chercher.

Avec un sourire triomphant, je me suis penchée par-dessus la balustrade pour lui planter un baiser sur le front.

— Eh bien, je suis là, maintenant. Vous pouvez retourner à vos obligations.

J'ai gravi l'escalier d'un pas leste. De la musique me parvenait depuis la terrasse. La fête avait déjà commencé.

Je doutais fort que Delia Crist, meilleure amie de ma mère et matriarche de Thunder Bay, notre petite communauté de la côte Est, ait perdu son temps précieux à me chercher.

— Votre robe est sur votre lit ! m'a lancé Edward alors que je disparaissais à l'étage.

J'ai poussé un soupir exagéré, marmonné un « merci » bougon, et poursuivi ma course dans le couloir.

Je n'avais pas besoin d'une nouvelle robe. J'en avais déjà plusieurs — portées une seule fois pour la plupart — et, à dix-neuf ans, j'étais parfaitement capable de choisir mes vêtements. *Il* ne serait pas là pour me voir dedans, de toute façon, et même s'il venait il ne m'accorderait pas un seul regard.

Cela dit, Mme Crist avait pensé à moi, et c'était gentil de sa part de s'assurer que j'avais une tenue à me mettre.

J'ai touché le bas de mon short en jean pour voir à quel point je m'étais mouillée à la plage. Une douche avant de me changer, peut-être ?

Non, j'étais déjà en retard. Tant pis.

Une robe de cocktail blanche m'attendait sur le lit de ma chambre — celle que les Crist m'avaient attribuée pour toutes les fois où je passais la nuit chez eux. Sans perdre une seconde, j'ai commencé à me déshabiller.

Bon, les fines bretelles n'étaient d'absolument aucune efficacité pour maintenir ma poitrine, mais la robe m'allait parfaitement. Elle moulait mon corps et faisait ressortir mon bronzage. Mme Crist avait très bon goût, et c'était une bonne chose qu'elle m'ait acheté cette tenue, après tout. Préparer mon départ pour la fac avait accaparé mon esprit et mon temps, et je ne m'étais pas souciée de ce que j'allais porter ce soir.

Je me suis ruée dans la salle de bains pour me rincer les mollets et les pieds, puis j'ai rapidement brossé mes longs cheveux blonds et appliqué un peu de gloss sur mes lèvres. J'ai attrapé d'une main les chaussures beiges à lanières que Mme Crist avait laissées à côté de la robe, et je me suis précipitée dans le couloir.

Plus que douze heures.

Mon cœur s'est mis à battre de plus en plus fort au fur et à mesure que j'avançais dans la maison pour rejoindre la terrasse. Demain, à la même heure, je serais complètement seule — sans maman, sans les Crist, sans souvenirs…

Et, surtout, je cesserais de passer mon temps à me demander si je le verrais, à l'espérer tout autant qu'à le craindre. A être à la fois euphorique et au bord de l'agonie en sa présence. *Oui.* Je pourrais écarter les bras le plus largement possible et tourner sur moi-même des centaines de fois, sans toucher une seule personne de ma connaissance.

A cette pensée, une brusque chaleur a envahi ma poitrine, sans que je sache si c'était de la peur ou de l'excitation. Quoi qu'il en soit, j'étais prête.

Prête à tout laisser derrière moi. Du moins pour un petit moment.

J'ai contourné les cuisines — une pour l'usage quotidien, l'autre réservée aux traiteurs — au pas de course et continué mon chemin vers le jardin d'hiver. Dès que j'ai ouvert les doubles portes donnant sur la grande verrière, une vague d'humidité lourde m'a sauté au visage.

Je me suis avancée sans bruit sous la verrière, au milieu des arbres, avec, pour seule clarté, celle de la lune. J'ai inhalé le doux parfum des palmiers, des orchidées, des lys, des violettes et des hibiscus. Des odeurs qui me rappellent invariablement le dressing de ma mère, le parfum de tous ces manteaux et foulards mêlés en un même lieu.

Avant de passer les portes menant à la terrasse, je me suis arrêtée pour enfiler mes chaussures à talons, tout en regardant la foule au-dehors.

Douze heures.

Je me suis redressée, prête à les affronter une dernière fois, et j'ai ramené mes cheveux par-dessus mon épaule afin de couvrir le côté gauche de mon cou. Trevor serait là, contrairement à son frère, et il n'aimait pas voir ma cicatrice.

— Mademoiselle ?

Un serveur me présentait un plateau.

J'ai souri, et pris le verre de Tom Collins qu'il m'offrait.

— Merci.

C'était le cocktail préféré des Crist. Impossible d'imaginer une de leurs célèbres fêtes sans lui.

Le serveur a disparu au milieu des invités et j'ai laissé mon regard vagabonder autour de moi.

Une douce brise, encore empreinte de la chaleur de cette belle journée d'été, agitait doucement les feuillages. Les invités riaient et discutaient, les femmes dans leurs robes de cocktail siglées, les hommes dans leurs costumes décontractés.

Tous si parfaits. Si propres.

Les lumières dans les arbres. Les serveurs dans leurs gilets blancs. L'eau bleue cristalline de la piscine sur laquelle flottaient une multitude de bougies. Les bagues et les colliers des dames scintillant sous la lumière.

Tout était si impeccable…

Et pourtant, en observant tous ces gens avec lesquels j'avais grandi, leurs vêtements de créateurs, tous ces signes d'aisance financière, je ne voyais que cette couche de peinture qu'on applique sur le bois pour dissimuler son pourrissement. Mauvaises actions et mauvaise graine, qu'importe que la maison se délite du moment qu'elle est jolie, n'est-ce pas ?

Le fumet raffiné des plats flottait dans l'air, accompagné de la douce musique d'un quatuor à cordes, et je me suis demandé un instant si je devais aller trouver Mme Crist pour lui dire que j'étais arrivée, ou Trevor, puisque la soirée avait lieu en son honneur, après tout.

Au lieu de ça, j'ai serré les doigts plus fort autour de mon verre, toutes mes forces concentrées sur un seul but : ne pas faire — surtout pas — la seule chose que j'avais réellement envie de faire. Celle que j'avais toujours envie de faire.

Le chercher, *lui*.

Ce qui serait stupide, puisqu'il ne serait pas là.

Probablement pas là.

Ou peut-être que si ?

Mon cœur s'est mis à cogner dans ma poitrine, et j'ai senti une vive chaleur envahir mon cou et mon décolleté. Malgré moi, mes yeux ont commencé à errer dans la foule, sur les visages…

Michael.

Cela faisait des mois que je ne l'avais pas vu, mais je le sentais partout autour de moi, surtout à Thunder Bay. Il était là, sur les photos que sa mère avait partout dans la maison, dans son odeur qui voletait jusqu'au couloir depuis son ancienne chambre…

Et s'il était là, en fin de compte ?

— Rika…

J'ai cligné les yeux pour effacer l'image de Michael et tourné la tête vers la gauche, d'où venait la voix de Trevor.

Il est sorti de la foule, ses cheveux blonds fraîchement coupés, le pas déterminé, de l'impatience au fond de ses yeux bleu foncé.

— Salut, bébé. Je commençais à me dire que tu n'allais pas venir.

J'ai hésité. Puis je me suis forcée à lui sourire alors qu'il montait les marches pour me rejoindre.

Douze heures.

Il a glissé la main sur le côté droit de mon cou — jamais le gauche — et passé le pouce sur ma joue, son corps tout près du mien.

J'ai détourné la tête, mal à l'aise.

— Trevor…

— Je ne sais pas ce que j'aurais fait, si tu n'étais pas venue ce soir. J'aurais probablement jeté des cailloux contre ta vitre, je t'aurais joué la sérénade, je t'aurais peut-être apporté des fleurs, des bonbons, une nouvelle voiture…

— J'ai déjà une nouvelle voiture.

— Je voulais dire une *vraie* voiture.

Il y avait un sourire dans sa voix. Enfin.

Je me suis dégagée doucement, mais j'étais contente. Au moins, il plaisantait de nouveau avec moi, même si c'était pour critiquer ma Tesla flambant neuve. Une *fausse* voiture, donc, puisque électrique. Mais je pouvais supporter cette critique si c'était le signe qu'il se décidait enfin à cesser de me reprocher tout le reste.

Nous étions amis depuis la naissance. Nous étions allés à l'école ensemble toute notre vie, et nos parents nous avaient toujours poussés l'un vers l'autre, comme si une histoire entre nous était inévitable. Au point que, l'année dernière, j'avais fini par céder.

Nous étions sortis ensemble pendant presque toute notre première année universitaire. J'avais postulé à Brown et Trevor avait suivi. Notre relation avait pris fin en mai.

Plus exactement, j'y avais mis fin en mai. Et j'en portais la seule responsabilité.

C'était ma faute si je ne l'aimais pas. Ma faute si je ne voulais pas lui accorder plus de temps. Ma faute si j'avais décidé de changer d'université pour aller dans une ville où je savais qu'il ne me suivrait pas.

Ma faute encore si j'avais besoin d'air.

Toujours ma faute si je bouleversais nos familles.

J'ai forcé mes muscles à se détendre.

Douze heures.

Trevor m'a souri, et entraînée dans le jardin d'hiver. Dès qu'on a été à l'abri des regards, il m'a plaquée contre lui. Les mains sur mes hanches, il s'est penché pour me murmurer à l'oreille :

— Tu es sublime.

Je me suis écartée doucement.

— Tu n'es pas mal non plus.

Avec ses cheveux blond-roux, sa mâchoire bien dessinée, et ce sourire qui mettrait presque n'importe qui à sa merci, il ressemblait à son père. Il s'habillait comme lui. Il était d'ailleurs très élégant dans son costume bleu nuit, avec sa chemise blanche et sa cravate légèrement argentée. Si immaculé. Si parfait. Il faisait tout comme il fallait.

Il m'a dévisagée, les yeux plissés par la concentration.

— Je ne veux pas que tu ailles à Meridian City. Tu n'auras personne là-bas, Rika ! Au moins, à Brown, j'étais avec toi, et Noah, à Boston, à moins d'une heure de route. Tu avais des amis tout près.

Oui. Tout près.

Raison pour laquelle je voulais déménager. Je n'avais jamais quitté la sécurité rassurante de l'univers dans lequel j'avais grandi. Il y avait toujours eu quelqu'un, mes parents, Trevor, ou Noah, mon meilleur ami, pour me relever quand je tombais. Même lorsque j'avais choisi une université à des centaines de kilomètres de chez moi, renonçant au confort d'avoir ma mère et les Crist à proximité, Trevor m'avait suivie. Sans compter la plupart de mes amis du lycée, qui étudiaient dans des universités toutes proches. C'était comme si rien n'avait changé.

Je voulais me mettre un peu en danger. Prendre la pluie.

Sentir mon cœur palpiter. Savoir ce que ça faisait de n'avoir personne à qui se raccrocher.

J'avais essayé de l'expliquer à Trevor mais, chaque fois que j'ouvrais la bouche, j'étais incapable de trouver les mots justes. Formulées à voix haute, mes raisons semblaient égoïstes, mais au fond de moi…

J'avais besoin de savoir de quoi j'étais faite. Besoin de savoir si je pouvais tenir debout sans la sécurité que m'offrait ma famille, sans le soutien de mon entourage, sans la présence constante de Trevor. Dans une nouvelle ville, les gens ne connaîtraient pas ma famille… Feraient-ils attention à moi ? M'apprécieraient-ils ?

Je n'étais pas heureuse à Brown, ni avec Trevor. Même si la décision de déménager était difficile et blessait mes proches, c'était ce que je voulais.

« Affirme-toi, Rika ! »

Mon cœur s'est emballé au souvenir de l'intonation de Michael, lorsqu'il m'avait lancé ces mots, trois ans auparavant. Il avait raison. C'était ce dont j'avais besoin. Et maintenant j'étais impatiente.

Encore douze heures…

— Enfin bon, tu ne seras pas totalement seule, n'est-ce pas ? a ajouté Trevor d'un ton accusateur. Michael joue pour les Storm, il sera près de toi.

J'ai baissé les yeux et pris une profonde inspiration.

— Avec plus de deux millions d'habitants dans la ville, je doute de le croiser souvent.

— Sauf si tu le cherches.

J'ai posé mon verre et croisé les bras, soutenant son regard. Hors de question de le laisser m'entraîner dans cette conversation !

Michael était son frère. Un peu plus âgé que lui, un peu plus grand, beaucoup plus intimidant. Ils n'avaient presque rien en commun, et se détestaient. D'aussi loin que je me souvienne, Trevor avait toujours été jaloux de lui.

Tout juste diplômé de l'université de Westgate, Michael avait été recruté par la NBA. Il jouait pour les Storm de Meridian City, une des meilleures équipes de la ligue, alors oui, j'aurais une connaissance dans ma nouvelle ville.

Non que j'en attende beaucoup. Michael me regardait à peine, et il s'adressait à moi comme il aurait parlé à un chien. Je ne comptais pas me mettre sur sa route.

J'avais compris la leçon, la dernière fois que nos chemins s'étaient croisés !

Mon déménagement à Meridian City n'avait rien à voir avec lui. Ça me rapprochait de la maison, et me permettait de rendre visite à ma mère plus souvent. C'était aussi le seul endroit où Trevor n'irait pas. Il détestait les grandes villes, et abhorrait son frère bien plus encore.

— Je suis désolé, a dit Trevor plus gentiment.

Il m'a attirée à lui, posant de nouveau sa main dans mon cou.

— C'est juste que je t'aime, et je déteste toute cette histoire. Nous sommes faits l'un pour l'autre, Rika. Toi et moi. Nous.

Nous ? Non !

Il ne faisait pas battre mon cœur comme si j'étais sur un grand huit. Il n'habitait pas mes rêves, n'était pas la première personne à laquelle je pensais quand je me réveillais.

Il ne me hantait pas.

J'ai passé mes cheveux derrière mon oreille, et vu son regard se poser sur mon cou. Il a aussitôt détourné les yeux. Ma cicatrice me rend imparfaite, j'imagine.

— Allez, a-t-il insisté, son front pressé contre le mien, une main sur ma taille. Je suis gentil avec toi, non ? Et j'ai toujours été là pour toi.

— Trevor, ai-je protesté.

J'ai essayé de me soustraire à son étreinte, mais il a posé

sa bouche sur la mienne, enroulé les bras autour de ma taille. Son parfum m'a aussitôt brûlé les narines.

J'ai appuyé de toutes mes forces mes poings contre son torse pour le repousser et arracher ma bouche de la sienne.

— Trevor, arrête !

— Je te donne tout ce dont tu as besoin, a-t-il rétorqué avec colère, me plaquant plus fort contre lui et enfouissant le visage dans mon cou. Tu sais qu'on finira ensemble.

— Trevor !

Je l'ai repoussé de toutes mes forces et il a enfin laissé retomber les mains le long de son corps et reculé d'un pas, titubant.

Je me suis aussitôt écartée, les mains tremblantes.

— Rika…

Il a tendu les bras vers moi, mais je me suis redressée de toute ma taille et j'ai fait un autre pas en arrière.

— D'accord ! a-t-il craché. Va à ta fac, vas-y ! Fais-toi de nouveaux amis, laisse tout derrière toi si tu veux, mais tes démons vont te poursuivre. Tu ne pourras pas leur échapper.

Il s'est passé la main dans les cheveux en me lançant un regard noir, puis a réajusté sa cravate avant de me contourner pour sortir.

Je l'ai suivi du regard, sentant la colère monter en moi. Qu'est-ce qu'il voulait dire, avec son histoire de démons ? Je ne fuyais rien. Je voulais seulement être libre.

Après ce qui venait de se produire, je me sentais incapable de retourner affronter la foule. Ça m'embêtait de décevoir Mme Crist en quittant la soirée en douce, mais je n'avais plus aucune envie de passer mes dernières heures ici. Je voulais être avec maman.

J'ai tourné le dos à la fête, prête à retraverser la maison dans l'autre sens, et je me suis figée.

Mon cœur a bondi dans ma poitrine et l'air a commencé à me manquer.

Merde.

Michael était assis dans l'un des confortables fauteuils de jardin, tout au fond du jardin d'hiver, les yeux rivés sur moi, dangereusement calme.

Michael. Celui des frères Crist qui n'était pas gentil. Celui qui n'était pas bon pour moi.

Ma gorge s'est serrée. J'ai voulu déglutir. Impossible. Quitter la pièce, mais j'étais incapable de bouger. Je me suis contentée de le fixer, paralysée. Etait-il déjà là quand j'étais arrivée ? Avait-il été là tout ce temps ?

Il était presque enveloppé par l'obscurité et l'ombre des arbres. D'une main, il pressait un ballon de basket contre sa cuisse ; de l'autre, posée sur l'accoudoir, il tenait une bouteille de bière.

Mon cœur s'est mis à battre si fort que c'en était douloureux.

Il a porté la bouteille à ses lèvres sans me quitter du regard, et j'ai baissé les yeux un dixième de seconde, morte de honte.

Il avait vu toute la scène avec Trevor. *Merde !*

Je me suis forcée à relever la tête, à l'affronter. Ses cheveux châtains étaient si parfaitement coiffés qu'il aurait pu faire la couverture d'un magazine, et ses yeux noisette étaient toujours posés sur moi. A la faveur de la pénombre, ils semblaient plus foncés qu'ils ne l'étaient en réalité et ils me transperçaient. Ses lèvres pleines n'esquissaient pas le moindre sourire, et sa carrure impressionnante dévorait presque le fauteuil.

Il était terrifiant.

Il portait un pantalon noir, une veste de costume noire et une chemise blanche dont le col était ouvert. Pas de cravate. Comme d'habitude, il faisait ce qu'il voulait.

Voilà à quoi ressemblait Michael Crist. Et c'était à peu près tout ce qu'on pouvait dire de lui. On ne pouvait se fier qu'à son apparence. Sa façade. Je crois que ses parents eux-mêmes ne savaient pas ce qui se passait dans sa tête.

Il s'est levé, a laissé tomber le ballon de basket dans le fauteuil, et il a marché vers moi.

Plus il s'approchait, plus je me sentais petite en regard de son mètre quatre-vingt-quinze. Mon cœur s'est mis à battre à tout rompre, tandis que je rassemblais en moi le courage de l'affronter.

Mais il ne s'est pas arrêté.

J'ai senti le léger parfum de son gel douche lorsqu'il est passé à côté de moi — et je l'ai suivi du regard, la poitrine serrée et des larmes dans les yeux, lorsqu'il a franchi les portes menant à la terrasse sans un mot.

Une nuit, il m'avait remarquée. Oui, une nuit, trois ans plus tôt, il avait vu quelque chose en moi et aimé ce qu'il voyait. Mais pile quand le feu commençait à s'embraser, prêt à nous embarquer dans un tourbillon de flammes, il s'était brusquement éteint.

A ce souvenir, j'ai senti une douleur coutumière se réveiller dans ma poitrine. Rongée par la colère et la frustration, j'ai traversé la maison comme une flèche et je me suis précipitée vers ma voiture.

A part lors de cette fameuse nuit, Michael m'avait toujours ignorée et, quand il lui arrivait de me parler, c'était d'un ton sec.

J'ai ravalé la boule qui m'obstruait la gorge et je me suis glissée au volant. J'espérais ne pas le voir à Meridian City. J'espérais que nos chemins ne se croiseraient jamais, que jamais je n'aurais à entendre parler de lui.

Savait-il même que j'emménageais là-bas ? Aucune importance, cela dit : même quand on habitait quasiment la même maison, on vivait sur deux planètes différentes.

J'ai démarré et *37 Stitches* de Drowning Pool a résonné dans les haut-parleurs. J'ai accéléré dans la longue allée, franchi les grilles et lancé ma Tesla sur la route à toute vitesse. Ma maison n'était qu'à quelques minutes.

Je me suis efforcée de respirer profondément.

Douze heures. Ensuite, je laisserais tout derrière moi.

Les hauts murs de la propriété des Crist ont disparu, laissant place aux arbres qui bordaient la route. Moins d'une minute plus tard, les réverbères de mon domicile sont apparus, éclairant la nuit. J'ai tourné à gauche et passé le haut portail. Les lampes extérieures baignaient d'une douce lueur l'allée circulaire et sa grande fontaine de marbre au centre.

Après avoir garé ma voiture, j'ai couru jusqu'à la porte d'entrée. Je n'avais qu'une envie : m'enrouler dans ma couette jusqu'au lendemain matin.

Une lueur dansante a attiré mon attention et j'ai levé les yeux vers la façade. Une bougie brûlait à la fenêtre de ma chambre.

Une bougie ?

Je n'étais pas rentrée de toute la journée. Et je n'avais rien laissé brûler à ma fenêtre en partant, c'était certain. Elle était couleur ivoire, enserrée dans un bougeoir en verre.

J'ai déverrouillé la porte d'entrée et je me suis glissée dans le hall.

— Maman ?

Elle m'avait envoyé un SMS pour me dire qu'elle allait se coucher, mais il n'était pas inhabituel qu'elle ait du mal à dormir. Peut-être était-elle encore debout.

L'odeur familière des lilas m'a chatouillé le nez. Maman gardait toujours des fleurs fraîches dans la maison. Dans la pénombre, le marbre blanc du grand hall paraissait presque gris.

Je me suis penchée contre la rampe de l'escalier. Au-dessus de moi, les trois étages étaient plongés dans un silence inquiétant.

— Maman ?

Contournant la balustrade blanche, je suis montée au deuxième étage, jusqu'à la chambre de ma mère, le bruit de mes pas étouffé par les tapis bleu et ivoire.

J'ai ouvert la porte avec douceur. La pièce était presque totalement plongée dans l'obscurité, hormis la lumière de la salle de bains que maman laissait toujours allumée. Je me suis approchée de son lit. Elle était tournée vers la fenêtre, ses cheveux blonds étalés sur son oreiller. J'ai tendu la main pour les écarter délicatement de son visage.

Le léger mouvement de son corps indiquait qu'elle dormait. J'ai jeté un coup d'œil sur sa table de nuit recouverte d'une demi-douzaine de flacons de pilules.

Combien en avait-elle pris ?

Médecins, cure de désintox à domicile, thérapie... Depuis la mort de mon père, rien de tout cela n'avait fonctionné. Ma mère voulait seulement se noyer dans le chagrin et la dépression.

Heureusement, les Crist nous étaient d'une grande aide. M. Crist était le curateur des biens de mon père ; il s'occupait de tout jusqu'à ce que je sois diplômée de l'université. Mme Crist endossait le rôle d'une seconde mère, au point que j'avais ma propre chambre chez eux.

Je leur étais immensément reconnaissante pour leur aide et leurs soins au fil des ans mais, à présent, j'étais prête à reprendre la main. A être seule maîtresse de mon avenir.

J'ai quitté la pièce et refermé la porte sans bruit, avant de me diriger vers ma propre chambre, deux portes plus loin.

La bougie était là. Près de la fenêtre.

Le cœur battant, j'ai parcouru la pièce des yeux. Personne.

C'était donc ma mère qui l'avait allumée ? Qui d'autre ? Notre gouvernante était de repos.

Je me suis avancée doucement : il y avait une petite caisse en bois à côté de la bougie.

Un cadeau de Trevor ?

Un vague malaise m'a envahie.

De ma mère, peut-être, ou de Mme Crist...

J'ai retiré le couvercle. La boîte était remplie de paille que j'ai écartée jusqu'à voir apparaître un éclat de métal gris ardoise orné de gravures.

Stupéfaite, j'ai plongé la main dans la boîte : je savais ce que j'allais y trouver et je n'en revenais pas. J'ai enroulé les doigts autour du manche et souri.

— Ouah…

C'était une lourde dague en acier damassé, dotée d'une poignée noire avec une garde en bronze.

Comment était-ce possible ? J'ai soulevé la lame pour examiner ses lignes et ses gravures.

D'où sortait-elle ?

J'aimais les dagues et les épées depuis que j'avais commencé l'escrime, à huit ans. Mon père assurait que la panoplie du gentleman accompli — échecs, escrime et danse — n'était pas seulement intemporelle mais nécessaire. Les échecs m'apprendraient la stratégie, l'escrime m'enseignerait la nature humaine et l'instinct de survie, la danse me familiariserait avec mon corps. Toutes choses indispensables pour devenir une personne équilibrée.

J'ai souri au souvenir de la première fois que mon père m'avait mis un fleuret dans la main. Mais il s'agissait là d'une arme d'une tout autre catégorie. C'était la plus belle chose que j'avais jamais vue. En pensant à mon père, j'ai instinctivement levé la main pour passer un doigt sur ma cicatrice.

J'ai reporté mon attention sur la boîte. Qui l'avait laissée là ? Au fond, j'ai trouvé un morceau de papier avec ces mots à l'encre noire :

Prenez garde à la colère d'un homme patient.

Qu'est-ce que ça voulait dire ?

J'ai regardé par la fenêtre et aussitôt cessé de respirer. La lame et la note ont glissé de mes mains, tandis que mon cœur martelait ma poitrine.

Trois hommes se tenaient devant chez moi, côte à côte, la tête levée vers moi.

C'est quoi, ce bordel ? Une mauvaise blague ?

Ils se tenaient parfaitement immobiles et je me suis sentie frissonner.

Que faisaient-ils ?

Tous trois portaient des jeans et des rangers noirs, mais ils avaient surtout des masques…

Des sweats noirs et des masques.

J'ai secoué la tête. *Non*. Ça ne pouvait pas être eux.

Un nouveau frisson, plus violent cette fois, m'a secouée tout entière.

Le plus grand se tenait à gauche ; son masque gris argenté portait des marques de griffes sur le côté droit.

Celui du milieu était plus petit, et me regardait à travers un masque blanc, le côté gauche barré d'un grand trait rouge.

Mais c'était celui de droite, dont le masque entièrement noir se confondait avec son pull à capuche, qui m'impressionnait le plus.

Tremblante, j'ai reculé, m'éloignant de la fenêtre, et essayé de reprendre mon souffle, avant de me jeter sur le téléphone. J'ai appuyé sur le premier numéro préenregistré et attendu que l'agent de sécurité, dont le bureau n'était qu'à quelques minutes, un peu plus bas sur la route, réponde.

— Madame Fane ?

— Monsieur Ferguson ? ai-je soufflé, en me rapprochant de mes fenêtres. C'est Rika. Pourriez-vous envoyer une voiture au…

Je me suis tue. L'allée était déserte. Ils étaient partis.

J'ai vérifié à gauche, puis à droite, me suis penchée par-dessus la table afin de voir s'ils s'étaient avancés vers la maison. Où étaient-ils passés, bon sang ?

Désespérément, j'ai cherché un signe de leur présence, mais tout était tranquille et immobile.

— Mademoiselle Fane ? a demandé M. Ferguson. Vous êtes toujours là ?

— Je… je croyais avoir vu quelque chose… dehors.

— Nous vous envoyons une voiture tout de suite.

J'ai inspiré profondément.

— Merci.

Puis j'ai raccroché, les yeux toujours rivés au-dehors.

Ça ne pouvait pas être eux.

Mais ces masques… Ils étaient les seuls à les porter.

Après trois ans, pourquoi seraient-ils venus ici ?

2

Erika

Trois ans plus tôt

— Noah ?

Je me suis adossée au mur contre son casier, tandis qu'il récupérait un livre entre deux cours.

— Tu as une cavalière pour le bal d'hiver ?

Il m'a lancé un regard perplexe.

— C'est dans deux mois, Rika.

— Je sais. Je m'y prends tant qu'il est encore temps.

Il a souri, claqué la porte de son casier, et s'est éloigné dans le couloir.

— Ah, c'est une invitation ? J'ai toujours su que tu étais folle de moi.

Je lui ai emboîté le pas en levant les yeux au ciel.

— Tu pourrais me faciliter les choses, s'il te plaît ?

Seul son rire m'a répondu.

Le bal d'hiver fonctionnait sur ce principe stupide qui

voulait que les filles invitent les garçons. Pour ne prendre aucun risque, inviter un ami était la solution idéale.

Les élèves se hâtaient autour de nous, les cours allaient commencer. J'ai attrapé Noah par le bras.

— S'il te plaît ?

Il a plissé les yeux.

— Tu es sûre que Trevor ne va pas me botter le cul ? Il est tout le temps sur ton dos. Ça m'étonne qu'il ne t'ait pas encore implanté une puce GPS.

Il n'avait pas tort. Trevor serait fâché que je ne l'invite pas, mais c'était mieux comme ça : inutile de lui donner de faux espoirs. Il avait manifestement envie d'autre chose entre nous mais, en ce qui me concernait, nous étions simplement amis.

Peut-être que mon manque d'intérêt pour lui venait du fait que je l'avais connu toute ma vie. Que je le voyais presque comme un membre de ma famille. Pourtant, je connaissais son frère depuis toujours également… et ce que je ressentais pour lui n'avait rien d'une affection fraternelle.

— Allez, sois un pote, Noah ! ai-je fait en lui donnant un coup dans l'épaule. J'ai besoin de toi.

— C'est faux.

Il s'est arrêté devant ma salle de classe, et s'est retourné, pour me transpercer du regard.

— Rika, si tu ne veux pas inviter Trevor, invite quelqu'un d'autre.

J'ai poussé un soupir et détourné les yeux.

— Tu m'invites, moi, parce que c'est plus sûr, mais tu es sublime ! N'importe quel mec serait ravi d'y aller avec toi.

— Dans ce cas, ai-je répondu avec un sourire victorieux, dis oui.

Il a secoué la tête.

Il avait de grandes théories psychanalytiques sur moi. Pourquoi je ne sortais jamais avec personne ; pourquoi j'évitais ceci ou cela… Il avait beau être un ami en or, j'aurais aimé qu'il arrête. Ça me mettait mal à l'aise.

Je me suis massé nerveusement le cou — au niveau de la fine cicatrice que j'avais depuis mes treize ans.

Depuis l'accident de voiture qui avait tué mon père.

J'ai vu que Noah m'observait, et j'ai laissé retomber ma main.

Je savais très bien ce qu'il pensait.

Ma cicatrice, de cinq centimètres environ, s'étendait sur le côté gauche de mon cou et, même si elle s'était estompée avec le temps, je conservais l'impression que c'était la première chose que les autres remarquaient chez moi. Impossible d'échapper aux questions et aux expressions compatissantes, sans parler des commentaires mesquins et des filles qui se moquaient de moi, quand on était encore au collège. Avec le temps, c'était devenu comme un appendice énorme dont j'étais consciente en permanence.

— Rika, a repris Noah à voix basse, en me lançant un regard plein de tendresse. Tu es magnifique. Ces longs cheveux blonds, ces jambes qu'aucun gars de l'école ne peut ignorer, et ces yeux bleus… les plus beaux de la ville… Tu es sublime.

La sonnerie des cours a retenti, et j'ai remué fébrilement les doigts de pied dans mes ballerines, agrippant plus fermement la bretelle de mon sac.

— C'est toi que je préfère, Noah. Je veux y aller avec toi. D'accord ?

Il a soupiré, vaincu. Je me suis retenue de sourire.

— D'accord, a-t-il marmonné. Ça marche.

Puis il a tourné les talons et s'est mis en route pour son cours d'anglais.

J'ai souri franchement, beaucoup plus détendue. Je me doutais que je l'arrachais à une soirée prometteuse avec une autre fille, mais je trouverais un moyen de me racheter.

Je suis entrée en cours de maths, le cœur plus léger. Après avoir suspendu mon sac à l'arrière de ma chaise, au premier rang, j'ai posé mon manuel sur mon bureau. Mon amie Claudia s'est glissée sur la chaise voisine, m'adressant un sourire lorsque nos regards se sont croisés, et j'ai commencé à écrire mon nom sur le papier vierge que M. Fitzpatrick avait posé sur tous les bureaux. Les cours du vendredi débutaient toujours avec une interro, qui n'avait plus grand-chose de « surprise »...

Les élèves ont rapidement envahi la salle, les jupes à carreaux verts et bleus des filles se balançant joyeusement, les cravates des garçons déjà desserrées. C'était presque la fin de la journée.

— Vous avez entendu la nouvelle ? a dit quelqu'un derrière nous.

Je me suis retournée ; Gabrielle Owens était penchée au-dessus de son bureau.

— Quelle nouvelle ?

Gabrielle a baissé la voix ; l'excitation se lisait sur son visage.

— Ils sont là !

J'ai jeté un coup d'œil à Claudia, puis fixé de nouveau Gabrielle, confuse.

— Qui est là ?

C'est à cet instant que M. Fitzpatrick est entré dans la salle, tonnant de sa grosse voix :

— Tout le monde à sa place !

Claudia, Gabrielle et moi nous sommes aussitôt tournées vers le tableau.

— Monsieur Dawson, asseyez-vous, s'il vous plaît, a-t-il ordonné à un élève toujours debout derrière son bureau.

Ils sont là ?

Je me suis adossée à ma chaise, m'efforçant de comprendre ce que Gabrielle voulait dire.

Une fille a trottiné jusqu'au tableau pour donner un mot à M. Fitzpatrick.

Tandis qu'il lisait, j'ai vu son expression passer de la décontraction à l'irritation, ses lèvres pressées l'une contre l'autre, ses sourcils froncés.

Que se passait-il ?

Ils sont là. Qu'est-ce que… ?

Soudain, j'ai compris et mon ventre s'est serré.

ILS SONT LÀ.

J'ai inspiré fébrilement par la bouche. Le feu et la fièvre faisaient fourmiller ma peau et j'ai serré les dents pour retenir le sourire qui voulait sortir.

Il est là !

J'ai lentement levé les yeux pour regarder l'heure : bientôt 14 heures.

Et nous étions le 30 octobre, veille d'Halloween.

La Nuit du Diable.

Ils étaient de retour. Pourquoi ? Ils avaient obtenu leurs diplômes depuis plus d'un an, alors pourquoi maintenant ?

— N'oubliez pas de mettre votre nom sur votre copie, nous a indiqué M. Fitzpatrick, une pointe d'agacement dans la voix, et résolvez ces trois problèmes.

Sans perdre de temps, il a allumé le projecteur, et les problèmes se sont affichés sur le tableau blanc devant nous.

— Retournez votre feuille quand vous aurez terminé. Vous avez dix minutes.

J'ai attrapé mon crayon. La nervosité et l'impatience faisaient vibrer mon corps tout entier alors que je m'efforçais de réfléchir au premier problème sur les fonctions quadratiques.

Ce qui s'est révélé sacrément difficile. J'ai de nouveau consulté l'horloge.

A tout instant…

J'ai baissé la tête et fait mon possible pour me concentrer, mon crayon planté dans le bureau en bois, clignant des yeux pour les forcer à se focaliser sur ma tâche.

— Trouve le sommet de la parabole, ai-je murmuré pour moi-même.

Consciente que, si je m'arrêtais une seule seconde, je serais distraite, j'ai tenté d'analyser le problème en vitesse.

Si le sommet de la parabole a des coordonnées…

Le graphe de la fonction quadratique est une parabole qui s'ouvre si…

J'ai terminé le premier exercice, puis le deuxième, avant d'entamer le troisième.

C'est à ce moment-là qu'une musique est parvenue jusqu'à la classe.

Instantanément, je me suis figée, le crayon suspendu au-dessus de ma copie.

C'était un riff de guitare, qui résonnait de plus en plus fort dans les haut-parleurs. Je me suis forcée à garder les yeux rivés sur ma feuille tandis qu'une vague de chaleur me brûlait la poitrine.

Des murmures se sont élevés dans la salle, suivis de quelques gloussements excités, quand l'introduction de la chanson a laissé place à l'assaut violent de la batterie et des guitares : *The Devil in I* de Slipknot.

J'ai serré plus fort mon crayon au son du morceau qui retentissait à présent à plein volume dans la salle de classe, et, certainement, dans le reste de l'école.

— Je vous l'avais dit ! s'est écriée Gabrielle.

J'ai relevé la tête : autour de moi, les élèves abandonnaient leurs chaises pour courir vers la porte.

— Ils sont vraiment là ? a crié quelqu'un.

Toute la classe se pressait pour observer le couloir à travers la petite lucarne. Pas moi. Je suis restée bien sagement à ma place tandis que l'adrénaline se propageait dans tout mon corps.

Avec un lourd soupir, M. Fitzpatrick a tourné le dos à l'agitation, résigné.

— Là… là, les voilà ! a hurlé une fille au milieu du martèlement de la musique, des discussions excitées.

Des bruits de coups nous sont parvenus depuis le couloir, comme des poings frappant sur les casiers.

— Laissez-moi voir !

Une fille s'est mise sur la pointe des pieds.

— Bouge !

Soudain, tout le monde a reculé. La porte s'est ouverte, et les élèves se sont tous dispersés dans la classe, certains retombant sur leur chaise tandis que les autres restaient debout.

— Oh ! Merde, a murmuré quelqu'un.

J'ai agrippé mon crayon des deux mains, avec l'étrange sensation que mon ventre faisait des saltos, et je les ai regardés pénétrer dans la classe.

Les Quatre Cavaliers.

Les enfants chéris de Thunder Bay…

Sinistrement calmes.

Loin d'être pressés.

Ils avaient fait leurs études dans cet établissement et avaient obtenu leurs diplômes quand j'étais en troisième. Après ça, ils étaient partis dans des universités différentes. Ils avaient quelques années de plus que nous et, si aucun d'eux ne savait que j'existais, je connaissais presque tout d'eux.

Ils se sont avancés dans la salle d'un pas raide, s'immobilisant à l'endroit où les rayons du soleil devenaient noirs sur le sol.

Damon Torrance, Kai Mori, Will Grayson III et celui qui avait toujours eu une place un peu à part dans le groupe : Michael Crist, le grand frère de Trevor, le visage dissimulé sous un masque rouge sang.

Il a fait un brusque signe de tête à l'intention de quelqu'un au fond de la salle. Tout le monde s'est retourné… pour voir Kian Mathers se diriger vers eux, retenant à grand-peine un sourire.

— Eh, Kian, a lancé un type en lui donnant une tape dans le dos au passage. Eclate-toi bien. N'oublie pas de mettre une capote !

Quelques élèves ont éclaté de rire, tandis que certaines filles se sont trémoussées nerveusement, sans cesser de se parler à voix basse.

Kian, l'un des meilleurs joueurs de basket de notre lycée, les a rejoints, et celui qui portait le masque blanc avec la rayure rouge l'a attrapé par le cou pour le tirer dans le couloir.

Ils ont appelé un autre élève, Malik Cramer, et le Cavalier au masque entièrement noir l'a entraîné à l'extérieur de la salle.

J'ai observé Michael, son charisme, sa façon d'occuper tout l'espace — qui n'avait strictement rien à voir avec son imposante stature. J'ai fermé les yeux, sentant la chaleur se répandre sous ma peau.

Tout, chez eux, me donnait la sensation de marcher sur une corde raide. Un léger déséquilibre, un pas trop lourd — ou trop mou — et vous chutiez, si loin de leur radar que vous ne réapparaissiez jamais.

Leur pouvoir leur venait de deux choses : ils avaient des admirateurs et ils s'en fichaient. Tout le monde les idolâtrait, moi y compris.

Mais contrairement aux élèves qui les admiraient, les suivaient, ou fantasmaient sur eux, je me demandais surtout à quoi ressemblait leur vie. Ils étaient intouchables, fascinants, et jamais rien de ce qu'ils faisaient n'était mal.

Je voulais vivre la même chose.

Je voulais me comporter comme si le ciel m'appartenait.

— Monsieur Fitzpatrick ? a dit Gabrielle Owens en se levant nonchalamment, suivie par une autre fille, toutes deux leur manuel à la main. Nous devons aller à l'infirmerie. A lundi !

Elles se sont glissées entre les Cavaliers pour disparaître dans le couloir.

J'ai jeté un regard au professeur ; pourquoi les laissait-il partir ? Il était évident qu'elles n'allaient pas à l'infirmerie. Elles partaient avec eux.

Mais personne — pas même M. Fitzpatrick — n'a essayé de les retenir.

Les Quatre Cavaliers ne s'étaient pas contentés de contrôler le corps étudiant et la ville quand ils étaient en cours ici : ils régnaient aussi sur le terrain de basket et avaient rarement perdu durant les quatre années où ils avaient joué.

Depuis leur départ, cependant, l'équipe avait souffert et, l'année précédente, Thunder Bay avait subi une terrible humiliation. Douze matchs perdus sur vingt joués. Tout le monde en avait assez. Il manquait quelque chose à cette équipe.

C'était sans doute la raison de leur retour : ils étaient revenus pour motiver l'équipe durant le week-end, gonfler les joueurs à bloc et les remettre sur les rails, avant le début de la saison.

Et les professeurs, Fitzpatrick comme les autres, avaient beau voir leur bizutage d'un mauvais œil quand ils étaient encore au lycée, celui-ci avait certainement contribué à souder l'équipe. Pourquoi ne pas voir si cela pouvait fonctionner une nouvelle fois ?

— Tout le monde assis ! Partez, les garçons, a-t-il dit aux Cavaliers.

La tête toujours baissée sur ma feuille, j'ai senti l'euphorie me submerger. J'ai laissé mes yeux se fermer, ma tête me semblait toute légère, dans les nuages.

Oui, voilà ce qui manquait à ma vie.

Quand j'ai rouvert les paupières, deux longues jambes dans un jean noir délavé étaient collées contre mon bureau.

J'ai gardé les yeux baissés, de peur que mon visage ne me trahisse. Il ne faisait certainement qu'examiner la salle pour voir s'il y avait encore des joueurs.

— Y a quelqu'un d'autre ? a demandé le quatrième Cavalier, toujours debout près de la porte.

Michael n'a pas répondu. Il est resté devant moi. Pourquoi ?

Le menton toujours baissé, j'ai levé légèrement les yeux et vu ses doigts, pressés dans des poings serrés, le long de son corps. Une veine battait sur son poignet, juste au-dessus de sa main puissante. Toute la pièce m'a semblé soudain si silencieuse que la peur m'a serré le ventre. J'ai retenu mon souffle.

Que faisait-il planté devant moi ?

Je me suis alors décidée à le regarder carrément, et tout mon corps s'est tendu quand j'ai vu ses yeux dorés rivés sur moi.

Coup d'œil autour de moi. Avais-je loupé quelque chose ? Pourquoi me dévisageait-il ?

Il me fixait intensément, sous son horrible masque rouge, réplique des masques déformés et couverts de cicatrices du jeu vidéo *Army of Two*.

J'avais toujours eu peur de lui. Une peur exaltante qui m'excitait follement. Et cette fois-là ne faisait pas exception.

J'ai contracté les muscles de mes cuisses, jusqu'à sentir la palpitation habituelle entre mes jambes, à cet endroit qui me semblait vide quand Michael était proche, mais pas assez.

J'aimais ça, avoir peur…

La classe était silencieuse. Michael a incliné légèrement la tête sans cesser de m'observer. A quoi pensait-il ?

— Elle n'a que seize ans, est intervenu M. Fitzpatrick.

Michael a soutenu mon regard une seconde de plus avant de tourner la tête vers le professeur.

Je n'avais que seize ans, oui, pour un mois encore, ce qui signifiait qu'ils ne pouvaient pas m'emmener avec eux. L'âge des joueurs de basket importait peu, mais les filles devaient avoir dix-huit ans pour quitter l'enceinte du lycée de leur plein gré.

Non qu'ils aient eu l'intention de m'emmener, de toute façon. M. Fitzpatrick se méprenait.

Celui-ci a jeté un regard noir à Michael, qui me tournait presque le dos, maintenant. Même si je ne pouvais pas voir ses yeux, j'en ai déduit qu'il désarçonnait M. Fitzpatrick, car ce dernier a baissé la tête, battant en retraite.

Michael s'est de nouveau tourné vers moi et j'ai senti une goutte de sueur perler dans mon dos.

Puis il a quitté la salle, suivi de Kai — dont je savais qu'il portait le masque argenté —, et la porte s'est refermée derrière eux.

Qu'est-ce qui venait de se passer ?

Des murmures se sont élevés dans la classe, et, du coin de l'œil, j'ai vu Claudia tourner la tête dans ma direction, les sourcils interrogateurs. Je l'ai ignorée et je me suis concentrée de nouveau sur ma copie. Je ne savais absolument pas pourquoi Michael m'avait dévisagée ainsi. Je ne l'avais pas vu depuis l'été, quand il était brièvement rentré chez lui, m'ignorant royalement, comme d'habitude.

— Très bien, tout le monde ! a aboyé M. Fitzpatrick. Au travail. Allez !

Le bavardage surexcité des dernières minutes est redevenu un simple murmure, et on s'est tous lentement remis au travail. La musique, qui n'était plus qu'une mélodie lointaine, a cessé brusquement, et pour la première fois depuis que les Quatre Cavaliers étaient apparus j'ai libéré le sourire que je retenais.

La Nuit du Diable n'était pas un simple bizutage ici. C'était spécial. Le chaos, pas moins. Non seulement les Cavaliers iraient chercher les joueurs dans toutes les salles de cours pour les emmener dans un lieu tenu secret, les bousculer un peu et les soûler, mais plus tard ils sèmeraient la pagaille et feraient de la ville entière leur terrain de jeu.

L'année précédente, en leur absence, Halloween avait été ennuyeuse, mais tout le monde savait désormais que, cette année, ce serait du lourd. Et ça commençait dès à présent, sur le parking, où les garçons et quelques filles devaient être en train de monter en voiture.

J'ai repris mon crayon, mais j'étais incapable de me concentrer.

Je voulais y aller.

La chaleur, dans ma poitrine, commençait déjà à se dissiper, et ma tête, qui m'avait semblé voler dans les nuages au-dessus de la cime des arbres les plus hauts, redescendait lentement vers le sol.

Dans une minute, je me sentirais comme avant qu'ils n'entrent dans la salle : normale, froide, insignifiante.

Après les cours, je rentrerais chez moi, verrais comment allait ma mère, me changerais, puis irais traîner chez les Crist. Cette routine datait de l'époque de la mort de mon père. Parfois je restais dîner chez eux, parfois je rentrais manger avec ma mère, si elle était d'attaque.

Puis j'irais me coucher en m'efforçant de ne pas m'inquiéter du fait que l'un des deux frères Crist essayait de m'avoir à l'usure chaque jour, tandis que je luttais de toutes mes forces contre ce qu'éveillait l'autre en moi, chaque fois que je me trouvais en sa présence.

Des rires et des cris me parvenaient depuis l'extérieur, alors je me suis décidée.

Je me suis penchée pour tendre mon manuel et mon sac à Claudia.

— Rapporte ça chez toi, tu veux bien ? Je viendrai les chercher ce week-end.

Elle a froncé les sourcils, l'air perplexe.

Je ne l'ai pas laissée parler. Je me suis levée et me suis approchée du bureau du professeur, les mains dans le dos.

— Monsieur Fitzpatrick ? Puis-je aller aux toilettes, s'il vous plaît ? J'ai fini le devoir, ai-je menti d'une voix calme.

Il a à peine levé les yeux, hochant la tête et me chassant d'un geste de la main. Oui, j'étais ce genre d'élève.

Oh ! Erika Fane ? Cette fille discrète qui porte toujours son uniforme et est bénévole pour tous les événements sportifs ? Une gentille fille.

Je me suis dirigée d'un pas ferme vers la sortie, sans hésiter une seconde en quittant la salle.

Quand M. Fitzpatrick comprendrait que je n'allais pas revenir, je serais loin. J'aurais probablement des ennuis, mais le mal serait fait. Je m'occuperais des conséquences lundi.

Je suis sortie de l'école en courant, et j'ai immédiatement repéré le rassemblement de voitures, pick-up et SUV, au coin du bâtiment. Je ne comptais pas leur demander la permission de m'incruster. On se moquerait de moi ou on me tapoterait gentiment sur la tête avant de me renvoyer en cours.

Non. Personne ne me verrait.

J'ai couru vers les véhicules et plongé derrière la Mercedes Classe G noire de Michael pour observer la scène à l'abri des regards.

— Tous en voiture ! a hurlé quelqu'un.

Damon Torrance. Son masque noir relevé sur le crâne, il slalomait entre les véhicules et a lancé une bière à un type à l'arrière d'un pick-up. Ses cheveux bruns étaient tirés, dissimulés sous le masque, mais impossible de rater ses hautes pommettes et ses yeux noirs, toujours aussi saisissants. Damon était beau garçon.

C'était bien la seule qualité que je lui reconnaissais. Comme j'étais quelques classes en dessous, j'ignorais exactement comment il se comportait, en cours, mais je l'avais suffisamment vu chez les Crist pour savoir que quelque chose clochait chez lui. Michael lui laissait du mou, mais le gardait toujours à l'œil, ça ne pouvait être que pour une bonne raison.

Damon me faisait peur. Et pas de manière agréable, contrairement à Michael…

Il y avait pour le moment vingt-cinq personnes environ sur le parking, en comptant l'équipe de basket-ball et quelques filles, mais les cours seraient finis dans moins d'une heure, et d'autres convois suivraient alors pour se joindre à la fête.

— On va où ? a demandé un des gars à Damon.

C'est Will Grayson qui a répondu, tapant Damon sur l'épaule au passage.

— Là où personne ne t'entendra crier.

Avec un sourire narquois, il a ouvert la portière de sa Ford Raptor noire, et s'est perché sur le marchepied, le regard rivé au-dessus du capot.

Il avait son masque blanc avec sa rayure rouge à la main, une petite crête sur le sommet du crâne, et ses yeux verts étaient rieurs.

— Eh, vous avez vu Kylie Halpern ? a-t-il demandé.

J'ai regardé de l'autre côté de la voiture : Kai portait son masque argenté relevé sur la tête, mais Michael avait le visage toujours dissimulé par le sien.

— Putain, ces jambes ! a ajouté Will. Elle a bien changé en un an.

— Ouais, les lycéennes me manquent, a dit Damon en ouvrant la portière passager de la Ford Raptor. Elles ne sont pas insolentes.

A moins de deux mètres de moi, Michael a ouvert la portière arrière de sa Classe G côté conducteur et jeté un sac sur la banquette.

J'ai serré les poings, les bras faibles soudain. Qu'est-ce que je foutais, bordel ? Je ne devrais pas faire ça. J'allais m'attirer des ennuis, ou me foutre la honte.

— Michael ? a appelé Will. La nuit va être longue. Tu as vu quelqu'un qui te plaît ?

— Peut-être, a-t-il répondu de sa voix grave.

J'ai entendu quelqu'un rire doucement. Je crois que c'était Kai.

— Mec, t'es pas cap ! Elle est sublime, mais j'attendrais qu'elle soit majeure à ta place.

— Je vais essayer, ai-je entendu Michael répondre. Faut dire qu'elle aussi elle a bien changé, en un an. C'est de plus en plus dur de ne pas la remarquer.

— Vous parlez de qui, les mecs ? a coupé Damon.

— Personne, a rétorqué Michael d'un ton sec.

J'ai secoué la tête pour me forcer à sortir de ma torpeur. Il fallait que je disparaisse avant qu'on me voie.

— Tout le monde monte en voiture ! a ordonné Michael.

Les battements de mon cœur se sont accélérés. J'ai profondément inspiré, puis j'ai serré la poignée et j'ai tiré.

Après un dernier regard alentour, j'ai ouvert la portière et plongé à l'intérieur. Pourvu qu'ils n'aient rien vu dans tout le chaos ! Je me suis glissée vers le coffre, pendant que tout le monde se précipitait en voiture.

Je n'aurais pas dû. Qu'est-ce qui m'avait pris ?

Je les avais observés, au cours des années précédentes. J'avais absorbé leurs conversations et leurs manies, relevé des choses que les autres ne voyaient pas. Mais jamais je ne les avais suivis.

Est-ce que ça pouvait être qualifié de harcèlement ? Sûrement ! *Oh ! Bon sang !* Je ne voulais même pas y penser.

— On y va ! a hurlé Kai, et les portières des véhicules ont claqué.

— On se retrouve là-bas ! ai-je entendu Will crier.

De ma position, tout à l'arrière, j'ai senti la Mercedes trembler sous le poids de plusieurs personnes qui montaient.

Puis, une par une, les quatre portières ont claqué, l'habitacle auparavant silencieux a résonné des rires et plaisanteries de plusieurs voix masculines.

Le SUV a démarré dans un rugissement, tout vibrait sous moi, et j'ai roulé sur le dos, la tête posée sur le sol, incapable de déterminer si je devais me sentir bien parce que je n'avais pas été repérée, ou mal parce que je ne savais absolument pas dans quoi je m'étais embarquée.

3

Erika

Présent

— Par ici, mademoiselle Fane.

L'homme a sorti un jeu de clés et m'a guidée jusqu'aux ascenseurs avec un sourire.

Quand je l'ai rejoint, il m'a tendu la main.

— Je suis Ford Patterson, l'un des gérants de l'immeuble.

— Enchantée.

J'ai observé le hall d'entrée de mon nouvel immeuble. C'était un gratte-ciel de vingt-deux étages et, même s'il n'était pas aussi haut que certains bâtiments alentour, il se démarquait. Entièrement noir avec des touches dorées, c'était un véritable chef-d'œuvre. Et l'intérieur était tout aussi somptueux. Je n'arrivais pas à croire que j'allais vivre ici.

— Vous êtes au vingt et unième étage, m'a expliqué le gérant, alors que nous nous arrêtions devant les portes de l'ascenseur. Il y a une vue imprenable. Vous serez ravie.

J'ai serré la sangle de mon sac sur ma poitrine, franchement impatiente. Rien ne me semblait plus beau que la promesse de me réveiller le matin et de contempler la grande ville, l'horizon d'immeubles qui touchaient le ciel, d'imaginer les millions de gens qui vivaient et travaillaient ici.

Si certains se sentaient perdus dans les grandes villes — toutes ces lumières, ce bruit, ce trop-plein d'action —, j'étais pour ma part incapable de contenir mon excitation à l'idée de faire partie de quelque chose de plus grand. Toute cette énergie m'enthousiasmait.

J'ai sorti mon téléphone, pour m'assurer que je n'avais pas loupé d'appels de ma mère. Après l'épisode de la dague et de la bougie, j'étais inquiète pour elle. Pour moi, aussi, même si je n'avais pas laissé cette inquiétude m'empêcher de quitter Thunder Bay.

M. Ferguson était passé, et n'avait rien trouvé à l'intérieur ni autour de la maison. Bien entendu… Après son départ, je m'étais glissée dans le lit de maman et j'avais examiné le mot qui accompagnait la dague.

Prenez garde à la colère d'un homme patient.

D'après Google, c'était une citation de John Dryden. Qu'est-ce que ça voulait dire exactement ? Ceux qui sont patients planifient. Et il fallait se méfier d'un homme avec un plan.

Mais quel genre de plan ? Qui donc se cachait sous ces masques ? Se pouvait-il que ce soient les Cavaliers ? M'avaient-ils envoyé la dague ?

A mon réveil, j'avais ignoré un message sec de Trevor, furieux que je sois partie tôt de sa soirée, et interrogé ma mère et Irina, notre gouvernante. En vain.

Le mot n'était pas signé, et personne ne savait comment la boîte était arrivée dans ma chambre.

Devant l'anxiété manifeste de ma mère, j'avais minimisé

la situation. Je ne lui avais rien dit du mot, et j'avais laissé entendre que c'était Trevor qui m'avait offert la dague pour me faire une surprise. Je ne voulais pas qu'elle ait peur pour moi.

Mais, moi, j'avais indiscutablement peur.

Quelqu'un était entré dans la maison, sous le nez de ma mère.

Pressée de quitter Thunder Bay, j'avais jeté la boîte contenant la dague sur la banquette arrière de la voiture, sans trop savoir pourquoi je l'emportais. J'aurais dû la laisser à la maison.

Le « ding » de l'ascenseur m'a tirée de mes pensées et j'ai suivi M. Patterson dans la cabine. Vingt et unième étage ! Je n'en revenais pas !

— Je croyais qu'il y avait vingt-deux étages, ai-je fait, remarquant qu'il n'y avait pas d'étage plus élevé.

— En effet, a-t-il répondu en hochant la tête. Mais cet étage-là n'héberge qu'une seule résidence, et il a son propre ascenseur privé de l'autre côté du hall.

Mystère résolu.

— Je vois.

— Il n'y a que deux appartements, à votre étage, puisqu'ils sont bien plus grands. Et l'autre est actuellement vide. Vous bénéficierez donc de beaucoup d'intimité.

Les appartements étaient bien plus grands à mon étage ? Je ne me rappelais pas qu'on m'ait indiqué quoi que ce soit à ce sujet quand j'avais envoyé un mail au service administratif pour établir le bail.

— Nous y voilà ! a-t-il dit gaiement, en faisant un pas sur le côté pour m'inviter à sortir en premier.

Un couloir étroit, bien éclairé, avec des sols en marbre noir et des murs couleur coucher de soleil, partait de part et d'autre de l'ascenseur. M. Patterson a tourné à gauche et j'ai jeté un rapide coup d'œil par-dessus mon épaule pour voir l'autre porte, noire et massive, qui portait le numéro 2104.

Ce devait être l'appartement vide.

Arrivé devant le mien, le gérant a glissé la clé dans la serrure et ouvert la porte en grand.

Je l'ai regardé pénétrer dans le logement d'un pas nonchalant, tandis que je restais debout sur le seuil, incapable de bouger.

— Euh…

C'était insensé. Cet appartement était immense !

Je suis entrée, les bras ballants, dépassée par ce que je découvrais : les hauts plafonds, le séjour spacieux, la grande baie vitrée qui ouvrait sur une magnifique terrasse tenant plus du jardin qu'autre chose, avec sa fontaine et sa pelouse. Le marbre noir du couloir se poursuivait au sol, mais les murs étaient couleur crème.

— Comme vous pouvez le voir, a indiqué M. Patterson en ouvrant la baie vitrée, vous disposez d'une grande cuisine équipée à la pointe de la technologie, et vous adorerez cet espace ouvert qui préserve la vue sur la ville.

J'ai jeté un coup d'œil à la cuisine, son îlot en granit brillait sous les rayons du soleil. Les équipements chromés étaient tout aussi impressionnants que ceux de ma propre maison, et le lustre en fer forgé — simple mais élégant — était assorti à celui qui pendait au-dessus de ma tête dans le salon.

Visiblement inconscient de mon trouble, le gérant a poursuivi la visite, évoquant les trois chambres, le chauffage au sol, et la douche effet pluie.

— Attendez…

Il ne m'a pas laissée finir ma phrase.

— Il y a une salle de sport au deuxième étage ainsi qu'une piscine intérieure. Elles sont ouvertes vingt-quatre heures sur vingt-quatre, sept jours sur sept, et, puisque vous habitez l'un des penthouses, vous disposez également d'une cour privative.

Quoi ? J'étais dans un penthouse ?

— Attendez, ai-je dit avec un petit rire, un peu paniquée.

Mais il n'arrêtait pas de parler.

— Il y a deux portes d'accès à votre appartement. La deuxième mène à une cage d'escalier en cas d'incendie. Assurez-vous qu'elle soit bien fermée quand vous partez.

Il a montré le couloir du doigt, et j'ai tendu le cou pour voir la porte en métal tout au bout.

— Nous sommes très pointilleux en ce qui concerne la sécurité, ici, mais je voulais que vous soyez informée de cette seconde entrée.

Tout ça n'avait aucun sens. L'appartement était entièrement meublé avec canapés, tables et gadgets onéreux.

Il a saisi une tablette électronique et s'est tourné vers les vitres qui donnaient sur la ville.

— A présent, laissez-moi vous montrer…

— Attendez, l'ai-je interrompu. Désolée, mais je pense qu'il y a une erreur. Je suis Erika Fane. J'ai loué un deux-pièces avec salle de bains, pas un penthouse. Je ne sais pas à qui est cet appartement, mais je paie un loyer pour beaucoup, beaucoup plus petit.

Il a eu l'air perdu, a feuilleté son dossier…

Ce n'est pas que je n'aimais pas ces lieux, mais je n'allais pas dépenser des milliers de dollars tous les mois pour un luxe dont je n'avais pas besoin.

Il a fait entendre un petit rire.

— Ah, oui ! Voilà. Ce deux-pièces a été loué, malheureusement…, a-t-il dit en relevant les yeux vers moi.

J'ai senti mes épaules s'affaisser de déception.

— Quoi ?

— Il y a eu un malentendu au moment de la réservation, nous sommes terriblement désolés. Les propriétaires m'ont demandé d'honorer malgré tout le contrat que vous avez signé. Il restait deux penthouses, tous deux vacants, et nous ne voyions aucune raison de ne pas vous en attribuer un.

Votre bail reste un bail d'un an, et votre loyer sera le même pendant cette durée, m'a-t-il expliqué en me tendant les clés. Personne ne vous a appelée ?

Le regard perdu dans le vide, j'ai tendu la main pour prendre le trousseau.

— Non. Je ne comprends pas bien... Pourquoi me donner un appartement trois fois plus grand pour le même prix ?

Il m'a souri et s'est redressé. Exactement comme ma mère quand j'étais petite et qu'elle en avait assez de répondre à mes questions.

— Comme je vous l'ai dit, nous sommes désolés pour ce malentendu. Nous vous prions d'accepter nos excuses les plus sincères. N'hésitez pas à me solliciter si vous avez besoin de quoi que ce soit, mademoiselle Fane. Je suis à votre service.

Puis il m'a dépassée pour sortir, refermant la porte derrière lui.

Je suis restée plantée là, stupéfaite. Comment était-ce possible ?

J'ai lentement tourné sur moi-même, pour m'approprier la pièce, la réalité, et, surtout, le silence. J'étais totalement seule ici.

Le penthouse avait beau être magnifique, je m'étais fait une joie à l'idée de dormir sur un matelas gonflable, cette nuit, avant d'aller acheter mes propres meubles demain, tout excitée d'avoir un petit logement douillet et des voisins.

Cependant, les cours débutaient deux jours plus tard, et je n'avais pas le temps de trouver un autre endroit.

Remontant lentement le couloir, j'ai fait le tour de toutes les pièces. La salle de bains, avec sa double vasque et sa douche carrelée en ardoise, était déjà équipée de serviettes, de gants de toilette et même d'un luffa.

La grande chambre était dotée d'un lit *king-size* et de meubles assortis au linge de lit et aux rideaux blancs. Il y avait même un fichu réveil sur la table de nuit !

Incroyable. Tout était prêt pour moi. Comme à la maison.

La déco était un peu différente, le paysage avait assurément changé, mais pas ma vie. On s'était occupé de tout pour moi. J'étais même prête à parier que, si j'ouvrais le frigo, il serait plein.

C'était signé Thunder Bay. Je ne savais pas qui était derrière tout ça, mais je devais rendre justice à ces mères de notre petite communauté, qui s'assuraient que l'une de leurs princesses était bien installée. Impossible que ce soit l'équipement standard de l'appartement, on ne parlait pas d'un panier de fruits de bienvenue, là !

J'ai senti les murs se refermer sur moi.

Les femmes de Thunder Bay étaient des femmes actives. Elles étaient puissantes, influentes, rigoureuses, et, puisque nous étions leurs enfants, nous restions commodément sous leur protection.

Petite, j'avais apprécié la sécurité qu'elles m'offraient, mais je voulais faire les choses moi-même maintenant. De l'espace, de la distance, et peut-être même un peu de danger. Voilà ce que je cherchais.

J'ai poussé un soupir et glissé les clés dans la poche arrière de mon short en jean blanc. Puis j'ai fait passer le léger pull que j'avais enfilé au-dessus de ma tête, ne gardant que mon T-shirt gris à manches courtes. J'avais besoin de respirer.

J'ai passé la porte du salon, ouverte sur la terrasse-jardin. J'étais chaussée de tongs et l'air caressait mes doigts de pied. De forme rectangulaire, le jardin était vaste et l'un de ses côtés s'ouvrait pour offrir une vue à couper le souffle sur la ville.

Les fenêtres, sur ma gauche, appartenaient certainement à l'appartement avec lequel je partageais l'étage. J'ai levé la tête pour voir au-dessus. Il y avait encore des fenêtres sur trois étages. Le dernier penthouse devait être un triplex qui faisait le tour de l'immeuble. Il semblait également posséder plusieurs balcons et une vue parfaite sur ma propre terrasse.

Est-ce une famille qui l'occupait, pour avoir besoin de tant d'espace ?

Non, M. Patterson avait dit « il ».

J'ai laissé mon regard errer sur les baies vitrées. Finalement, je n'étais pas seule ici.

Je me suis réveillée en sursaut et j'ai cligné des yeux, encore enveloppée de sommeil, allongée sur le ventre, mon oreiller serré contre moi.

J'ai tendu l'oreille : il y avait un petit tapotement au loin.

Toc, toc, toc… toc… toc…

Je me suis redressée, dans une semi-torpeur.

On toquait à la porte ? Mais qui donc pouvait frapper ? Je ne connaissais personne ici — pas encore du moins. Je venais tout juste d'arriver, je n'avais aucun voisin…

Et — d'après le réveil sur ma table de chevet — il était plus de 1 heure du matin.

Je me suis assise dans le lit et frotté les yeux pour me réveiller.

Peu à peu, la brume se dissipait.

J'étais certaine d'avoir entendu frapper. Un bruit sourd, régulier.

J'ai regardé autour de moi, l'oreille aux aguets : le clair de lune se déversait à travers la fenêtre, éclairant les draps blancs, et tout était calme.

Soudain, un gros « boum » a retenti, et j'ai sursauté. Ecartant les draps d'un geste brusque, j'ai attrapé mon téléphone sur la table de nuit.

On ne frappait pas à la porte.

Lentement, le téléphone serré dans la main, j'ai traversé la chambre sur la pointe des pieds. Impossible de me rappeler si j'avais verrouillé toutes les portes. La porte d'entrée, la baie vitrée, et…

Avais-je fermé la porte de derrière ? Oui. Oui, bien sûr que je l'avais fermée.

Le bruit sourd a de nouveau retenti, et je me suis figée.

C'était quoi, ce bordel ?

C'était un bruit étouffé, lourd, comme un poids mort qui tombe, et je n'arrivais pas à déterminer s'il venait d'au-dessus, d'en dessous ou d'à côté.

Je me suis faufilée jusqu'au salon, manquant trébucher sur les pots de peinture dont j'avais fait l'acquisition plus tôt dans la journée. Je n'avais peut-être pas eu le petit appartement de mes rêves, ni pu acheter mes propres casseroles, mais je comptais bien m'approprier cet endroit avec un peu de couleur.

Me glissant en silence dans la cuisine, j'ai attrapé un couteau dans le bloc et serré le manche dans mon poing. La main cachée derrière le dos, je me suis dirigée vers la porte d'entrée. Je ne savais toujours pas exactement d'où venait le bruit, mais le bon sens me soufflait de vérifier les accès.

Même si c'était mon choix de vivre seule, j'étais un peu en panique, là.

Hissée sur la pointe des pieds, j'ai regardé par le judas. L'ascenseur à quelques mètres. La lueur tremblotante des appliques. Mais personne. Le couloir semblait désert.

Les bruits sourds ont de nouveau retenti.

Sur la pointe des pieds, j'ai retraversé l'appartement, attentive au martèlement de plus en plus fort et régulier, et j'ai fini par poser l'oreille contre le mur du couloir. Mon cœur s'est mis à battre à tout rompre quand des vibrations se sont propagées contre ma joue.

Le tambourinement accélérait.

Il y avait quelqu'un de l'autre côté. Dans l'appartement vide.

J'ai aussitôt composé le numéro de l'accueil. Pas de réponse. Je savais qu'il y avait un responsable de nuit, Simon je ne sais quoi, mais peu de gens devaient être de service à cette heure. Simon ne devait pas être à son bureau.

J'ai écouté encore. Pouvais-je ignorer ce bruit et attendre le lendemain matin pour poser la question au gérant ?

Plus j'avançais dans le couloir, plus le bruit était fort, me guidant jusqu'à la porte de derrière. J'ai poussé le lourd battant — juste assez pour passer la tête et inspecter le couloir.

Sur ma droite, il y avait une porte identique à la mienne. Le cri strident d'une femme a retenti et je me suis mise à respirer plus fort.

Puis il y a eu un autre cri. Puis un autre, un autre, un…

Etait-elle en train de faire l'amour ? J'ai retenu un fou rire.

Oh, mon Dieu.

Je croyais que l'appartement était vide.

Je suis sortie, couteau à la main — au cas où —, et j'ai avancé sans un bruit jusqu'à la porte. Le long du mur, j'ai repéré de petites caméras de surveillance.

L'oreille pressée contre la porte, j'ai écouté : le « boum, boum, boum » d'un objet — ou un meuble — tapant contre le mur et les cris voilés de la fille.

Je me suis mordu la lèvre, dissimulant mon sourire derrière ma main.

Puis la femme a crié :

— Non ! Ah ! Non ! S'il vous plaît !

Il y avait de la peur dans sa voix, et moi je n'avais plus envie de sourire. Ses cris étaient différents à présent. Des cris de panique, qui semblaient étouffés.

— Non, s'il vous plaît, arrêtez ! s'est-elle de nouveau écriée.

Je me suis écartée. Ce n'était plus drôle du tout.

Quelque chose a heurté la porte, de l'autre côté, avec un gros bruit sourd, et j'ai reculé précipitamment.

— Oh merde !

J'ai levé les yeux vers les caméras. Etaient-elles reliées au poste de sécurité en bas ou à cet appartement ? Ceux qui étaient à l'intérieur savaient-ils que j'étais là ?

J'ai couru vers ma porte et actionné la poignée. Rien. Impossible d'ouvrir.

— Oh merde ! Merde ! Merde !

Ce putain de truc devait se verrouiller automatiquement.

Un autre coup a retenti contre la porte de l'autre appartement, à quelques dizaines de centimètres de moi à peine, si près... J'ai de nouveau tiré sur la poignée, tourné et tiré. Toujours rien.

Un autre coup a heurté le battant, et j'ai sursauté, lâchant le couteau sur le sol.

J'ai plongé pour le ramasser, et c'est alors que j'ai entendu l'autre porte s'ouvrir à la volée. Sans perdre une seconde, je me suis ruée dans la cage d'escalier pour me cacher, oubliant le couteau.

Putain !

Et puis merde ! Quelle que soit la personne qui sortait, j'étais certaine de ne pas vouloir la rencontrer. J'ai descendu les marches quatre à quatre, un cri coincé dans la gorge. La terreur me broyait la poitrine.

Un martèlement a résonné au-dessus de moi, et j'ai jeté un rapide coup d'œil en l'air : une main glissait sur la rampe tandis que son ou sa propriétaire sautait d'étage en étage.

Oh, mon Dieu !

Je suis descendue en courant, sans me retourner. La sueur coulait dans mon cou. Le martèlement se rapprochait de plus en plus, et mes jambes étaient sur le point de lâcher. Mes muscles épuisés allaient aussi vite que possible, mais... J'ai retenu mon souffle en voyant le panneau « HALL ». J'ai tiré d'un coup sur la poignée de la porte et je me suis précipitée hors de la cage d'escalier. J'ai jeté un dernier regard par-dessus mon épaule pour voir s'il — ou si elle — était derrière moi, et... j'ai percuté un mur.

Deux mains m'ont alors attrapé les bras et j'ai poussé un cri. Michael Crist me dominait de toute sa hauteur.

— Toi ? ai-je soufflé, confuse.

— Qu'est-ce que tu fous, Rika ? a-t-il dit, un sourcil haussé, avant de me repousser. Il est plus de 1 heure du matin !

J'ai ouvert la bouche, mais rien n'en est sorti. Et lui, qu'est-ce qu'il foutait là ?

Il se tenait devant un ascenseur, mais pas celui que j'utilisais. Il portait un costume habillé, comme s'il sortait de boîte ou quelque chose dans le genre. Une jeune femme brune se tenait à ses côtés, magnifique dans une robe de cocktail moulante bleu marine qui lui arrivait à mi-cuisse.

Je me suis sentie soudain très nue, avec mon short de pyjama et mon petit haut noir, les cheveux détachés, probablement emmêlés.

— Je…

J'ai regardé par-dessus mon épaule. La personne qui m'avait suivie dans l'escalier n'avait pas encore passé la porte.

J'ai de nouveau tourné la tête vers Michael.

— J'ai entendu quelque chose à mon étage, et…

J'ai secoué la tête, encore désorientée.

— Qu'est-ce que tu fais là ? ai-je demandé.

— J'habite ici, a-t-il répondu.

J'ai tout de suite reconnu ce ton méprisant qu'il adoptait toujours avec moi.

— Tu habites ici ? Je croyais que tu vivais dans l'immeuble de ta famille.

Il a glissé la main dans sa poche et baissé la tête vers moi, me fixant droit dans les yeux comme si j'étais stupide.

J'ai fermé les yeux et poussé un soupir.

— Evidemment, ai-je soufflé. Evidemment. C'est toi qui habites au vingt-deuxième étage.

Je commençais enfin à assembler les pièces du puzzle : l'ascenseur séparé devant lequel ils se tenaient, l'homme qui vivait seul au-dessus de chez moi, Mme Crist qui m'avait envoyé le lien pour le logement, comme si c'était une simple suggestion, sans préciser que leur famille était propriétaire de l'immeuble…

Et, bien sûr, l'appartement luxueux, meublé et décoré, n'attendant que moi.

Delia Crist — et son mari, certainement — avait fait en sorte que je finisse ici. Pour me garder près d'eux, sous leur coupe.

— C'est qui ? a demandé la jeune femme.

Elle avait les cheveux chocolat, les yeux perçants ; elle était élégante comme une star de cinéma un soir de première.

Michael a regardé devant lui, une petite moue aux lèvres.

— La copine de mon petit frère.

— Oh…

J'ai détourné les yeux, agacée.

« La copine de mon petit frère. » Il n'était même pas fichu de prononcer mon nom !

Et je n'étais plus la petite amie de Trevor. Depuis des mois déjà. J'ignorais s'il le savait, mais cela avait bien dû être abordé au détour d'une conversation, chez lui.

— Tu as entendu quoi ? a-t-il demandé, le regard de nouveau braqué sur moi.

J'ai hésité, pas certaine de devoir lui parler des bruits ou des cris de la femme. Je ne me sentais pas en sécurité en haut pour l'instant, et je voulais parler à un responsable. Pas à quelqu'un qui me calculait à peine. Parce que Michael n'écouterait certainement pas ce que j'avais à dire.

— Rien, ai-je fait en soupirant. Oublie.

Il m'a étudiée un instant, puis a tendu le bras pour passer une carte blanche devant un capteur sur le mur. Les portes de son ascenseur privé se sont ouvertes instantanément. Il s'est tourné vers la fille.

— Ne te mets pas trop à l'aise. Je monte dans une minute.

Elle a hoché la tête, un petit sourire dansant sur ses lèvres, alors qu'elle entrait dans la cabine et appuyait sur le bouton.

Sans m'adresser un regard, Michael s'est dirigé vers la réception pour dire quelque chose au responsable de la sécurité. L'homme a fait un signe de tête et lui a tendu ce qui semblait être des clés, puis Michael est revenu vers moi d'un pas nonchalant.

J'ai soudain eu la bouche sèche.

Il était magnifique !

Après toutes ces années, toute une vie passée à le suivre des yeux, la même chaleur me submergeait toujours quand il était près de moi.

J'ai croisé les bras pour essayer de calmer les battements de mon cœur. Je ne devrais pas avoir envie d'être proche de lui. Pas vu la façon dont il m'avait repoussée presque toute mon existence. Encore moins après la manière dont il m'avait traitée, trois ans plus tôt...

J'ai porté une main à mon cou, passant distraitement mon doigt sur la ligne irrégulière.

— Simon va faire une ronde dans l'escalier et à ton étage, m'a-t-il dit d'un ton sec. Viens. Je te raccompagne.

— Je t'ai dit d'oublier. Je n'ai pas besoin d'aide.

Il est passé devant moi et s'est dirigé vers mon ascenseur. De son côté, le vigile s'est engouffré dans la cage d'escalier.

J'ai suivi Michael à contrecœur. Il a appuyé sur le bouton du vingt et unième étage.

— Tu sais à quel étage j'habite ?

Il n'a pas répondu.

L'ascenseur a entamé son ascension, et je suis restée debout à côté de lui, faisant mon possible pour me tenir immobile. Pour ne pas respirer trop fort ni gigoter. J'avais toujours été hyper-sensible à sa présence, et je ne voulais pour rien au monde qu'il le devine. Si je n'avais pas été si persuadée qu'il me méprisait, je ne me serais pas autant inquiétée de l'impression que pouvait lui faire le moindre de mes mouvements.

Les bras collés le long du corps, le regard droit devant moi, je m'efforçais de ne pas prêter attention au petit courant d'air qui faisait danser mes cheveux sur la peau sensible de mon cou et du haut de ma poitrine. Michael était là, à quelques centimètres seulement, et tout mon corps réagissait à sa présence. Ma poitrine se soulevait et s'abaissait plus vite, une chaleur s'est répandue dans ma nuque ; mes tétons ont durci et le feu qui courait sous ma peau est descendu le long de mon ventre pour trouver refuge entre mes cuisses.

Je me suis soudain sentie à l'étroit dans mon short, avec une sensation de vide au creux du ventre, comme si je n'avais pas mangé depuis des jours.

J'ai ramené nerveusement mes cheveux derrière mon oreille. Je sentais son regard sur moi, comme s'il m'observait. Mais je n'ai pas osé vérifier. Pas après ma rencontre avec la top model qu'il avait ramenée chez lui pour la nuit. Non, tout ce que je pouvais faire, c'était me tenir droite, redresser les épaules, et faire avec.

Comme depuis toutes ces années.

L'ascenseur s'est arrêté, et les portes se sont ouvertes. Michael est sorti le premier, loin d'être le gentleman qu'était M. Patterson. Il s'est dirigé droit vers mon appartement, et je l'ai suivi, m'adressant à son dos.

— Quand M. Patterson m'a fait visiter, aujourd'hui, il m'a dit que cet appartement était vide.

J'ai jeté un coup d'œil en direction de la porte du second logement.

— Mais j'ai entendu des bruits tout à l'heure.

Il s'est retourné.

— Quel genre de bruits ?

Tête de lit tapant contre le mur, gémissements, cris, halètements, deux personnes en train de faire…

J'ai haussé les épaules.

— Des bruits, c'est tout.

Il a poussé un long soupir agacé. Puis il m'a contournée, s'est approché de la porte de l'autre penthouse et a actionné la poignée. Fermée. Il s'est alors mis à frapper et j'ai retenu un cri lorsque le battant s'est brusquement ouvert. Le vigile est apparu.

— Rien à signaler, monsieur. J'ai vérifié l'escalier, et il n'y a aucun signe d'intrusion.

— Merci, a répondu Michael. Assurez-vous que l'appartement est fermé à clé, et retournez en bas.

— Bien, monsieur.

Ses yeux noisette plus orageux que jamais, Michael m'a rejointe, clés à la main, puis il a déverrouillé ma propre porte.

— Comment tu savais que je m'étais enfermée dehors ?

— Je ne le savais pas, a-t-il dit en rangeant les clés dans la poche de son pantalon. Mais j'avais peu de risques de me tromper. Tu n'as pas de clés sur toi, et les sorties de secours se verrouillent automatiquement. Souviens-t'en.

Agacée, je l'ai regardé traverser mon appartement au pas de course. Trois ans auparavant — cinq jours auparavant, même —, j'aurais été aux anges de l'avoir chez moi. Qu'il me parle, fasse attention à moi…

Mais ce n'était pas ce qui était en train de se passer. J'étais toujours aussi invisible à ses yeux que l'air qu'il respirait. Et bien moins importante. Sauf l'espace d'une nuit.

Une nuit. Souvenir précis et fou, que j'aurais aimé qu'il se rappelle. Mais, de toute façon, ça avait merdé.

J'ai détourné les yeux et croisé les bras sur ma poitrine, attendant simplement qu'il s'en aille.

Il a vérifié les chambres, puis la sortie de secours, avant de revenir dans la pièce principale, où il a également examiné les baies vitrées.

— Il n'est pas inhabituel que le personnel prenne des

pauses dans les appartements vacants, m'a-t-il expliqué d'un ton neutre. Quoi qu'il en soit, tout est en ordre, maintenant.

J'ai planté mon regard dans le sien, avec défi.

— Je n'ai pas besoin d'aide.

Il a ri, condescendant.

— Vraiment ? Tout est sous contrôle ? Tu maîtrises la situation ?

J'ai relevé le menton sans lui répondre.

Il est revenu vers moi à grandes enjambées, une lueur aussi arrogante qu'amusée au fond des yeux.

— C'est un bel appartement, a-t-il déclaré en observant autour de lui. Tu as dû travailler dur pour te l'offrir. Tout comme les factures de ces cartes de crédit dans ton portefeuille, et cette jolie voiture neuve dans le garage.

J'ai serré les dents, submergée par une vague d'émotions dont je ne savais que faire. Je détestais ce qu'il insinuait. Ce n'était pas si simple, et ce n'était pas juste.

Il s'est planté devant moi et m'a fusillée du regard.

— Tu as fui mon frère, ma famille, ta mère, même tes propres amis. Mais si, un jour, tu découvrais que tout ce que tu considères comme acquis — ta maison, ton argent, les gens qui t'aiment — n'était plus là ? Aurais-tu besoin d'aide, alors ? Prendrais-tu enfin conscience que tu n'es qu'une petite chose fragile sans ce confort dont tu penses ne pas avoir besoin ?

Je lui ai rendu son regard, déterminée à ne rien montrer de mon trouble.

Oui, bien sûr. J'appréciais cet argent. Et peut-être que, si j'avais vraiment décidé de m'en sortir seule, j'aurais dû tout balancer. Cartes de crédit, voiture et frais scolaires.

N'étais-je donc, comme il le sous-entendait, qu'une fille lâche qui faisait de beaux discours, mais qui n'aurait jamais vraiment à se battre pour quoi que ce soit ?

— Non, je pense que tu t'en sortiras, a-t-il soufflé d'une

voix sensuelle, en prenant une boucle de mes cheveux pour la faire rouler entre ses doigts. Les jolies filles ont toujours quelque chose à échanger, pas vrai ?

J'ai chassé sa main avec brusquerie. Qu'est-ce qui ne tournait pas rond chez lui ?

Il m'a adressé un sourire en coin, puis a regagné la porte.

— Bonne nuit, Petit Monstre.

Je me suis retournée juste à temps pour le voir se glisser dans le couloir et refermer derrière lui.

Petit Monstre. Pourquoi m'avait-il appelée ainsi ? Cela faisait trois ans que je n'avais pas entendu ce surnom.

Depuis cette nuit-là.

4

Michael

Présent

NE RESTE PAS SEUL AVEC ELLE.

Ma propre règle. La seule à laquelle je m'étais promis de toujours obéir, et voilà que je l'avais enfreinte. Dès le premier jour.

Les bras croisés, je regardais défiler les chiffres sur la paroi de l'ascenseur.

Personne d'autre ne la connaissait.

Pas comme je la connaissais, du moins. Je savais à quel point elle était douée.

Erika Fane jouait à la perfection ses différents rôles. Fille obéissante et altruiste pour sa mère, petite amie charmante et agréable pour mon frère, élève brillante et reine de beauté de notre petite communauté. Tout le monde l'adorait.

Elle pensait qu'elle n'était rien pour moi, insignifiante et invisible. Elle voulait à tout prix que j'ouvre les yeux, que je la voie enfin ; elle ne se rendait pas compte que c'était déjà le cas. Je n'ignorais rien de la garce sournoise dissimulée sous son parfait vernis, et j'étais incapable d'oublier.

Putain, mais pourquoi l'avais-je raccompagnée à son appartement ? Pourquoi m'être senti obligé de m'assurer qu'elle était en sécurité ? Chaque seconde que je passais avec elle me faisait fléchir, oublier.

Elle avait fait irruption dans le hall, effrayée, rouge comme une tomate, fragile et minuscule, et mon instinct protecteur s'était aussitôt réveillé.

Oh oui, elle jouait bien la comédie !

Ne reste pas seul avec elle. Jamais.

Les portes de l'ascenseur se sont ouvertes, j'ai pénétré dans mon hall d'entrée et je me suis figé… Alex, la fille que j'avais fait monter et presque oubliée, était assise au milieu du salon, à califourchon sur une chaise en bois.

Complètement nue.

Je me suis retenu de sourire. La plupart des femmes attendaient qu'on leur dise ce qu'on voulait d'elles.

Je me suis approché, sans la quitter des yeux. Elle affichait un petit sourire en coin, les avant-bras posés sur le dossier, les jambes largement écartées et les deux pieds, chaussés d'escarpins, plantés sur le sol de chaque côté de la chaise.

Je me suis arrêté à quelques centimètres d'elle pour dévorer son corps des yeux : souple, ouvert et prêt pour moi. Ses longs cheveux soyeux caressaient doucement ses seins. Des seins parfaits, ronds et hauts. J'ai baissé le regard sur son ventre bronzé, glissé jusqu'à son sexe nu. Est-ce qu'elle était déjà mouillée ?

J'ai passé le dos de ma main sur sa joue. Elle s'est laissée aller contre mes doigts, en me regardant d'un air malicieux, puis elle a attaqué, attrapant mon pouce entre ses dents pour le mordiller.

Je l'ai observée avec intérêt. Qu'allait-elle faire ensuite ?

Le sucer ? Le lécher ? Le mordre plus fort, peut-être ? J'aimais recevoir autant que je donnais. Qu'une femme montre le feu qui l'animait, au lieu de rester passive.

Mais elle s'est contentée de lâcher mon doigt, avant de me lancer un regard timide. Elle remettait la balle dans mon camp. C'était mon boulot d'attaquer, le sien d'être le bout de viande consentant, j'imagine. Bon sang, qu'est-ce que je me faisais chier !

Je lui ai relevé le menton.

— Reste là.

J'avais besoin d'un moment pour me mettre dans l'ambiance.

Je suis monté à l'étage et me suis dirigé droit vers la douche, placée entre ma chambre et la salle de bains. Elle était ouverte et parfaitement visible depuis le lit. Ce qui pouvait se révéler utile quand j'avais une fille ou deux à la maison et que je voulais les regarder jouer.

Je me suis déshabillé, j'ai jeté mes fringues sur le sol et je suis entré dans la cabine, pas très pressé de retourner en bas.

La douche effet pluie a rapidement répandu son agréable chaleur sur mes épaules et mon dos. J'aurais aimé pouvoir dire que c'étaient toutes les heures passées à la salle de sport, le coach privé ou les entraînements constants qui étaient à l'origine de la tension qui habitait mon corps et mon esprit. Mais je savais que ce n'était pas ça. A vingt-trois ans, j'étais au meilleur de ma forme, et j'avais vécu toute ma vie avec ces exigences sportives.

Ce n'était pas le basket le problème. C'était *elle*.

Après trois longues années, elle était là, ils étaient là, et j'étais incapable de penser à autre chose.

Est-ce qu'elle voudrait toujours de moi, quand tout serait fini ? Après tout ce temps passé à m'observer, à souhaiter probablement que je la touche, ne serait-ce pas ironique qu'elle me déteste quand je la prendrais enfin dans mes bras, quand je plaquerais mon corps contre le sien ?

Oui, je te mettrai dans mon lit, bébé, mais pas avant que tu veuilles de tout ton être me détester.

J'ai soupiré, tête baissée, yeux clos.

J'ai enroulé la main autour de mon sexe. Il palpitait, pulsait, grossissait, comme chaque fois que je pensais à elle.

J'ai passé le pouce sur mon gland.

Putain !

Il suffisait que je pense à elle.

Je m'étais presque trahi dans l'ascenseur. C'était drôle de la voir faire tout son possible pour ne pas montrer qu'elle perdait complètement la tête en ma présence. La façon dont sa respiration faisait bouger ses seins, dont ses tétons pointaient à travers son petit haut moulant... J'avais soudain envie d'en prendre un entre les dents et de lui apprendre à crier mon nom, jusqu'à le murmurer dans son sommeil.

Cette peau dorée, bronzée par son été passé à Thunder Bay, était un régal. Et ces longs cheveux blonds qui effleuraient son visage et son cou, avant de tomber dans son dos en cascade... Ils avaient l'air si doux que je n'ai pu résister à l'envie de toucher ses mèches brillantes.

J'avais parfaitement réussi à l'ignorer toute ma vie, d'abord parce qu'elle était trop jeune pour moi, puis parce qu'il fallait que je sois patient.

A présent, le timing était parfait, elle était là, moi aussi.

Seulement, je n'étais pas seul.

Et le meilleur dans tout ça ? Elle ne savait pas que nous savions. Elle ne savait pas qu'elle était notre proie.

J'ai arrêté l'eau et respiré profondément, la bite douloureuse, exigeant satisfaction. J'ai enroulé une serviette autour de ma taille et passé les doigts dans mes cheveux, avant de redescendre.

Alex était toujours sagement assise sur la chaise, son cul en forme de cœur bien plus attrayant, maintenant que je bandais ferme.

Néanmoins, je n'étais pas encore tout à fait prêt. Après m'être servi un verre, je me suis dirigé vers les fenêtres surplombant la ville. Les lumières illuminaient la nuit comme une mer d'étoiles flottant devant moi. C'était l'une des premières leçons que j'avais apprises, quand j'avais visité cet appartement, petit. Meridian City était plus exaltant vu de loin. Comme la plupart des choses, avais-je compris au fil du temps.

Plus vous vous approchiez de quelque chose de beau, plus cette chose s'enlaidissait. Le charme résidait dans le mystère.

En baissant les yeux, j'ai aperçu Rika à travers une fenêtre. Son appartement n'était pas directement sous le mien, ce qui m'offrait une vue excellente sur sa terrasse et l'intérieur de son salon. J'ai plissé les yeux en la voyant s'agiter. Qu'est-ce qu'elle fabriquait ?

Elle avait étendu une bâche au pied d'un mur, et son salon était jonché de pots de peinture.

Elle est montée sur un escabeau et s'est dressée sur la pointe des pieds pour atteindre l'endroit où le mur rejoignait le plafond.

On aurait dit qu'elle était en train de poser du ruban de masquage. Il était presque 2 heures du matin. Pourquoi se lançait-elle dans des travaux de peinture à une heure pareille ?

Son joli petit cul était moulé par son short, et la dentelle noire de son petit haut s'était soulevée, révélant la peau de son ventre.

Une chaleur s'est aussitôt propagée dans ma poitrine et mon entrejambe, mon cœur s'est mis à battre plus fort. Rika avait un corps canon, même si elle ne savait absolument pas comment s'en servir.

Des mains fraîches et douces m'ont caressé les épaules ; Alex m'avait rejoint, nue. Je n'avais pas descendu les stores, mais les lumières n'étaient pas allumées. Rika ne pouvait rien voir de mon appartement, si elle levait les yeux.

Alex a regardé par la fenêtre, puis elle s'est tournée vers moi et a glissé la main sous ma serviette.

— Mmm…, a-t-elle gémi en caressant mon érection. Tu l'aimes bien.

Je suis resté immobile, le regard posé sur Rika, tandis qu'une autre fille me touchait.

— Non.

Un jour, pourtant, j'avais cru que oui. Pendant quelques heures, nous avions partagé la même vision des choses, et j'avais eu la sensation de pouvoir lui faire confiance.

Une grave erreur, qui avait coûté la liberté à mes amis.

— Mais tu la désires, a-t-elle insisté, me caressant plus rapidement.

Je l'ai laissée s'occuper de moi, sans aucune envie de tendre la main pour la toucher. J'ai gardé les yeux rivés sur Rika ; elle est descendue de l'escabeau, puis s'est mise à quatre pattes pour poser de l'adhésif le long des moulures, le dos cambré, comme pour me narguer.

J'ai grogné, et les caresses d'Alex se sont accélérées.

— Oui, a-t-elle raillé. Elle est si douce, si innocente, n'est-ce pas ?

J'ai dégluti péniblement, la bouche sèche, et lancé un regard noir en direction de Rika.

— Elle n'est ni l'un ni l'autre, ai-je lâché dans un souffle, les dents serrées.

— Peut-être pas, en effet. Les timides se révèlent souvent les plus vilaines.

Alex s'est penchée, enfouissant ses lèvres dans mon cou, pour me chuchoter :

— Je parie que ton frère pourrait te dire à quel point elle est vilaine.

Bordel !

J'ai plaqué les mains contre la vitre, tandis que Rika se

mettait à genoux et levait la tête vers le mur qu'elle s'apprêtait manifestement à peindre.

J'espérais que ce n'était pas vrai. Je ne voulais que deux choses en cet instant : que mon frère ne l'ait pas déniaisée comme il s'en vantait, et que Rika ait autant de cran que je l'espérais.

— Ouais, a soufflé Alex en m'embrassant dans le cou. Je parie qu'il sait exactement ce qu'elle aime.

C'était pile les mots qu'il fallait pour me faire redescendre sur terre.

Je me suis redressé brusquement et lui ai attrapé le menton d'une main ferme.

— Mon frère ne sait absolument rien d'elle ! ai-je craché en la fusillant du regard. Maintenant, rentre chez toi. Je ne suis pas d'humeur.

Je l'ai repoussée, et elle a reculé avec un petit cri de surprise, l'air perdu.

— Mais tu es..., a-t-elle protesté, montrant d'un geste ma queue qui tendait la serviette.

— Ce n'est pas pour toi, et tu le sais.

J'ai reporté mon attention sur l'autre appartement, resserré la serviette autour de ma taille et regardé Rika relever ses cheveux en une queue-de-cheval, puis se pencher pour prendre un pot de peinture.

Le « ding » de l'ascenseur a retenti derrière moi et j'ai jeté un coup d'œil par-dessus mon épaule pour voir Alex toujours plantée là, à poil.

— Tu ferais mieux de te dépêcher. J'ai des invités qui arrivent, et ils adoreraient te trouver comme ça.

Je lui ai lancé un regard appuyé pour lui indiquer que je parlais de sa nudité.

Elle a semblé hésiter, l'air contrarié. Impossible de savoir si elle était vraiment déçue ou simplement vexée.

De toute façon, je m'en foutais royalement. Et je l'avais déjà payée.

Elle a fini par se retourner et s'est précipitée sur ses vêtements, j'ai entendu le froissement du tissu tandis qu'elle se rhabillait.

Pendant ce temps, Rika versait de la peinture dans un bac puis y plongeait un rouleau, l'imbibant de rouge.

Ma couleur préférée.

Cette couleur m'évoquait le courage et l'assurance, mais aussi l'agressivité, la violence. Je ne savais pas trop pourquoi elle avait ma préférence, mais ça avait toujours été le cas.

La clochette de l'ascenseur a de nouveau tinté, et je me suis redressé.

Des voix graves ont résonné dans mon penthouse.

J'ai vu Alex mettre sa deuxième chaussure et attraper sa pochette avant de se précipiter vers l'ascenseur.

Mais, habillée ou non, elle ne passerait pas inaperçue.

Damon, Will et Kai ont émergé du couloir en riant aux éclats, vêtus de costumes noirs : eux aussi rentraient de soirée.

Alex avançait d'un pas rapide, mais Damon l'a attrapée avant qu'elle ait pu détaler et a enroulé un bras autour de sa taille.

— Holà, où tu vas comme ça ? a-t-il plaisanté, en resserrant son étreinte. Tu en as déjà fini avec Michael ?

Will a éclaté de rire.

Damon a fait reculer Alex pour la ramener au salon, lui pétrissant les fesses d'une main.

Je me suis penché par-dessus la chaise pour ramasser le pantalon de jogging que j'avais laissé là ce matin. J'ai pris le temps de l'enfiler et de jeter la serviette sur le sol, avant de me tourner vers eux.

— Laisse-la tranquille, Damon.

Ses yeux foncés, presque noirs, se sont posés sur moi avec cet air de défi qui ne semblait plus le quitter. Il a retroussé les lèvres en un sourire et plongé la main dans sa poche pour en tirer une liasse de billets.

— Je serai doux, a-t-il murmuré contre la joue d'Alex, en lui tendant le fric.

Elle a tourné la tête vers moi, sans doute en quête d'approbation. Etait-elle censée accepter cette opportunité, alors que son précédent client était encore dans la pièce ?

Ce qu'elle faisait m'était égal. Elle était disponible, et c'était son job, après tout. J'avais simplement eu besoin de quelqu'un à mon bras, ce soir, et Will m'avait certifié qu'elle était discrète et sans histoire.

Non, le problème ce n'était pas Alex. Juste, j'en avais ras le bol des provocations de Damon.

Comme je ne réagissais pas, elle s'est tournée vers lui et a pris l'argent.

Il n'a pas hésité. Après avoir brusquement baissé le haut de sa robe jusqu'à sa taille, il l'a soulevée et a fait passer ses jambes autour de sa taille.

— J'ai menti, a-t-il dit dans un grondement. Je ne suis jamais doux.

Il a écrasé sa bouche sur la sienne tout en la portant dans le couloir, avant de disparaître dans une chambre d'amis.

J'ai poussé un soupir agacé. Je n'en pouvais plus de cette lutte sans fin avec lui. Ça ne se passait pas comme ça, avant.

Nous nous étions tous disputés une fois ou l'autre, au cours de nos années d'amitié, bien sûr. Chacun avait son tempérament, ses vices et sa définition du bien et du mal. Mais ces différences nous rendaient plus forts à l'époque. Nous avions des faiblesses en tant qu'individus, mais en tant que Cavaliers nous étions invincibles. Nous apportions tous quelque chose de différent au groupe et, ce qui manquait à l'un d'entre nous, les autres le compensaient. Nous étions une unité, sur et en dehors du terrain.

A présent, je n'étais pas certain que ce soit encore vrai. Les choses avaient changé.

Kai s'est assis sur le canapé ; Will est allé prendre un sandwich et une bouteille d'eau dans le réfrigérateur.

Je me suis retourné pour attraper un ballon — celui que j'avais reçu l'année où nous avions gagné le championnat de l'Etat, au lycée —, et je l'ai lancé à Will.

Il a tressailli, lâché la bouteille d'eau, et m'a regardé d'un œil mauvais, la bouche pleine.

— Aïe ! C'est quoi ton problème ?

— Vous étiez au 2104 ? ai-je demandé, même si je connaissais déjà la réponse.

Ce n'était pas pour rien que nous avions manœuvré pour installer Rika au vingt et unième étage. Ça l'isolait des autres voisins. Et j'aurais dû me douter que mes amis ne laisseraient pas passer cette opportunité de s'amuser avec elle…

Ils ne vivaient pas dans l'immeuble, mais s'étaient de toute évidence procuré une clé de l'appartement mitoyen.

Will a détourné le regard, mais j'ai aperçu un sourire sur ses lèvres. Il a avalé sa bouchée avant de hausser les épaules.

— On a peut-être ramené des filles du club, a-t-il reconnu. Tu connais Damon. Ça a fait un peu de bruit.

J'ai lancé un coup d'œil à Kai. Il n'était évidemment pas de la partie, mais j'étais furieux qu'il ne les en ait pas empêchés. Ça avait toujours été son rôle !

— Erika Fane est peut-être jeune et inexpérimentée, mais elle n'est pas stupide, ai-je fait remarquer en les regardant tour à tour. Vous allez vous amuser avec elle, je vous le promets. Mais pas si vous la faites fuir avant qu'on ait obtenu ce qu'on veut !

Will s'est penché pour ramasser le ballon de basket. Avec son mètre quatre-vingts, il était plus petit que nous, mais tout aussi costaud.

— Ça fait des mois qu'on est sortis, Kai et moi, a-t-il lancé d'un ton accusateur en avançant vers moi, le ballon pressé contre son torse. J'ai accepté d'attendre pour que Damon puisse jouer son rôle, mais j'en ai ras le bol, maintenant, Michael.

Il commençait à perdre patience depuis quelque temps, et je le savais. Kai et lui avaient purgé des peines plus légères mais, pour être justes envers Damon, nous nous étions retenus de faire quoi que ce soit avant qu'il ne sorte à son tour.

— Comme ce coup, hier soir ? ai-je rétorqué. Aller chez elle avec les masques ?

Il a éclaté de rire, manifestement très content de lui.

— C'était en souvenir du bon vieux temps. Fiche-nous la paix avec ça !

J'ai secoué la tête.

— Nous avons été patients jusqu'à maintenant. Ne gâchons pas tout.

— Non, Michael. *Nous* avons été patients. Toi, tu as été à la fac.

Je me suis planté devant lui, le dominant de mes dix centimètres de plus, et je lui ai arraché le ballon des mains. J'ai gardé le regard braqué sur lui tandis que je lançais le ballon à Kai, qui l'a attrapé d'un geste fluide.

— Nous voulions qu'elle vienne à Meridian City, ai-je répondu, et elle est là. Sans amis, sans colocataire. Nous voulions qu'elle soit dans cet immeuble avec nous tous, et elle est là, ai-je ajouté en désignant la fenêtre derrière moi d'un signe de tête. Tout ce qui la sépare de nous, c'est une porte. Elle fait une cible facile, et elle ne le sait même pas.

Will a plissé ses yeux verts, attentif.

— Nous savons exactement tout ce que nous allons lui prendre, avant de la prendre elle-même, alors ne fais pas tout merder. Tout se déroule comme prévu, mais ce ne sera plus le cas si elle se sent en danger avant que le temps soit venu.

Il a baissé les yeux et détourné le regard. Je n'étais pas dupe, il était encore furax, mais avait manifestement décidé de lâcher l'affaire. Il a inspiré profondément, retiré sa veste noire, l'a jetée sur le canapé, et a quitté la pièce pour descendre l'escalier menant au terrain de basket privé de l'appartement.

Kai s'est levé du canapé et s'est approché de la fenêtre, les bras croisés, le regard rivé sur l'extérieur.

Je l'ai rejoint. Les mains plaquées contre les vitres, j'ai suivi son regard. Avec des gestes amples, Rika recouvrait son mur blanc de rouge sang.

— Elle est seule, ai-je dit à voix basse. Complètement seule, maintenant. Et, bientôt, elle n'aura plus que notre bonne volonté à se mettre sous la dent.

Kai l'étudiait sans un mot, les mâchoires contractées. Parfois, il pouvait être plus redoutable que Damon. Au moins Damon était-il un livre ouvert.

A l'opposé, il était toujours difficile de savoir ce que Kai pensait. Il parlait rarement de lui-même.

— Tu hésites encore ? ai-je demandé.

— Et toi ?

J'ai regardé par la fenêtre sans répondre. Que je le veuille ou non, que ça me plaise ou non, là n'était pas la question.

Trois ans plus tôt, la curieuse petite Erika Fane avait voulu jouer avec nous. Nous lui avions fait ce plaisir, et elle nous avait trahis. Aucune chance pour qu'on oublie ! Ce n'était qu'une fois qu'elle aurait payé que mes amis pourraient enfin se sentir en paix.

— Damon et Will agissent sans réfléchir, Michael, a repris Kai, sans la quitter des yeux. En trois ans, ça n'a pas changé. Ils agissent et réagissent avec leurs tripes. Mais, si, autrefois, ils pensaient que l'argent et le pouvoir pouvaient les sortir de n'importe quelle situation, ils savent désormais que ce n'est pas vrai.

Il a tourné la tête pour me regarder dans les yeux.

— Il n'y a pas de jeu, là-bas. Pas de vrais amis. L'hésitation n'est pas de mise. Seule l'action compte. C'est ce qu'ils ont appris.

Je me suis concentré de nouveau sur l'extérieur. *Là-bas*. C'était tout ce que Kai avait dit de la prison, depuis qu'il en était sorti.

Je ne lui avais pas non plus posé de questions. Peut-être parlerait-il quand il serait prêt, ou peut-être me sentais-je trop coupable pour oser aborder le sujet. C'était moi qui avais embarqué Erika avec nous ce soir-là, après tout. Je lui avais fait confiance. Tout était ma faute.

Ou alors, je ne tenais pas à savoir ce qu'ils avaient vécu pendant ces trois années. Ce qu'ils avaient perdu. L'attente qu'ils avaient endurée.

Les changements qu'ils avaient subis.

J'ai secoué la tête pour chasser cette désagréable impression.

— Ils ont toujours été comme ça, ai-je fait remarquer.

— Mais ils étaient contrôlables. On pouvait les calmer. Désormais, ils n'ont plus de limites et, la seule chose qu'ils comprennent vraiment, c'est qu'ils ne peuvent compter que sur eux-mêmes.

Que voulait-il dire ? Qu'ils avaient leurs propres plans ?

J'ai laissé mon regard retomber sur Rika, et une douleur fulgurante m'a traversé la poitrine.

Que ferais-je, s'ils quittaient le navire ? S'ils suivaient leur propre plan d'action ? Leur propre vengeance ? Cette idée me déplaisait.

Pendant trois ans, j'avais été obligé de voir Erika chez moi, d'entendre parler d'elle et d'attendre mon heure, alors que tout ce que je voulais c'était être son cauchemar.

A présent, elle était là, et nous étions prêts.

— Nous ne pouvons pas arrêter, ai-je murmuré.

Nous pouvions contrôler Will et Damon. Comme nous l'avions toujours fait.

— Je ne veux pas arrêter, a rétorqué Kai, ses yeux noirs

rivés sur elle. Elle mérite tout ce qui l'attend. Ce que je dis, c'est que rien ne se passe jamais comme prévu. Ne l'oublie pas.

J'ai pris le verre de bourbon que je m'étais servi en sortant de la douche, un peu plus tôt, et je l'ai avalé d'un trait. Le liquide m'a brûlé la langue et ma gorge s'est serrée.

Je n'oublierais pas, mais je n'allais pas m'en inquiéter. Il était enfin temps de s'amuser.

— Pourquoi elle fait de la peinture à 2 heures du matin ? a demandé Kai, comme s'il venait seulement de s'en rendre compte.

J'ai haussé les épaules ; je n'en avais aucune idée. Peut-être était-elle incapable de dormir, après le show de Damon et Will.

Kai a émis un petit sifflement en la matant, un léger sourire aux lèvres.

— Elle a bien grandi, hein ?

Sa voix était devenue douce, sans pour autant se départir de son ton menaçant.

— Belle peau, yeux et lèvres hypnotiques, corps menu…

Ouais.

Sa mère, une Afrikaner, avait accédé à la richesse et au pouvoir par le mariage, en se servant de son physique. Et pourtant elle était deux fois moins canon que sa fille. Rika avait peut-être hérité de ses cheveux blonds, de ses grands yeux bleus, de ses lèvres pleines et de son sourire hypnotique, mais tout le reste était du pur Rika.

Sa peau brillante baignée par le soleil, ses jambes fortes et toniques — résultat de longues heures d'escrime — et son air doux, séduisant, avec juste un soupçon d'espièglerie dans les yeux…

Comme un bébé vampire.

— Yo ! a beuglé Will d'en bas. Qu'est-ce que vous fabriquez, les mecs ? On joue ou quoi ?

Kai a souri et s'est dirigé vers le terrain.

J'ai hésité. Son avertissement résonnait toujours en moi.

Damon et Will étaient aux aguets, prêts à se jeter sur elle. Mais lui ? Jusqu'où irait-il ?

Nous avions établi des règles, un programme détaillant comment les choses devaient se passer. Nous n'allions pas lui faire de mal physiquement. Nous allions la détruire. Damon et Will essaieraient de transgresser ces règles, ça ne faisait aucun doute, mais qu'en était-il de Kai ? Interviendrait-il pour les retenir, comme il l'avait toujours fait ?

Ou les suivrait-il, cette fois ?

— Et toi ? ai-je alors demandé. La prison t'a changé ?

Il s'est retourné et m'a fixé avec un calme inquiétant.

— J'imagine que nous verrons.

5

Erika

Trois ans plus tôt

La voiture a pris un virage un peu brusque, et j'ai glissé sur le plancher de la Classe G. Le trajet devenait mouvementé, le sol crissait sous les pneus ; nous roulions à présent sur du gravier.

La musique résonnait à fond dans la voiture, et j'entendais klaxonner : visiblement, tous suivaient en cortège. Nous nous sommes arrêtés et, avant que je ne comprenne ce qu'il se passait, les portes se sont ouvertes, le bruit des moteurs s'est interrompu, et des cris ont retenti de toute part.

Je n'ai pas bougé, résistant à l'envie de regarder par les fenêtres, priant très fort pour que Michael n'ait pas besoin d'ouvrir le coffre. Dieu merci, très vite, les bavardages et les rires ont commencé à s'estomper, avant de disparaître complètement.

Je me suis lentement redressée.

De grands arbres parsemaient la clairière où tout le monde s'était garé. Voitures, pick-up et SUV encombraient les lieux. Plus loin, c'était la forêt.

Qu'est-ce qu'on fichait ici ?

C'est alors que j'ai remarqué une énorme structure en pierre derrière moi : une vieille église abandonnée, brisée, muette, au milieu des bois, dont les flèches s'élevaient entre les branches nues des arbres.

St Killian. Je n'y étais jamais venue, mais je la connaissais ; j'avais vu des photos dans les journaux. C'était un monument ancien, qui remontait au XVIIIe siècle, à l'époque où Thunder Bay avait été fondée.

Elle avait été à moitié détruite par l'ouragan de 1938 et avait fermé, pour ne jamais rouvrir.

Tout le monde devait se trouver à l'intérieur.

J'ai jeté un nouveau coup d'œil autour de moi pour m'assurer qu'il n'y avait vraiment plus personne, avant de me risquer à escalader la banquette arrière pour sortir.

Aussitôt, l'air frais du mois d'octobre m'a fait frissonner. Je portais ma jupe d'uniforme, des ballerines, et pas de collants. J'avais la chair de poule, et les feuilles mortes et cassantes griffaient mes chevilles nues.

J'ai traversé la clairière en courant. Les immenses portes en bois étant barricadées par des planches, j'ai contourné le bâtiment. La pelouse était envahie de mauvaises herbes, et quelques pierres des fondations, délogées, reposaient en tas le long des murs.

De la musique me parvenait à travers les vitraux cassés. J'ai attrapé le rebord d'une fenêtre pour me hisser sur l'une des arches sculptées dans le bas du mur. Dressée sur la pointe des pieds, j'ai jeté un coup d'œil.

Des haut-parleurs étaient installés dans la nef, musique à fond, et deux types — dont Kai, torse nu et sans son masque — se battaient à mains nues au milieu de l'immense pièce, entourés de garçons et de filles qui les encourageaient.

A en juger par le sourire de Kai, qui donnait un petit coup à son adversaire, ce n'était pas un *vrai* combat. Plutôt un divertissement.

Des petits groupes d'étudiants se baladaient, parlaient, riaient et buvaient de la bière, tandis que d'autres disparaissaient par une porte, derrière le chœur.

Ce vieux bâtiment avait-il un sous-sol ? Non, je me rappelais à présent : St Killian avait des catacombes.

L'église était immense et un balcon en demi-cercle surplombait ce qui avait dû être autrefois l'autel. La majorité des bancs en bois était cassée et entassée un peu partout, tandis qu'un vieux lustre en fonte, avec ses bougeoirs et ses ornements, pendait encore au-dessus de la débauche impie qui suivait son cours.

J'ai repéré Miles Anderson en train de galocher sa copine sur un banc, et j'ai immédiatement baissé la tête. Je ne les aimais pas, et je ne voulais pas qu'ils me voient.

— Tu n'es pas censée être là !

J'ai sursauté, le ventre soudain noué, et tourné la tête. A quelques mètres de moi, Michael me regardait à travers son masque.

Toujours agrippée au rebord de la fenêtre, j'ai senti mon cœur s'emballer.

— Je…

Je me sentais trop stupide pour poursuivre. Je savais que je n'aurais pas dû venir.

— Je voulais voir.

Il a baissé la tête. Je n'avais aucune idée de ce qu'il pensait. J'aurais aimé qu'il enlève son masque.

Il a grimpé derrière moi et attrapé le rebord de la fenêtre, m'encadrant de ses bras, ses bottes noires plantées sur les arches de part et d'autre de mes jambes.

J'ai retenu mon souffle.

Que faisait-il ?

J'ai senti la chaleur de son corps dans mon dos, et me suis aventurée à lever les yeux vers lui. Il observait l'intérieur de St Killian à travers la vitre brisée, concentré sur la scène que je contemplais quelques secondes plus tôt.

Ravalant la boule qui me serrait la gorge, j'ai trouvé le courage de parler.

— Si tu veux que je parte…

— Est-ce que je te l'ai demandé ?

J'ai fermé la bouche, et fixé ses doigts serrés autour d'une bouteille de Kirin. Il avait de grandes mains, comme la plupart des joueurs de basket, mais ce n'était rien, comparativement à sa taille. Il faisait presque trente centimètres de plus que moi, et j'espérais qu'il avait fini de grandir. Il fallait déjà que je me torde le cou pour le regarder.

J'ai fermé les yeux un instant, mourant d'envie de me laisser aller contre lui, mais je me suis retenue. J'ai agrippé plus fort la pierre et continué à regarder droit devant moi. Kai et l'autre garçon se battaient toujours sur le béton.

Michael a porté la bière à ses lèvres. Il avait dû soulever son masque, car je l'ai entendu boire une gorgée. Puis j'ai été surprise de voir la bouteille apparaître devant ma poitrine.

Je n'ai hésité qu'un court instant avant de la prendre en réprimant un sourire. Je l'ai tenue entre mes lèvres, laissant le goût amer de la boisson baigner ma langue avant d'avaler.

Quand j'ai essayé de lui rendre la bouteille, il a refusé d'un geste. Plus détendue, j'ai bu une autre gorgée, contente qu'il ne me chasse pas. Pas encore.

— Cette porte mène aux catacombes, c'est ça ? ai-je demandé en désignant les étudiants qui continuaient à se glisser derrière le sanctuaire.

La bouteille serrée contre la poitrine, j'ai levé la tête vers lui.

Il a opiné.

— Qu'est-ce qu'ils font, en bas ?
— Ils s'amusent autrement.

Frustrée par sa réponse énigmatique, je me suis renfrognée. Je voulais aller à l'intérieur.

Michael a ri doucement et j'ai senti son masque effleurer mon oreille tandis qu'il se penchait pour me chuchoter :

— Personne ne sait qui tu es vraiment, n'est-ce pas ?

Que voulait-il dire ? Il m'a pris la bouteille des mains et l'a posée sur le rebord de pierre.

— Tu es une si gentille fille, Rika ! Gentille fille de maman, gentille élève des professeurs…

Il s'est tu un instant avant de reprendre :

— Tu es une gentille fille au-dehors, mais personne ne sait qui tu es vraiment à l'intérieur, hein ?

J'ai serré les dents, les yeux dans le vide.

Son souffle chaud me chatouillait le cou.

— Je sais ce que tu veux. Je sais que tu aimes m'observer. Les écolières ne devraient pas être si vilaines.

Submergée par la honte, je me suis plaquée contre le mur pour lui échapper et j'ai sauté au sol.

Le visage en feu, je me suis mise à courir en direction du parking, mais il m'a brusquement attrapé la main et tirée en arrière.

— Michael ! Lâche-moi !

Il s'est approché.

— Comment peux-tu être sûre que je suis Michael ?

J'ai baissé la tête, incapable de soutenir son regard. Mes yeux se sont posés sur sa main qui tenait la mienne prisonnière. Ma peau était si brûlante que je n'aurais su dire si j'étais en feu ou au contraire gelée.

Je me suis forcée à répondre.

— Je le sens, quand c'est toi que je touche.

Il s'est penché vers moi et mon cœur déchaîné s'est mis à battre plus fort encore quand il a murmuré :

— Crois-moi, tu ne sais pas comment c'est de me toucher.

Il a attrapé la cravate de mon uniforme et m'a tirée vers lui avant de la desserrer d'un geste sec.

— Qu'est-ce que tu fais ?

Il n'a pas répondu.

Il est simplement passé derrière moi et a posé la cravate sur mes yeux.

Je l'ai baissée aussitôt et me suis retournée pour le dévisager.

— Pourquoi ?

— Parce que tu verras davantage de choses les yeux bandés.

Je l'ai alors laissé nouer la cravate.

Ses doigts ont effleuré mes cheveux, puis il a lâché le tissu, mais je sentais encore son torse contre mon dos, et j'ai chancelé, le temps de reprendre mon équilibre. J'avais des papillons dans le ventre et… une furieuse envie de sourire.

— Michael ? ai-je soufflé.

Seul le silence m'a répondu.

Une vague de sensations m'a alors submergée. Le parfum des ciguës et des érables rouges, mélangé à la brise légère qui venait de la mer et me glaçait les joues.

Chaque poil de ma nuque s'est hérissé et j'ai senti mes tétons durcir. Que faisait-il ?

— Michael ? ai-je répété, plus doucement.

Pas de réponse.

Je commençais à me sentir bête.

Mon cœur s'est mis à battre la chamade, et j'ai agrippé le bas de ma jupe, luttant contre une chaleur soudaine entre mes cuisses.

Lentement, je me suis retournée et j'ai levé les mains devant moi. Quand j'ai senti son torse, j'y ai posé les paumes.

— Tu ne peux pas me faire peur.

Il m'a attrapé les poignets pour écarter mes mains.

— Je te fais déjà peur.

Puis il s'est éloigné en me tirant derrière lui. J'ai accéléré le pas pour marcher à ses côtés, agrippée à son bras, m'efforçant de ne pas trébucher, tandis que nous traversions herbes folles, cailloux et sol irrégulier.

J'ai refermé les doigts autour de sa main ; la peau rêche de sa paume était agréable contre la mienne. Que ressentirais-je, si ces mains se posaient ailleurs sur mon corps ?

— Il y a des marches, a-t-il indiqué, interrompant le fil de mes pensées.

J'ai ralenti.

— Viens…

Il m'a guidée dans un escalier. Après plusieurs marches, la lumière du soleil que je percevais à travers le bandeau a disparu, et j'ai su que nous étions à l'intérieur.

Une odeur d'humidité et de pourriture due à des années de négligence m'a enveloppée. J'ai tourné la tête en frissonnant — le froid me traversait la peau. Essayant de localiser les échos des voix qui m'entouraient, j'ai suivi Michael qui me dirigeait sur le sol couvert de débris.

Des cris masculins et des encouragements me sont parvenus de la gauche. Des grognements et des gémissements ont suivi ; visiblement le combat n'était pas fini.

Je n'aimais pas avancer ainsi à l'aveuglette, incapable de savoir si quelqu'un venait vers moi. J'avais l'impression que tout le monde me regardait.

— Pourquoi ne veux-tu pas que je voie ? ai-je demandé en m'arrêtant.

— Ça t'exciterait davantage ?

J'ai tourné la tête vers lui, même si je ne pouvais pas le voir.

— Et toi, est-ce que le fait que j'aie les yeux bandés t'excite davantage ?

Puis je me suis détournée, stupéfiée par ma propre audace. J'avais toujours été nerveuse en présence de Michael, et j'étais choquée — fière, aussi — que ces paroles soient sorties si facilement.

Je l'ai entendu haleter — rire peut-être ? Je n'en étais pas sûre.

— Je veux que tu fasses quelque chose pour moi.

Il m'a lâché la main.

— Je veux que tu gardes le bandeau. Je reviens.

— Attends…

J'ai senti sa main sur mon dos, et son souffle a effleuré ma tempe.

— Montre-moi ce que tu vaux !

Puis il m'a poussée devant lui.

J'ai chancelé, tendu les bras pour ne pas tomber sur le sol de pierre, le souffle court.

— Michael ? ai-je appelé, tournant la tête de tous côtés.

Où était-il, bordel ?

Le ventre noué d'inquiétude, j'ai attrapé le bandeau d'une main. Qu'il aille se faire foutre !

Et puis, ses derniers mots ont résonné dans mon esprit : « Montre-moi ce que tu vaux. »

Il me testait. Jouait avec moi.

J'ai inspiré profondément, m'armant de courage.

Tout va bien. Tu peux le faire.

Je ne déclarais pas forfait. Pas encore.

Les grognements et les gémissements du combat n'étaient qu'à quelques mètres, et j'entendais les gens parler et rire. Je ne savais pas trop si c'était à cause de moi ou du combat, mais mon visage s'est embrasé. Je mourais d'envie de me cacher. J'avais l'impression que des milliers d'yeux étaient braqués sur moi, épiant mes moindres gestes.

J'ai tendu les bras, ma poitrine se soulevant et s'abaissant à mille à l'heure tandis que j'essayais de déterminer si quelqu'un se trouvait près de moi. J'avais l'impression d'être à découvert, et je n'aimais pas ça.

J'ai fait quelques petits pas.

— Michael ? ai-je encore appelé, refusant de laisser ma voix trembler.

— Ah, merde !

Le cri venait du combat.

J'ai entendu l'impact d'un coup de poing, puis des acclamations ont résonné dans le vaste espace au-dessus de nos têtes.

— Wouh ! a crié une voix masculine, tandis que d'autres riaient.

Des filles ont gloussé, tout près, et j'ai inspiré, discernant des bruits de pas près de moi.

— Je ne sais pas ce qu'ils te réservent, ma belle, a plaisanté une fille, mais je suis jalouse !

Une autre a éclaté de rire, et je me suis renfrognée.

J'ai de nouveau posé la main sur mon bandeau. Et si je le soulevais, juste ?

Non ! De rage, j'ai enroulé mes poings autour du tissu. Si je faisais ça, Michael gagnait. Lui l'aurait gardé, parce qu'il se moquait bien qu'on puisse le regarder. Parler de lui à voix basse. Se moquer de lui.

Moi aussi, je pouvais le faire.

J'ai laissé retomber mes mains et redressé les épaules.

Tout allait bien. J'étais morte de honte, mal à l'aise et légèrement terrifiée, mais c'était dans ma tête.

Jusqu'à ce que quelqu'un frôle mon épaule. Puis qu'on m'effleure les fesses.

— Hmm, je te connais, toi, a dit une voix masculine. Rika Fane, la copine de Trevor, c'est bien ça ?

Non. Ce n'est pas ça, ai-je aussitôt pensé.

Je reconnaissais ce ton menaçant qui semblait toujours vouloir donner un double sens à ses paroles, quoi qu'il dise.

Damon.

— Qu'est-ce que tu fais là, sans ton homme ? Et qui t'a mis ça sur les yeux ?

Tout mon corps s'est tendu. J'avais envie d'arracher le bandeau. Je n'aimais pas qu'il me regarde, alors que je ne pouvais pas le voir.

Damon était dangereux.

— Trevor n'est pas mon petit ami.

— Dommage. J'aime bien jouer avec ce qui n'est pas à moi.

Il a effleuré ma lèvre inférieure du bout des doigts, et j'ai détourné la tête.

— Arrête !

Il a enroulé une main autour de ma nuque et m'a attirée contre lui.

— Tu dors chez les Crist des fois, hein ? a-t-il grogné, son souffle tout contre mes lèvres. Tu as ta propre chambre, là-bas ?

J'ai plaqué les mains sur son torse pour essayer de le repousser, mais il a posé son autre main sur ma hanche pour me maintenir contre lui.

— Damon ! ai-je entendu crier derrière moi. Dégage, laisse-la tranquille !

Ce n'était pas la voix de Michael.

Damon a soupiré et répondu d'un ton blasé :

— Je prends ce que je veux quand je veux, Kai. On n'est plus au lycée.

Je me suis débattue, mais il a enroulé ses deux mains autour de ma taille comme un étau, et j'ai senti son murmure au-dessus de mon oreille.

— Et si je venais te voir dans ta chambre, cette nuit ?

Il a posé les mains sur mes fesses. J'ai voulu le repousser, mais il était trop fort.

— Tu m'ouvriras la porte ? a-t-il murmuré contre mes lèvres. Tu ouvriras d'autres choses pour moi ?

Il a glissé la main entre mes jambes et m'a caressée par-dessus ma jupe. J'ai poussé un cri qu'il a étouffé en couvrant ma bouche de la sienne. Je ne pouvais plus respirer. Je me suis débattue avec rage, mais il n'a pas bougé d'un millimètre.

Michael, t'es où ?

En désespoir de cause, j'ai attrapé sa lèvre inférieure entre mes dents, et je l'ai mordu de toutes mes forces.

— Putain ! a-t-il crié en reculant d'un bond.

J'ai repris mon souffle, haletante, les mains tendues devant moi. Je ne savais pas où il était ni s'il revenait à la charge.

Soudain, j'ai perçu un mouvement d'air ; quelqu'un d'autre venait d'arriver.

— J'ai dit « dégage » !

C'était la voix de Kai.

— Elle m'a mordu !

— Alors tu n'as eu que ce que tu méritais ! a répliqué Kai. Descends et défoule-toi un peu. La nuit va être longue.

J'ai instinctivement levé les mains vers le bandeau, avant de les laisser retomber aussi vite, serrant les poings de colère. Je voulais voir, mais je voulais plus encore prouver à Michael que je pouvais relever son défi.

— Ça va, Rika ? a demandé Kai.

J'inspirais et expirais fébrilement, le corps chancelant, étourdie.

Je l'ai mordu !

J'ai eu soudain envie de rire. Je me sentais un peu plus forte.

— J'aimerais pouvoir dire qu'il aboie mais ne mord pas, seulement…

Kai s'est tu, laissant sa phrase en suspens.

Ouais. Nous savions tous les deux ce qu'il en était.

Je sentais tout près du mien son corps chaud et encore baigné d'un soupçon de sueur après son combat.

— Tout va bien, ai-je répondu. Merci.

Je me suis écartée de lui et tournée vers la droite. J'en avais marre de rester plantée là comme une cible.

— Où vas-tu ?

— Dans les catacombes.

— Ça m'étonnerait !

Cette fois, j'étais vraiment agacée. Je lui ai fait face.

— Je ne suis pas une gamine. Compris ?

— Ouais, j'ai compris, a-t-il répliqué, une touche d'humour au fond de sa voix grave. Mais tu vas dans la mauvaise direction.

— Oh ! D'accord. Merci.

— Pas de problème, petite, a-t-il répondu, et j'ai entendu à sa voix qu'il se retenait de rire.

J'ai tendu légèrement les bras devant moi et avancé d'un pas hésitant. Une pensée m'a alors arrêtée. Il m'avait appelée « Rika ». J'ai de nouveau tourné la tête vers lui.

— Tu connais mon prénom ?

D'ailleurs, en y repensant, Damon aussi m'avait appelée par mon nom.

— Ouais, a répondu Kai en s'approchant. Comment pourrais-je ne pas le connaître ?

Comment pourrait-il ne pas le connaître ?

Comment pouvait-il le connaître, plutôt ! Je ne leur avais jamais parlé. Pour Michael, c'était différent, je passais beaucoup de temps chez lui, mais j'étais certaine que les autres ne m'avaient même jamais remarquée.

— Tu fais de l'escrime, a poursuivi Kai, tu es l'héritière d'une fortune en diamants, et tu es au tableau d'honneur depuis ta naissance.

J'ai souri pour moi-même. Le sarcasme qui perçait dans sa voix était bien plus facile à gérer que les mains de Damon sur moi.

— Et, a-t-il ajouté à voix basse, tu portais un superbe bikini noir au barbecue du 4 Juillet à la plage, cet été. Je t'ai regardée plus longtemps que je n'aurais dû.

Quoi ? J'ai senti mes joues s'empourprer.

Kai Mori était aussi beau que Michael et tout aussi convoité.

Il pouvait avoir n'importe qui. Pourquoi son regard se serait-il attardé sur moi ?

Non que j'aie particulièrement envie qu'il me mate. Ce n'était pas Michael.

— Michael n'aurait pas dû te laisser venir. Et je ne crois pas que tu devrais aller en bas.

J'ai retenu un sourire.

— J'imagine que c'est ce que tout le monde va me dire…

Je me suis retournée vers les catacombes, ajoutant dans un souffle :

— … Sauf Michael.

J'ai de nouveau tendu les mains devant moi, les doigts écartés, avançant doucement en direction du bourdonnement qui s'élevait des profondeurs.

Quelque chose, au fond de moi, me disait que je ne devais pas y aller seule.

Kai avait envoyé Damon en bas et, même si je n'étais pas certaine qu'il tente quoi que ce soit, je savais que je n'étais pas en sécurité avec lui.

Michael m'avait dit d'attendre, mais…

Mais quelque chose en moi détestait être à la merci de qui que ce soit ! Je ne voulais pas suivre, ni attendre, et surtout je ne voulais pas me poser de questions. Tout ça me mettait mal à l'aise, comme si quelqu'un me menait par le bout du nez, et je n'aimais pas qu'on me contrôle.

Voilà ce que j'admirais chez les Quatre Cavaliers. Ils avaient toujours le contrôle et ne se cachaient pas. Pourquoi attendre Michael, alors que je pouvais agir par moi-même ?

Un vent frais a balayé mes jambes nues, et j'ai inhalé l'odeur de terre, d'eau et de vieux bois qui me parvenait depuis la porte des catacombes. J'y étais presque.

Mais, avant que j'aie pu atteindre la première marche, quelqu'un a attrapé l'une de mes mains tendues. J'ai inspiré fébrilement, avant de poser les deux paumes sur un sweat en coton.

— Michael ?

J'ai fait glisser mes mains vers le haut ; ses épaules étaient presque à la hauteur du sommet de mon crâne.

— Tu étais là tout ce temps ?

Il est resté muet.

J'ai essayé de calmer mon rythme cardiaque. Mon corps tout entier était aligné avec le sien, plaqué contre ses jambes, son torse, et ma peau s'est embrasée.

J'ai reculé d'un pas.

— Pourquoi tu as fait ça ? Si tu étais là tout ce temps, pourquoi as-tu laissé Damon me traiter comme il l'a fait ?

— Pourquoi n'as-tu pas enlevé le bandeau pour t'enfuir ?

Je me suis raidie. Etait-ce ce à quoi il s'attendait ? Que je déclare forfait et m'enfuie ? Pourquoi me testait-il ?

Peu importait, au fond. Il était resté, avait vu ce qu'il se passait, et n'était pas intervenu. Kai oui, alors que je pensais que Michael…

J'ai baissé la tête, de peur qu'il me voie rougir. Je le tenais sans doute en plus haute estime qu'il ne le méritait.

J'ai relevé le menton, essayant de ne pas laisser mes émotions transparaître dans ma voix.

— Tu n'aurais pas dû le laisser faire.

— Pourquoi ? Qui es-tu pour moi ?

J'ai serré les poings.

— Endurcis-toi, a-t-il lâché dans un murmure, son souffle tout contre ma joue. Tu n'es pas une victime, et je ne suis pas ton sauveur. Tu as réglé le problème. Fin de l'histoire.

Qu'est-ce qui ne tournait pas rond chez lui ? Que voulait-il de moi ? Pourquoi n'était-il pas inquiet pour moi ?

Tous les hommes de ma vie — mon père, Noah, M. Crist, et même Trevor — veillaient sur moi comme si j'étais un bébé apprenant à marcher. Toute cette attention m'était bien égale, je la trouvais même étouffante parfois, mais de la part de Michael… elle aurait pu me plaire. Ne serait-ce qu'une fois.

D'une légère pression, il m'a fait relever le menton, et sa voix s'est adoucie.

— Tu t'en es bien sortie, Rika. C'était bon de te défendre ?

Il y avait de l'amusement dans son ton.

Est-ce que ça avait été bon ?

J'ai senti une nuée de papillons dans mon ventre.

Il avait raison. Je n'étais pas une victime et, même si l'idée qu'il vole à mon secours, dévoilant ce qu'il ressentait vraiment pour moi — s'il ressentait quoi que ce soit —, ne m'aurait pas déplu, il n'en était pas moins vrai que je voulais être capable de mener mes propres combats.

Alors, oui, c'était bon.

Il a mêlé ses doigts aux miens.

— Alors, tu veux aller en bas ?

J'ai souri.

Je l'ai laissé ouvrir la marche. Des hurlements nous parvenaient du sous-sol, et ma poitrine tremblait d'impatience.

Toute luminosité de l'autre côté du bandeau a disparu, l'air autour de moi est devenu plus froid, plus épais, imprégné de l'odeur de terre et d'eau des caves.

— Il y a des marches, m'a-t-il avertie.

J'ai immédiatement ralenti.

— Je peux enlever le bandeau ?

— Non.

J'ai refoulé la colère qui montait en moi et tendu l'autre main jusqu'à trouver les pierres rugueuses et bosselées du mur, à ma droite. Michael a ralenti, me laissant avancer prudemment à tâtons dans l'escalier qui descendait en spirale.

Le sol grinçait sous mes ballerines, et la chair de poule qui se propageait jusqu'à mes cuisses me rappelait qu'il faisait de plus en plus froid, de plus en plus noir…

Et que j'ignorais tout de ce qui m'entourait.

Je ne savais pas qui m'attendait en bas, ce qu'on y faisait. Et, si nous nous enfoncions profondément dans le labyrinthe des catacombes, je n'étais pas certaine de retrouver mon chemin pour en sortir.

Michael m'avait clairement fait comprendre que, même s'il me tenait par la main, il n'était pas là pour me défendre. Alors pourquoi est-ce que je n'avais aucune envie d'arrêter ?

J'ai descendu les marches d'un pas prudent, m'enfonçant de plus en plus profondément sous terre. A chaque pas, j'avais l'impression que les murs se rapprochaient autour de moi. J'ai inspiré péniblement, l'air raréfié pesant sur ma peau comme un lourd manteau.

Michael s'est arrêté et moi aussi.

Love the Way You Hate Me de Like A Storm résonnait tout autour de moi : les tunnels étaient équipés de haut-parleurs.

Un cri a retenti. J'ai aussitôt tourné la tête ; c'était comme s'il progressait vers moi.

Des murmures étouffés semblaient sortir des murs ; des grognements, des souffles flottaient autour de moi. Soudain, des hurlements et des acclamations ont explosé.

J'ai fait glisser mon pied sur le sol et ma ballerine a tâté de la terre au lieu de la pierre présente à l'étage.

A l'affût, je me suis concentrée sur tous les sons que je pouvais saisir.

Les gémissements d'une femme ont traversé le tunnel, résonnant contre les murs, et je me suis humecté les lèvres.

« Ils s'amusent autrement. »

La main de Michael s'est de nouveau glissée dans la mienne, faisant fourmiller ma peau.

— Alors, jusqu'où tu veux aller ? a-t-il demandé, la voix tendue, rauque.

La fille a encore crié, visiblement euphorique ; des rires et des grognements ont suivi.

J'ai frotté ma paume sur ma cuisse, pour tenter d'oublier la chaleur qui se propageait dans mon ventre.

Bon sang, que faisait cette fille ?

Et moi, jusqu'où irais-je ?

J'ai retiré ma main de celle de Michael et, m'aidant du mur, je me suis dirigée vers les bruits. Je n'avais pas l'intention d'attendre son invitation ni sa permission. Il m'avait conduite ici, il voulait jouer avec moi, mais je ne jouais plus. Je n'avais pas besoin de lui.

Il a semblé s'en rendre compte car il m'a attrapée par le coude et tirée en arrière. J'ai trébuché avec un petit cri.

— Tu restes près de moi, compris ?

La gorge soudain serrée, je suis restée immobile et muette. Il se montrait bien plus protecteur que là-haut. Pourquoi ?

Il m'a repris la main pour me guider le long du tunnel. Mon cou et mon visage se sont embrasés alors que les gémissements et les voix masculines se rapprochaient, de plus en plus forts.

Michael a tourné et l'air autour de nous a changé. Ça sentait la sueur, les hommes et l'excitation. Mon cœur battait si fort dans ma poitrine que c'en était douloureux.

Les gémissements et les halètements de plaisir d'une femme résonnaient dans l'air, et j'ai aussitôt touché mon bandeau. J'avais plus que jamais envie de l'enlever.

Mais je me suis retenue. Je ne voulais pas donner à Michael une excuse pour me renvoyer à l'étage.

Je l'ai laissé m'emmener plus loin dans la pièce. Du moins, je supposais que c'était une pièce. Il s'est arrêté pile à l'endroit d'où s'est soudain élevé un râle sans équivoque.

— Ah, bordel ! C'est trop bon. T'aimes ça, hein, bébé ?

J'ai entendu le rire sexy et lascif de la fille qui respirait fort, et mon ventre s'est noué quand des approbations et des rires d'hommes se sont élevés dans la pièce.

J'ai ouvert la bouche, sous le choc, et j'ai demandé à voix basse :

— Ils lui font mal ?

— Non.

Les lèvres soudain sèches, j'ai écouté... Etait-elle la seule fille ici ?

— Est-ce qu'ils sont en train de... ?

Je me suis tue, pas certaine de savoir comment formuler ma question.

— Est-ce qu'ils sont en train de quoi ? a raillé la voix grave de Michael.

J'ai ouvert et refermé la bouche. Je n'aimais pas son ton. Il se moquait de moi.

Je me suis éclairci la gorge.

— Est-ce qu'ils... Est-ce qu'ils sont en train de baiser ?

J'utilisais rarement ce mot, mais il semblait approprié.

Le claquement de peaux qui se heurtaient, vite et fort, emplissait la pièce, et les gémissements de la fille suivaient le même rythme. J'ai serré les dents pour étouffer un grognement. La chaleur enflait entre mes cuisses.

— Michael ? ai-je demandé comme il ne répondait pas.

Silence.

Je me suis tournée vers lui.

— Tu es en train de me regarder ?

— Oui.

Le souffle court, j'ai remué ma main dans la sienne, sans savoir si c'était sa sueur ou la mienne que je sentais sur ma peau.

— Pourquoi ?

Il a hésité un instant avant de répondre.

— Tu m'as surpris. Tu utilises souvent le mot « baiser » ?

Mes épaules se sont affaissées. Est-ce qu'il me trouvait vulgaire ?

— Non, ai-je admis. Je...

— Ça te va bien, Rika. Utilise-le plus souvent.

L'excitation a déferlé sous ma peau ; je n'étais pas sûre de pouvoir satisfaire sa requête, mais j'ai souri quand même. Ça m'était égal qu'il s'en rende compte.

Les hommes, dans la pièce, se sont mis à crier plus fort. Je ne savais pas ce qu'il se passait, mais ils étaient de plus en plus excités.

— Ils sont en train de le faire, non ? ai-je insisté, même si je n'avais pas besoin qu'il me le confirme.

Si les halètements et les mots crus de l'homme ne suffisaient pas à trahir leur activité, leur plaisir était évident dans les geignements doux et torrides qui emplissaient la pièce, de plus en plus rapides et de plus en plus forts, tandis que les ondes bouillonnantes des spectateurs m'entouraient. Je ne pouvais qu'imaginer ce qu'il se passait.

— Pourquoi les autres les regardent ?

— Pour la même raison que tu as envie de regarder. Ça nous excite.

J'ai pris le temps de réfléchir à ses paroles. Avais-je envie de regarder ?

Non.

Non, je ne voulais pas voir cette fille exposée aux regards. Je ne voulais pas voir tous ces types — et quelques autres filles, si j'en croyais les voix que j'entendais — la regarder faire quelque chose qui aurait dû rester privé. Et non, je ne voulais pas savoir qui elle était ni le gars qu'elle baisait, pour ne pas avoir à penser à ce que j'avais vu chaque fois que je les croiserais dans les couloirs de l'école.

Mais…

— Putain, a-t-elle murmuré. Oh ! bordel ! Plus fort.

Mais peut-être que Michael avait en partie raison. Peut-être que je voulais voir à quoi elle ressemblait, voir sur son visage ce qu'elle ressentait. Peut-être que je voulais observer les hommes qui la regardaient pour comprendre ce qui les excitait, surprendre le désir dans leurs yeux, en ressentir un peu, moi aussi.

Peut-être que je voulais observer également Michael. Découvrir dans son regard un besoin, une faim, imaginer combien il serait torride d'être à la place de cette fille, le regard de Michael sur moi.

Est-ce que je voulais être baisée dans une pièce remplie de gens ? Non. Jamais.

Mais je voulais retirer le bandeau et voir ce dont je n'avais pas encore fait l'expérience. Vivre à travers elle, imaginer ce qu'elle ressentait.

Imaginer que c'étaient les mains de Michael sur moi.

La pulsation dans mon clitoris s'est faite plus forte, et je me suis mordu la lèvre inférieure, résistant à l'envie de m'appuyer contre lui.

— Le sexe est un besoin inutile, Rika, a-t-il soufflé. Tu sais ce que ça veut dire ?

J'ai secoué la tête, trop éprouvée par tout ce que je vivais pour réagir autrement.

— Nous n'en avons pas besoin pour survivre, mais nous en avons besoin pour vivre. C'est un caprice, et l'une des rares choses de la vie où les cinq sens sont exaltés.

Je l'ai senti effleurer mon bras et j'ai su qu'il s'était placé derrière moi à la chaleur de son torse contre mon dos.

— Ils la voient, m'a-t-il murmuré à l'oreille, sans me toucher. Ils voient ce corps magnifique qui bouge et halète sous un homme qui la baise.

J'ai respiré plus fort, les mains crispées sur l'ourlet de ma jupe.

— Ils entendent ses gémissements, a-t-il poursuivi, et c'est comme de la musique, parce que ça montre qu'elle aime tout ce qui lui arrive en ce moment. Il hume sa peau, sent sa sueur, goûte sa bouche.

Il s'est collé à moi, mais je ne sentais toujours pas ses mains. J'ai fermé les yeux derrière mon bandeau.

Touche-moi, Michael...

— C'est un régal pour son corps, a encore soufflé sa voix sensuelle, et c'est précisément pourquoi, avec l'argent, le sexe est ce qui fait tourner le monde, Rika. C'est pour ça qu'ils regardent. Il n'y a rien de comparable au fait d'avoir quelqu'un qui te possède comme ça, même si ce n'est que pour une heure.

J'ai lentement tourné la tête vers lui.

— Et l'amour ? N'est-ce pas mieux que le sexe ?

— Tu as déjà baisé ?

— Tu as déjà été amoureux ?

Il a gardé le silence, et je me suis demandé s'il essayait de m'embrouiller ou s'il ne voulait simplement pas me répondre que oui. J'ai choisi de croire à la première hypothèse.

S'il vous plaît, ne me dites pas qu'il l'a déjà été. Ou, pire, qu'il l'est en ce moment.

Il s'est écarté de moi, et la chair de poule m'a de nouveau envahie à la seconde où j'ai perdu sa chaleur.

— Elle n'a pas peur que les gens le sachent ? ai-je demandé à voix basse. A l'école ?

— Tu crois qu'elle devrait ?

Moi, j'aurais peur. Je n'avais peut-être pas d'expérience, mais ça ne voulait pas dire que j'étais complètement innocente. Ce qu'il se passait pendant les heures sombres de la nuit, derrière les portes fermées, ou dans le feu de l'action, semblait bien différent à la lumière du jour, avec les idées claires. Bien sûr, il y avait des choses que nous voulions, des impulsions que nous ressentions, mais accéder à ces désirs avait des conséquences que nous n'étions pas toujours prêts à accepter. Peut-être, en effet, ne devions-nous pas avoir à accepter ces conséquences, peut-être étaient-elles injustes, mais de fait elles existaient.

Cette fille, quelle qu'elle soit, suivait ses propres règles, mais elle souffrirait au regard de celles des autres.

Ce qui était nul.

Peut-être était-ce ce que Michael voulait que je *voie*. Ici, dans le noir, dans cette tombe souterraine avec lui, je goûtais à une réalité différente. Une réalité où les seuls tabous étaient les règles. Voulait-il me montrer tout ce que les gens osaient faire dans un environnement où ils étaient libres ?

J'ai passé les doigts sous la cravate, prête à l'enlever, mais il m'a attrapé la main.

— Je veux voir.

— Non.

J'ai soupiré. Les halètements de la fille s'accéléraient, se faisaient plus bruyants.

— Tu crois que je suis trop jeune, mais c'est faux.

— Est-ce que j'ai dit ça ? Tu n'arrêtes pas de vouloir me faire dire autre chose que ce que je dis.

— Pourquoi m'as-tu laissée descendre ?

Il a marqué une pause avant de répondre d'un ton neutre :

— Qui suis-je pour t'en empêcher ?

La colère s'immisçait dans chacun de mes muscles.

— J'en ai marre de tes réponses évasives ! Pourquoi m'as-tu laissée descendre ?

Que me voulait-il, à la fin ? Pourquoi me rappeler que je pouvais faire ce que je voulais et m'en sortir seule, et dans le même temps me contrôler, chercher à me tenir en laisse ?

Savait-il seulement ce qu'il faisait ?

Et puis merde ! Je n'avais pas besoin de sa permission.

J'ai tiré sur la cravate. Mais au lieu d'inspecter la pièce et le spectacle qui s'y déroulait, comme je le voulais à peine quelques secondes plus tôt, j'ai immédiatement pivoté sur moi-même pour planter mon regard dans le sien.

Derrière son masque cramoisi, qui faisait bondir mon cœur de peur, ses yeux noisette se sont rivés aux miens.

— Pourquoi m'as-tu amenée ici ? ai-je répété, scrutant son regard à la recherche de la moindre émotion. Tu pensais que ce serait marrant ? Que tu prendrais plaisir à voir jusqu'où tu pourrais me pousser, avant que je m'enfuie ?

Il s'est contenté de me dévisager. Sans parler, sans bouger, sans aucune émotion dans le regard. J'avais même l'impression qu'il ne respirait plus.

Non. Ça ne pouvait pas arriver. Pas maintenant.

Une douleur sourde s'est mise à pulser dans mon crâne. Après avoir attendu des années qu'il me regarde, qu'il me voie enfin, il m'avait donné quelque chose — juste un instant, quelques minutes — et il venait de le reprendre. Cet après-midi ne signifiait rien pour lui. J'étais toujours aussi transparente et insignifiante. Je ne savais pas ce qui se passait dans sa tête, et je me rendais compte seulement maintenant que je ne le saurais jamais.

— Je trouverai la sortie toute seule.

J'ai tourné les talons et commencé à marcher vers la porte. Il ne verrait pas mes lèvres trembler. Il ne verrait pas…

Je n'avais pas fait deux pas qu'il m'a attrapée par le coude et m'a plaquée brutalement contre lui.

— Ne pars pas.

Sa voix tremblait.

Les larmes me sont montées aux yeux. Il a enroulé un bras autour de ma taille pour me garder serrée contre lui, tandis qu'il m'entraînait vers la droite et me faisait entrer dans une autre pièce, sombre et vide.

J'ai jeté un coup d'œil furtif autour de moi, mais je n'y voyais pas grand-chose, la seule lumière provenait des bougies de l'autre salle.

— Michael, arrête…

Tout allait trop vite.

Il nous a fait traverser la pièce. J'ai tenté de résister, mais il était trop fort. Avant que je comprenne ce qui m'arrivait, j'étais plaquée contre le mur, la poitrine pressée contre la pierre, Michael dans mon dos. Quelque chose a heurté mon pied : son masque rouge qui avait roulé sur le sol.

J'en avais assez de ses petits jeux. J'ai ouvert la bouche pour protester, mais je me suis figée quand j'ai senti ses bras se resserrer autour de ma taille et son souffle effleurer mon cou, juste sur ma cicatrice.

Malgré moi, j'ai fermé les yeux. Ma peau me brûlait ; le plaisir inondait mes sens. Il a niché son visage et ses lèvres contre mon cou, tout en me maintenant prisonnière, mais il n'est pas allé plus loin. Pas de baisers, pas de caresses, il s'est contenté d'inspirer et d'expirer contre ma peau.

— Tu veux savoir pourquoi tu es là ? m'a-t-il demandé après un long moment. Parce que tu es comme moi, Rika. Parce qu'il y a suffisamment de gens qui essaient de nous dire quoi faire, de nous enfermer dans une boîte.

Il faisait remonter ses lèvres le long de mon cou tout en parlant.

— Ils nous disent que ce que nous voulons est mal, que la liberté est sale. Ils considèrent le chaos, la folie et la baise comme des choses laides, et plus tu vieillis, plus la boîte rétrécit. Tu la sens déjà se refermer sur toi, n'est-ce pas ?

J'ai senti mes poumons se vider de leur air. Il savait.

Il a écarté sa main du mur et m'a attrapé le cou, me forçant à pencher la tête en arrière, vers lui.

— Je suis affamé, Rika, a-t-il dit, ses lèvres juste au-dessus des miennes. Je veux tout ce qu'on me dit que je ne peux pas avoir, et je vois ce même désir en toi.

J'ai cligné des yeux, m'efforçant de discerner les contours de son visage dans la semi-obscurité. Mais je ne voyais que l'arête droite de son nez et l'angle de sa puissante mâchoire.

— Trop de gens essaient de nous changer, et pas assez veulent que nous soyons qui nous sommes vraiment.

Quelqu'un me l'a appris un jour, et je veux te faire ce présent à mon tour.

Mon cœur battait à tout rompre. J'étais perdue, effrayée et en même temps si heureuse que j'avais envie de pleurer. Il savait. Il comprenait ce que je voulais plus que tout.

La liberté.

— Affirme-toi ! Et ne t'excuse pas. Tu comprends ? Assume, ou ça te dévorera.

Le soulagement m'a envahie. Pour la première fois de toute ma vie, quelqu'un me disait que c'était normal de vouloir ce que je voulais. De plonger la tête la première, de rechercher les ennuis, le danger.

De m'amuser un peu avant de mourir.

Lentement, je me suis retournée et il m'a laissée faire, desserrant légèrement son étreinte autour de ma taille.

— C'est tout ce que tu veux m'offrir ? ai-je demandé doucement.

Il a penché la tête vers moi, sa chaleur et son parfum à quelques centimètres à peine de mon visage.

— Je ne suis pas sûr que tu sois prête pour davantage, a-t-il répondu à voix basse.

Ses doigts sont remontés le long de ma cuisse, entraînant ma jupe avec eux, et mon souffle s'est mis à trembler. Il a effleuré la courbe de ma hanche, et j'ai gémi, agrippée à son sweat-shirt.

Donne-moi tout ce que tu as, Michael…

— Rika !

Je me suis brutalement redressée.

J'ai essayé de regarder derrière Michael, mais il était trop grand, et il ne faisait aucun effort pour s'écarter. Il est resté planté devant moi, ses doigts s'attardant sur ma hanche.

Puis, après un long moment, il a laissé retomber sa main, s'est redressé et écarté.

Trevor se tenait dans l'encadrement de la porte, éclairé

par la lumière de l'autre pièce. Il était à contre-jour et je ne pouvais discerner son expression. Il portait encore son uniforme, un pantalon kaki et une chemise bleu clair avec une cravate vert et bleu marine.

— Rika, à quoi tu penses, bordel ?

Il s'est précipité sur moi et m'a attrapée par la main.

— Ta mère est morte d'inquiétude ! Je te ramène chez toi.

Avant que je puisse dire quoi que ce soit, il s'est planté devant Michael.

— Et toi, ne t'approche pas d'elle ! Il y a des dizaines d'autres meufs, ici. Rika n'est pas ton jouet.

Sans attendre la réponse de son frère, il m'a entraînée vers la porte. J'ai jeté un coup d'œil en arrière, pour entrevoir une dernière fois Michael, qui me regardait partir.

6

Erika

Présent

La sonnerie de mon téléphone m'a réveillée en sursaut. Tendant la main vers la table, j'ai poussé un grognement, arraché le téléphone à son câble dans un bâillement, et fait glisser mon doigt sur l'écran. Trop tard.

Je me suis forcée à ouvrir les yeux : trois appels manqués. Noah, Mme Crist et, sans doute, Trevor.

Bon sang ! Pourquoi si tôt ? J'ai cligné des yeux avant de me figer : 10 heures !

Merde ! Putain !

D'un bond, je me suis levée du canapé où je m'étais écroulée de fatigue au milieu de la nuit. Je n'aurais même pas le temps de me doucher. J'étais censée arriver au rendez-vous avec ma conseillère en ce moment même.

Putain de merde ! Je détestais être en retard.

Je me suis précipitée vers le couloir, avant de tomber

en arrêt devant l'énorme masse de rouge qui s'étalait sur le mur.

Voilà pourquoi je m'étais couchée si tard ! J'ai englobé du regard mon travail de peinture et de décoration. Pas mal…

Après le départ de Michael, la veille, j'étais si en colère que j'avais pété les plombs. Mais, contrairement à un gamin qui crie, hurle et cogne, j'avais peint, martelé, fixé, jusqu'à l'épuisement. Je n'étais même pas sûre d'avoir le droit de repeindre les murs, mais ça m'était égal.

L'insupportable conviction de Michael selon laquelle j'étais en permanence à la merci des autres dans la vie, j'étais une petite chose fragile et gâtée, m'avait tapé sur le système, et j'avais éprouvé le besoin de changer quelque chose. Il me voyait encore comme une lycéenne naïve et inexpérimentée, mais il ne m'avait pas aussi bien cernée qu'il le pensait.

Je n'aurais jamais cru ressentir ça un jour mais, la vérité, c'était que j'espérais bien ne pas le croiser de la journée. Ni aucun autre jour, d'ailleurs.

J'ai contemplé mon mur rouge, une couleur qui me rappelait Noël, les pommes, les roses et les rangées d'érables de mon enfance. Le feu, aussi, et les nœuds dans mes cheveux quand j'étais petite, les robes de soirée de ma mère.

J'avais également accroché au mur des photos, ainsi que la dague. C'était sûrement l'un des Cavaliers qui me l'avait laissée. Ou les quatre. Ce cadeau mystérieux et leur apparition soudaine à Thunder Bay, ça ne pouvait pas être une coïncidence.

Mais pourquoi me faire ce présent ? Michael avait-il quelque chose à y voir ?

Nouvelle sonnerie indiquant que j'avais un message vocal. J'ai cligné des yeux, me souvenant brusquement de l'heure qu'il était.

Merde !

J'ai enfilé les premiers vêtements qui me tombaient sous

la main et attaché mes cheveux en queue-de-cheval. Après avoir attrapé mon sac de cours en cuir marron, mon portefeuille et mon téléphone, je suis sortie de l'appartement au pas de course et me suis ruée dans l'ascenseur, en jetant un coup d'œil en direction de l'autre penthouse.

Je n'avais plus entendu de bruit après le départ de Michael, la veille, mais il y avait bien eu quelqu'un dans cet appartement. Je n'étais pas folle. J'ai mis à mon programme d'en toucher deux mots au gérant rapidement. Je ne me sentais pas en sécurité. J'avais quand même été poursuivie dans l'escalier !

— Bonjour, mademoiselle Fane, m'a saluée M. Patterson lorsque je suis sortie de l'ascenseur.

— Bonjour, ai-je lancé avec un petit sourire, tout en passant devant l'accueil à toute allure.

Je n'avais pas le temps de lui parler maintenant. Sur le trottoir, je me suis retrouvée enveloppée par l'agitation et le bruit de la ville. Les gens se rendaient au travail ou en revenaient, vaquaient à leurs occupations journalières. Ils se déplaçaient rapidement ; certains slalomaient entre les piétons, d'autres traversaient la rue sous les sifflets et klaxons des taxis.

Les nuages étaient bas et une brise fraîche agitait l'air, bien que nous soyons encore fin août. J'ai inspiré profondément. Autour de moi, tout était fait de brique et de béton, mais en dessous je sentais l'odeur de la terre. J'ai bifurqué à droite, et couru dans la direction de Trinity College.

Après m'être platement excusée, j'ai réussi à convaincre ma conseillère de me recevoir entre deux rendez-vous, et nous avons pu finaliser mon emploi du temps. Ce qui était un soulagement dans la mesure où mes cours commençaient à peine quelques jours plus tard. J'étais bien décidée à entamer cette année sur de bonnes bases.

Comme j'avais un peu de temps, je suis allée acheter les quelques livres ajoutés à la dernière minute à ma bibliographie, avant de me balader dans le quartier, m'appropriant les magasins, la journée anormalement fraîche, et la beauté de cette ville sombre.

J'adorais cet endroit. Cette métropole animée et bruyante qui n'avait pas son pareil. C'était une immersion culturelle permanente... Chaque quartier regorgeait de bibliothèques et de musées. La variété des cuisines proposées aurait excité les plus fins gourmets, et on ne pouvait s'empêcher d'admirer les arbres majestueux qui bordaient les trottoirs, les parterres de fleurs devant les immeubles. C'était somptueux et unique.

Mais la ville avait également un charme plus sombre.

Les gratte-ciel bloquaient la lumière. Les hauts arbres des parcs vous dominaient avec leur canopée pareille à une caverne dans l'ombre de laquelle l'herbe devenait presque noire. Les ruelles silencieuses se perdaient dans le brouillard matinal, projetant leur mystère sur la ville. Le côté obscur de Meridian City était sans doute ce que j'avais le plus aimé quand j'y étais venue pour la première fois, petite.

Mon téléphone a vibré, et j'ai plongé la main dans ma sacoche. Numéro inconnu. J'ai pris une profonde inspiration. Je savais qui c'était.

Trevor n'avait pas droit au téléphone portable dans son école. Il devait appeler avec une carte téléphonique. J'avais l'habitude, il l'avait déjà fait, lors de son stage d'été, en première année.

— C'est toi, aspirant ? ai-je demandé d'un ton taquin.

Je serais amenée à le côtoyer pour le restant de mes jours, puisque nos familles étaient si proches, autant être en bons termes avec lui.

— Comment se passe ta première journée dans la grande ville ?

Ouf, il avait l'air bien plus détendu que pendant la soirée.

— Super !

J'ai jeté mon gobelet de café dans une poubelle sans m'arrêter de marcher.

— Je suis allée à la librairie acheter les livres qu'il me manquait.

— Bien. Comment tu trouves ton appartement ?

J'ai lâché un petit rire et secoué la tête.

— Immense ! Comme tu dois déjà le savoir… J'adore ta mère, Trevor, mais elle a exagéré sur ce coup-là, tu sais ?

— De quoi tu parles ?

— De l'appartement, dans l'immeuble de ta famille…

Il devait bien être au courant, puisqu'il avait laissé entendre que je verrais Michael.

— Qu'est-ce que tu veux dire, l'immeuble de ma famille ?

Sa voix était devenue tranchante.

— Delcour. Je ne savais pas que l'immeuble appartenait à ta famille.

— Putain ! Tu habites à Delcour ? Pourquoi tu ne me l'as pas dit ?

Je n'ai pas répondu. Je ne comprenais pas vraiment le problème. Pendant l'été, je lui avais annoncé que j'avais trouvé un appartement, sans plus de détails. Et il n'avait pas posé de questions.

Y avait-il quelque chose qui clochait avec Delcour, hormis le fait que Mme Crist m'avait légèrement manipulée ?

— Rika, trouve autre chose.

— Pourquoi ?

— Parce que je ne veux pas que tu habites là-bas.

— Pourquoi ? ai-je insisté.

Ses parents m'avaient joué un tour pour que je loue un appartement sans me dire que c'était leur immeuble, et maintenant Trevor m'ordonnait de partir ? J'en avais assez que les gens décident pour moi !

— Il faut vraiment que tu poses la question ? Prends

tes affaires et va à l'hôtel jusqu'à ce que tu trouves un autre appart. Je suis sérieux. Tu n'habiteras pas à Delcour.

Je me suis figée sur le trottoir. Quel était son putain de problème ? Delcour appartenait à sa famille. Pourquoi refusait-il que j'y reste ? Et pour qui se prenait-il, à me donner des ordres ? Il me connaissait pourtant.

— Ecoute, ai-je dit d'une voix aussi calme que possible. Je ne sais pas ce qui se passe, mais l'endroit est très sécurisé et, même si ce n'est pas ce que j'avais prévu, les cours commencent dans deux jours. Je ne veux pas déménager en plein milieu du semestre.

Pas si je n'y étais pas obligée, du moins.

— Je ne veux pas que tu habites là-bas ! a-t-il aboyé. Tu comprends ?

J'ai serré les dents.

— Non. Je ne comprends pas, parce que tu ne m'expliques pas. Et, aux dernières nouvelles, tu n'es pas mon père.

J'ai entendu son rire amer à l'autre bout du fil.

— Tu as tout planifié, pas vrai ? Tu savais exactement ce que tu faisais.

Je n'avais aucune idée de ce dont il parlait, mais je m'en fichais.

— Je ne déménagerai pas. Je ne veux pas.

— Non. J'imagine bien.

— Qu'est-ce que ça veut dire ?

Pour toute réponse, mon téléphone a bipé.

Fin de l'appel.

J'ai renversé la tête en arrière, exaspérée.

Pourquoi ? Pourquoi Trevor ne voulait-il pas que je reste à Delcour ? Il détestait Meridian City, mais qu'est-ce que Delcour avait à voir avec ça ?

Tout s'éclairait.

Michael. Trevor détestait son frère, et Michael habitait à Delcour. Il ne voulait pas qu'il s'approche de moi.

Mais, si Michael ne me calculait pas chez nous, rien ne changerait ici. Je n'aurais même probablement jamais su qu'il habitait à Delcour si je n'étais pas tombée sur lui dans ma fuite effrénée de la veille. Je n'avais aucune raison de penser que je le verrais régulièrement.

J'ai poussé un soupir et je me suis passé la main sur le front pour essuyer la fine couche de sueur qui y perlait. La dispute m'avait échauffée.

Et donné de l'énergie à revendre.

Je sentais le feu dans mes jambes, l'envie de bouger et de sentir le poids d'une lame dans ma main.

J'ai tapé « club d'escrime » dans le moteur de recherche de mon téléphone.

— Bonjour…

Le réceptionniste a relevé la tête.

— J'ai vu sur Internet que vous aviez un club d'escrime, et je me demandais si vous organisiez des soirées portes ouvertes.

Il m'a dévisagée, l'air effaré.

— Pardon ?

Je me suis sentie rougir, mal à l'aise. D'après Google, Hunter-Bailey était réputé pour avoir l'un des clubs d'escrime les plus actifs de l'Etat, avec des leçons privées et une grande salle destinée aux exercices de groupe. C'était aussi le seul endroit en ville à proposer de l'escrime.

L'établissement était un peu plus huppé que le centre de loisirs de Thunder Bay auquel j'étais habituée. Escaliers et meubles de bois sombre ; immenses tapis sur les parquets ; tissus d'ameublement vert forêt, noir ou bleu nuit. L'atmosphère qui s'en dégageait était sombre et très masculine. J'avais également remarqué en entrant le dôme en marbre du plafond et les vitraux.

— De l'escrime, ai-je précisé en le regardant. Je cherche un club où pratiquer. Je peux payer un abonnement, si besoin.

Je n'avais pas vraiment besoin de cours. J'en avais pris presque toute ma vie. Mais j'avais envie de rencontrer d'autres escrimeurs, de trouver un binôme pour m'entraîner, et de me faire des amis.

Le type me fixait comme si je lui parlais japonais.

— Rika ?

J'ai tourné la tête. Michael traversait le hall.

Que faisait-il ici ?

Il s'est approché de moi, vêtu d'un jean brut et d'un T-shirt bleu marine — tout ce qu'il portait le mettait en valeur, de toute façon. Un sac de gym pendait à son épaule, un sweat noir posé dessus.

— Qu'est-ce que tu veux ?

Son ton était acerbe, mordant.

— Je… euh…

— Vous connaissez cette jeune femme, monsieur Crist ? a demandé le réceptionniste.

Michael m'a toisée ; il n'avait pas l'air ravi de tomber sur moi.

— Oui.

L'autre s'est éclairci la gorge.

— Eh bien, elle souhaiterait rejoindre notre club d'escrime, monsieur.

Michael a esquissé un petit sourire en coin et hoché la tête.

— Je m'en occupe.

J'ai regardé l'homme disparaître, nous laissant seuls dans la pièce où des voix distantes nous parvenaient depuis les portes fermées derrière moi.

J'ai agrippé la lanière de ma sacoche, passée en travers de ma poitrine.

— Je ne savais pas que tu faisais de l'escrime, ai-je dit.

— Qu'est-ce qui te fait croire que j'en fais ?

J'ai haussé une épaule.

— Eh bien, tu es dans un club d'escrime.

— Non, a-t-il répondu d'une voix traînante, l'air amusé. Je suis dans un gentlemen's club.

Un gentlemen's club ? Comme un club de strip-tease ?

J'ai jeté un coup d'œil autour de moi, mais je n'ai rien vu qui trahisse la présence de danseuses, de salles privées ou de *lap dances*.

Hunter-Bailey était un lieu immaculé, élégant et ancien, comme une sorte de musée où on vous dit de garder le silence et de ne toucher à rien.

— C'est-à-dire ?

Il a poussé un soupir et m'a considérée comme s'il perdait patience.

— C'est un club réservé aux hommes, Rika. Un endroit où ils viennent faire de la muscu, nager, se défouler, boire, et dire des saloperies sur les gens qui les font chier.

Qui les font chier ?

— Les femmes, tu veux dire ?

Il s'est contenté de me scruter, la tête légèrement penchée sur le côté.

— Donc…

J'ai observé les lieux avant de ramener mon regard sur lui.

— … les femmes n'y sont pas admises…

— Non.

J'ai levé les yeux au ciel.

— C'est complètement ridicule !

Pas étonnant que le réceptionniste m'ait fixée si bizarrement. Pourquoi ne mettaient-ils pas un panneau *Interdit aux femmes* à l'entrée, dans ce cas ?

Sans doute parce que cela donnerait davantage envie aux femmes d'entrer.

Michael s'est rapproché de moi.

— Quand les femmes ont droit à leurs soirées privées dans les bars ou leurs propres espaces de musculation dans les salles de sport, tout va bien, mais quand les mecs veulent le leur c'est archaïque ?

J'ai soutenu son regard, l'ambre doré de ses yeux me narguait, jouait avec moi comme un chat avec une souris. Il avait raison, et il le savait. Les hommes avaient le droit de vouloir leur propre espace. Il n'y avait aucun mal à cela.

Toutefois, ça m'agaçait qu'ils soient les seuls à proposer une activité que j'aimais et que j'en sois exclue.

— Je voulais seulement faire de l'escrime, et cette ville offre un choix limité en termes de complexes sportifs…

— Je suis désolé qu'il n'y ait pas plus de femmes qui s'intéressent à l'escrime pour que tu aies ton propre club, a-t-il dit sèchement, loin d'avoir l'air désolé. Il pleut. Tu as besoin qu'on te ramène à Delcour ?

J'ai remarqué de petites taches sombres sur son T-shirt. Il avait dû se mettre à pleuvoir après mon arrivée.

J'ai secoué la tête. Il n'avait qu'une envie, visiblement : se débarrasser de moi. Hors de question de le forcer à s'occuper de moi.

— OK.

Il m'a contournée pour se diriger vers les doubles portes en bois, et je lui ai tourné le dos pour partir. Mes yeux sont tombés sur une casquette en tweed posée sur une pile de livres anciens.

J'ai souri. Sans hésiter, j'ai laissé tomber mon sac sur le sol, empoigné la casquette et monté l'escalier en courant, grimpant les marches deux à deux, tout en enfonçant le couvre-chef sur mon crâne. Puis j'ai fourré ma queue-de-cheval à l'intérieur.

— Erika !

La voix de Michael a retenti derrière moi.

Je ne me suis pas arrêtée ; j'ai filé, le cœur battant à tout rompre, les poings serrés. L'adrénaline se diffusait dans tout mon corps. A l'étage, j'ai bifurqué dans le couloir, tout en coinçant les dernières mèches rebelles sous la casquette.

Les marches craquaient derrière moi. J'ai jeté un coup d'œil en arrière : je ne voyais pas Michael, mais j'entendais ses pas.

J'ai failli éclater de rire en me souvenant de ce jour où il m'avait surprise à fouiner, à St Killian. Il avait apprécié ma curiosité, à l'époque ; il s'en était même amusé, se prêtant au jeu. Puis, cette même nuit, il m'avait rejetée comme si rien ne s'était passé.

Peut-être s'en souvenait-il, lui aussi.

J'ai parcouru le couloir d'un pas rapide. Des plaisanteries et des rires me parvenaient par des portes ouvertes. Mais je ne me suis pas attardée pour regarder.

Deux hommes en costume, dont l'un tenait un cigare, avançaient dans ma direction, sourire aux lèvres. J'ai baissé la tête, consciente que ma silhouette me trahissait. Quand nous nous sommes croisés, l'un d'eux a tiqué, mais il ne m'a pas arrêtée.

Arrivée au bout du couloir, j'ai ouvert une porte au hasard et je suis entrée, avant de vite la refermer derrière moi. Je ne savais pas si Michael avait vu où je m'étais dirigée. Quoi qu'il en soit, cela ne me dérangeait pas qu'il me trouve. C'était le but, après tout.

J'étais dans une salle d'entraînement à la boxe : ring, punching-balls, équipements divers. Une quinzaine d'hommes s'y trouvaient, occupés à se muscler, s'entraîner, discuter. Je me suis glissée derrière l'un des nombreux piliers de la grande pièce pour reprendre mon souffle.

La porte s'est ouverte et Michael est entré, l'air hors de lui. Il m'a cherchée un instant des yeux, puis foudroyée d'un regard qui me disait clairement que j'étais dans la merde.

Recourbant l'index, il a articulé « viens ici » en s'approchant lentement de moi. Il comptait probablement mettre fin discrètement à mes sottises, pour que je ne l'embarrasse pas devant les autres membres du club.

J'ai essayé de retenir mon sourire, mais j'étais sûre qu'il l'avait vu quand même.

Au lieu de lui obéir, j'ai décidé de jouer. Sans bruit, j'ai fait le tour de la pièce, de pilier en pilier, puis j'ai ouvert une porte et je me suis glissée dans une autre salle. J'ai attendu qu'il approche, les lèvres pincées par la colère, des éclairs dans les yeux, avant de la lui fermer au nez.

Cependant, dès que j'ai baissé les yeux sur le carrelage en ardoise et entendu l'eau couler, j'ai su que j'avais fait un très mauvais choix.

Fait chier!

Et maintenant? Je pouvais toujours faire demi-tour, mais Michael allait arriver par là.

Tête baissée, j'ai suivi un petit tunnel, passé un hammam, un sauna et deux grands jacuzzis. Je sentais des regards se poser sur moi, mais j'ai continué à avancer, rapidement et sans un mot. Quelques hommes se relaxaient sur des canapés, dans le spa. Retenant mon souffle, je suis passée devant eux avant de me précipiter dans le vestiaire attenant. Un homme blond a surgi devant moi. J'ai tourné dans une allée déserte, sur la gauche, pour me cacher derrière une rangée de casiers.

Des portes ont claqué, deux hommes discutaient à ma droite, et Michael allait me tomber dessus d'une seconde à l'autre.

Appuyée contre le métal froid, j'ai examiné les lieux pour essayer de trouver la sortie. S'il y en avait une.

Une voix a alors retenti :

— Monsieur Torrance, il est interdit de fumer ici.

— Va chier!

M. Torrance…

Mon cœur a cessé de battre un instant. Je connaissais

cette voix. Lentement, je me suis approchée du coin des casiers pour jeter un coup d'œil dans l'allée, priant pour ne pas voir ce que je redoutais.

Hélas…

Damon Torrance était assis dans un fauteuil rembourré, la tête renversée en arrière, les yeux fermés. Il ne portait qu'une serviette à la taille et des gouttelettes d'eau brillaient sur son cou, ses bras et son torse.

Il a porté à ses lèvres la cigarette qu'il tenait entre ses doigts. Puis, comme dans mes souvenirs, il a soufflé lentement, laissant la fumée monter, plutôt que de l'expulser devant lui.

La puanteur m'a retourné l'estomac et les souvenirs de cette fameuse nuit, trois ans plus tôt, ont afflué. J'avais été obligée de prendre deux douches pour me débarrasser de cette odeur.

Ces dernières années, il m'était arrivé de me sentir un peu triste pour ce qui était arrivé à Will et Kai, mais pour lui… pas tellement.

Une main s'est plaquée contre ma bouche, et j'ai inspiré brusquement, reculant contre un torse puissant.

— Je n'ai pas de temps pour ça, m'a glissé Michael à l'oreille d'un ton d'avertissement.

Il m'a relâchée, et je me suis tournée vers lui. La colère flambait dans ses yeux. Mon plan n'avait pas fonctionné. Ce petit jeu de poursuite ne l'amusait pas le moins du monde.

— Pourquoi est-ce que j'ignorais que tes amis étaient sortis ? ai-je demandé à voix basse.

— En quoi ça te regarde ?

En quoi ça me regardait ? En tout, à vrai dire. J'étais avec eux, la nuit qui avait précédé leur arrestation. Et il s'était passé d'autres choses dont Michael n'était peut-être pas au courant.

— Je pensais que ça ferait du bruit. A Thunder Bay, en tout cas. Or, je n'ai jamais entendu parler de leur libération. Etrange, tu ne trouves pas ?

— Ce qui est étrange, c'est que je sois là à perdre mon temps avec toi. Tu as fini ?

J'ai regardé droit devant moi ; son torse se dressait au niveau de mes yeux, et une intense douleur enflait dans mon crâne.

— Tu n'es pas obligé de…, ai-je commencé avec douceur.

— De quoi ? m'a-t-il interrompue, sèchement.

J'ai levé les yeux vers lui et serré les dents pour empêcher mon menton de trembler.

— … De me parler comme ça. Tu n'as pas besoin d'être aussi méchant.

Il a soutenu mon regard, le visage dur et glacial.

— A une époque, ai-je insisté, tu aimais me parler. Tu t'en souviens ? Quand tu m'as remarquée et qu…

Mais je me suis tue brusquement. Il venait de planter ses mains sur le pilier, au niveau de ma tête, et approchait dangereusement son visage du mien.

— Il y a des endroits qui ne sont pas pour toi, a-t-il dit lentement, prenant soin de détacher chaque mot, comme s'il parlait à un enfant. Si on veut te voir, on t'invite. Sinon, c'est qu'on ne veut pas de toi. Tu comprends ?

Il m'a toisée, comme s'il m'expliquait pourquoi il fallait que je mange mes légumes avant le dessert.

C'est un concept pourtant facile, Rika. Pourquoi ne peux-tu pas comprendre ?

Il était en train de m'expliquer que je le gênais. Qu'il ne voulait pas de moi.

— Tu n'as pas ta place ici et tu n'es pas la bienvenue.

J'ai serré les dents de toutes mes forces et respiré par le nez, contractant chaque muscle de mon corps pour essayer de ne pas m'effondrer. C'était comme être frappée par la foudre ; les yeux me brûlaient. Je ne me souvenais pas avoir jamais ressenti ça. Il m'avait ignorée, s'était montré condescendant, m'avait méprisée de temps à autre, mais sa cruauté actuelle me blessait au-delà des mots.

— C'était pourtant clair, Rika ! Un chien comprend mieux ce qu'on attend de lui que toi.

Malgré moi, j'ai senti les larmes me monter aux yeux et mon menton s'est mis à trembler. J'avais envie de disparaître dans un trou, d'oublier.

Avant qu'il ait la satisfaction de me voir m'écrouler, j'ai bondi, repoussé son bras et rebroussé chemin en courant. J'ai retraversé le spa la vision brouillée. Il fallait absolument que je sorte de là avant d'être submergée par les sanglots qui me nouaient la gorge !

J'ai perdu ma casquette dans la course, mais je m'en moquais. J'ai traversé la salle de boxe en courant, peu m'importait qu'on me voie. Essuyant mes larmes, je me suis précipitée dans le couloir puis l'escalier.

C'est alors que j'ai percuté un corps dur et massif. J'ai levé la tête et mon sang s'est glacé.

— Kai ?

Damon était ici. Kai était ici. Will était-il là, lui aussi ? Etaient-ils tous à Meridian City ? Je ne savais pas si Michael avait gardé contact avec eux pendant qu'ils étaient en prison, mais à présent ça semblait évident.

Kai a penché la tête sur le côté, comme pour mieux me dévisager, et posé la main sur mon bras pour me stabiliser. Je me suis vivement dégagée.

Il était toujours aussi beau avec sa chemise blanche et son costume noir impeccables, peut-être un peu plus musclé que la dernière fois que je l'avais vu.

J'ai entendu des bruits de pas derrière moi : Michael arrivait en haut des marches.

Ils étaient donc de nouveau réunis ?

J'ai dévalé les marches restantes et attrapé mon sac resté

dans le hall avant de sortir en trombe. Michael, c'était une chose, mais je ne voulais pas me retrouver avec ses amis.

— Rika ! a-t-il crié dans mon dos.

La porte s'est refermée derrière moi et j'ai dévalé le perron, tandis qu'une pluie froide s'abattait sur moi.

J'ai mis mon sac en bandoulière et ignoré le voiturier qui me tendait un parapluie.

— Je vous appelle un taxi, mademoiselle ?

J'ai secoué la tête et entrepris de remonter le trottoir.

— Allez chercher ma voiture !

La voix de Michael.

Je me suis retournée, nos regards se sont croisés, et j'ai recommencé à courir. Je voulais m'enfuir loin de lui.

— Rika ! Arrête-toi ! a-t-il crié.

J'ai pivoté sur moi-même et, marchant à reculons, j'ai lancé :

— Je m'en vais, OK ? Qu'est-ce que tu veux de plus ?

Il m'a rattrapée en quelques enjambées. Sans un mot, il a saisi la lanière de mon sac et me l'a arraché, me stoppant net sur le trottoir…

— Qu'est-ce que tu fous ?

Il s'est contenté d'emporter mon sac vers le voiturier qui lui tendait ses clés.

Il a ouvert l'une des portières arrière, jeté à l'intérieur mon sac — avec mon téléphone et mes clés —, puis il s'est planté devant la portière passager et l'a ouverte en grand.

— Monte ! m'a-t-il ordonné, le visage tordu de colère.

J'avais de plus en plus de mal à respirer. A quoi est-ce qu'il jouait, bon sang ? J'étais presque tentée de demander au gérant de l'immeuble de me donner un nouveau jeu de clés et d'acheter un nouveau téléphone. Juste pour lui montrer que je n'avais pas à lui obéir.

Cela dit, mes livres étaient dans mon sac, avec mon emploi du temps, sans parler de mon certificat de naissance et de mon carnet de vaccination, que le bureau des admissions avait voulu photocopier.

Les larmes avaient disparu pour céder la place à la rage.

Je suis montée dans la voiture et j'ai claqué la portière, la lui arrachant des mains. Dès que je l'ai vu faire le tour pour passer côté conducteur, je me suis retournée, j'ai saisi à la volée mon sac sur la banquette arrière et rouvert la portière.

Je ne suis pas allée bien loin.

Avant même d'avoir décollé les fesses du siège, j'ai senti la main de Michael s'abattre sur mon épaule.

J'ai crié, mais il s'est emparé de mon sac pour le jeter de nouveau sur le siège arrière.

— Monsieur Crist, vous avez besoin d'aide ?

Le voiturier est apparu devant ma portière ouverte.

D'une pression sur ma clavicule, Michael me tenait clouée à mon siège, et les larmes me sont de nouveau montées aux yeux.

Le voiturier a tendu la main vers moi ; l'inquiétude se lisait sur son visage.

— Monsieur, la jeune dame...

— Ne la touchez pas et fermez la portière !

Le voiturier est resté bouche bée un instant, comme s'il voulait protester, mais il s'est contenté de me dévisager, puis il a reculé et fermé la portière.

— Je t'ai dit que je n'avais pas besoin qu'on me ramène, ai-je craché. Tu voulais que je m'en aille, alors laisse-moi partir !

Il a démarré la voiture, les muscles de son cou contractés, les cheveux parsemés de gouttes de pluie.

— Je n'ai aucune envie que ma mère se plaigne parce que je t'ai laissée partir en larmes !

La fureur bouillonnait sous ma peau ; je me suis mise à genoux sur le siège pour mieux me pencher vers lui.

— J'ai plus de cran que tu ne le penses, ai-je hurlé, alors tu peux aller te faire foutre !

Il m'a brusquement saisie par la nuque et m'a tirée vers lui. J'ai gémi, quand ses doigts se sont emmêlés dans mes cheveux.

— Qu'est-ce que tu attends de moi, hein ? a-t-il demandé, le souffle lourd, le regard noir. Qu'est-ce que tu vois de si fascinant en moi ?

Je tremblais sous son regard. Ce que je voyais en lui ? La réponse était si facile que je n'avais même pas besoin de réfléchir. La même chose qu'il avait vue en moi quelques années auparavant, dans les catacombes.

La faim de vivre.

Le besoin de partir, le désir de trouver la seule personne sur la planète qui me comprendrait, la tentation de courir après ce que, selon les autres, je ne pourrais jamais avoir…

Je me retrouvais en lui et, si, ado, je m'étais souvent sentie seule ou avais eu l'impression de chercher quelque chose que je ne pouvais exprimer, c'était moins le cas quand il était près de moi.

Dans ces moments-là, je ne me sentais pas perdue.

J'ai secoué la tête et baissé les yeux, tandis qu'une larme roulait sur ma joue.

— Rien, ai-je murmuré, la gorge nouée de désespoir. Je ne suis qu'une gamine stupide.

Je me suis écartée, et j'ai senti sa poigne se relâcher lentement. Je me suis rassise et j'ai remonté le col de mon chemisier à motif écossais pour dissimuler ma cicatrice.

Il ne voulait pas me connaître. Il ne m'appréciait pas. Et je voulais que ça cesse de me faire mal.

J'en avais marre de rêver.

Marre d'avoir accepté de sortir avec Trevor dans l'espoir qu'il me remette dans le droit chemin, marre de désirer ce mec qui me traitait comme un chien.

Marre des frères Crist.

Je me suis redressée, le regard baissé sur mes genoux, faisant mon possible pour gommer la lassitude dans ma voix.

— Je veux rentrer à pied, ai-je dit en attrapant mon sac, avant de poser la main sur la poignée de la portière.

Puis j'ai ajouté, toujours sans le regarder :

— Désolée pour tout à l'heure, au club. Ça n'arrivera plus.

J'ai ouvert la porte et je suis sortie sous le déluge. Le tonnerre a grondé au-dessus de ma tête tandis que je prenais le chemin des écoliers pour rentrer.

7

Michael

Présent

Est-ce qu'elle pensait réellement qu'elle n'était qu'une gamine stupide ? Ne voyait-elle pas que tout le monde l'adorait, à Thunder Bay ?

J'ai même surpris mon connard de père en train de la reluquer, une ou deux fois, au fil des ans. Tout le monde adulait Rika, alors pourquoi se comportait-elle comme si mon opinion était la seule qui comptait pour elle ?

Et pourquoi me faisait-elle cet effet ?

Je suis entré au Royaume, une boîte de nuit du centre-ville. Mes coéquipiers des Storm étaient déjà en train de traîner au balcon du salon VIP. Il y avait un événement médiatique, ce soir, mais j'étais incapable de me concentrer. J'avais l'esprit ailleurs.

Je suis allé au bar et j'ai fait un signe de la tête au barman.

Il a opiné ; il savait ce que je buvais. Damon, Will et Kai étaient déjà là, le Royaume était un de nos lieux de prédilection.

Tête baissée, yeux fermés, je me suis efforcé de retrouver mon calme.

J'étais en train de perdre la partie. Plus rien n'existait quand cette fille était là, je ne voyais plus qu'elle. Les années de misère qu'elle avait infligées à mes amis n'avaient plus aucune importance. Je perdais de vue ce qu'elle avait fait, la souffrance qu'elle nous avait causée à tous.

J'oubliais qu'il fallait qu'elle paie.

Que je la détestais.

Que je devais la détester.

Rien ne m'obligeait à la faire monter dans ma voiture, aujourd'hui. J'étais indifférent à ses larmes ou à sa honte.

Je ne voulais pas apaiser son chagrin, je ne voulais pas la toucher, je ne voulais pas la pousser à me crier après… et, pourtant, jamais je n'avais été aussi excité.

Elle était sortie de la voiture, m'avait abandonné et, au dire du portier, elle n'avait pas quitté Delcour depuis son retour.

Bien. Qu'elle s'habitue à cette cage.

Le barman est revenu avec une bouteille de Johnnie Walker Blue Label et un verre à whisky. Je me suis servi une double dose que j'ai bue cul sec.

— T'étais où, putain ?

Je me suis crispé en entendant la voix de Kai à côté de moi, et me suis servi un autre verre sans répondre.

« Je ne suis qu'une gamine stupide. »

J'ai vidé mon verre d'un trait, puis je l'ai posé, gardant les yeux fermés un court instant.

— Ça va ? a demandé Kai, qui semblait à présent plus inquiet qu'en colère.

— Ça va.

— Qu'est-ce qu'elle foutait au club, tout à l'heure ?

J'ai avalé un troisième shot. La brûlure de l'alcool a coulé dans mes veines ; ça avait quelque chose de réconfortant. Les contours se sont brouillés, mes doigts se sont mis à fourmiller.

J'ai secoué la tête. Ce n'était pas mon père, mon frère, mes amis qui me poussaient à la boisson : c'était elle. Avec ses yeux tour à tour provocateurs, espiègles, blessés, brûlants ou… abattus.

Ne reste pas seul avec elle.

— Michael ?

— Tu pourrais fermer ta gueule cinq minutes, le temps que je me remette les idées en place ? ai-je lâché, les dents serrées.

— Parce que tu n'as pas les idées en place ? Je te rappelle qu'on a un plan : tout lui prendre et la détruire. Mais, la seule chose que je te vois faire, c'est jouer au con.

Je me suis redressé brusquement et j'ai tendu la main pour le saisir par le col. Il l'a repoussée en ricanant avec mépris.

— Ne fais pas ça. Je veux notre petit monstre aux grands yeux de biche à genoux à mes pieds, et je ne veux plus attendre. Je voudrais que tu en sois, mais je n'ai pas besoin de toi.

« Je ne veux plus attendre. »

Elle venait juste d'arriver ! Si elle était à Meridian City, c'était grâce à moi ! A Delcour, grâce à moi. Isolée, grâce à moi encore.

Il nous restait beaucoup à lui prendre avant de porter le coup de grâce. Et ils n'avaient pas attendu si longtemps que ça.

Bien sûr que si ! Ils avaient même attendu bien trop longtemps.

J'ai poussé la bouteille et le verre sur le côté.

— Où sont-ils ? ai-je demandé à Kai.

Encore furax, il n'a pas répondu et a tourné les talons.

Je l'ai suivi jusqu'à l'espace VIP. Les basses de la musique vibraient sous mes pieds.

Kai et moi ne nous disputions jamais, avant. Je n'aurais pas dû l'attaquer, lui sauter à la gorge comme ça.

Mais aussi, pourquoi ne cessait-il de me défier ? Etrangement, je me sentais moins proche de lui maintenant que lorsqu'il était en prison. Que se passait-il ? L'agressivité de Damon et Will était prévisible. Pas la sienne.

A bien des égards, il était resté le même. Le penseur, le raisonnable, le grand frère qui faisait toujours attention à nous… Mais, à d'autres, il avait tellement changé qu'il en était méconnaissable. Il ne souriait plus, se comportait de manière déroutante, se moquait des conséquences de ses actes, et pas une fois je ne l'avais vu faire quoi que ce soit pour le plaisir depuis qu'il était sorti de prison. Durant les deux premières semaines qui avaient suivi leur libération, Damon et Will avaient fait la fête, bu, fumé, et s'étaient envoyés en l'air avec une tonne de nanas. Kai, en revanche, n'avait pas bu un seul verre ni mis une seule fille dans son lit. Pas que je sache, en tout cas. Je crois même qu'il n'écoutait plus de musique.

Il fallait qu'il se laisse aller… C'était dangereux de tout refouler.

Je l'ai suivi dans un recoin de la boîte, aménagé avec un canapé d'angle et une table. Will était affalé sur le canapé, et Damon en train de se détendre en face de lui, la main posée sur la cuisse d'une fille.

Damon était l'exact opposé de Kai. Il réfléchissait rarement avant d'agir, et si quelqu'un lui mettait des bâtons dans les roues, que ce soit justifié ou non, il jouait des poings sans hésitation ni regret, qualité profitable à notre équipe de basket, au temps du lycée. Sa réputation s'était propagée, et l'équipe adverse se pissait généralement dessus rien qu'en le voyant.

Il se vautrait aussi largement dans tous les vices auxquels Kai ne s'adonnait plus. Comme pour compenser.

Je me suis arrêté près du canapé, indiquant à Damon, d'un signe de tête, de se débarrasser de la fille.

Après qu'il l'a congédiée d'une tape sur les fesses, Kai s'est assis, Will redressé, et tous trois m'ont observé. L'impatience et l'agitation se lisaient sur leurs visages, et j'ai soudain eu l'impression qu'un mur se dressait entre eux et moi.

Car, après trois ans, il existait entre eux un lien qui ne m'incluait pas. *Elle* avait aussi foutu ça en l'air.

J'ai interrogé Kai du regard.

— Tu peux conduire ?

— Pourquoi je ne pourrais pas ?

J'ai hoché la tête et sorti mes clés de ma poche.

— Alors allons-y. Vous êtes prêts, les gars ?

Will s'est ragaillardi et m'a regardé, surpris.

— La mère ?

J'ai hoché la tête.

Il s'est tourné vers Damon en souriant.

— Il faut qu'elle disparaisse pour de bon ? a demandé Kai en se levant, toute trace de mauvaise humeur disparue.

— Faut l'enterrer. Je veux que Rika n'ait plus aucun Fane vers qui se tourner. On va à Thunder Bay, ce soir.

— Allez-y, les gars, a lancé Damon, un bras passé derrière la tête. Moi, je reste ici pour garder un œil sur Rika. Elle est plus agréable à regarder.

— Tu as vu sa mère ?

J'ai haussé les sourcils, un sourire narquois aux lèvres. Christiane Fane était encore jeune et sacrément canon. Elle n'était pas Rika, mais c'était une belle femme quand même.

— Tu viens avec nous.

Hors de question que je le laisse seul avec Rika.

J'ai tiré un petit sachet de la poche de ma veste de costume et je l'ai jeté à Damon, qui l'a attrapé au vol. Après s'être assuré que personne ne le regardait, il l'a soulevé pour en étudier le contenu, sous le regard attentif de Will et Kai. Ses lèvres se sont alors fendues d'un large sourire, à croire que j'avais illuminé sa soirée.

Je me doutais bien qu'il saurait ce que c'était. Putain de taré !

Le Rohypnol était connu comme la drogue du violeur. Celle-ci affaiblissait la victime et la rendait docile en quinze minutes à peine. Etonnamment, je n'avais pas eu trop de mal à en obtenir. Quelques-uns de mes coéquipiers prenaient des substances illégales, pour le plaisir ou pour améliorer leurs performances, et je n'avais eu qu'à me mettre en contact avec leur dealer pour me procurer les pilules.

Si je ne trouvais pas la mère de Rika bourrée comme à son habitude, une de ces pilules pourrait se révéler utile.

Kai a tendu la main.

— Donne-moi le sachet.

Damon a haussé un sourcil, sans bouger.

— Maintenant ! a insisté Kai.

Damon a souri d'un air suffisant et a ouvert le sachet, avant de déposer une pilule dans la paume de Kai.

— Une seule suffira pour la maman. Ces trucs sont plutôt efficaces.

Will a pouffé par habitude, mais la blague ne semblait pas l'amuser le moins du monde. Même lui avait des limites.

Damon aussi, sans doute. Seulement, nous n'en étions pas sûrs. Nous ne l'avions jamais vu user de tels stratagèmes, mais nous n'étions pas certains qu'il soit vraiment sain d'esprit. Mieux valait rester dans l'ignorance, parfois.

Kai s'est assis, la pilule dans la main, les yeux rivés sur Damon, puis il a bondi pour lui arracher le sachet des mains.

Damon a éclaté de rire, s'est levé et a lissé sa veste noire.

— C'était une blague ! Tu crois vraiment que j'ai besoin de violer des femmes ?

Kai a glissé le sachet dans sa poche.

— T'as fait de la prison pour ça.

— Putain, mec, ai-je lâché en le fusillant du regard. Ça va pas ?

Damon lui a lancé un coup d'œil assassin, la mâchoire contractée, prêt à le réduire en miettes.

Pour autant, Kai n'a pas cédé. Ils sont restés face à face à se jauger l'un l'autre, le regard noir.

— Je ne l'ai pas violée.

J'ai secoué la tête. Qu'est-ce qui était passé par la tête de Kai ?

— Nous le savons, ai-je répondu pour lui.

La fille était mineure, et Damon avait dix-neuf ans, à l'époque. Il n'aurait pas dû coucher avec elle, mais il ne l'avait pas forcée non plus.

Malheureusement, la loi ne l'entendait pas de cette oreille. Les mineurs ne pouvaient consentir à quoi que ce soit, mais ce n'était pas un viol.

Kai a fixé Damon un instant avant de fléchir.

— Désolé. Je suis à cran, c'est tout.

J'étais content qu'il le reconnaisse.

— Bien. Alors, sers-toi de cette énergie ce soir, ai-je dit en l'attrapant amicalement par le cou. Ton cauchemar est fini. Le sien ne fait que commencer.

Le jet brûlant de la douche m'aspergeait les épaules et le dos, et j'ai fermé les yeux pour essayer de m'extraire du bruit des autres joueurs dans le vestiaire.

Ces derniers jours avaient été compliqués. J'avais tout fait pour rester loin de Delcour, à part pour y dormir, mais ça avait été difficile. Je ne voulais être nulle part ailleurs.

On s'était occupés de la mère, et il ne faudrait pas longtemps à Rika pour s'en apercevoir. Malgré tout, notre dispute chez Hunter-Bailey m'avait déstabilisé. Je devais garder mes distances — pour l'instant.

Pour être fort, il faut savoir reconnaître et admettre ses

faiblesses afin de faire les ajustements nécessaires. Je ne pouvais pas être près d'elle.

Pas encore.

Partir pour l'université m'avait facilité la vie. Loin des yeux, loin du cœur. Ou, du moins, loin de mon esprit…

Mais savoir que je pouvais tomber sur elle à tout moment, baisser les yeux et la voir dans son appartement, rencontrer son regard si nous nous croisions dans le hall… Je n'avais pas prévu ce que ça me ferait de la voir tous les jours.

L'avoir près de moi était beaucoup trop tentant.

Elle n'avait plus seize ans ; je n'avais plus besoin de me retenir. C'était une femme, à présent, malgré ses yeux anxieux, ses lèvres tremblantes et les airs de dure qu'elle se donnait. J'avais hâte.

Elle était toute proche. La clé de son appartement me brûlait les mains. Je la voulais à quatre pattes pendant que je prenais ce que je voulais, quand je voulais, aussi *brutalement* que je le voulais. C'était à en devenir fou.

— Putain !

J'ai senti ma queue se raidir.

Bordel de merde !

J'ai soupiré et arrêté la douche, soulagé d'être seul. J'avais pris mon temps en sortant du terrain, pas vraiment pressé de rentrer chez moi.

J'ai attaché une serviette autour de ma taille, j'en ai attrapé une deuxième pour me sécher le torse et les bras en regagnant mon casier. Plusieurs joueurs traînaient encore dans le vestiaire après notre séance d'entraînement. J'ai ramené la serviette contre moi pour masquer mon érection.

J'ai récupéré mon téléphone. J'avais des messages des mecs. Puisque nous nous étions occupés de la mère de Rika, ils étaient prêts à passer à l'étape suivante.

J'ai jeté ma serviette, enfilé mon caleçon et mon jean, remis ma montre à mon poignet.

C'est alors que mon téléphone a sonné.

Trevor.

J'ai serré les dents, agacé. Lui parler était toujours pénible. Cependant, comme il m'appelait très rarement, j'étais curieux. J'ai décroché.

— Trevor.

— Tu sais, Michael…, a-t-il commencé, sans même me dire bonjour. J'ai toujours cru que ce lien fraternel que nous étions censés partager finirait par se former.

J'écoutais, le regard dans le vide.

— Je pensais qu'en grandissant nous aurions plus de choses en commun, ou qu'on communiquerait autrement que par des phrases de deux mots. J'ai voulu rejeter la faute sur toi. Tu étais froid, distant, tu ne nous as jamais laissé l'occasion d'être frères.

J'ai serré plus fort le téléphone. Les voix des joueurs, autour de moi, se sont estompées.

— Mais tu sais quoi ? a-t-il poursuivi, la voix tranchante. A seize ans, j'ai compris quelque chose. Ce n'était pas ta faute. Je te détestais autant que tu me détestais. Pour une seule… et unique… raison : *elle*.

— Elle ?

— Tu sais parfaitement de qui je parle. Elle a toujours eu des vues sur toi, t'a toujours désiré.

J'ai ricané en secouant la tête.

— Trevor, ta petite amie, c'est ton problème.

Non qu'elle soit encore sa petite amie — je savais qu'ils avaient rompu —, mais j'aimais la considérer comme telle. Ça ne rendrait la vengeance que plus douce.

— Tu sais que c'est faux. Je me suis aussi rendu compte d'une autre chose : ça ne venait pas seulement d'elle. De toi aussi.

J'ai regardé droit devant moi, interdit.

— Tu la désirais ! Et tu détestais que je sois toujours

dans les parages ; tu détestais qu'elle soit pour moi ! Tu ne pouvais pas être mon frère, parce que j'avais la seule chose que tu désirais. Et moi je te détestais parce que, elle, c'est toi qu'elle voulait.

Mon cœur s'est mis à battre plus fort.

— Ça a commencé quand ? a-t-il poursuivi avec décontraction, alors que mon estomac se nouait. Quand on était petits ? Quand son corps a changé, et que tu as vu qu'elle était canon ? Ou peut-être… l'année dernière seulement, quand je t'ai dit que sa chatte était le truc le plus étroit que j'aie jamais senti ? Quoi qu'il se passe entre vous, j'aurais toujours ça de plus que toi.

J'ai serré le téléphone dans ma main avec plus de force encore, jusqu'à la douleur.

— Alors, maintenant que tu l'as à Delcour, pour toi tout seul, et que tu peux lui faire tout ce que tu veux, souviens-toi que je la récupérerai, que ce sera moi qui lui passerai la bague au doigt et la garderai pour toujours.

— Tu crois que ça me blesse ? ai-je lancé.

— Ce n'est pas toi que j'essaie de blesser, a-t-il rétorqué. Si cette salope écarte les cuisses pour toi, crois-moi, m'épouser sera le pire cauchemar de sa vie !

8

Erika

Trois ans plus tôt

Trevor ne m'avait pas adressé la parole depuis qu'il m'avait ramenée des catacombes. Il s'était comporté comme un salaud dans la voiture, et je l'avais suivi uniquement parce que j'avais peur qu'il parle à ma mère de ma petite virée.

Ou, pire, qu'il le dise à Mme Crist et que Michael ait des ennuis.

Michael. Debout dans la cuisine des Crist, je sentais encore sa chaleur sur ma peau. J'étais en train de remplir une assiette, tout en me repassant en boucle les événements de l'après-midi. Pensait-il vraiment ce qu'il m'avait dit ? Que se serait-il passé, si Trevor n'était pas arrivé ?

J'ai poussé un long soupir, une étrange sensation au creux du ventre. Qu'allait-il se passer maintenant ? Allait-il finir ce qu'il avait commencé ?

The Vengeful One, de Disturbed, résonnait dans la maison,

provenant certainement du terrain de basket intérieur où je savais que Will, Damon, Kai et Michael étaient en train de s'amuser. Il faisait déjà sombre dehors et, bientôt, ils sortiraient pour la soirée.

Mon téléphone a vibré sur le comptoir. *Maman.*

— Coucou, ai-je répondu en enveloppant de papier aluminium l'assiette que je ne manquais jamais de lui rapporter, quand je dînais chez les Crist.

— Coucou, ma puce, a-t-elle dit gaiement.

Gaie, elle était loin de l'être, mais elle essayait de faire bonne figure pour moi. Entre les tranquillisants qui l'assommaient et le fait qu'elle ne quittait presque jamais la maison, je savais que la culpabilité commençait à s'ajouter à sa dépression.

— Je rentre bientôt, lui ai-je indiqué, remerciant d'un signe de tête Mme Haynes, la cuisinière des Crist. Tu veux qu'on se fasse un film, ce soir ? On pourrait re-regarder *Thor*. Je sais que tu aimes bien son marteau.

— Rika !

J'ai pouffé, tout en me dirigeant vers la salle à manger, où la table était prête pour le dîner.

— Alors choisis un nouveau film à télécharger. Nous n'avons pas encore mangé mais, dès qu'on a fini, je me change et je rentre. Je te rapporte une assiette.

Elle y toucherait à peine. Depuis des années maintenant, son appétit était presque inexistant.

Trevor m'avait déposée chez moi, en rentrant des catacombes, mais, après avoir vérifié que ma mère allait bien, j'étais venue à pied chez les Crist pour le dîner. Ma mère était toujours la bienvenue chez eux, mais elle n'y venait jamais. Comme personne ne voulait que je mange seule, j'avais pris l'habitude de dîner ici pour pouvoir discuter et rire. Eux pouvaient me donner ce qu'elle ne pouvait pas…

Ou refusait de me donner.

Plus le temps passait, plus je ressentais le besoin d'être

dans cette maison. Pas seulement pour le dîner ou pour jouer aux jeux vidéo avec Trevor, comme quand nous étions plus jeunes.

Je venais pour le son lointain du ballon de basket rebondissant sur le parquet, quelque part dans la maison, et la façon dont mon corps vibrait quand *il* entrait dans une pièce. J'aimais simplement être là quand il y était aussi. Même si je savais que chaque heure passée chez les Crist encourageait la possessivité de Trevor à mon égard.

J'ai entendu ma mère soupirer au bout du fil.

— Je vais bien, Rika. Tu n'as pas besoin de me rapporter une assiette, ce soir. Sors avec tes amis. S'il te plaît.

J'allais protester quand le battement sourd de la musique s'est soudain éteint ; des rires et des voix se rapprochaient de la salle à manger.

Machinalement, j'ai relevé le col de mon uniforme scolaire, m'assurant que ma cicatrice était bien cachée.

— Je ne veux pas sortir, ai-je dit en m'installant à table.

— Et moi, je veux que tu sortes !

J'ai attrapé un petit pain avant que les garçons ne se jettent sur la corbeille.

— Maman…

— Non, m'a-t-elle interrompue, d'un ton anormalement sévère. C'est vendredi soir. Va t'amuser !

Qu'est-ce qui lui arrivait ? Etait-elle en train de surcompenser, ou quelque chose comme ça ? Elle savait très bien que je sortais. Peut-être pas autant qu'elle le voudrait, mais je sortais.

— D'accord, ai-je concédé. Je vais appeler Noah et voir…

Je me suis tue en entendant du chahut dans le couloir. Mon cœur s'est mis à battre la chamade. Des voix, des rires, des cris me parvenaient, si forts qu'ils en faisaient vibrer le sol.

J'ai serré le téléphone dans ma main et repris, à toute vitesse :

— Je verrai ce que Noah a prévu ce soir mais, si tu dois

payer ma caution demain matin ou si je rentre en cloque, tu ne pourras t'en prendre qu'à toi-même !

— Je te fais confiance, a-t-elle répondu, amusée. Je t'aime.

— Moi aussi, maman.

J'ai raccroché et posé le téléphone sur la table.

Trevor est entré le premier. Il avait passé la fin d'après-midi dans la salle de cinéma, attendant probablement que je le rejoigne, comme je le faisais souvent. Il pensait avoir le droit d'être en colère, mais il se trompait. Nous étions juste des amis. Il avait dépassé les bornes en me sortant de force des catacombes, aujourd'hui, et j'en avais assez qu'il se comporte en public comme si je lui appartenais.

Il s'est laissé tomber à sa place habituelle, à côté de moi, et a aussitôt commencé à remplir son assiette.

Mme Crist est apparue ensuite, vêtue d'une jupe de tennis et d'un polo blanc. Elle m'a souri.

— Comment va Christiane ?

J'ai déplié la serviette sur mes genoux.

— Bien. On est en train de se faire tous les films de Chris Hemsworth.

Elle a éclaté de rire. A cet instant, Michael et ses amis sont entrés en trombe dans la salle à manger.

Mon cœur s'est mis à battre plus fort, et je me suis crispée. La pièce, pourtant très grande, semblait dix fois plus petite maintenant que leurs immenses silhouettes emplissaient l'espace.

Ils étaient en sueur et respiraient fort, comme chaque fois qu'ils s'entraînaient. Les Crist avaient ajouté un terrain de basket couvert à la maison pour le quatorzième anniversaire de Michael. Quand Delia s'était rendu compte qu'il voulait sérieusement se consacrer au basket-ball, elle avait insisté jusqu'à faire céder M. Crist. Michael adorait ce sport, au grand dam de son père.

— Il fait déjà noir dehors, a lancé Will.

— Rien ne presse, a répondu Damon en lui donnant une tape sur la tête. Je veux profiter de la soirée.

Ils ont fondu sur la table, se dressant au-dessus de nous pour attraper leurs assiettes et les remplir de nourriture. On aurait dit des loups affamés, oublieux de nous autres, qui attendions de voir ce qu'il allait nous rester.

— Rika, prends vite ton lait ! s'est écriée Mme Crist avec un sourire de connivence.

Elle demandait à la cuisinière d'acheter du lait chocolaté pour moi, mais il disparaissait toujours avant que je puisse en prendre un seul verre.

J'ai tendu le bras vers la bouteille pour me servir, avant de la reposer à côté de mon assiette.

— Où est papa ? a demandé Trevor.

— Toujours en ville, malheureusement, a répondu sa mère.

— C'est ça…

Le murmure m'a fait lever les yeux.

Penché tout près de moi, Michael attrapait le lait chocolaté.

Ce n'était un secret pour personne que leur père avait plusieurs maîtresses. Enfin, si, c'en était un. Un que tout le monde connaissait et dont personne ne parlait. Y compris Michael. Sa mère était l'unique personne à qui j'étais certaine qu'il ne ferait jamais de mal, raison pour laquelle il avait fait en sorte que je sois la seule à entendre sa remarque sarcastique.

— Oh oui ! s'est réjoui Will en voyant Mme Haynes poser un plat à la patate douce sur la table.

— Donne-m'en deux, a demandé Damon en tendant son assiette à Kai qui distribuait les œufs mimosa.

Ils ne s'étaient pas assis, ce qui voulait dire qu'ils avaient l'intention d'emporter leurs assiettes dans la salle de cinéma pour être tranquilles. Il fallait certainement qu'ils discutent de leurs projets pour la soirée.

Mais ils ne sont pas allés bien loin.

— Asseyez-vous tous ! a ordonné Mme Crist.

Ils se sont figés et ont échangé des sourires entendus, avant de faire demi-tour.

Michael s'est assis à la place de son père, au bout de la table, ses amis à sa droite, Trevor à sa gauche.

Tout le monde a commencé à manger.

— Je vais partir du principe que je n'ai pas besoin de m'inquiéter pour ce soir, a déclaré Mme Crist en prenant sa fourchette, le regard rivé sur eux.

Michael a haussé les épaules, et débouché mon lait chocolaté pour boire directement à la bouteille.

— Nous sommes bien obligés de rester tranquilles, a répondu Kai avec une pointe d'humour dans la voix. Michael perdrait sa place dans l'équipe, si on faisait les gros titres.

— Si on faisait *une nouvelle fois* les gros titres, tu veux dire ? a corrigé Will, avant d'engloutir une demi-pomme de terre.

La fierté illuminait ses yeux verts. Alors que d'autres adolescents passaient la Nuit du Diable à jeter du papier toilette sur les maisons, à planter des clous dans les roues des voitures ou à faire éclater des citrouilles dans les rues, on disait que les mauvais tours des Cavaliers allaient un peu plus loin.

On leur attribuait incendies, cambriolages, vandalisme et destruction de biens, même s'il n'y avait jamais de preuves contre eux, puisque leurs visages étaient recouverts d'un masque.

Mais, nous, nous le savions. Et même si les flics le savaient certainement aussi, quand vous étiez né avec le bon nom de famille, que vous aviez des contacts et de l'argent, vous vous en sortiez toujours indemne.

Comme par exemple Damon Torrance, fils d'un magnat des médias ; Kai Mori, fils d'un banquier mondain et influent ; William Grayson III, petit-fils du sénateur Grayson ; ou encore Michael Crist, fils d'un promoteur immobilier.

Ils avaient beau avoir rejeté le mode de vie et les attentes de leurs parents, ils appréciaient indéniablement la protection que le statut de ces derniers leur offrait.

— C'est bon d'être de retour ? a demandé Mme Crist en coupant une feuille de salade. Ça doit être dur pour vous de ne pas être dans la même université.

— C'est dur, a répondu Will plaintivement. Mais j'appelle un des gars dès que mon petit cœur a besoin de réconfort.

J'ai dissimulé un sourire tandis que Michael pouffait au bout de la table.

Kai s'est adossé à sa chaise.

— En fait, je songe à aller à Westgate. Je m'ennuie à Braeburn, et Westgate a une bien meilleure équipe de natation…

— Super ! l'a coupé Trevor. Comme ça, Michael et toi pourrez reprendre votre petite romance.

— Oh ! a roucoulé Will, en le regardant par-dessus la table. On se sent exclu ? Viens ici, mon mignon. Je vais m'occuper de toi.

Il a reculé sa chaise et s'est tapoté la cuisse pour l'inviter à s'y asseoir.

J'ai pouffé et baissé la tête en sentant des yeux se poser sur moi. Certainement le regard noir de Trevor. Il ne supportait pas davantage les amis de Michael qu'il ne supportait son frère.

Un mouvement sur le côté de la pièce a attiré mon attention. Dans l'encadrement de la porte, Mme Haynes, le téléphone fixe à la main, articulait quelque chose à l'intention de Mme Crist.

— Excusez-moi un instant…

Mme Crist s'est levée et a disparu dans le couloir.

Aussitôt, Trevor a bondi de sa chaise.

— Ne t'approche pas d'elle ! a-t-il ordonné à son frère.

J'ai laissé retomber ma tête, les yeux rivés sur mon assiette. L'embarras m'a embrasé les joues, et j'ai senti tous les regards se poser sur moi.

Bon sang, Trevor !

Personne n'a rien dit pendant quelques instants mais, à en juger par le silence pesant et l'absence de mouvement autour de moi, tout le monde attendait la réaction de Michael.

— De qui donc ? l'ai-je finalement entendu demander.

J'ai dégluti, tandis que des rires discrets fusaient autour de la table.

— Rika, a grogné Trevor. Elle est à moi.

Michael s'est mis à rire et, du coin de l'œil, je l'ai vu repousser sa chaise. Il a jeté sa serviette sur son assiette et attrapé le lait.

— Qui ça ?

Will était maintenant tordu de rire. Quant à Damon, un grand sourire étirait ses lèvres.

J'avais envie de me recroqueviller sur moi-même pour disparaître. Ça faisait mal !

Michael avait dû me trouver amusante, à St Killian. Une distraction momentanée, et voilà que je redevenais un simple meuble, un obstacle à contourner, quand nous nous croisions dans la maison.

Trevor débordait de colère. Moi, j'ai gardé les yeux fixés devant moi tandis qu'ils se levaient tous de leurs chaises et sortaient de la salle à manger au milieu des éclats de rire.

Je ne savais pas contre qui j'étais le plus en rage : Trevor ou eux. Au moins, je savais ce que Trevor voulait. Lui ne me manipulait pas.

Il s'est rassis, son souffle erratique soulevant et abaissant sa poitrine à un rythme effréné.

J'ai repoussé mon assiette.

— Trevor… Je ne suis pas à toi. Je ne suis à personne.

— Tu le baiserais en une fraction de seconde, s'il s'intéressait à toi.

Je me suis levée d'un bond et suis sortie de la pièce en furie. La colère me brûlait les yeux. J'en avais marre de me faire malmener ! J'ai traversé le hall d'entrée au pas de charge, remarquant à peine que la porte du garage était ouverte. Au moment où je suis passée devant, j'ai vu Michael jeter un sac en tissu noir à Kai, qui l'a mis dans la Classe G. Il a posé les yeux sur moi un instant, avant de continuer à charger sa voiture comme si je n'étais pas là.

J'ai monté l'escalier en courant et claqué la porte de ma chambre derrière moi. Tremblante, le souffle court, j'ai retenu mes larmes.

Il fallait que je sorte d'ici ! Cette maison était en train de devenir une cage. Je devais constamment repousser un frère tout en feignant l'indifférence envers l'autre. J'avais besoin de m'amuser.

Noah. Il allait certainement sortir, ce soir. Je l'appellerais pour voir à quelle heure il partait.

Après avoir retiré mes ballerines et arraché mon uniforme, j'ai ouvert un tiroir pour y prendre des vêtements que je gardais ici. J'ai dégrafé mon soutien-gorge et je l'ai jeté sur le sol.

Ma peau fourmillait.

J'ai passé un débardeur et un jean, alors que je n'avais qu'une seule envie : crier à pleins poumons.

Connards, tous autant qu'ils étaient !

Après avoir enfilé des baskets, j'ai attrapé mon sweat à capuche noir sur une patère et redescendu l'escalier à la hâte. La douche coulait dans la salle de bains des invités. Les garçons devaient être en train de se préparer à partir.

J'ai relevé ma capuche sur ma tête, j'ai fourré les mains dans la poche avant de mon sweat, et j'ai quitté la maison. L'air glacé m'a mordu la peau. Nous n'étions que le 30 octobre, mais la fraîcheur était déjà hivernale. Les feuilles des arbres, marron, orange, jaunes et rouges, ornaient la pelouse. Mme Crist demandait aux jardiniers de ne pas les enlever, elle aimait ce dernier éclat de couleurs avant l'arrivée de la neige.

Le froid m'a aidée à me calmer.

Les branches nues des arbres se dressaient au-dessus

de moi, telles des veines dans le ciel, canopée morte qui aurait eu sa place dans n'importe quel film de Tim Burton. Je m'attendais presque à voir un brouillard sinistre flotter sur le sol.

Des citrouilles d'Halloween parsemaient le chemin et j'ai inspiré l'odeur du bois qui brûlait quelque part. Il y avait des feux de camp un peu partout, ce soir. J'espérais que Noah était prêt à s'amuser. J'avais besoin de distraction.

Ayant atteint le grand portail, j'ai enfoncé ma clé dans la petite porte piétonne attenante. Michael et moi étions quasiment les seuls à nous en servir, lui pour ses joggings, moi pour mes allers-retours avec la maison.

Ça ne me dérangeait pas d'effectuer le court trajet à pied sur le bas-côté de la route. Il faisait déjà sombre, mais la chaussée n'était pas complètement plongée dans le noir. Les lanternes de la propriété des Crist et, bientôt, celles de chez moi apportaient un peu de luminosité. Sans elles, j'aurais trouvé le trajet carrément lugubre, seule entre les hauts murs de pierre, sur ma gauche, et la forêt, sur ma droite.

Quand on a peur, les sens s'aiguisent. Les lucioles dans la nuit peuvent ressembler à une paire d'yeux, ou le vent dans les arbres à des murmures. J'ai accéléré le pas et mes cheveux se sont échappés de la capuche, retombant sur ma poitrine de part et d'autre de mon cou, seule tache de couleur sur ma silhouette sombre.

Des phares ont soudain éclairé la chaussée devant moi et je me suis retournée ; une voiture a ralenti avant de s'arrêter à ma hauteur.

J'ai froncé les sourcils, le cœur battant. Que faisait le conducteur ? Il était du mauvais côté de la route.

La main en visière au-dessus de mes yeux pour les protéger des phares éblouissants, j'ai tenté de discerner les occupants du véhicule, tout en reculant, prête à déguerpir s'il le fallait. Mais je me suis arrêtée en voyant la portière côté conducteur s'ouvrir et des rangers noirs se poser sur le sol.

Michael s'est avancé devant les phares, vêtu d'un jean et du même pull à capuche noir que dans l'après-midi.

— Monte !

Mon ventre a fait un bond. *Monter dans sa voiture ?*

J'ai examiné les vitres, devinant les silhouettes de Kai, Will et Damon à l'intérieur.

Michael m'avait suffisamment maltraitée pour la journée. Je n'allais pas accourir sous prétexte qu'il me faisait l'aumône de trois mots, après s'être comporté comme s'il ne connaissait même pas mon prénom pendant le dîner.

— Pas la peine, ai-je répondu d'un ton plein de mépris. Je peux rentrer toute seule.

Puis j'ai tourné les talons et repris la direction de la maison.

— On ne te ramène pas chez toi.

Je me suis immobilisée et j'ai tourné la tête vers lui. Ses cheveux châtains, encore humides de la douche, luisaient doucement et je devinais du défi dans ses yeux.

Il s'est approché d'une portière et l'a ouverte. Sa voix s'est faite douce et sensuelle.

— Allez, monte…

Assise sur la banquette arrière, j'ai planté les doigts dans mes cuisses pour ne pas gigoter. Je sentais leur présence à tous les quatre peser à l'intérieur du SUV, avec leur plus d'un mètre quatre-vingts et leurs quatre-vingts kilos au bas mot.

Michael était au volant, devant moi, Kai sur le siège passager, et Will, dont je sentais le regard sur moi, à ma droite.

Mais c'était Damon, assis tout à l'arrière, qui me faisait froid dans le dos. J'ai essayé de l'ignorer, mais à un moment je n'ai plus tenu, j'ai jeté un coup d'œil derrière moi.

Et j'ai eu envie de me cacher.

Il avait son éternelle cigarette au coin des lèvres et la fumée formait un nuage blanc au-dessus de sa tête. Son calme olympien me fichait les jetons. Un bras nonchalamment posé sur le dossier de la banquette, il a soudain plongé son regard dans le mien.

J'ai aussitôt repris ma position face à la route. Will, à côté de moi, un chewing-gum à la bouche, m'a souri avec un air de petit con prétentieux : il avait deviné que j'étais à deux doigts de me pisser dessus.

Est-ce qu'ils savaient pourquoi Michael m'avait embarquée ?

Je me suis efforcée de me calmer, même si ce n'était pas facile avec *Let the Sparks Fly*, de Thousand Foot Krutch, à plein volume.

Nous avons traversé la ville à toute allure, dépassé les restaurants qui grouillaient d'ados, et atterri sur une route de campagne.

Après vingt minutes de musique assourdissante, Michael a baissé le son et tourné sur une route de gravier sans le moindre éclairage. Son SUV a gravi lentement une pente raide entre les arbres.

Où allions-nous ?

Nous n'étions plus à Thunder Bay, mais nous n'en étions pas non plus très loin. Je n'étais jamais venue ici.

Will a fouillé dans le sac noir à ses pieds pour en sortir les masques.

Je l'ai regardé jeter son masque noir à Damon, taper sur l'épaule de Kai pour lui tendre son masque argenté, et poser le masque rouge de Michael sur l'accoudoir entre eux.

Puis il m'a lancé un sourire inquiétant avant de plaquer son horrible masque blanc sur son visage.

Bon sang, à quoi ils jouaient ?

J'ai prié pour ne pas être obligée d'assister au passage à tabac d'un pauvre type qui les aurait offensés par mégarde, ou être témoin du cambriolage d'une bijouterie. Je n'étais pas sûre qu'ils aient déjà fait ce genre de choses, mais je ne savais pas vraiment à quoi m'attendre.

Ce qui était sûr, c'est que nous n'allions pas simplement recouvrir une voiture de papier toilette ou repeindre une plaque de rue à la bombe.

Peut-être qu'il ne s'agissait pas de « nous », d'ailleurs. Peut-être qu'ils n'avaient pas prévu que je fasse quoi que ce soit avec eux. Qui savait pourquoi j'étais là ? J'étais peut-être le chauffeur pour prendre la fuite. Ou celle qui ferait le guet.

Ou l'appât.

— Eh, Michael ? a lancé la voix de Will, derrière son masque. Elle n'a pas de masque.

J'ai levé les yeux et le regard amusé de Michael a croisé le mien dans le rétroviseur.

— Oups, a-t-il fait.

Kai a éclaté de rire et j'ai croisé les bras sur la poitrine pour dissimuler ma nervosité.

Nous nous sommes arrêtés dans ce qui semblait être une rue abandonnée. J'ai jeté un coup d'œil par la vitre : de vieilles maisons — cassées, en ruine, noircies, avec leurs fenêtres brisées et leurs toits croulants — s'alignaient autour de nous.

— C'est quoi, cet endroit ? ai-je demandé alors que Michael arrêtait le moteur.

Le corps puissant de Damon a escaladé la banquette pour suivre Will hors de la voiture, et en un clin d'œil je me suis retrouvée seule dans l'habitacle.

Michael avait enfilé son masque et ils avançaient tous les quatre sur la pelouse défraîchie d'une des maisons.

J'ai hésité un moment avant de sortir à mon tour. Y avait-il des gens ici ? Le quartier semblait abandonné, alors pourquoi porter ces masques ?

J'ai tiré ma capuche un peu plus sur mes yeux, juste au cas où.

La légère brise a balayé mes cheveux tandis que je faisais

le tour de la voiture et, en relevant la tête, j'ai vu Will emporter le sac en toile dans la maison. Damon et Kai l'ont suivi.

J'ai fourré les mains dans la poche centrale de mon sweat et je me suis arrêtée à la hauteur de Michael, qui contemplait le bâtiment croulant. Lui aussi avait tiré sa capuche et seul le clair de lune me permettait de distinguer le profil rouge de son masque. A l'intérieur de la maison, j'ai aperçu des lumières vacillantes. Les garçons devaient avoir des lampes.

Machinalement, j'ai agrippé la petite boîte qui ne quittait jamais ma poche et entendu le bruit familier des allumettes qui remuaient à l'intérieur. Michael a tourné la tête et m'a fixée, ses yeux réduits à deux trous noirs que j'arrivais à peine à discerner. Ma gorge s'est nouée.

Ce fichu masque !

Il a plongé la main dans ma poche et j'ai retiré les miennes. Il a sorti la boîte d'allumettes et l'a fait sauter dans sa paume.

— Pourquoi tu as ça ?

J'ai haussé les épaules et je lui ai repris la boîte.

— Mon père les récupérait dans les restaurants et les hôtels quand il partait en voyage d'affaires, ai-je répondu en approchant la boîte de mon nez. J'ai pris goût à cette odeur. C'est comme…

J'ai fermé les yeux et inspiré longuement. Cette odeur de soufre et de phosphore… J'ai souri.

— Comme quoi ?

— Comme le matin de Noël et les cierges magiques. J'ai gardé sa collection après…

Après sa mort.

J'ai conservé toutes les petites boîtes dans un vieux coffret à cigares et je me suis mise à en emporter une partout où j'allais, après sa mort.

J'ai rangé la boîte dans ma poche.

Je n'avais encore jamais raconté ça à personne.

J'ai levé les yeux vers lui.

— Pourquoi m'as-tu emmenée, ce soir ?

— Parce que je pensais ce que je t'ai dit dans les catacombes aujourd'hui, a-t-il répondu, les yeux rivés sur la maison devant nous.

— On n'aurait pas dit, à table. Je te connais depuis toujours, et tu agis comme si tu ne te rappelais pas mon prénom. Il se passe quoi, entre Trevor et toi ? Et pourquoi est-ce que j'ai la sensation que…

Il est resté immobile, le regard braqué droit devant lui.

— Que quoi ?

— Que ça a quelque chose à voir avec moi ?

Il avait enfin fait attention à moi, aujourd'hui. Il m'avait dit des choses que je rêvais d'entendre, avait exprimé exactement ce que je ressentais.

Puis, au dîner, il était redevenu l'ancien Michael. Celui qui se comportait comme si je n'étais même pas dans la pièce. Est-ce que j'étais la cause de la haine que Trevor et lui se vouaient ?

Non. Quelle idée ridicule ! La plupart du temps, Michael ne savait même pas que j'existais. Les problèmes entre eux étaient bien plus profonds.

Il a gardé le silence et l'embarras m'est monté aux joues. Je n'aurais jamais dû dire ça. Bon sang, oui, j'étais vraiment une gamine stupide !

Ce qui était sûr, c'est que je n'allais pas continuer à attendre qu'il réponde ou persiste à m'ignorer. Je me suis élancée sur la petite pente qui menait à la maison et engouffrée sous le porche. Le plancher a geint comme un animal mourant sous mes pas. Dans la maison, j'ai repéré les garçons qui agitaient leurs lampes-torches pour explorer les différentes pièces. Derrière moi, les pas de Michael ont résonné.

Une odeur forte et âcre imprégnait l'air, rendant les lieux inhabitables.

De vieux meubles, tachés et cassés, étaient éparpillés çà

et là, quand ils n'étaient pas carrément empilés sous forme de débris de bois, prêts à alimenter un feu.

Toutes les fenêtres étaient brisées ; des déchets et des flaques jonchaient le sol, au milieu de petites ampoules en verre, de tuyaux et d'aiguilles.

J'ai retenu une grimace : je détestais déjà cet endroit.

Pourquoi Michael avait-il eu envie d'y venir ? Je ressentais, certes, un étrange attrait pour tout ce qui était obscur et dangereux, mais des vieux matelas dégueus et des aiguilles sales un peu partout ?

C'était atroce. Je ne voulais pas être là.

L'un des garçons a traversé la pièce, éclairant du faisceau de sa lampe une porte ouverte. J'ai vaguement distingué de la peinture en spray sur un mur blanc, au-delà. Ça ressemblait à l'entrée d'un sous-sol.

Je ne voulais certainement pas aller en bas non plus !

Will m'a bousculée pour passer et j'ai titubé. Il m'a lancé un regard par-dessus son épaule.

— Tu ne devrais pas être là. Cette maison n'est pas sûre. Une fille s'est fait violenter ici, il y a quelques mois.

— Violée, a précisé Damon en venant se planter devant moi, son visage tout proche du mien.

J'ai immédiatement reculé.

— Elle a été droguée et emmenée en bas.

Il a désigné le sous-sol d'un signe de tête, le regard brillant d'excitation.

J'ai tenté de contrôler mon souffle.

Une fille avait été attaquée ici ?

— Oui, a assuré Kai sur ma droite, ils l'ont attachée, déshabillée… Impossible de te dire combien de mecs lui sont passés dessus. Ils faisaient la queue pour se la taper.

Je me suis éloignée à reculons, alors que Kai avançait vers moi, une étrange lueur dans les yeux. Mais j'ai heurté un autre corps et je me suis immobilisée. Will…

Merde, qu'est-ce qu'ils foutaient ?

Damon s'est approché à son tour, ses yeux noirs tels deux puits vides dans l'obscurité de son masque.

— Je ne crois pas qu'ils les ont tous attrapés, si ? a alors demandé Kai avec désinvolture.

— Non, a répondu Will d'un ton taquin, je crois qu'il y en a encore dans la nature.

— Genre quatre, a précisé Michael, d'un ton menaçant.

Il s'est avancé à son tour, pour refermer la cage.

Merde.

Mes poumons se sont vidés, mon cœur s'est mis à cogner dans ma poitrine, et la vue du matelas sale, à mes pieds, m'a donné la nausée.

Puis, subitement, ils ont éclaté de rire en s'écartant de moi.

— Ce n'est qu'une maison à crack, Rika ! a fait Michael. Pas une scène de viol. Détends-toi.

Ils plaisantaient ?

Enfoirés !

L'estomac noué, j'ai pris de profondes inspirations pour retrouver mon sang-froid.

Ils ont entrepris d'arroser les murs, le sol et ce qui restait des meubles de kérosène et, même s'il ne fallait pas être un génie pour comprendre ce qu'ils faisaient, j'ai gardé mes inquiétudes pour moi. Je ne savais pas encore si je m'amusais, mais je ne voulais pas me disputer avec eux ou essayer de les arrêter et perdre le privilège d'être là.

Pas encore, du moins.

— C'est l'heure de dégager les ordures ! a crié Michael.

Ils se sont plantés à côté de moi — nous formions une ligne au milieu de la maison —, puis ils ont craqué des allumettes, la lueur des petites flammes éclairant leurs masques.

Les yeux noisette de Michael pétillaient et mon cœur s'est emballé.

J'ai plongé la main dans ma poche, sorti ma boîte d'allumettes et, à mon tour, j'en ai craqué une. J'ai souri à la lueur de la flamme. Il suffisait de regarder le sol pour imaginer toutes les saloperies qui avaient eu lieu dans cette maison. Tout criait la drogue et la violence. Des gens y avaient sûrement été maltraités.

J'ai tourné la tête à droite. Michael me regardait. Sur ma gauche, Kai et Damon me fixaient également. Will, son portable à la main, s'apprêtait à filmer.

J'ai regardé droit devant moi. Je savais ce qu'ils attendaient.

J'ai jeté l'allumette. Une flamme de plus d'un mètre de haut a jailli contre le mur et j'ai poussé un soupir quand la chaleur a commencé à se diffuser dans mes veines.

Les garçons ont alors jeté leur allumette, et la petite maison s'est transformée en un brasier jaune et rouge.

— Wouhou ! a lancé Will dans un long hurlement, sans cesser de filmer chaque recoin du salon qui partait en fumée.

Lentement, nous nous sommes dirigés vers la sortie. Damon portait le sac en toile de Will, tandis que ce dernier continuait à filmer le spectacle.

Etait-ce bien judicieux, d'ailleurs ? Quand vous enfreigniez la loi, vous ne vouliez certainement pas laisser de preuves dans la nature.

— Passe le coup de fil.

Michael a lancé un téléphone à Kai, tandis que nous descendions les marches.

Kai s'est éloigné de quelques mètres et j'en ai profité pour jeter un coup d'œil furtif autour de moi.

Le quartier semblait toujours aussi mort.

— Tu as décidé ce qu'on allait faire ? a demandé Michael à Will.

Will a arrêté d'enregistrer.

— Pas encore.

— OK, on va faire Kai puis Damon, lui a dit Michael. Trouve d'ici là.

Trouver ?

Puis j'ai compris. Kai, Damon, Will. Ce qui voulait dire que Michael avait fini.

J'ai levé les yeux vers la maison où les flammes étaient déjà visibles à travers les fenêtres de l'étage.

— Vous décidez chacun d'un truc pour la Nuit du Diable, et ça c'était le tien. Pourquoi ?

Il a plongé son regard dans le mien à travers son masque, et je me suis demandé pourquoi il ne l'avait pas enlevé. Les autres avaient retiré les leurs à présent que le méfait était accompli.

— Je n'aime pas la drogue ni les maisons à crack. La drogue, c'est une béquille pour les gens trop faibles ou ignorants pour s'autodétruire.

— Qu'est-ce que tu veux dire ? Pourquoi quelqu'un voudrait-il s'autodétruire ?

Il a soutenu mon regard, et j'ai cru qu'il allait me répondre, mais il m'a contournée pour regagner la voiture.

J'ai secoué la tête, déçue.

— Allons-y ! a-t-il crié, et tout le monde s'est dirigé vers le SUV.

J'ai contemplé une dernière fois la maison qui illuminait le ciel nocturne, et j'ai souri.

Kai est monté sur le siège conducteur. J'ai ouvert la portière derrière lui pour reprendre ma place. J'espérais qu'il avait appelé les pompiers, tout à l'heure…

Une main m'a brutalement tirée en arrière et je me suis retrouvée le dos plaqué contre la voiture.

— Pourquoi il t'a amenée ?

Damon me fusillait du regard.

— Quoi ?

Je ne comprenais plus rien.

— Et pourquoi t'a-t-il emmenée dans les catacombes, cet après-midi ?

C'était quoi, son problème ?

— Pourquoi tu ne lui poses pas la question ? Peut-être qu'il s'ennuie.

— Vous avez parlé de quoi ?

Qu'est-ce qu'il me voulait, à la fin ?

— Tu passes toutes les personnes avec qui Michael discute à l'interrogatoire ?

Il a approché son visage tout près du mien.

— Jamais je ne l'ai vu faire la visite guidée d'une orgie. Ni amener quelqu'un à la Nuit du Diable. C'est notre truc, alors qu'est-ce que tu fais là ?

J'ai gardé le silence, les dents serrées. Je n'avais aucune idée de ce que je devais répondre ou penser. J'avais eu l'impression que Damon, Will et Kai en savaient plus que moi sur la raison pour laquelle Michael m'avait embarquée.

Les deux autres étaient-ils en colère, eux aussi ?

— Ne crois pas que tu es spéciale, a-t-il lâché avec mépris. Beaucoup de filles le chopent. Aucune ne le garde.

J'ai soutenu son regard sans un mot. Hors de question de faiblir devant lui.

— Rika ! a appelé Michael. Viens par ici.

Damon m'a gardée un instant sous le feu de son regard, avant de reculer. J'ai inspiré fébrilement, le cœur battant, puis j'ai fait le tour de la voiture pour retrouver Michael côté passager.

Il a jeté son masque à Will, s'est installé et tourné vers moi.

Il ne conduisait pas ?

— Viens.

Il m'a attrapé la main et j'ai poussé un cri de stupeur lorsqu'il m'a attirée sur ses genoux.

J'ai passé un bras autour de son cou pour me tenir, mes fesses plaquées contre ses cuisses.

— Qu'est-ce que tu fais ?

— On a besoin de la place à l'arrière, a-t-il dit en fermant la portière.

— Pourquoi ?

Il a poussé un soupir agacé.

— Tu la fermes jamais, hein ?

J'ai entendu Kai pouffer.

Pourquoi avaient-ils échangé leurs places ? Si c'était vraiment une question d'espace, j'aurais tout aussi bien pu m'asseoir sur les genoux de Kai.

Non que je m'en plaigne !

J'ai laissé Michael me serrer contre lui, mon dos plaqué contre son torse, et j'ai fermé les yeux, attentive à l'espèce de courant électrique qui fourmillait sous ma peau.

Il avait posé une main sur ma cuisse ; de l'autre, il tapait un SMS.

— Allons-y, a-t-il dit à Kai. Dépêche !

Kai a démarré. Moi, je souriais tant que j'en avais mal à la mâchoire. Je ne savais pas ce qui m'attendait, mais tout à coup je m'amusais follement.

9

Erika

Présent

Anthropologie culturelle de la jeunesse : un cours que j'avais hâte de commencer.

Et pourtant, en entrant dans la salle, je me demandais si je ne m'étais pas moi-même condamnée à l'échec quand j'avais choisi ce cours. Soit j'allais trop m'identifier, soit pas assez. Bien sûr, j'avais déjà quelques notions sur le sujet. Les Cavaliers et la hiérarchie qu'ils imposaient. Les bizutages au sein de l'équipe de basket et ce qui se passait dans les catacombes. Les complots fomentés par les garçons au même titre que les filles ; le fait que nous étions tous les reflets de nos parents d'une manière ou d'une autre ; le culte du leadership, ces personnalités fortes et les nombreux disciples qu'elles fédéraient autour d'elles, le seul moyen d'être fort étant de ne pas être seul.

Et puis, il y avait la Nuit du Diable et la ville qui fermait les yeux sur les exactions commises à ce moment-là.

La culture jeune, à Thunder Bay, était une fosse aux serpents. Il fallait marcher sur des œufs pour ne pas se faire prendre. A moins que vous ne soyez l'un des quatre Cavaliers, bien entendu.

Pour autant, cela ne faisait pas de moi une spécialiste. La population de ma ville natale appartenait à une classe socio-économique particulière ; nous n'étions pas dans la moyenne. Quelle menace représentez-vous sans argent, sans contacts, sans papa ? Le terrain de jeu était-il plus équitable, sans ces avantages ?

Voilà ce que je voulais découvrir. Sans la notoriété de ma famille, sans son argent, sans mes proches et leur protection, de quoi étais-je capable ?

C'est pour cette raison que j'avais quitté Brown, Trevor et la vie à laquelle je m'étais habituée. Pour découvrir si j'étais une suiveuse ou une meneuse. Et je ne m'arrêterais pas avant d'avoir prouvé que j'appartenais à la seconde catégorie.

J'ai descendu les marches de l'auditorium à la recherche d'un endroit où m'asseoir. Ce qui s'est révélé compliqué : l'amphithéâtre était déjà bondé. Quand je m'étais inscrite pour ce cours, on m'avait dit qu'il n'était proposé qu'une fois tous les deux ans. D'où sa popularité.

Les sièges se remplissaient à vitesse grand V. J'ai repéré quelques places libres dans une rangée. J'allais m'y engager, mais je me suis arrêtée net en reconnaissant la brune aux longs cheveux soyeux, vêtue d'un cardigan beige, installée au milieu. Je n'avais pas spécialement envie de m'asseoir à côté d'elle. Heureusement, plusieurs places étaient disponibles, je n'étais donc pas obligée de m'installer juste à côté d'elle.

Je me suis avancée dans le rang en me glissant devant les jambes des autres étudiants, et j'ai laissé un siège vide à ma droite, entre un type et moi, un autre à ma gauche, entre la brune et moi.

Elle s'est tournée et m'a souri.

Je lui ai souri à mon tour.

— Tu étais avec Michael l'autre soir, non ? ai-je lancé. Nous n'avons pas été présentées.

Je lui ai tendu la main. Elle m'a dévisagée, plissant les yeux, perplexe. Puis elle a semblé se détendre et a mis sa main dans la mienne.

— Ah, oui. La copine du petit frère.

J'ai laissé échapper un petit rire, sans prendre la peine de la corriger. Elle n'avait pas besoin de connaître les détails de ma vie.

— Moi, c'est Rika. Enfin, Erika, mais tout le monde m'appelle Rika.

— Salut, moi c'est Alex Palmer.

Le Pr Cain est entré, et s'est installé à son bureau. Ses cheveux grisonnants, ses lunettes et son costume marron lui donnaient l'air un peu strict. J'ai sorti mon iPad et mon clavier pour pouvoir prendre des notes.

Je me suis efforcée de regarder droit devant moi, mais je ne pouvais m'empêcher de jeter de temps en temps un coup d'œil à Alex. Elle était vraiment belle. Sexy. Elle avait de beaux yeux verts perçants, sa peau bronzée rayonnait et on devinait sous son jean et son débardeur un corps parfait.

J'ai considéré ma propre tenue : leggings noires, bottes en cuir marron, T-shirt blanc trop grand et écharpe bordeaux nouée lâchement autour de mon cou.

J'ai soupiré. A quoi bon ? Même mieux habillée, je n'aurais jamais eu son allure.

— Bouge ! a soudain ordonné une voix grave.

J'ai relevé la tête, et mon cœur a fait un bond dans ma poitrine.

Damon Torrance se dressait au-dessus de moi.

Qu'est-ce que ça voulait dire ?

Alex a aussitôt rassemblé ses affaires et est allée s'asseoir quelques rangs plus bas.

Je n'en revenais pas.

— Qu'est-ce que tu fais là ? ai-je demandé en le fusillant du regard.

Il m'a ignorée et s'est assis à ma gauche.

— Salut, Rika, a dit une autre voix.

J'ai tourné la tête : Will Grayson prenait place sur le siège vide à côté de moi.

— Comment ça va ?

Ils se sont tous les deux installés confortablement. J'avais l'impression d'être prise au piège. Cela faisait trois ans que je ne leur avais pas adressé la parole. Que se passait-il à la fin ?

Ils étaient ici. Pire, ils savaient que j'y étais aussi.

Les poils de mes bras se sont hérissés. C'était comme si nous étions restés figés dans le temps. Comme si nous étions revenus trois ans en arrière.

J'ai serré les poings.

— Bonjour à tous, a dit le professeur, planté sur l'estrade. Bienvenue au cours d'anthropologie culturelle de la jeunesse. Je suis le Pr Cain, et…

Sa voix s'est estompée lorsque j'ai senti le bras de Damon se poser sur le dossier de mon siège.

Cain continuait de parler, mais l'effroi me pesait sur l'estomac comme une brique.

— Qu'est-ce que vous foutez ici ? ai-je demandé à voix basse.

— On vient en cours, a répondu gaiement Will.

— En cours ? Ici ?

J'avais du mal à le croire. Je me suis tournée vers Damon, dont les yeux, à la fois terriblement froids et brûlants, étaient posés sur moi, comme si le professeur et les élèves n'existaient pas.

— Il faut dire qu'on a perdu un peu de temps, a soufflé Will. Ça m'a brisé le cœur de ne pas recevoir de lettres de toi, d'ailleurs. On s'était pourtant tous bien éclatés, pendant notre dernière soirée de liberté, non ?

Non. Non, on ne s'était pas « tous bien éclatés ». Le souffle court, j'ai rapidement replié mon iPad et je me suis penchée pour attraper mon sac, prête à partir.

C'était sans compter avec Will, qui m'a attrapé le poignet pour me redresser.

— Reste, a-t-il dit avec désinvolture, mais je sentais bien que c'était un ordre. On aurait bien besoin d'une amie dans la classe.

J'ai vivement dégagé mon poignet ; ma peau me brûlait. J'ai replié mon bureau, j'ai rangé mes affaires, et je me suis levée d'un bond.

Mais Damon m'a forcée à me rasseoir.

— Tu te lèves encore une fois, et je tue ta mère !

Mon sang s'est glacé. *Quoi ?*

Un type, sur la rangée de devant, s'est retourné, l'air inquiet. Il devait avoir entendu.

— Qu'est-ce que tu regardes ? a grondé Damon.

L'autre a pris peur et s'est aussitôt détourné.

J'ai lâché mes affaires et je suis restée assise là. Que devais-je faire ? Plaisantait-il ? Pourquoi dire une chose pareille ?

Puis je me suis rappelé que ma mère n'était pas à la maison. J'avais essayé de l'appeler plusieurs fois, le week-end dernier, et fini par recevoir un SMS d'elle disant qu'elle partait en croisière pendant un mois avec Mme Crist. Elle était en chemin pour l'Europe, et notre gouvernante en avait profité pour aller rendre visite à sa famille. La maison était complètement vide.

J'ai poussé un soupir de soulagement et je me suis détendue. Il ne pourrait pas mettre la main sur elle même s'il le voulait. Pas dans l'immédiat en tout cas. Il jouait avec mes nerfs.

Il a passé son bras autour de mon cou et m'a attirée à lui. Je me suis raidie.

— Tu n'as jamais fait partie de notre groupe, m'a-t-il déclaré à l'oreille avec colère. Tu n'étais qu'une chatte en formation.

Puis son autre main s'est glissée entre mes cuisses.

Avec un petit cri choqué, je l'ai repoussé. Il est revenu à la charge, mais je l'ai repoussé de nouveau.

— Qu'est-ce qui se passe, là-haut ?

La voix du professeur… J'ai regardé droit devant moi, interdite, sentant tous les yeux posés sur nous.

— Désolé, monsieur, a répondu Damon. Je lui ai fait son affaire ce matin, mais elle en veut encore.

Des rires ont retenti dans l'amphi, et Will s'est esclaffé.

L'embarras m'a embrasé le visage, mais ce n'était rien comparé à la colère qui bouillonnait en moi.

Qu'est-ce qu'ils cherchaient ? Ça n'avait aucun sens ! C'était à moi, tout ça : cette école, cette classe, cette nouvelle chance d'être heureuse… C'était la chance de ma vie et je refusais de les laisser me chasser.

Le professeur nous a adressé un regard agacé, puis a repris son cours sur la technologie et son impact sur les jeunes. Will et Damon se sont mis à l'aise dans leurs fauteuils, tranquilles.

Moi, j'étais incapable de me concentrer.

J'avais seulement besoin de survivre jusqu'à la fin du cours. Ensuite, je sortirais d'ici, je rentrerais chez moi et…

Et quoi ?

A qui pouvais-je me plaindre ? Michael ?

Il habitait Delcour, l'étage juste au-dessus du mien. Les trois autres y seraient aussi. Fréquemment.

Merde.

A leur sortie de prison, je pensais qu'ils partiraient loin, pour profiter de leur liberté.

Et pourtant… ils étaient ici. Pourquoi ?

J'ai baissé les yeux et aperçu des tatouages sur le bras gauche de Will. Il ne les avait pas, la dernière fois que je l'avais vu. J'ai jeté un regard en coin en direction de Damon ; il n'en avait pas, du moins pas d'apparents. Manifestement, ces années ne les avaient pas changés, ils étaient toujours les mêmes.

Les minutes se sont égrenées. Damon a fini par remettre son bras sur le dossier de mon siège. Tétanisée, j'ai tenté de me concentrer sur le cours, qui tournait à la diatribe.

— Le problème, avec votre génération, disait le professeur, c'est que vous vous croyez tout permis. Vous pensez que tout vous est dû, vous voulez tout tout de suite. Pourquoi endurer la douce agonie de suivre, épisode après épisode, une série télévisée jusqu'à la grande révélation finale — ce qui peut prendre plusieurs années —, alors qu'il vous suffit d'attendre que l'ensemble sorte sur Netflix pour regarder les cinquante épisodes en trois jours ?

— Exactement ! a lancé un gars à l'autre bout de la salle. Il faut travailler plus intelligemment, pas plus dur.

Sa pique a fait rire tout le monde.

On se croit tout permis ?

— J'ai tant rêvé de ces lèvres, m'a soufflé Damon à l'oreille. Tu sais enfin sucer une bite, Rika ?

Je me suis recroquevillée, l'estomac noué. Mais il m'a ramenée vers lui.

Il se fout de toi. Ignore-le.

— Mais travailler dur forge le caractère, a objecté le professeur en réponse à l'étudiant. Le respect n'est pas un droit inné. On apprend la patience et la valeur par la lutte.

Je me concentrais autant que possible, mais l'air est venu à me manquer quand Damon m'a fermement agrippée par les cheveux.

— Parce que, quand je la fourrerai dans ta gorge, il vaudra mieux que tu saches t'y prendre et que t'aimes ça.

Je me suis arrachée à son emprise avec un grognement.

Putain de taré !

— Ce qui vaut la peine ne vient pas facilement, a poursuivi une fille, soutenant l'argument du professeur.

— Exactement ! a-t-il lancé en agitant son doigt avec enthousiasme.

Je me suis passé les deux mains sur le visage, incapable de suivre. Je voulais dire quelque chose, mais impossible de me rappeler quoi.

De quoi parlait le prof, déjà ?

J'ai soupiré et secoué la tête.

— Oui ? a dit le professeur.

Comme personne ne répondait, et que Damon et Will s'étaient figés, j'ai lentement levé les yeux. Cain me regardait.

— Moi ? ai-je demandé.

Je n'avais rien dit.

— Vous semblez frustrée. Voulez-vous contribuer au cours autrement qu'en distrayant la classe avec vos petits amis ?

Mon cœur a bondi. Will a ri à côté de moi, mais Damon a gardé le silence.

Je me doutais bien de ce que tout le monde pensait.

J'ai fait marcher mes méninges pour me rappeler ce dont le professeur parlait, puis je me suis souvenue de ce qui m'était venu à l'esprit, avant que Damon ne me distraie.

J'ai pris une profonde respiration et regardé Cain droit dans les yeux.

— Vous parlez d'une génération ingrate, dont la vie tourne autour de la technologie que la vôtre nous a donnée. Je ne… je ne crois pas que ce soit une perspective valable.

— Clarifiez.

Je me suis penchée en avant sur mon siège, loin de Damon.

— C'est comme emmener son enfant chez un concessionnaire pour lui acheter une voiture et se mettre en colère quand il en choisit une. Ce n'est pas juste de s'énerver contre les jeunes parce qu'ils se servent de moyens qu'on a mis à leur disposition.

Selon lui, notre génération pensait que tout lui était dû, mais c'était plus compliqué que ça.

— Mais ils ne savent pas apprécier ce confort, a contré Cain.

— Parce que ce n'est pas du confort pour eux. C'est la norme ! Leur référentiel est différent du vôtre. Et, à notre tour, nous dirons que c'est du confort quand nos enfants auront des choses que nous n'avions pas au même âge. Or, là encore, ce ne sera pas du confort pour eux. Ce sera leur norme.

Damon et Will demeuraient immobiles à mes côtés.

— En outre, cette discussion est inféconde, parce que nous n'y changerons rien. Vous êtes en colère, parce que votre génération a dispensé à la nôtre des avancées technologiques tout en lui reprochant sa vision altérée de la réalité. Mais qui est responsable ?

Will a de nouveau ricané tandis que le reste de la salle, Damon y compris, gardait le silence, comme si tous attendaient de voir ce qui allait suivre.

Le Pr Cain a levé un regard incertain vers moi, tandis que le silence s'enroulait autour de la pièce comme un élastique, la faisant rétrécir.

J'avais l'impression que tout le monde me regardait.

J'aurais dû rougir d'embarras. J'avais toujours détesté être le centre de l'attention générale. Au contraire, j'ai senti l'adrénaline vibrer sous ma peau. Je me suis même retenue de sourire en soutenant le regard du professeur.

C'est trop bon !

Je ne sais pas d'où ça me venait — les conneries avec Damon et Will, les disputes avec Michael —, mais j'étais aux commandes. Au lieu de batailler, j'ai assumé.

Je n'ai pas baissé les yeux. Je n'ai pas rougi. Je ne me suis pas excusée.

Je me suis *affirmée.*

Bras croisés, je me suis adossée à mon siège.

— Elle vous a posé une question, a lancé Damon.

Je n'en revenais pas !

Le visage de Cain s'est décomposé, mais il n'a pas répondu. Il s'est contenté de se redresser avant de retourner derrière son bureau, un sourire forcé aux lèvres.

— Réfléchissons-y pour le prochain cours, a-t-il suggéré. Et n'oubliez pas le devoir, le sujet est sur mon site Internet. A me rendre mercredi.

Les étudiants se sont levés, et je n'ai pas hésité une seconde : j'ai attrapé mon iPad en vitesse pour m'échapper. Mais Damon m'a arrêtée net en se dressant au-dessus de moi.

— Personne n'a le droit de te faire chier à part nous, a-t-il dit avec un sourire sinistre.

Tant de temps à l'ombre, tant de choses perdues, et voilà ce qu'ils s'offraient à leur sortie ? Moi ?

Les dents serrées, j'ai fourré mes affaires dans mon sac que j'ai jeté sur mon épaule, et je lui ai lancé un regard noir.

— Ton sens de l'humour craint grave, Damon. C'est un peu tôt pour la Nuit du Diable. Si tu menaces encore ma mère, même pour rire, je préviens la police.

Je me suis retournée pour partir, mais il m'a attrapée par la nuque et écrasée contre son torse. J'ai poussé un cri de stupeur. Les étudiants continuaient à passer près de moi, ne semblant pas se rendre compte de ce qui se passait.

— Qui a dit que je plaisantais ?

— Qu'est-ce que tu veux ? l'ai-je défié.

Il s'est léché les lèvres, et j'ai senti dans mon cou le souffle de Will qui s'était rapproché derrière moi, me prenant au piège.

— Quoi que ce soit, a-t-il raillé, je crois que je vais l'avoir.

J'ai secoué la tête, feignant l'ennui.

— Tu n'as vraiment rien de mieux à faire ? C'est tout ce que t'as ?

— On va bien s'amuser avec toi, Rika.

Il m'a relâchée et je l'ai repoussé, avant de me retourner pour bousculer Will. Montant les marches quatre à quatre, je me suis faufilée entre les autres élèves pour m'enfuir et sortir en trombe dans le couloir.

Que se passait-il, bordel ?

Will, Kai et Damon étaient sortis de prison, ils se trouvaient tous à Meridian City, et Will et Damon me pourchassaient. Pourquoi ?

N'avaient-ils pas fait assez de dégâts, trois ans plus tôt ? N'en avaient-ils tiré aucun enseignement ? Ils avaient eu ce qu'ils méritaient, et je ne pouvais pas dire que j'étais désolée. Ils avaient merdé et m'avaient emmerdée ; je n'avais aucune compassion pour eux.

J'aurais simplement aimé qu'ils arrêtent. Ils pensaient que j'étais une cible facile, et prenaient à tort mon calme pour de la faiblesse. Je n'étais plus leur jouet.

Il fallait qu'ils passent à autre chose.

Les cours étaient finis pour la journée. J'ai déguerpi du campus et traversé la ville au pas de course pour regagner mon appartement.

En entrant dans l'immeuble, j'ai repéré Alex, en train d'attendre l'ascenseur. Elle a relevé ses lunettes de soleil.

— Ça va ?

Elle devait poser la question à cause de Damon et Will.

Je lui ai adressé un petit sourire.

— Je crois. J'étais au lycée avec eux. A l'époque, j'étais complètement invisible à leurs yeux et très curieuse de savoir qui ils étaient… Aujourd'hui, j'aimerais qu'ils m'oublient.

— Eh bien, je ne connais pas Damon et Will si bien que

ça, mais je peux t'affirmer que tu n'as jamais été invisible à leurs yeux.

Elle les connaissait ?

C'était logique, après tout. Si elle fréquentait Michael, elle avait certainement rencontré ses amis.

— Tu ne prends pas l'autre ascenseur pour aller chez lui ? lui ai-je demandé, désignant du pouce l'entrée privée de Michael.

— Chez qui ?

— Michael.

L'ascenseur a tinté, les portes se sont ouvertes. Elle est entrée, et je l'ai suivie distraitement.

— Je n'y vais pas. J'habite au seizième.

Elle a pressé le bouton seize, moi le vingt et un, et les portes se sont lentement fermées.

Elle habitait dans l'immeuble.

— Oh ! J'imagine que c'est plus pratique pour le voir.

— Je vois beaucoup d'hommes.

D'accoooord…

— De femmes aussi, a-t-elle ajouté avec une certaine arrogance.

Je me suis figée, sentant la chaleur de son regard dans mon cou.

— Tu aimes les filles ? a-t-elle repris d'un ton détaché.

Un rire s'est coincé dans ma gorge.

— Euh… Disons que ça ne m'est jamais venu à l'esprit.

— Préviens-moi si tu changes d'avis.

Mince ! Il fallait bien le lui accorder, elle savait comment me changer les idées.

Les portes se sont ouvertes, et elle est sortie, me lançant d'une voix railleuse :

— J'espère te revoir bientôt, Rika.

Puis elle a disparu dans le couloir.

J'ai secoué la tête pour reprendre mes esprits. Qu'est-ce que c'était que ça ?

Une fois rentrée chez moi, j'ai verrouillé la porte et immédiatement tiré mon téléphone de mon sac.

Aucun appel manqué.

Je parlais à ma mère tous les jours et, même si elle n'avait pas de réseau, le yacht avait un téléphone satellite. Pourquoi ne me rappelait-elle pas ? La menace de Damon m'inquiétait, je voulais m'assurer qu'elle allait bien.

Le *Pithom*, le yacht des Crist, était habituellement arrimé à Thunder Bay. Ils y avaient organisé de nombreuses fêtes, mais le bateau pouvait également assurer de longues excursions en mer. Tous les ans, en automne ou en hiver, M. et Mme Crist l'utilisaient pour se rendre dans le sud de l'Europe au lieu d'y aller en avion. Mme Crist avait dû partir avant son mari, cette année, et du coup, proposer à ma mère de l'accompagner.

J'ai composé son numéro. Messagerie.

— Bon, maman… Ça commence à faire long. Je t'ai laissé plein de messages, tu m'inquiètes, là. Pourquoi tu ne m'as pas appelée pour me dire que tu partais en voyage ?

Je ne voulais pas la sermonner, mais j'étais vraiment lessivée. J'ai raccroché.

Ma mère était inconstante et absolument pas autonome, mais elle était toujours disponible pour moi et me tenait au courant de ses activités.

J'ai composé le numéro du bureau de M. Crist et coincé le téléphone entre mon épaule et mon oreille pour sortir une bouteille de Gatorade du frigo.

— Bureau d'Evan Crist, a répondu une femme.

— Bonjour, Stella.

J'ai avalé une petite gorgée et remis le bouchon.

— C'est Erika Fane. M. Crist est là ?

— Non, je suis désolée, Rika. Il est déjà parti pour la journée. Tu veux son numéro de portable ?

J'ai soupiré et posé la bouteille. Je connaissais Stella depuis toujours ; cela faisait de longues années qu'elle était l'assistante personnelle de M. Crist. J'avais l'habitude d'avoir affaire à elle, puisqu'elle gérait également la majorité des finances de ma famille pour lui, en attendant que je sois diplômée.

— Je l'ai déjà. Je ne voulais pas le déranger sur son temps personnel. Vous pourriez lui demander de me rappeler, à sa convenance, quand vous le verrez ? Ce n'est pas une urgence, mais c'est assez important.

— Bien sûr, ma chérie.

— Merci.

Après avoir raccroché, je suis allée me poster à la fenêtre pour contempler la vue.

Le soleil commençait à se coucher ; ses rayons traversaient les gratte-ciel sous un ciel aux nuances mauves. Les lampes se sont subitement allumées sur ma terrasse.

Au-dessus, l'appartement de Michael était plongé dans le noir. Je ne l'avais pas revu depuis l'incident chez Hunter-Bailey, et je me suis demandé s'il était à son entraînement ou s'il avait quitté la ville. La saison de basket allait bientôt commencer, mais il n'était pas rare qu'il y ait des démonstrations ou des matchs d'échauffement avant le début officiel de la saison. Il serait très occupé et souvent en déplacement entre novembre et mars.

J'ai mis de la musique — *Silence* de Delirium — et enlevé mon écharpe, mes bottes et mes chaussettes, avant de m'installer avec mon ordinateur sur l'îlot central de la cuisine pour travailler.

En plus du cours d'anthropologie, j'avais commencé les cours de statistiques et de psychologie cognitive, aujourd'hui. Je n'avais toujours aucune idée de ce à quoi je me destinais, mais comme j'avais pris beaucoup de cours orientés sur la psychologie et la sociologie, à Brown et à Trinity, je pensais pouvoir choisir ma spécialité bientôt.

La seule chose dont j'étais certaine, c'est que j'aimais étudier les gens. Le fonctionnement de leur cerveau, la part de chimie et la part induite par la vie en société... Je voulais comprendre pourquoi nous faisions ce que nous faisions. Pourquoi nous prenions les décisions que nous prenions.

Après avoir fini ma lecture pour le prochain devoir d'anthropologie — et surligné plus de lignes que je n'en avais laissé de vierges —, j'ai travaillé sur les problèmes de statistiques. Puis je me suis fait une salade César, tout en finissant d'étudier quelques chapitres pour mon cours d'histoire du lendemain.

Le soleil s'était déjà couché quand j'ai rangé mes livres, refait mon sac et mis mon iPad à charger. Allant à la fenêtre, j'ai composé une nouvelle fois le numéro de ma mère et regardé la ville scintiller de vie au-dehors.

Je suis tombée une fois encore sur sa messagerie ; j'ai appuyé sur *Raccrocher*, avant d'appeler Mme Crist. Aucune réponse non plus. Je lui ai laissé un message, lui demandant de m'appeler, et j'ai jeté mon téléphone sur un fauteuil, désespérée. Pourquoi ne pouvais-je pas joindre ma mère ? Elle m'appelait presque tous les jours, l'année dernière, quand j'étais à Brown.

J'ai levé les yeux et marqué un temps d'arrêt : l'appartement de Michael était allumé. Il était rentré.

J'ai fait la moue, pensive. Je n'arrivais pas à joindre Mme Crist, et son mari était un homme occupé. Je détestais le déranger, ou même avoir affaire à lui. Michael était un chouïa moins impressionnant, et il avait certainement le numéro du téléphone satellite du *Pithom*.

Mais je n'allais pas l'appeler. Il me snoberait. J'avais plus de chances si je me déplaçais.

J'ai pris l'ascenseur jusqu'au hall d'entrée, pieds nus.

Richard, le portier, se tenait en faction devant l'immeuble ; j'ai jeté un rapide coup d'œil autour de moi, à la recherche d'un réceptionniste. L'accueil était fermé, et je savais qu'il fallait une clé pour accéder à l'ascenseur de Michael.

Alors que je me dirigeais vers la porte d'entrée, prête à amadouer Richard, une cloche a tinté derrière moi. Deux hommes sont sortis de l'ascenseur privé. Ils étaient immenses ; au moins dix centimètres de plus que Michael, dont la taille était déjà impressionnante. Ils ont traversé le hall, riant aux éclats, et l'un d'eux m'a souri au passage.

Probablement des gars de son équipe de basket.

L'ascenseur était toujours ouvert. Sans perdre une seconde, je m'y suis précipitée. J'ai plongé à l'intérieur et appuyé sur le bouton pour fermer les portes. Je n'ai pas osé vérifier si Richard m'avait vue, de peur de donner l'impression que je faisais quelque chose de mal.

Les portes ont coulissé, l'ascenseur s'est ébranlé, et j'ai noué les mains dans mon dos, boostée à l'adrénaline.

La montée m'a paru durer une éternité. J'avais l'estomac noué et mon cœur battait à tout rompre. Pourtant, lorsque l'ascenseur s'est enfin arrêté, j'ai eu l'impression qu'une seconde à peine s'était écoulée.

Les portes se sont ouvertes, et je me suis armée de courage.

Il faisait sombre comme dans une grotte.

Malgré le martèlement dans ma poitrine, j'ai posé le pied sur le plancher noir et avancé lentement vers la gauche.

Son odeur.

Epices, bois et… cette autre chose, que je n'arrivais jamais à identifier. Cette senteur caractéristique.

Au bout du couloir, une grande pièce à vivre. *Inside Yourself* de Godsmack résonnait dans l'appartement. Je suis entrée, fascinée par la beauté et la pénombre qui m'entouraient.

La lumière était tamisée, un néon bleu luisait derrière les panneaux noirs fixés aux murs. Le salon s'ouvrait sur une grande baie vitrée similaire à la mienne, sauf que celle-ci faisait deux fois la longueur de mon appartement. Les milliers de lumières de la ville s'étendaient sous mes yeux. Sans fin.

Ici, tout était noir et gris ; tout étincelait.

Effleurant du bout des doigts une longue table en verre noir, j'ai senti comme un fourmillement en moi.

Le martèlement d'un ballon sur le sol a suspendu mon geste. Ce son, lourd de souvenirs, m'a réchauffé le corps. Même petit, Michael passait son temps à dribbler ; on l'entendait dans toute la maison.

J'ai suivi le son jusqu'à une rambarde.

Evidemment…

Tout comme chez lui, à Thunder Bay, il disposait ici d'un terrain de basket privé, certes plus petit qu'un terrain normal, mais qui devait parfaitement faire l'affaire, avec ses deux paniers, son parquet brillant, et ses supports remplis de ballons.

C'était de l'équipement de pointe, comme dans tout le reste de l'appartement. Il aurait été surprenant que Michael n'ait pas fait installer de terrain chez lui. Il se baladait presque en permanence avec un ballon, et ne semblait heureux que lorsqu'il jouait au basket.

Il courait, dribblait, puis il a soudain lancé le ballon. Panier. Il portait seulement un short de sport noir, long. Pas de maillot. La sueur luisait sur son torse et ses abdos admirablement dessinés. Il a attrapé un autre ballon sur le support près de lui pour poursuivre ses exercices.

Les muscles de son dos élancé se sont contractés, ses bras se sont crispés, tandis qu'il lançait de nouveau le ballon, le faisant voler dans les airs.

Un « ding » a retenti derrière moi à cet instant, et j'ai quitté Michael des yeux pour jeter un regard nerveux par-dessus mon épaule. Je n'étais pas censée être là.

Merde.

J'étais prête à m'enfuir… Trop tard. Kai, Will et Damon

sont entrés, ralentissant le pas sitôt qu'ils m'ont vue. Ils m'ont regardée droit dans les yeux, et mon estomac s'est noué.

— Ça va, Rika ?

Les yeux de Kai, si doux trois ans auparavant, étaient à présent froids et durs.

J'ai dégluti.

— Ça va.

Ses lèvres ont affiché une moue entendue.

— Tu n'as pas l'air bien.

Il s'est approché de moi, tandis que Damon et Will s'asseyaient sur le canapé en toute décontraction. J'ai reculé contre la rambarde, comme prise au piège.

Cela faisait si longtemps que je ne les avais pas vus tous ensemble. Je voulais m'enfuir.

Je pensais que le temps — et la prison — les aurait éloignés les uns des autres. Pourtant, ils étaient là, unis, comme si rien n'avait changé.

Ils portaient des costumes noirs, comme s'ils s'apprêtaient à sortir. J'ai coincé mes cheveux derrière mon oreille, m'efforçant de retrouver ma voix.

— Je suis surprise, c'est tout. Ça fait longtemps…

Il a lentement hoché la tête.

— Oui, ça fait très longtemps… depuis cette nuit-là.

J'étais mal à l'aise, et il le savait.

— J'avais seulement besoin de parler à Michael, ai-je dit.

Il s'est penché vers moi, les deux mains posées sur la rambarde, et a crié :

— Michael ! Tu as de la visite.

Sa voix grave m'a fait frissonner. Je n'avais pas besoin de me retourner pour savoir que Michael m'avait vue. Le ballon de basket a rebondi sur le sol de plus en plus vite puis… plus rien.

Kai, le visage à quelques centimètres du mien, m'a jaugée du regard.

— Je ne savais pas que vous étiez tous à Meridian City, ai-je dit pour tenter de faire la conversation.

Kai est allé rejoindre ses amis sur le canapé.

— Eh bien, comme tu peux l'imaginer, nous ne voulions ni trop d'attention ni faire d'éclat. Nous avions besoin d'intimité pour reprendre tranquillement le cours de nos vies.

Cela paraissait raisonnable. Toute la ville avait regretté leur arrestation et leur incarcération, et, malgré les preuves réunies contre eux, personne ne les avait réellement détestés. Il n'avait pas fallu longtemps pour que leurs méfaits soient oubliés et qu'ils manquent cruellement à tout le monde.

Ou presque.

— Viens. Assieds-toi, a insisté Will. Nous n'allons pas te faire de mal.

Damon a renversé la tête en arrière pour souffler un nuage de fumée, puis il a laissé fuser un rire sombre et calme, se souvenant certainement des menaces qu'il avait proférées dans l'amphi.

— Ça va, ai-je assuré en croisant les bras.

— Tu es sûre ? a demandé Will, l'air amusé. Parce que tu es en train de reculer, là.

Je me suis figée en prenant conscience qu'en effet j'étais en train de reculer, malgré moi.

Merde.

Michael est apparu en haut des marches qui menaient au terrain de basket. Ses cheveux luisaient de transpiration, et son ventre se contractait au rythme de sa respiration. J'ai resserré les bras autour ma poitrine.

— Qu'est-ce que tu veux ?

Il était encore de mauvaise humeur, certainement à cause de notre dispute chez Hunter-Bailey, l'autre jour. J'ai pris une profonde inspiration.

— Je n'ai pas de nouvelles de ma mère, et je me demandais

si tu pouvais me donner le numéro du téléphone satellite du *Pithom*.

— Elles sont au beau milieu de l'océan, Rika. Laisse-la tranquille.

Il a jeté la serviette avec laquelle il s'essuyait sur une chaise et est allé chercher une bouteille d'eau dans le frigo.

— Je ne t'aurais pas dérangé si je n'étais pas inquiète, ai-je dit en jetant un regard noir à Damon, qui avait semé le doute dans mon esprit. Que je ne puisse pas la joindre, c'est une chose. Mais elle ne m'a pas appelée, et ça, c'est inhabituel.

Michael a vidé la bouteille d'un trait et l'a posée sur l'îlot central. Les mains plaquées sur le plan de travail devant lui, il a levé la tête pour me regarder, comme s'il venait d'avoir une idée.

— Accompagne-nous à une soirée.

Quoi ?

— Non. Je veux juste le numéro du téléphone satellite.

Il y a eu un bruissement derrière moi ; un par un, les trois autres sont venus se poster autour de l'îlot. Michael se tenait face à moi, Kai et Will à ma gauche et ma droite, et Damon, les bras croisés, s'était adossé au mur, les yeux braqués sur moi.

Ils te cherchent, c'est tout. C'est leur truc. Ils poussent à bout, ils intimident…

Mais ils avaient appris la leçon. Ils ne franchiraient pas la ligne.

— Viens à cette soirée, a renchéri Kai, et tu auras le numéro.

J'ai laissé échapper un rire amer.

— Mais bien sûr ! On n'est plus à Thunder Bay, les mecs, et je ne suis plus une gamine que vous pouvez tyranniser, OK ? Va te faire voir, Michael. Je demanderai le numéro à ton père.

J'ai tourné les talons pour regagner l'ascenseur d'un pas raide. Les portes se sont ouvertes dès que j'ai appuyé sur le bouton et je me suis engouffrée dans la cabine, essayant de calmer les battements précipités de mon cœur.

Ils m'intimidaient encore.

Me défiaient. Me terrifiaient. Et m'excitaient.

J'avais envie de sortir… mais pas avec eux.

Alors que les portes se refermaient, une main les a bloquées, et Michael m'a attrapée par le haut de mon T-shirt pour me faire sortir.

— Michael ! ai-je crié.

Je suis tombée contre lui et, avant que je comprenne ce qui m'arrivait, il m'a attrapé les poignets et les a maintenus fermement dans mon dos.

— Lâche-moi ! Qu'est-ce que tu fous ?

— Dites donc, les mecs, j'ai l'impression que c'est toujours aussi facile de la tyranniser, non ?

J'ai été accueillie par des rires dans le salon, où il me ramenait de force.

Tous les muscles de mon corps étaient en feu, sans compter qu'il n'arrêtait pas de me marcher sur les pieds.

Je l'ai repoussé violemment et j'ai réussi à lui échapper. Mais mon mouvement brusque m'a fait trébucher : j'ai perdu l'équilibre et je suis tombée en arrière, sur les fesses. Une vive douleur m'a transpercé le fessier et les jambes. La chute m'avait coupé le souffle.

Je me suis redressée tant bien que mal, genoux repliés et mains posées derrière moi sur le sol, avant de lever les yeux. Michael avançait vers moi. Il s'est arrêté tout près, me dominant de toute sa hauteur. Je me suis mise à ramper pour m'éloigner de lui. Jusqu'à ce que mon dos heurte quelque chose. J'ai tourné légèrement la tête : une jambe de pantalon noir. Impossible de déterminer s'il s'agissait de Damon, Will ou Kai sans lever les yeux, mais ça n'avait pas d'importance. J'étais prise au piège.

Michael a affiché un sourire sournois. Il s'est baissé, jusqu'à ce que son visage soit juste au-dessus du mien. Son corps était si près que j'ai senti l'air me manquer, mais je me suis efforcée de tenir bon. Je l'ai regardé droit dans les yeux, immobile.

— Je pensais que tu étais l'une d'entre nous, a-t-il murmuré, son souffle caressant mes lèvres. Je pensais que tu pouvais jouer le jeu.

« Tu es l'une d'entre nous maintenant », m'avait dit Will, cette fameuse nuit.

Les yeux d'ambre de Michael ont sondé les miens avant de se poser sur ma bouche. Il respirait de plus en plus fort, me contemplait comme s'il était sur le point de me mordre.

J'avais envie de pleurer. Que se passait-il, bordel ?

Trois ans plus tôt, j'avais connu la plus belle soirée de ma vie, avant qu'elle ne devienne brusquement la pire. Depuis, Michael faisait comme si je n'existais pas, comme s'il souhaitait que je n'aie jamais existé.

Aujourd'hui, Damon, Will et Kai étaient libres, et ils étaient de nouveau réunis. Qu'avais-je à voir avec ça ? Que voulaient-ils de moi ?

— Je ne connais pas ce jeu, ai-je dit, d'une voix à peine audible.

— Tout ce que tu as besoin de savoir, c'est que tu ne peux pas te défiler.

Il a plaqué son corps contre le mien et capturé mes lèvres.

J'ai poussé un cri, qui s'est perdu dans sa bouche.

Ma peau s'est embrasée, électrique, et j'ai senti son sexe dur contre mes cuisses. Il bandait, et mon corps réagissait à ce contact presque malgré moi.

J'ai fermé les yeux. Mon clitoris palpitait de plus en plus fort. Michael se frottait contre moi, me titillait. Sa bouche écrasée sur la mienne, il me dévorait tout entière.

Haletante, je savourais la sensation de sa langue dans ma bouche. J'en voulais plus. Tant bien que mal, je gardais les bras tendus dans mon dos pour rester dressée et chercher son contact, lui rendre son baiser avec fougue.

Il m'a alors attrapée par les cheveux, me tirant la tête en arrière pour m'embrasser dans le cou.

J'ai lentement ouvert les yeux et je me suis figée. Kai me dévisageait avec orgueil.

J'étais mortifiée. Comment avais-je pu oublier qu'ils étaient là ?

Avant que je puisse le repousser, Michael s'est redressé, faisant disparaître Kai et les autres de mon champ de vision.

— On va à une *pool party*. On passe te chercher dans dix minutes. Va mettre ton maillot de bain.

Sa voix, un instant lourde de désir, était redevenue glaciale. J'avais la gorge sèche.

— Si tu n'es pas prête, on te préparera, même s'il faut s'y mettre à quatre. A la fin de la soirée, je te donnerai peut-être le numéro de téléphone.

Il s'est relevé, on m'a attrapée pour me remettre sur pied, puis une main s'est enroulée autour de mon cou et je me suis retrouvée plaquée contre un torse musclé. La voix sifflante de Damon m'a fait grimacer.

— Tu es une petite chaudasse, on dirait… Tu étais à deux doigts de baiser avec lui sous nos yeux.

J'ai serré les dents et regardé droit devant moi avec colère.

— C'était mignon de te voir te débattre, cela dit, a-t-il ajouté avec sarcasme. C'est tout ce que t'as ?

Puis il a posé sa main dans mon dos et m'a poussée en avant.

« C'est tout ce que t'as ? » Il se servait de mes propres mots contre moi. *Fils de…*

L'estomac noué, les nerfs en pelote, je me suis évertuée à retrouver mon calme et me suis dirigée vers l'ascenseur d'un pas décidé, sans un coup d'œil en arrière.

Leur jeu avait changé. Je ne savais pas pourquoi, et je ne savais pas quoi faire, mais il fallait que je réfléchisse vite.

Très très vite.

10

Erika

Trois ans plus tôt

— Ça se passe bien avec la petite, mon frère ? a demandé Damon. Elle peut venir s'asseoir sur mes genoux, si elle veut.

Michael a resserré son emprise autour de ma taille, sans répondre. Il ne le ferait pas. D'après ce que j'avais pu voir, il se prêtait rarement aux jeux de Damon.

Kai roulait à tombeau ouvert, concentré.

— Elle a l'air plutôt à l'aise là où elle est, a-t-il indiqué à Damon après m'avoir jeté un regard en coin.

J'ai gardé les yeux fixés sur la route. Je n'aimais pas être la cible de leurs moqueries. Ce n'était pas moi qui avais demandé à m'installer ici, après tout.

Cela dit, ça ne me démangeait pas vraiment de retourner m'asseoir à l'arrière. J'avais des papillons dans le ventre, des bouffées de chaleur, et aucune envie d'être ailleurs.

Mais de toucher sa peau, oui, et de me mettre à califourchon sur lui pour le sentir entre mes jambes !

Je me suis laissée aller contre son torse, le dos pressé contre lui. Le rythme de sa respiration se répercutait dans tout mon corps.

Michael a fini de taper son message de sa main gauche, comme si je n'étais pas là, mais son autre bras s'est crispé autour de moi : il n'était pas indifférent à mon contact.

— Tu as décidé ce que tu voulais faire ?

— Moi ? Qu'est-ce que tu veux dire ?

J'ai tourné la tête, et reçu l'or de ses yeux et son souffle chaud en plein visage.

— Tu as le droit de faire une farce aussi.

— Pense au film *The Crow*, a ajouté Will. On pourrait cambrioler des magasins, faire brûler la ville, assassiner un jeune couple…

Je me suis renfrognée : ce n'était pas drôle.

— C'est un putain de poids plume cette fille, est intervenu Damon. Je ne suis pas revenu ici ce week-end pour jeter des œufs sur des voitures.

— Non, c'est dépassé, ça. Je suis sûr qu'elle peut trouver mieux, m'a défendue Will.

— Je suis certaine que ce ne sera pas difficile, ai-je plaisanté. Vous n'avez pas mis la barre très haut. C'est vraiment tout ce que font les Cavaliers pour la Nuit du Diable ? Vous ne rendez pas vraiment justice à votre réputation…

— Ohhhhhh, elle n'a pas dit ça, si ? a hurlé Will avec un sourire jusqu'aux oreilles.

Michael a esquissé un sourire furieusement sexy.

— Tiens, tiens, tiens, on dirait bien qu'Erika Fane n'est pas impressionnée, messieurs.

Damon, muet, s'est grillé une cigarette, et Kai a souri.

— Tu n'as pas aimé l'incendie ? a demandé Michael, une lueur malicieuse dans les yeux.

— C'était cool, ai-je répondu en haussant les épaules. Mais n'importe qui aurait pu le faire. A quoi bon ?

Je restais désinvolte. J'aimais qu'on se taquine ainsi. Bien entendu, je n'essayais pas de l'insulter.

Michael m'a dévisagée.

— A quoi bon ? Les mecs, elle n'est pas convaincue !

Kai a éclaté de rire. Il m'a regardée en faisant danser ses sourcils, puis a donné un coup de volant à droite, qui nous a fait bringuebaler sur nos sièges. Je me suis agrippée à la portière avec un cri, tandis que la voiture s'engageait en dérapant sur une petite route étroite en gravier, sous le couvert des arbres.

J'ai ouvert la bouche pour parler, mais je ne savais pas quoi dire. Qu'est-ce qu'il foutait ?

En moins de deux, il a arrêté la voiture, coupé le moteur et éteint les phares. Le silence est tombé à l'intérieur de l'habitacle.

— Qu'est-ce que tu fais ?

— Qu'est-ce qu'*on* fait ? a corrigé Michael.

Kai a tourné la tête vers moi, un doigt sur les lèvres, m'intimant le silence.

J'ai retenu ma respiration.

Nous sommes restés immobiles quelques secondes. Je n'y comprenais rien, mais je ne voulais pas les embêter avec mes questions. Que faisions-nous cachés dans le noir ? Et pourquoi avait-il fallu que je monte sur les genoux de Michael ?

Puis j'ai tendu l'oreille.

Des sirènes…

Nous avons tous tourné la tête pour regarder derrière nous et, quelques secondes plus tard, des éclairs rouges, bleus et blancs sont passés à toute allure sur la route. Deux camions de pompiers et cinq voitures de police.

Will a éclaté de rire, comme si c'était Noël.

Les véhicules nous ont dépassés et la forêt a retrouvé son calme et son obscurité.

Je me suis tournée vers Kai.

— C'est toi qui les as appelés ? C'est ce que tu faisais au téléphone ?

Il a souri et hoché la tête.

— Bien entendu. Et ils pensent qu'il y a cinq incendies, là-haut, au lieu d'un seul.

Cinq ? Pourquoi avoir menti ?

— Nous avions besoin d'attirer autant de policiers que possible là-bas, a ajouté Michael, qui avait dû sentir ma perplexité.

— Pourquoi ?

— Montre-lui, a-t-il ordonné à Kai.

Kai a redémarré et est sorti du sentier en marche arrière, à toute allure. J'ai rebondi sur les genoux de Michael, qui a de nouveau passé le bras autour de ma taille pour me retenir.

Kai a passé la première, enfoncé l'accélérateur, passé la troisième, la quatrième, puis la cinquième, tandis que *Bullet with a Name* de Nonpoint résonnait dans la voiture.

Soudain, quatre énormes phares sont apparus devant nous. Je me suis penchée vers le pare-brise pour mieux voir. C'étaient des camions.

Deux camions à benne.

Will s'est mis à crier d'excitation. Michael et Kai ont tous les deux baissé leur vitre. J'ai jeté un regard nerveux à Michael ; j'étais bien incapable de définir ce que je voyais dans ses yeux. Feu. Excitation. Impatience.

Il a fixé mes lèvres, et resserré son étreinte autour de ma taille en me soufflant :

— Tiens bon.

Agrippée à la poignée intérieure de la portière, le souffle court, j'ai regardé droit devant moi. L'avant de la voiture se déportait au milieu de la route.

Qu'est-ce que Kai foutait ?

Les deux camions se sont écartés ; ils roulaient à moitié sur la route, à moitié sur la bande d'arrêt d'urgence.

Ils se rapprochaient inexorablement, nous éblouissant…

J'ai senti soudain le doigt de Michael effleurer mon ventre, lentement, délicieusement.

Oui !

C'était plus fort que moi. Je me suis cambrée, pressant mes fesses contre lui, le regard toujours braqué sur les camions qui fonçaient sur nous.

Je l'ai entendu grogner. Il a lâché son téléphone, qui a heurté ma cheville ; sa main a quitté mon ventre pour s'enrouler autour de mon cou, tandis que son autre main m'agrippait la taille.

— Arrête ça, m'a-t-il soufflé à l'oreille. Tu me rends dingue.

Il a resserré ses doigts autour de mon cou, et je me suis mordu la lèvre. Mon pouls palpitait à mes oreilles.

Putain !

J'ai continué à me tortiller malgré son avertissement.

Les camions se sont mis à klaxonner et leurs phares nous ont aveuglés. La peur m'électrisait ! J'ai laissé échapper un gémissement.

— Tu es sur le point de jouir, Rika ?

Michael avait de nouveau glissé sa main sous mon sweat. Il respirait fort. J'ai fermé les yeux, et retenu mon souffle quand les camions nous ont croisés à vive allure en klaxonnant, les rafales de vent qui pénétraient par les fenêtres ouvertes faisant voler mes cheveux.

— Ouais ! a crié Will, qui filmait avec son téléphone.

Damon s'est mis à rire, et Kai a ralenti. Michael m'a relâchée.

Kai a stoppé la voiture au milieu de la route. Derrière nous, les deux camions ont tourné pour s'arrêter face à face, grille contre grille. Leurs phares se sont éteints, puis les conducteurs en sont sortis et nous ont rejoints en courant.

Les camions bloquaient la route et la bande d'arrêt d'urgence, rendant la chaussée impraticable, d'autant que des fossés la bordaient des deux côtés. Impossible donc de les contourner, à moins d'avoir un véhicule très costaud.

Les portières arrière de la Classe G se sont ouvertes, et les deux mecs se sont engouffrés dans la voiture en riant, à bout de souffle.

— Putain de merde, c'était génial ! a gloussé le brun.

Will lui a donné une tape dans le dos au passage, pendant qu'un blond s'installait à ce qui avait été ma place. Il a tapé sur l'épaule de Kai avant de lui tendre deux jeux de clés.

— J'ai trafiqué l'alarme, donc ton oncle ne devrait pas remarquer que les camions ont disparu avant demain matin.

Je les ai reconnus : Simon Ulrich et Brace Salinger, deux joueurs de l'équipe de basket du lycée.

Voilà pourquoi Michael avait voulu que je m'asseye sur ses genoux. Nous récupérions des passagers.

C'était donc le mauvais tour de Kai : « emprunter » les camions de l'entreprise de construction de son oncle pour les planter au milieu de la route.

Soudain, j'ai compris. Je me suis tournée vers Michael, qui semblait attendre ma réaction.

— Vous bloquez la route pour que les pompiers et la police ne puissent pas revenir.

Il m'a souri.

— Alors, impressionnée, maintenant ?

Nous avons déposé Brace et Simon en ville, dans un restaurant, puis j'ai repris de moi-même ma place initiale. Je ne voyais aucune raison valable de rester sur les genoux de Michael. Même si je n'avais aucune envie de le quitter, j'aurais été bien trop mortifiée qu'il me demande de le faire.

Il a repris le volant, et nous sommes tranquillement rentrés dans notre quartier. Il s'est garé au bord de la route, à un peu plus d'un kilomètre de chez moi. Nous étions devant une immense grille en fer prolongée d'un haut mur de pierre. Je savais parfaitement à qui appartenait cette propriété : au maire de Thunder Bay.

C'était une petite ville, peut-être vingt mille habitants, sans compter les étudiants venant des villes avoisinantes pour bénéficier de nos écoles privées. Comme les choses y évoluaient peu, notre maire était en poste depuis toujours.

Cela faisait une demi-heure que Damon avait quitté la voiture et nous attendions, moteur en marche et chauffage allumé. Je prenais sur moi pour ne pas poser de questions, comme : Pourquoi l'attendions-nous ici ? Que faisait-il ? Et, si c'était quelque chose de mal, devions-nous absolument l'attendre, au risque de se faire prendre, sachant que la police était peut-être déjà en chemin ?

Bien sûr, beaucoup d'agents étaient retenus par l'incendie que nous avions allumé pour les distraire, à l'autre bout de la ville.

— Le voilà ! a dit Kai.

Damon a sauté d'un arbre planté de l'autre côté du mur.

Il est revenu à la voiture au pas de course, et il a escaladé les jambes de Will en riant pour se laisser tomber sur son siège, à l'arrière.

Son sweat froid a effleuré ma joue au passage, mais il ne sentait pas la cigarette, comme d'habitude. Non, il flottait sur lui un parfum subtil.

— Comment elle était ? lui a demandé Will.

— Meilleure qu'une glace à l'eau !

J'ai fait la grimace. *Sérieux ?* On l'avait attendu tout ce temps pour qu'il puisse tirer son coup ?

Je savais bien qu'ils étaient tous coureurs, ils ne s'en cachaient pas. Avec leur statut et leur pouvoir, il ne leur était pas difficile de trouver des filles disposées à leur faire plaisir.

Et, même si je détestais surprendre leurs commentaires et leurs discussions vulgaires sur leurs nombreuses conquêtes, j'enviais leur liberté de faire ce qu'ils voulaient sans être jugés.

M'attendraient-ils, si je voulais m'envoyer en l'air, moi aussi ? Me taperaient-ils dans le dos en me demandant comment c'était ?

Non, ils ne le feraient pas.

Ils — Will et Damon tout du moins — me prenaient pour une petite vierge qui écarterait bien gentiment les cuisses pour eux et qui ne devrait pas pleurer ensuite quand ils ne la rappelaient pas.

Malheureusement, sur ce point, Michael ressemblait beaucoup à Damon. Jamais de relation sérieuse, jamais d'attentes. La seule différence, c'était que Michael ne parlait pas de ses exploits. Damon, lui, les criait sur tous les toits.

— Vous auriez pu venir, les gars, a suggéré Damon. Tu aimes la chatte, Rika ?

Je bouillonnais de colère. J'ai remis ma ceinture, et je lui ai répondu sans le regarder.

— Ce serait toujours mieux que ta bite !

Will a éclaté de rire, Kai a ricané et Michael n'a pas bronché. En revanche, Damon m'a lancé un coup d'œil furieux.

— C'était qui ? ai-je demandé, ignorant sa fureur.

— La femme du maire, a répondu Will. Potiche, mais sacrément bonne.

Une femme plus âgée et mariée ? Damon n'avait aucune limite !

— En fait, elle n'était pas à la maison, a-t-il déclaré avec un calme glacial.

Will et moi avons tourné la tête vers lui, perplexes.

— Tu étais avec qui alors ? a demandé Will.

Damon a souri et porté deux doigts à son nez pour les renifler.

— J'aime les vierges. Si douces…

— T'as pas fait ça ! a grogné Kai.

Il savait manifestement quelque chose que j'ignorais.

— La ferme ! l'a rembarré Damon.

— De qui vous parlez ?

Damon a jeté à Will le téléphone qui leur servait de caméra depuis le début de la soirée.

— J'ai filmé. Vous voulez regarder ?

Quel enfoiré !

— T'es vraiment débile, putain, a grogné Kai.

Pourquoi était-il aussi énervé ? Les remarques de Damon étaient certes dérangeantes, mais pourquoi Kai était-il fâché contre lui ? Qu'est-ce qui pouvait être pire que la femme du maire ?

Mon cœur a manqué un battement lorsque j'ai enfin compris de qui ils parlaient. La seule autre personne qui habitait là à part les domestiques.

Winter Ashby, la fille du maire.

Alors, c'était ça, son canular ? Baiser la fille du maire ?

Pas étonnant que Kai soit furax.

Je n'ai pas eu le temps de demander confirmation ; Damon a sorti ses cigarettes et proposé :

— Allons manger. Je crève la dalle.

Michael, qui avait gardé le silence tout ce temps, s'est engagé sur la route en augmentant le volume de la radio, qui passait *Jekyll and Hyde* de Five Finger Death Punch. Une fois dans le centre-ville, il s'est garé devant le Sticks, un bar avec billards très populaire, fréquenté par presque tous les jeunes de la ville de moins de vingt et un ans. La musique était top, l'atmosphère lugubre, et c'était assez grand pour accueillir un tas de gens. L'endroit parfait où aller, si vous vouliez de l'action, le week-end. Cependant, chaque fois que j'avais essayé d'y rejoindre des amis, Trevor s'était pointé pour me surveiller. J'y venais donc rarement.

Nous sommes sortis de la voiture. Damon a jeté sa cigarette sur le bitume, et j'ai croisé les bras sur ma poitrine pour ne pas avoir froid.

— Putain d'Anderson ! Je ne le supporte pas.

Kai regardait à travers les vitres. J'ai suivi son regard et instinctivement dissimulé mon visage derrière mes cheveux, dès que j'ai vu de qui il parlait.

Miles Anderson.

Je ne le supportais pas non plus.

Mon corps tendu à l'extrême, j'ai senti une sorte de nausée m'envahir.

— Ce connard raconte de la merde sur nous depuis qu'on a eu notre diplôme, a ajouté Damon.

Manifestement, aucun d'eux n'aimait le nouveau capitaine de l'équipe de basket de Thunder Bay. Miles avait repris le flambeau après le départ de Michael, trop heureux de ne plus vivre dans son ombre. Il jalousait le pouvoir, le charisme et l'importance des Cavaliers et, quand ils étaient partis pour l'université, il n'avait pas perdu une seconde pour essayer de revendiquer ce qui leur avait appartenu.

Le seul problème, c'est qu'il était nul comme capitaine. L'équipe avait fait une mauvaise saison l'année dernière, et plus il échouait, plus il faisait le dur.

J'ai frissonné. Je ne voulais pas penser à ce qui s'était passé au printemps dernier. Miles était certainement la seule personne pire que Damon dans cette ville.

J'ai regardé Michael, m'efforçant de dissimuler mon inquiétude.

— On y va pas, si ?

— Pourquoi pas ?

J'ai haussé les épaules et détourné les yeux, comme si ce n'était pas important.

— Je n'ai pas envie, c'est tout.

— Et moi, j'ai faim, est intervenu Will. En plus, il y a de la meuf à l'intérieur. Allons-y.

J'ai fermé les yeux un instant, en partie à cause de sa remarque lourdaude, en partie parce que je refusais de mettre un pied là-dedans mais n'avais vraiment aucune envie d'expliquer pourquoi.

J'étais obligée d'endurer la présence de Miles à l'école, hors de question que je le supporte aussi sur mon temps libre !

— Qu'est-ce qui ne va pas, chez toi ?

Encore ce ton dur, impatient... Pourquoi en aurait-il été autrement ? Il ne s'était jamais montré tendre avec moi.

Je lui ai lancé un regard de défi et j'ai secoué la tête.

— Je n'ai pas envie d'y aller, c'est tout. Je vous attends ici.

Damon a eu un mouvement d'humeur.

— Je te l'avais bien dit qu'elle nous compliquerait les choses !

J'ai poussé un soupir énervé. Je me fichais bien de ce qu'il pensait de moi. Ce qui m'importait, c'était de ne pas être obligée d'affronter Miles Anderson en sachant qu'il s'en était tiré sans une égratignure.

Il aurait toujours ce pouvoir sur moi, dorénavant.

Michael m'a saisie par le bras et entraînée de force derrière le SUV. Il m'a plaquée brutalement contre la carrosserie.

— C'est quoi ton problème ?

La gorge soudain serrée, je me suis mordu la lèvre. Je ne voulais pas que les autres soient au courant.

Mais je pouvais toujours rêver !

Ils nous avaient suivis à l'arrière de la voiture, et se tenaient près de Michael, les yeux rivés sur moi, impatients.

Super !

J'ai soupiré, redressé les épaules et tout déballé.

— Miles a mis de la drogue dans mon verre à une soirée, il y a quelques mois.

J'ai gardé les yeux rivés sur le sol, tandis qu'ils restaient tous plantés là sans rien dire.

En mars, j'étais allée fêter la Saint-Patrick avec Noah et

Claudia. Nous avions traîné, dansé, j'avais bu un verre, et la seule chose dont je me souvenais ensuite, c'était de Noah en train de me mettre un doigt au fond de la gorge pour essayer de me faire vomir et de me baffer pour me réveiller.

Mais peut-être pensaient-ils que ce n'était pas très grave. Je n'étais sans doute à leurs yeux qu'une pauvre idiote qui avait été droguée.

— Qu'est-ce que tu viens de dire ?

Les yeux de Michael me transperçaient.

Je suis restée à l'affronter.

— C'est sa copine, Astrid Colby, qui a mis la drogue dans mon verre. Mais il était dans le coup.

Le peu de foi que Michael avait en moi avait dû s'envoler à présent. J'étais faible et stupide, une vraie perte de temps.

— Que s'est-il passé ? a-t-il voulu savoir.

— Ça a fait effet très vite, ai-je dit d'une voix tremblante. Je ne me rappelle rien, ou presque. Tout ce que je sais, je le tiens de Noah. Il a enfoncé la porte d'une chambre de la maison où la soirée avait lieu. Ils m'avaient mise sur le lit, et mon…

La gorge nouée, j'ai marqué une pause, les yeux brûlants.

— … Et mon chemisier était ouvert.

Michael a hésité un moment avant de demander :

— Et… ?

— Ils ne sont pas allés plus loin.

Non, je n'avais pas été violée.

— Noah les avait vus m'emmener à l'étage, il avait remarqué que je tenais à peine debout. Heureusement, il est arrivé avant qu'il se passe quoi que ce soit d'autre.

— Pourquoi n'as-tu rien dit à personne ?

Le ton de Michael était accusateur. Je tremblais comme une feuille, au bord des larmes. J'ai fini par craquer : les larmes ont roulé sur mes joues, et j'ai baissé la tête, incapable de regarder les garçons, honteuse.

— Pourquoi tu ne l'as dit à personne ? a répété Michael.

— Je l'ai fait ! Je l'ai dit à tout le monde ! Ma mère a appelé l'école, et…

Je me suis tue, les poings serrés.

— Je te jure…, a-t-il menacé comme je ne finissais pas.

J'ai rempli mes poumons et craché la suite.

— … Et ton père s'est associé avec les Anderson sur trois projets immobiliers…

— Putain de merde !

Michael s'est détourné en jurant.

Kai a secoué la tête, un feu féroce dansant dans ses pupilles.

— Incroyable !

Je n'avais pas besoin d'en dire plus.

Oui, j'avais essayé de me battre, j'en avais parlé à ma mère, aux Crist, à l'école, même à Trevor… mais au final, malgré les protestations de ma mère et de celle de Michael, la relation professionnelle entre le père de Michael et les parents de Miles restait plus précieuse que ma vertu.

On avait dit à Miles de ne plus s'approcher de moi, et je n'avais pas eu le droit d'aller à l'hôpital faire des tests qui auraient pu constituer des preuves. L'incident n'avait jamais atteint le commissariat ni quitté nos maisons respectives. J'étais forcée de le voir tous les jours à l'école en sachant ce qu'il avait failli me faire. Aurais-je obtenu justice, si sa copine et lui m'avaient réellement violée ?

J'ai baissé la tête, sanglotant en silence. Bon sang, j'avais envie de le tuer !

— Arrête de pleurer, a ordonné Damon en me lançant un regard noir, puis il s'est tourné vers Michael : Qu'est-ce qu'on va faire ?

« Qu'est-ce qu'on va faire ? » Que pouvions-nous faire ? Même si les Cavaliers avaient un certain pouvoir dans cette ville, ils n'en avaient aucun sur leurs parents. Evan Crist avait convaincu ma mère de ne pas donner suite, et ce qui était fait était fait. Astrid et Miles n'allaient faire l'objet d'aucune enquête, et quand bien même, il n'y avait plus aucune preuve désormais.

A moins que…

A moins que ce ne soit pas de ce genre de vengeance dont Damon parlait.

Michael a fait les cent pas, puis il m'a fixée, le menton levé, les yeux brillants de détermination.

— C'est à elle qu'il faut demander.

Je me suis figée. *Quoi ?* Qu'est-ce que j'étais censée faire ?

Puis j'ai compris. Qu'est-ce que *nous* allions faire ? Michael me mettait au défi. C'était à moi de prendre la décision.

Ils s'étaient tous couverts les uns les autres, ce soir, et maintenant c'était moi qu'ils allaient couvrir. Pour autant, ils n'allaient pas régler le problème à ma place.

Non, Michael ne ferait jamais ça. Il n'avait jamais été tendre avec moi, et il allait me pousser à régler ça moi-même.

J'ai serré les dents en jetant un nouveau coup d'œil à l'intérieur du bar. Miles, posté entre les cuisses d'Astrid assise sur un tabouret haut, l'a embrassée goulûment en lui tripotant les seins. Elle a gloussé, et il a reculé avec un sourire suffisant aux lèvres, avant de s'approcher du bar, récoltant au passage une tape dans le dos, de la part d'un de ses coéquipiers.

J'ai de nouveau posé le regard sur Astrid, qui riait avec ses amies en regonflant ses longs cheveux roux.

Ils pensaient qu'ils avaient gagné. Ils ne me craignaient pas.

Je serrais les dents si fort que c'en était douloureux.

Je ne savais pas ce que je faisais, mais tant pis.

J'ai essuyé mes dernières larmes en m'assurant que mon mascara n'avait pas coulé. Puis j'ai retiré mon sweat-shirt et je l'ai jeté à Kai. J'ai froissé le bas de mon débardeur moulant, le soulevant légèrement pour dévoiler le bas de mon ventre, et j'ai ébouriffé mes cheveux pour essayer de leur donner un peu de volume.

— Quand vous le voyez me suivre aux toilettes, laissez-moi une minute, puis venez.

Comme ils ne répondaient pas, j'ai levé les yeux pour vérifier qu'ils m'avaient entendue.

— Quoi ?

Quatre paires d'yeux me scrutaient intensément, comme si c'était la première fois qu'ils voyaient une fille.

Kai a détourné les yeux, tout en continuant à me jeter des regards furtifs, presque avec colère. Damon me matait comme si j'étais toute nue. Will a haussé les sourcils, puis il a regardé Michael avec un sifflement silencieux.

Michael, lui, avait la mâchoire contractée et les poings serrés. Impossible de savoir ce qu'il pensait, mais il avait l'air fou de rage. Comme d'habitude.

A part ça, c'était plutôt agréable. Je n'avais pas pensé une seule fois à ma cicatrice, depuis qu'ils m'avaient embarquée avec eux. Je ne me sentais jamais sexy, mais ça me plaisait de voir qu'il ne fallait pas grand-chose pour attirer leur attention. Pas de minijupe, à peine une touche de maquillage, et pas de jeux. Il m'avait suffi d'enlever mon sweat pour ne plus être une petite fille à leurs yeux.

Il fallait dire aussi que mon débardeur laissait peu de place à l'imagination avec son décolleté plongeant. Et, vu la température extérieure, je ne voulais pas savoir ce qu'ils devinaient à travers le tissu.

Plaquant un grand sourire sur mes lèvres pour me motiver, j'ai arraché sa flasque des mains de Will et je me suis ruée dans le bar.

— Eh ! l'ai-je entendu crier dans mon dos.

La porte s'est refermée sur moi avant qu'il ne puisse protester davantage.

La chaleur de la salle de billard et son odeur de bois et de hamburgers m'ont accueillie dès que je suis entrée, et le changement de température a fait frissonner ma peau. Mes tétons ont durci et mes mains se sont mises à trembler.

Le stress, sans doute.

J'ai pris l'air décontracté et examiné les lieux comme si je ne savais pas pertinemment que celui que je cherchais était au bar. Plusieurs personnes ont levé la tête pour voir qui venait d'entrer. Certains ont souri, d'autres m'ont adressé un signe de tête pour me saluer, avant de reprendre leur conversation.

Corrupt, de Depeche Mode, résonnait dans les haut-parleurs. J'ai repoussé mes cheveux dans mon dos et bu une petite gorgée de la flasque, m'efforçant de ne pas grimacer en sentant l'alcool me brûler la gorge. Du coin de l'œil, j'ai vu Miles tourner la tête dans ma direction.

Tenant la flasque d'une main et plongeant l'autre dans la poche arrière de mon jean, j'ai avancé entre le bar et les tables de billard, me forçant à sourire, ondulant des hanches. J'essayais d'avoir l'air sexy, même si j'avais la gorge nouée et le dos trempé de sueur.

J'ai tourné la tête et fait mine de m'intéresser à ce qui se passait à l'une des tables sans regarder où j'allais.

J'ai percuté Miles. La vodka de la flasque a éclaboussé mon bras et sa chemise.

— Oh merde ! ai-je lâché, en essuyant la tache d'un geste appuyé. Je suis vraiment désolée. Je…

— Ce n'est rien. Qu'est-ce que tu bois, ma jolie ?

Il m'a attrapée par la taille tout en me volant la flasque pour en prendre une gorgée.

Il a eu l'air surpris d'y trouver de l'alcool et pas du Kool-Aid. L'intérêt d'être une fille discrète, c'est que personne ne vous connaît jamais vraiment, ce qui vous laisse l'avantage de la surprise, si vous décidez de changer de cap dans des situations comme celle-ci.

J'ai pris l'air inquiet et vulnérable.

— S'il te plaît, ne le dis à personne ! Trevor et moi nous sommes disputés, et j'avais besoin de me détendre.

Je savais bien qu'il ne dirait à personne que je buvais — tout le monde buvait, ici. Mais je voulais qu'il me voie comme une proie facile. Astrid et lui étaient conscients que je savais ce qu'il s'était passé à la Saint-Patrick, même si je ne m'en souvenais pas. J'espérais leur faire croire que j'étais trop bourrée pour m'en soucier.

Il a souri et m'a rendu la flasque.

— Pourquoi vous vous êtes disputés ?

J'ai renversé la tête en arrière comme si l'alcool me faisait de l'effet.

— Il pense que je lui appartiens et je ne suis pas du même avis.

J'ai ponctué ma déclaration d'un regard lascif. Gagné ! Le feu du désir a flambé dans ses yeux et il m'a attrapée par les hanches, de manière possessive.

— Tu te réserves pour quelqu'un d'autre ?

Il s'est penché vers moi ; je me suis humecté les lèvres et pendue à son cou. Il m'a pressée contre lui.

— Peut-être.

— Je n'ai pas de mal à comprendre Trevor, Rika. Je veux dire, regarde-toi !

J'ai souri, ravalant la bile qui me montait à la gorge.

Continuant mon cinéma, j'ai titubé, faisant semblant d'être à moitié dans les vapes.

— La pièce tourne. Je crois que j'ai besoin de me passer de l'eau sur le visage. Où sont les toilettes ?

Il m'a saisi la main.

— Viens.

Il n'a pas pris la peine de se retourner pour regarder si sa copine ou ses amis avaient vu la scène. Je savais que c'était le cas et, avec un peu de chance, Astrid ne tarderait pas à nous rejoindre.

Je l'ai laissé me guider ; nous avons traversé le bar puis tourné en direction des toilettes. Il m'a fait entrer côté hommes. Je me suis ruée sur le lavabo pour faire couler l'eau. Heureusement, l'endroit était désert.

Après m'être mouillé la main, je me suis tamponné la poitrine et le cou, me cambrant et repoussant mes longs cheveux sur le côté délibérément.

Allez, les mecs ! C'est maintenant qu'il faut rappliquer !

— Oh ! C'est mieux.

Il n'a pas perdu de temps. Il s'est posté derrière moi, et m'a agrippée par les hanches, tout en se pressant contre mes fesses.

— Putain, je parie que t'es un bon coup.

Il m'a serré l'épaule d'une main tandis que l'autre se posait sur ma poitrine.

Ma respiration est devenue haletante et ma bouche sèche.

Michael.

J'ai continué malgré tout, repoussant sa main avec un petit rire forcé.

— Qu'est-ce que tu fais ?

— Tu le sais très bien. C'est ce que tu veux.

Il a de nouveau plaqué sa main sur ma poitrine, avant de la faire descendre sur mon ventre pour déboutonner mon pantalon.

Mon pouls palpitait à mes oreilles. J'ai jeté un coup d'œil à la porte.

« Tu n'es pas une victime, et je ne suis pas ton sauveur. »

Mes yeux me brûlaient, et la peur me rongeait le ventre.

Où étaient-ils ? Bordel !

Mon téléphone était dans la voiture, et mes clés dans mon sweat. J'étais totalement démunie, sans arme, et mon seul espoir était de sortir des toilettes.

J'ai serré les dents et pris une profonde inspiration. Je devais rester calme et ne pas montrer ma nervosité.

— Tu crois que c'est ce que je veux ?

Je me suis retournée, posant les mains derrière moi, sur le bord du lavabo. Juste à ma droite, j'ai aperçu le distributeur de savon encastré dans le plateau en granit. L'embout était en métal.

Je l'ai empoigné pendant que Miles fondait sur moi pour m'embrasser dans le cou et me pétrir les fesses.

— Je sais exactement ce que tu veux, a-t-il répondu.

J'ai contracté le bras, remuant lentement et discrètement l'embout — un long bec, fin et aiguisé —, jusqu'à ce qu'il cède enfin, et je me suis dépêchée de le cacher dans mon dos.

— Lâche-moi, Miles !

Fini de jouer.

Mais il m'a empoigné les cheveux, m'arrachant un cri.

— Ne me provoque pas !

Il a glissé son autre main sous mon débardeur et pétri ma poitrine, écrasant sa bouche dans mon cou.

— Tu peux pleurer, par contre, si tu veux. Mais enlève ce putain de pantalon !

Je m'apprêtais à le frapper, l'embout de la pompe serré dans le poing, quand la porte s'est ouverte à la volée. Profondément soulagée, j'ai tourné la tête.

Mon soulagement a été de courte durée.

Astrid.

Atterrée, j'ai vite caché l'arme dans mon dos. Astrid est entrée et a refermé la porte derrière elle.

— Alors, tu crois que tu peux te taper mon mec, petite salope ?

Elle a soutenu mon regard, mi-amusée, mi-furieuse. Elle cherchait l'affrontement.

J'ai desserré puis resserré le poing autour de mon arme de fortune. La peur s'insinuait sous ma peau, dans mes veines…

J'étais terrifiée.

Bon sang, Michael !

Elle a passé le bras autour du cou de Miles et a commencé à lui lécher les lèvres. Il a fondu sur elle pour l'embrasser, tout en resserrant son étreinte autour de ma taille. Dégoûtée, j'en ai profité pour me libérer et me ruer vers la porte.

Mais Miles était plus réactif que je ne l'aurais cru, il m'a rattrapée et violemment poussée contre le lavabo.

J'étais morte de trouille.

Je voulais sortir de là. Je voulais rentrer à la maison. Je voulais ma maman.

— Tu la veux ? lui a demandé Astrid.

Il s'est mordu la lèvre, me plaquant contre lui comme si j'étais son dîner.

— Ouais, putain, a-t-il grogné.

J'ai laissé échapper un cri en sentant son sexe contre moi.

— Prends-la par-derrière. Et sois brutal. Je ne l'aime pas.

Il m'a retournée avec brusquerie et m'a plaqué la tête contre le lavabo. La pièce s'est mise à tourner autour de moi, le souffle me manquait.

Astrid s'est hissée sur la paillasse à côté de moi.

— J'aime le regarder baiser d'autres filles.

Je n'arrivais plus à respirer. Ma poitrine était secouée de tremblements incontrôlables.

Miles a ouvert ma braguette. La colère inondait mes muscles. J'ai crié de toutes mes forces, déchaînée.

Me redressant, j'ai armé mes deux poings avant de les abattre sur Astrid, que j'ai atteinte en plein visage. Elle est allée s'écraser contre le miroir. Sa tête a percuté le verre, qui a aussitôt volé en éclats.

Je me suis retournée pour frapper Miles ; l'embout en fer lui a salement entaillé la joue.

— Putain ! a-t-il hurlé, titubant, et portant la main à son visage.

— Salope ! a crié Astrid. Tu m'as défigurée !

Je me suis redressée, mon arme de fortune brandie devant moi. J'étais en nage.

— Bien fait, espèces de tarés !

— Viens ici ! a hurlé Miles.

J'ai hurlé tout aussi fort, alors qu'il m'attrapait le bras pour me jeter au sol, manquant de me déboîter l'épaule.

— Non !

Il s'est jeté sur moi. J'ai eu beau me débattre de toutes mes forces, il a réussi à me maîtriser.

— Eh ben merde, ma petite…, a sifflé une voix.

J'ai gémi, le cœur battant à tout rompre. Miles s'est immobilisé, puis a levé les yeux. J'ai suivi son regard en direction de la porte qui venait de s'ouvrir.

Will, son masque blanc lui dissimulant le visage, nous observait, suivi de près par Michael, Kai et Damon.

— On dirait que tu leur as mis une belle branlée sans notre aide, a-t-il poursuivi en examinant le visage ensanglanté d'Astrid.

Ils sont entrés dans la pièce d'un pas nonchalant et ont refermé la porte derrière eux. J'ai planté mon regard dans celui de Michael ; il a plissé les yeux en apercevant mon pantalon déboutonné.

— Qu'est-ce que vous foutez ici, les gars ? a craché Miles en se relevant. Sortez. C'est privé.

A partir de là, tout est allé très vite.

Michael a écrasé son poing sur la figure de Miles, qui s'est effondré, le souffle coupé. Damon et Will se sont précipités pour l'attraper et le plaquer contre le mur.

Kai m'a relevée, et j'ai foncé pour retenir Astrid qui essayait de s'enfuir. L'empoignant par les cheveux, je l'ai jetée contre le mur à côté de son mec. Je luttais de toutes mes forces pour retenir mes larmes — des larmes de soulagement.

— Ne me touchez plus jamais ! lui ai-je hurlé au visage, avant de cracher à la figure de Miles. Jamais !

Il a grimacé. Du sang gouttait de l'entaille que je lui avais faite à la joue.

Je tremblais comme une feuille, la peur me retournait encore l'estomac. J'ai baissé les yeux. Mon haut était maculé du sang de Miles. J'ai reniflé, la pompe à savon toujours au creux du poing, et j'ai arraché mon sweat des mains de Kai pour le remettre.

— Retourne à la voiture, a ordonné Michael. On arrive bientôt.

— Vous allez faire quoi ?

Michael m'a tourné le dos pour faire face à Miles.

— Nous assurer qu'ils ont compris.

11

Erika

Présent

Notre destination était une grande maison blanche en banlieue de la ville. Les garçons étaient devant, moi derrière. Ils semblaient certains que je n'allais pas m'enfuir.

J'étais montée dans la voiture, après tout.

Après la confrontation chez Michael, j'avais regagné mon appartement animée par un million de craintes. Ils aimaient jouer, faire marcher les gens et, ce soir, j'étais la souris pendue par le bout de la queue. Pourquoi ?

J'étais incapable de me calmer. Ils en avaient après moi. Qui savait où ils allaient s'arrêter ? J'aurais voulu ne plus les revoir. Jamais.

Quoi qu'il en soit, il était évident qu'ils cherchaient quelque chose. Ils me mettaient au défi.

« C'est tout ce que t'as ? »

Tout ce que j'avais ? Mon père m'avait appris à être courageuse. Il fallait tout voir et tout tenter. Apprendre, explorer, affronter le monde…

Ma mère, elle, m'avait appris l'autonomie. Pas volontairement, certes, mais l'observer m'avait montré exactement ce que je ne voulais pas devenir.

Et grâce à Michael — ainsi que Damon, Will et Kai — j'avais appris à cracher du feu. J'avais appris à marcher comme si le chemin était tracé pour moi et moi seule, à faire comme si le monde m'appartenait.

Est-ce que je mettais tout cela en pratique ? Bien sûr que non. J'étais une souris, et c'était exactement pour cette raison que j'avais mis mon bikini et étais montée dans cette foutue voiture.

Je voulais être différente.

Je ne déclarais pas forfait, cette fois.

Le trajet s'est effectué en silence. Je regardais par la vitre, contente qu'ils aient mis de la musique et éliminé toute possibilité de communication.

Des voituriers ont récupéré le véhicule, les mecs ont ouvert la marche en direction de la maison et j'ai suivi dans mes tongs en cuir noir. La foule qui se pressait autour de la maison m'a soulagée.

Je ne me sentirais pas en danger comme ça.

L'architecture de la maison était moderne — beaucoup de fenêtres et de verre, des angles droits et du blanc partout. Plusieurs étages avec des balcons, chacun de longueur et de largeur différentes.

En entrant, j'ai tout de suite compris que c'était une soirée des Storm, l'équipe de basket de Michael. Il y avait des équipements sportifs un peu partout, et de nombreux invités, y compris ceux avec qui je venais d'arriver, dépassaient les autres de une ou plusieurs têtes.

J'ai eu un moment de panique en constatant que tous les

hommes étaient élégamment habillés. Puis j'ai remarqué que certaines filles étaient en tenue de bain, comme moi. Ouf.

— Jake.

Michael a serré la main d'un type mesurant quelques centimètres de plus que lui.

— Erika, je te présente Jake Owen, un coéquipier. Nous sommes chez lui.

Je lui ai adressé un petit sourire en lui serrant la main.

— Ravi de te rencontrer. Tu es très jolie, a-t-il ajouté avant de se tourner vers Michael. Tu es sûr que tu veux que le reste de l'équipe la voie, avant que tu lui passes la bague au doigt ?

Michael a secoué la tête, écartant la blague de son ami d'un geste.

— Je suis sortie avec son frère, en fait, ai-je répondu à sa place. On a grandi ensemble.

— Vraiment ? s'est étonné Jake. Comment jouait-il, quand il était plus jeune ? Comme tu dois le savoir, Michael n'est pas des plus bavards.

J'ai souri ; je comprenais tout à fait ce qu'il voulait dire.

Alors que je m'apprêtais à répondre, j'ai reconnu Alex. Will l'entraînait dans l'escalier, un sourire aux lèvres.

Elle était là ? Et pourquoi s'éclipsait-elle avec Will ?

Kai et Damon, eux, venaient de se servir un verre et sortaient dans le patio.

Je me suis retournée vers Jake, déconcertée.

— Je… J'ai peur de ne pas pouvoir te dire grand-chose. Je n'allais pas voir ses matchs. Je suis désolée.

Michael a légèrement tiqué.

J'avais assisté à tous ses matchs de basket, en réalité, mais j'étais incapable de parler d'un seul ou des équipes qu'ils avaient battues. Je n'y faisais pas attention.

Je me suis poliment excusée et les ai laissés seuls. Michael ne voulait certainement pas que je reste accrochée à lui toute la soirée, et moi j'avais besoin d'air.

Et d'un verre, aussi.

J'ai passé la demi-heure suivante à vadrouiller au rez-de-chaussée, faisant mine de m'intéresser aux tableaux et aux sculptures, avant d'aller prendre un verre au bar.

Les gars avaient apparemment décidé de me laisser tranquille, je ne les avais pas vus depuis que nous étions arrivés. Mon verre de rhum-Coca à la main, l'alcool réchauffant lentement mon sang, je suis sortie. Des gens se prélassaient dans l'immense piscine, profitant de la température encore estivale.

Au bout de la piscine, une cascade ruisselait sur des falaises en pierre. A y regarder de plus près, elle semblait dissimuler une grotte secrète.

J'ai jeté un coup d'œil autour de moi. Les garçons étaient toujours aux abonnés absents. J'ai rapidement retiré mon haut et mon short et, après avoir posé mes habits et mes sandales sur une chaise longue, j'ai attrapé mon verre et je me suis glissée dans l'eau.

Elle m'arrivait à la taille. J'ai ramené mes cheveux sur mon épaule, puis je me suis calée dans un angle, en sirotant mon verre.

Les yeux fermés, j'ai renversé la tête en arrière et laissé la tension quitter mon corps.

Enfin…

— Salut.

J'ai ouvert les yeux. C'était Alex, une bouteille de Patrón et deux verres à liqueur à la main. Elle portait un bikini rouge, plusieurs longs colliers en or autour du cou, et de larges anneaux aux oreilles.

— Tu sembles plus heureuse que la dernière fois que je t'ai vue, a-t-elle fait remarquer.

J'ai hoché la tête en lui montrant mon verre.

— Ça aide !

— Pff, s'est-elle moquée en posant la bouteille et les verres pour sauter dans la piscine. C'est pas une vraie boisson, ça.

Elle s'est rapprochée du bord, a servi deux shots de tequila et m'en a tendu un.

Je me suis efforcée de ne pas faire la fine bouche : l'alcool fort — pur — était une torture pour moi. Mais, pour une fois, je voulais me détendre. Et puis, à eux quatre, les garçons n'avaient pas besoin d'alcool pour me maîtriser. Si c'était ce qu'ils cherchaient, j'étais battue d'avance, de toute façon, sobre ou bourrée.

J'ai avalé cul sec. Le liquide m'a brûlé la gorge. J'ai fermé les yeux et dégluti, encore et encore, pour me débarrasser du goût âcre dans ma bouche. Alex n'avait pas apporté de citrons.

Bon sang, quelle chochotte !

J'ai posé le verre, qu'elle a aussitôt rempli.

— Il faut que je te demande un truc, Alex... Qu'est-ce que tu as voulu dire, en disant que tu fréquentes « beaucoup d'hommes » ?

Elle a esquissé un sourire pédant.

— J'ai vu Will t'emmener à l'étage tout à l'heure. Et la dernière fois tu étais avec Michael.

Elle a haussé les épaules.

— Je connais beaucoup d'hommes. D'ailleurs, on me *paie* pour ça.

On la payait pour qu'elle passe du temps avec eux ?

— Ohhh... D'accord.

Elle a souri timidement puis rougi, et vidé son verre.

C'était une escort-girl. Une prostituée. Ouah.

J'ai suivi son exemple et vidé mon verre, tout en essayant

de comprendre. Michael avait passé la nuit avec elle, l'autre soir. Est-ce qu'il l'avait engagée ?

— Inutile d'en parler à qui que ce soit, m'a-t-elle soufflé d'une voix rendue pâteuse par l'alcool. Mes clients sont riches et connus pour la plupart.

Pensive, j'ai posé mon verre et effleuré la surface de l'eau.

Alex couchait donc avec des hommes — et des femmes, me suis-je rappelé d'après notre conversation dans l'ascenseur. On la payait pour ça. Et elle vivait dans mon immeuble.

Je ne savais pas ce que je préférais : savoir ça ou croire qu'elle était la petite amie de Michael.

J'avais toujours été un peu jalouse quand Michael était avec des filles. Même petite. Je le voulais pour moi.

En tout cas, ses habitudes n'avaient pas changé. Il profitait, s'amusait et, parfois, il sortait avec des nanas. Mais aucune de ses relations n'avait vraiment duré.

Cela dit, savoir qu'Alex n'était là que pour le cul me déplaisait quand même. Elle n'était que quelques étages plus bas, et Michael pouvait la faire monter chez lui dès qu'il en ressentait le besoin.

— Ne t'inquiète pas. Je n'ai pas couché avec Michael, a-t-elle précisé, comme si elle lisait dans mes pensées.

J'ai haussé les épaules.

— Qu'est-ce que ça peut me faire ?

Elle a pouffé.

— Vu ta façon de te comporter avec lui, l'autre soir, je me suis dit que ça t'intéresserait de le savoir.

J'ai baissé les yeux, sentant l'eau glisser entre mes doigts.

J'aurais pu lui demander pourquoi elle n'avait pas couché avec lui, puisque je l'avais vue monter dans son appartement. Mais je ne voulais pas que cela m'affecte. Sa présence dans l'immeuble me troublait, mais Michael ne m'appartenait pas. Leurs petites affaires ne me regardaient pas.

— Je n'ai pas couché avec Kai non plus, a-t-elle ajouté avant de descendre un autre verre.

— Et Will et Damon ? Sans vouloir te vexer, à ma connaissance, ils n'ont jamais eu besoin de payer pour coucher.

— Les hommes qui engagent des escort-girls ne paient pas pour baiser. Ils nous paient pour qu'on parte quand c'est fini.

Sympa. Je me sentais mal pour elle.

— Certaines personnes ne veulent pas créer de liens ni avoir d'obligations, Rika. Je suis juste une professionnelle qui leur apporte un moment de bonheur et n'exige rien ensuite.

J'ai hoché la tête, même si j'avais du mal à la croire.

Tu es peut-être leur petit moment de bonheur, tu es aussi leur sale petit secret, celle qu'ils cachent.

Elle avait dû déceler le jugement au fond de mes yeux, car elle s'est empressée de s'expliquer :

— Ça paie mon école et mon appartement, et je n'ai pas l'intention de faire ça plus longtemps que nécessaire. Mais j'ai fait un choix. J'aimerais ne pas être obligée de le faire, mais je ne regrette pas. Parfois… c'est amusant, a-t-elle conclu avec un sourire espiègle.

Je comprenais ce qu'elle voulait dire, et je ne voulais pas la juger. Elle avait pris sa décision et assumait. D'une certaine manière, j'enviais son assurance.

Néanmoins, j'étais très heureuse d'être une Fane, avec toutes les garanties financières que cela impliquait.

Nous avons continué à boire ensemble. Autour de nous, l'alcool détendait les fêtards. Les vestes de costume tombaient, davantage de personnes venaient se baigner, et Alex et moi dansions en riant.

La tequila avait imbibé tout mon corps, me réchauffant le ventre et la poitrine. C'était si bon de sourire, de se laisser aller ! Ma peau vibrait, j'avais l'impression de flotter. Alex et moi ondulions sur *Pray to God*, sans prendre garde au couple en train de se galocher à côté.

— Je vais aux toilettes, m'a-t-elle crié par-dessus la musique en me fourrant la bouteille de tequila dans la main. Bois. Je reviens dans une minute.

J'ai secoué la tête en riant.

Elle a disparu dans la maison. J'ai laissé errer mon regard sur le jardin et repéré Michael, Will et Kai de l'autre côté de la piscine, un verre à la main. Ils me fixaient ; mon sourire s'est évanoui aussitôt.

Depuis combien de temps étaient-ils là ? Nous observaient-ils depuis longtemps ?

Je leur ai lancé un regard provocateur et j'ai posé la bouteille sur le rebord, avant de remonter la piscine sur toute sa longueur, en direction de la grotte derrière la cascade. A la fois pour échapper à leur attention, à la fois parce que j'étais curieuse.

L'eau qui déferlait sur les rochers m'a éclaboussé les bras et la poitrine. J'ai contourné le rideau d'eau et pénétré dans la grotte, un sourire aux lèvres, des papillons dans le ventre.

C'était immense.

Une piscine secrète se cachait derrière la cascade. L'eau étincelait, d'une couleur bleu électrique, comme les néons de l'appartement de Michael. Sur la droite, une petite berge permettant de s'allonger ou s'asseoir prolongeait un autre accès de la grotte, par lequel on pouvait entrer sans se mouiller pour contempler la beauté de l'endroit.

Car c'était magnifique. Les murs et le plafond en pierre brillaient, incrustés de petites lumières blanches, comme pour donner l'illusion d'une voûte étoilée. Je n'ai pu retenir un gémissement en contractant mes cuisses. J'étais excitée.

Je ne savais pas si c'était à cause du lieu, de l'alcool ou de Michael… Mes sens avaient été particulièrement sollicités, aujourd'hui.

Je me suis aventurée plus loin, savourant la tranquillité de ce havre… jusqu'à ce que Damon entre dans la grotte.

Il était passé sous la cascade. Son torse puissant, ses épaules et ses bras ruisselaient d'eau ; il a lissé en arrière ses cheveux trempés et s'est avancé vers moi. J'ai reculé.

— J'aimerais pouvoir dire que je n'ai pas l'habitude de susciter ce genre de réaction chez les femmes.

J'ai serré les poings et humecté mes lèvres sèches.

— Mais je crois que tu aimes ça, Rika.

Il a retroussé les lèvres, et je me suis fait violence pour ne pas reculer plus. C'était ce qu'il cherchait. Il voulait que j'aie peur.

— Je n'ai pas peur de toi.

Mon cœur battait fort malgré ma détermination.

Entre la musique à l'extérieur et le bruit de la cascade, je doutais qu'on m'entende, si je criais.

Il s'est arrêté à quelques centimètres de moi.

— Si, tu as peur.

Il m'a saisie par la taille, me serrant comme un étau, et m'a soulevée. J'ai grogné et planté mes mains sur ses épaules pour le repousser.

— Damon !

— Je pourrais te réduire en morceaux, tu sais. Sans même transpirer.

— Arrête ! Lâche-moi !

J'avais beau gigoter, je n'arrivais pas à me libérer.

— Tu sais à quoi je pensais, en prison ?

Il m'a empoigné les cheveux, et a tiré, m'obligeant à ployer la tête en arrière. J'ai poussé un cri.

— A toi… et à notre dernière soirée ensemble, a-t-il dit, ses lèvres toutes proches des miennes.

Puis il m'a embrassée, doucement, mais de manière possessive. J'ai tenté de le tenir à distance, plantant mes ongles dans ses bras.

— Laisse-moi tranquille !

Il a raffermi sa prise dans mes cheveux. Mon cœur tambourinait dans ma poitrine.

— Chaque fois que j'étais seul, je me branlais en pensant à toi, en train de me sucer comme une gentille fille.

J'ai réussi à dégager ma main et j'ai serré son cou de toutes mes forces, pour l'éloigner de ma bouche.

Il a ri, comme si de rien n'était.

— Tu n'as jamais raconté à Michael ce qui s'est passé cette nuit-là, n'est-ce pas ?

— Comment tu le sais ?

— Il m'aurait déjà tué, sinon.

J'ai resserré mon étreinte autour de son cou, plantant mes ongles dans sa chair.

— Dans ce cas, je vais peut-être le lui dire, ai-je menacé. Maintenant, lâche-moi, connard !

— Ça suffit !

Michael.

Damon a redressé la tête, un sourire méprisant aux lèvres, comme s'il se demandait s'il allait ou non le défier.

Je ne suivais plus. Deux heures auparavant, ils semblaient tous au diapason, et voilà que Michael intervenait.

Damon a fini par me lâcher ; mes ongles avaient laissé des marques en forme de demi-lunes dans son cou. Il saignait.

Bien fait !

Cela le découragerait certainement — et l'exciterait peut-être. Quoi qu'il en soit, il savait maintenant que je pouvais me défendre. Cela valait le coup.

Il a quitté la grotte, et je me suis retournée, sereine. Je me sentais déjà plus forte.

Michael m'a lancé un regard dur.

— Tu aimes toute cette attention, n'est-ce pas ? Dis-moi, tu en as vraiment très envie, Rika ? Tu le ferais avec n'importe qui ?

J'ai ri pour moi-même et monté les marches pour le rejoindre sur la berge en pierre.

— Demande à Trevor, l'ai-je nargué en relevant mes cheveux en queue-de-cheval, consciente qu'il admirait mon corps mouillé. Il était incapable de suivre la cadence, tellement j'en avais besoin. Tout le temps. Ouais, j'adore baiser.

Il a baissé la tête, un sourire diabolique aux lèvres. Puis il m'a plaquée contre le mur en pierre de la grotte.

— Ouvre la bouche, a-t-il ordonné en soulevant son verre.

J'ai hésité. Pas longtemps. Hors de question qu'il me voie faiblir ! La Rika apeurée et timide, qui avait toujours besoin de demander la permission ? Disparue !

J'ai renversé la tête en arrière et ouvert la bouche.

Michael a versé une gorgée de son whisky dans ma bouche, et je l'ai avalé en prenant soin de cacher la douleur de la brûlure, lorsque le liquide a coulé dans ma gorge.

— Dis-m'en plus.

Il me défiait. J'ai soutenu son regard et je me suis appuyée nonchalamment contre le mur sans le quitter des yeux.

— Je le suçais le matin. Je le prenais dans ma bouche et le faisais bander pour pouvoir le monter avant d'aller à l'école.

Un feu s'est embrasé au fond de ses yeux.

— Ah oui ? Continue.

Il m'a fait boire une autre gorgée, et j'ai poursuivi d'une voix lascive :

— C'était si bon ! Ses mains sur mon corps et sur mes seins quand il me pliait en deux contre le canapé, avec ta mère dans la pièce d'à côté.

Je me suis passé la langue sur les lèvres et j'ai fermé lentement les yeux, si lentement que j'ai eu le temps de voir son regard avide se poser sur ma bouche.

— Il était obligé de me bâillonner de sa main quand je jouissais… C'était si torride que je ne pouvais pas m'empêcher de crier.

— Hmm…

Il m'a fait boire une nouvelle gorgée, avant de poser le verre par terre.

— Et son sexe était fait pour mon cul, ai-je ajouté avec un sourire en coin. Quand il me pénètre, il me possède tout entière.

— Ah oui ? Dis-m'en plus. Je veux savoir tout ce que mon petit frère ne t'a jamais fait, petite menteuse.

Je sentais à présent son souffle sur mes lèvres. Il avait passé un bras autour de ma taille et m'enserrait le menton de l'autre main. Sa proximité me rendait fébrile. Je pouvais presque goûter sa bouche. J'ai entrouvert les lèvres, sentant qu'il s'apprêtait à mordre… Je mourais d'envie qu'il le fasse.

Michael.

— Quand il a joui et qu'il se retire, mais que tu en veux encore, quand tu veux ce que moi seul peux te donner, c'est à ma bite que tu penses, en te masturbant ?

Une chaleur subite m'a inondée entre les cuisses, mon clitoris s'est mis à palpiter… J'étais follement excitée.

— Parfois, ai-je admis dans un murmure.

— Vraiment ?

J'ai opiné.

Son regard noir s'est durci. Il relevait le défi.

Mon cœur s'est emballé, tambourinant dans ma poitrine. Avais-je eu tort de mentir ?

Car je ne pensais qu'à lui. Chaque fantasme, chaque orgasme…

Chaque fois que j'étais seule, chaque fois que je me caressais, je ne pensais qu'à lui, à ses yeux magnifiques et à son corps me clouant au matelas.

Ou au canapé, ou à la table, ou sur le sol. Quoi qu'il en soit, c'était toujours lui.

Mais cela faisait trop longtemps qu'il était au centre de mon attention sans que j'obtienne ce que je voulais. A son tour d'être mené en bateau. Il voulait jouer ? Je pouvais jouer.

— Pourquoi as-tu menti à Jake ? a-t-il demandé, changeant soudain de sujet. Tu as assisté à tous mes matchs, au lycée.

Il savait ça ?

Je n'arrivais pas à y croire ! Quand il était au lycée, et moi encore au collège, j'y allais avec Mme Crist. Je n'avais pas manqué un seul de ses matchs, jusqu'à ce qu'il parte à l'université.

— Pourquoi as-tu menti ?

J'ai ouvert la bouche, cherchant mes mots.

— Je n'ai pas menti. J'ai dit que je n'allais pas voir les matchs. C'est vrai. Je…

La gorge soudain nouée, j'ai levé les yeux vers lui et avoué dans un murmure :

— Je ne regardais que toi.

Il a soutenu mon regard, le visage fermé. Sa respiration s'est accélérée et j'ai fermé les yeux. Son puissant parfum m'a enivrée.

— Rika…

Il m'a effleuré les lèvres du bout de la langue.

La peau de mon visage s'est mise à fourmiller. Je me sentais plus excitée que jamais.

— Quand tu penses à moi « parfois », a-t-il ajouté sur un ton amusé — car il savait que je mentais —, montre-moi ce que tu te fais.

J'ai rouvert les yeux et contemplé le feu au fond de son regard. Mon cœur battait à tout rompre, mais je m'efforçais de maîtriser mon excitation.

Je n'avais *jamais* fait ça devant personne. J'ai hésité. Il avait connu beaucoup de femmes. Des femmes expérimentées, et s'il se moquait de moi…

Puis des mots me sont revenus, des mots qu'il m'avait dits, il y avait bien longtemps, dans une pièce sombre, la première fois qu'il s'était rapproché de moi…

Assume. Ne t'excuse pas d'être qui tu es. *Assume.* Tu ne peux pas gagner si tu ne joues pas, n'est-ce pas ?

Soutenant son regard intense, j'ai glissé la main dans mon bikini.

Michael a effleuré le côté gauche de mon cou et j'ai frémi, pas habituée à ce qu'on me touche à cet endroit.

Il n'a pas semblé le remarquer. Il m'a saisi la nuque pour me maintenir fermement, tandis que ses yeux se posaient sur ma main qui s'activait dans mon maillot de bain noir, traçant des cercles autour de mon clitoris.

Mon sexe s'est mis à palpiter plus fort, et j'ai gémi, le bas-ventre en feu, sous le regard intense de Michael.

Sa respiration s'est accélérée.

— Enlève-le !

J'ai secoué la tête.

— Fais-le !

Bon sang ! Une vague de désir s'est abattue dans mon ventre et les pulsations, dans mon clitoris, sont devenues plus pressantes.

J'ai gémi encore.

Comme pour m'amadouer, il m'a embrassée sur la bouche, laissant ses lèvres s'attarder sur les miennes.

— S'il te plaît, Rika. J'ai besoin de voir.

Je me suis laissé convaincre et j'ai fait glisser doucement le bas de mon maillot de bain. Sa respiration s'est altérée aussitôt. Sans hésiter, j'ai repris mes caresses, appuyée contre le mur, les yeux fermés, mes doigts allant et venant sur ma peau.

Je me suis cambrée et j'ai levé la jambe ; Michael l'a attrapée pour la maintenir en l'air contre sa taille.

Hmmm… Beaucoup mieux…

J'ai continué à jouer, ondulant des hanches, sentant son sexe durcir quand je l'effleurais à travers son pantalon. Sa respiration devenait laborieuse. Il devait aimer ce qu'il voyait.

— C'est ce que tu voulais ? ai-je murmuré en glissant deux doigts en moi.

— Oui, s'est-il étranglé.

J'ai souri. Que je me trouve sexy ou pense que je n'étais qu'une gamine stupide était sans importance. Michael Crist lâchait enfin prise.

— Parfois, je fais d'autres choses, l'ai-je nargué.

Il a levé les yeux vers moi, curieux.

— Comme quoi ?

— Je ne peux pas te le dire… Je te montrerai peut-être un jour. Ou peut-être que je le ferai ce soir, quand je me glisserai dans mon lit…

Je me suis penchée en avant, murmurant contre ses lèvres :

— … toute nue, tout excitée et toute seule.

Il a expiré, vidant ses poumons.

— Putain !

En un éclair, il est tombé à genoux, a calé ma jambe sur son épaule, et pris mon sexe dans sa bouche, m'assaillant brutalement avec sa langue et ses dents.

J'ai crié.

— Michael !

Oh ! bordel !

Il a aspiré mon clitoris dans sa bouche puis l'a relâché, a passé encore et encore sa langue sur ma chair sensible. J'ai fermé les yeux.

Je n'en pouvais plus. Il me dévorait comme un affamé.

Je lui ai agrippé les cheveux, renversant la tête en arrière tandis qu'il me mordillait, me suçotait, me léchait, dans une spirale sans fin où il me possédait avec brutalité.

— Tu es si bonne, a-t-il murmuré contre ma peau, relevant un instant les yeux. Tu es une jolie fille, Rika. Si douce, si étroite.

J'ai inspiré fébrilement et j'ai plaqué mon sexe contre sa bouche. Je le regardais me lécher, ses yeux rivés aux miens.

Puis il a glissé sa langue en moi, me tirant un gémissement.

— Michael ! Je veux…

— Tu veux mon sexe ?

Un désir puissant m'a submergée.

J'ai hoché frénétiquement la tête.

— Le mien ou celui d'un autre ?

— Le tien !

— Tu veux dire le seul auquel tu penses quand tu te caresses, c'est ça ? a-t-il insisté, glissant deux doigts en moi.

— Oui, ai-je gémi, sentant l'orgasme monter du plus profond de mon ventre.

— Alors tu es une putain de menteuse, pas vrai ?

Il décrivait des cercles autour de mon clitoris avec sa langue tandis que ses doigts allaient et venaient en moi.

— Oui !

Mes muscles fourmillaient et faiblissaient ; je respirais de plus en plus vite, sentant l'orgasme me submerger.

J'ai ouvert les yeux pour contempler le plafond pendant qu'il me dévorait, puis j'ai tourné la tête. Kai !

Mon cœur a bondi dans ma poitrine.

— Qu'est-ce qu… !

Je n'ai pu finir ma phrase, mon orgasme se faisant de plus en plus pressant.

Kai était appuyé contre le mur en pierre, les bras croisés, en train de nous observer d'un air impassible. Il aurait tout aussi bien pu être en train de regarder les infos.

J'ai secoué la tête, je voulais lui dire de dégager, mais j'ai grogné, contractant chacun de mes muscles alors que l'orgasme explosait en moi.

— Oh ! putain. Oh !

Mon clitoris battait comme un tambour, et j'ai senti la chaleur de ma jouissance entre mes jambes. Les élans de plaisir palpitaient, se répandaient, puis se dissipaient en moi.

Des répliques du séisme me secouaient la poitrine. La

bouche de Michael a alors ralenti, me léchant plus lentement, plus doucement.

Puis il a embrassé délicatement mon clitoris et a levé les yeux vers moi, un sourire triomphant aux lèvres.

— Elle est aussi bonne qu'elle en a l'air ?

J'avais presque oublié que Kai nous observait.

— Encore meilleure, a calmement répondu Michael, comme s'il avait su que Kai était là tout du long.

Je lui ai lancé un regard furieux et l'ai repoussé, ôtant ma jambe de son épaule. J'ai attrapé le bas de mon bikini et je l'ai remis en vitesse, avant de me précipiter vers la sortie.

Chaud, froid, chaud, froid… Michael me défiait, et je répondais.

Pourtant, dans le feu de l'action, il m'avait eue. Il savait qu'il était mon seul fantasme, le seul garçon que je désirais.

Pire encore, Kai aussi me défiait. Leurs jeux avaient changé. J'étais devenue plus réactive, mais pas assez.

J'ai bousculé Kai pour sortir de la grotte. Il m'a suivie du regard en proférant sa menace :

— Cours autant que tu veux, Petit Monstre. On sera toujours plus rapides…

12

Michael

Présent

Putain, qu'elle était bonne !

Chaque nerf de ma bouche brûlait encore de désir pour elle.

Je me suis levé, tandis que Rika disparaissait derrière la cascade.

— Tu tapes dans le plat commun, frère, m'a alors reproché Kai, et tu prends plus que ta part.

J'ai souri froidement. Il n'avait pas de prise sur moi.

— Tu sais quoi ? Le jour où j'aurai le sentiment de devoir te rendre des comptes, je serai mort. Tu piges ?

— Je me le rappellerai.

Il s'est écarté du mur, les bras toujours croisés.

— Ça vaut aussi pour Will et Damon.

— Qu'est-ce que ça veut dire ?

Il s'est contenté de me dévisager, une lueur sinistre au fond des yeux.

Pour la première fois de ma vie, je n'avais pas confiance en lui. Oui, j'avais touché Rika, alors que je leur avais demandé à tous de la laisser tranquille. Il était en colère, et c'était son droit.

Mais elle m'avait surpris. J'étais venu chasser Damon et j'avais perdu le contrôle dès qu'elle avait ouvert la bouche. Elle était maligne, elle ne cédait pas.

Je retrouvais le petit monstre en elle. Celui qui crachait du feu et forçait les gens à la voir vraiment. J'avais eu besoin de la toucher. Ça m'obsédait.

Kai avait beau mériter sa vengeance, il était hors de question que je m'excuse. En revanche, je commençais à me méfier de lui. Pas pour moi ; pour Rika. Je n'arrivais pas à me défaire de la sensation que sa prédiction selon laquelle « les choses ne se passaient jamais comme prévu » était vraie.

Avaient-ils des desseins cachés, tous les trois ?

— Et sa maison ? a demandé Kai. On en est où ?

— Je m'en occupe.

— On en est où ? a-t-il insisté.

Je me suis planté à quelques centimètres de lui pour le défier.

— Elle est à Meridian City grâce à moi. A Delcour grâce à moi. Isolée grâce à moi. C'est la dernière ligne droite.

Puis je suis sorti. Une chose était sûre : Damon, Will et lui avaient peut-être changé, pas moi.

Je ne me justifiais jamais.

Quand je suis sorti de la grotte, les affaires de Rika avaient disparu. Vu l'absence d'Alex, j'en ai déduit qu'elle avait dû lui demander de la ramener et qu'elle était partie sans nous.

Will et Damon profitaient de la soirée mais, après notre confrontation dans la grotte, je n'ai plus revu Kai.

Nous avions besoin d'en finir pour pouvoir reprendre le fil de nos vies.

Je n'avais plus la tête au basket, Kai se renfermait de plus en plus, Damon était une bombe à retardement, et j'étais presque sûr que Will était incapable de passer une journée sans boire.

J'avais espéré qu'ils commenceraient doucement à se ré-acclimater à la vie et à leurs possibilités d'avenir, mais non. Au contraire, leurs difficultés empiraient. Il fallait mettre un terme à ces conneries. J'avais besoin qu'ils se ressaisissent. Bientôt, ces trois ans ne seraient plus qu'un mauvais souvenir.

Dans leurs cercles familiaux respectifs, on leur avait proposé du travail, pour les aider à reprendre le cours de leurs existences, mais aucun ne voulait même en parler. Rien n'existait en dehors de Rika et du jour présent. Ils ne voulaient pas voir leurs familles ou passer du temps à Thunder Bay.

Mes amis — mes frères — étaient morts à l'intérieur, et plus je pensais à ce qu'elle leur — nous — avait fait, plus j'avais envie de la détruire. J'espérais seulement que cette vengeance les ramènerait à la vie.

— Monsieur Crist, m'a salué Stella alors que je pénétrais dans le bureau de mon père, au dernier étage de son immeuble.

J'ai hoché la tête, lui adressant un demi-sourire en passant. Elle n'essayait jamais de me retenir, même s'il était en réunion ou au téléphone. Trevor et moi venions rarement ici et, même si mon père n'appréciait pas notre intrusion, je crois que Stella avait tout aussi peur de nous que de lui. Elle n'interférait jamais avec la famille.

Ma mère, Trevor et moi avions vite compris que mon père tenait absolument à avoir sa vie en ville, tandis que nous restions sagement à Thunder Bay. Que sa famille rôde sur son lieu de travail était un désagrément pour lui. Il préférait que ses deux vies restent séparées.

J'avais beau adorer ma mère, je la respectais de moins en moins, parce qu'elle restait mariée à un tel con.

J'imagine néanmoins que ce modus vivendi représentait pour eux un bon compromis. Il lui donnait de l'argent pour qu'elle achète ce qu'elle voulait, ait la maison qu'elle voulait, et la place dans la société qui lui plaisait. En retour, elle restait à sa place et lui avait donné deux fils.

Moi, je les trouvais tous les deux menteurs et lâches. Ma mère n'était pas assez courageuse pour exiger la vie qu'elle méritait, et mon père ne s'ouvrirait jamais à personne. Ni à sa femme ni à ses fils. Et il n'avait pas d'amis. Pas de véritables amis, du moins.

Dans la toile d'araignée qu'était la société de Thunder Bay, avec ses mensonges et ses secrets, ses sourires hypocrites et ses conneries, j'avais cru avoir trouvé la seule personne qui était différente. La seule à avoir la même vision que moi et les mêmes envies que moi.

Mon frère avait raison. J'avais vu cette lueur dans ses yeux bien avant de m'attarder sur son visage ou son corps. Cette lueur d'un désir contenu qui voulait sortir à tout prix.

Rika et moi avions toujours tourné l'un autour de l'autre, avant même d'en être conscients. Sa trahison était ce que j'avais connu de plus destructeur dans ma vie.

Je me suis dirigé vers la porte du bureau de mon père sans hésiter et l'ai ouverte sans frapper.

L'odeur du vernis des tables et des bibliothèques en acajou m'a sauté au nez. J'avais l'impression d'être dans un musée.

Mon père était installé derrière son bureau. Son avocat, Monroe Wynn, était assis face à lui, dos à moi.

— Michael… Quelle surprise ! C'est rare.

Mon père m'a regardé avec sur les lèvres un sourire qui n'atteignait pas ses yeux.

J'ai refermé la porte derrière moi, sentant déjà l'atmosphère oppressante me comprimer les poumons. Il n'était pas heureux de me voir, et je détestais être en sa présence. Notre relation avait péri depuis bien longtemps. Quand j'avais commencé à lui tenir tête. Son accueil chaleureux n'était qu'une façade destinée à son avocat.

— Monroe, vous connaissez mon fils aîné…

Monroe s'est levé et m'a tendu la main, que j'ai serrée.

— Bonjour, Michael.

— Monsieur.

— Nous attendons de grandes choses de vous cette année, avec votre équipe. Ma femme a été assez folle pour acheter des places en loge pour toute la saison, alors il vaudrait mieux que ça en vaille la peine. Ne nous décevez pas !

— Non, monsieur.

— Il saura être à la hauteur, a assuré mon père.

Comme s'il contrôlait quoi que ce soit ! En plus, il détestait ma carrière ; il ne l'avait jamais soutenue.

Monroe a hoché la tête, et je me suis tourné vers mon père. Sentant un silence pesant s'installer, Monroe a fini par attraper ses dossiers, sa serviette et s'est dirigé vers la sortie.

— On s'appelle, a-t-il dit à mon père.

Une fois l'avocat parti, mon père a rivé sur moi ses yeux bleus, l'air contrarié. Trevor et lui se ressemblaient beaucoup, avec leurs cheveux blond foncé, leur peau pâle et leur mâchoire étroite. Ils faisaient tous les deux plusieurs centimètres de moins que moi. J'avais hérité ma grande taille de la famille de ma mère.

— Je suis surpris que tu te sois rappelé où se trouvait cet immeuble, a-t-il lancé avec mépris.

— Juste retour des choses. Je viens ici autant que toi à la maison.

Il m'a fixé durement ; de toute évidence, il ne trouvait pas ça drôle.

— Tu as parlé à ta mère ?

J'ai hoché la tête.

— Hier. Elle passe quelques jours à Paris pour faire les boutiques avant d'aller en Espagne. Tu la rejoins cette semaine, c'est ça ?

— Comme d'habitude. Pourquoi ?

J'ai haussé les épaules.

— Pour rien.

En réalité, il y avait une bonne raison. Je voulais être sûr qu'il s'en allait. Et vite ! Rika pensait que sa mère était avec la mienne à bord du *Pithom,* au large du sud de l'Europe.

Faux. Le *Pithom* était toujours à quai à Thunder Bay, et ma mère n'avait pas vu Christiane Fane depuis qu'elle était partie en Europe, en avion, plus d'une semaine auparavant.

Rika ne savait pas où se trouvait réellement sa mère. Moi si.

Et, quand mon père rejoindrait enfin ma mère, Rika n'aurait plus aucun soutien.

Mes parents partaient toujours quelques semaines à l'étranger, en automne, pour rendre visite à plusieurs amis et associés. Et, si mon père voyageait beaucoup tout au long de l'année, cette excursion-là se faisait toujours en couple. Ma mère lui était un atout utile, avec son charme, son esprit et sa beauté ; il insistait donc pour qu'elle l'accompagne pour ce tour de l'Europe annuel. C'était la seule chose sur laquelle je savais que je pouvais compter.

La maison de Thunder Bay était actuellement vide, puisque ma mère était déjà partie et que mon père restait en ville, dans sa garçonnière.

Au moins, il avait la décence de ne pas loger à Delcour, ni d'exhiber ses pétasses dans un bâtiment dont notre famille était propriétaire.

— Tu as parlé à Trevor ? a-t-il demandé.

Je me suis contenté de le dévisager.

Il a lâché un petit rire sarcastique. Oui, c'était une question stupide.

Une jeune femme est entrée dans la pièce, des dossiers

plein les mains. Elle m'a souri, sexy avec sa robe bleue et ses magnifiques cheveux blonds.

Contournant le bureau, elle y a posé les dossiers et s'est légèrement penchée pour écrire une note rapide sur un post-it.

Il ne s'est pas gêné pour la reluquer sous mes yeux : il s'est même renversé dans son fauteuil et a maté son cul quand elle s'est penchée devant lui. Je n'ai pas non plus loupé sa main qui se glissait sous la jupe de la fille. Elle s'est mordu la lèvre pour réprimer son sourire.

J'ai serré les poings. Putain, je le détestais !

— Alors qu'est-ce que tu fais là ?

— Je viens te parler de mon futur.

Il a penché la tête sur le côté, l'air intrigué.

Je détestais ça. Je n'avais pas envie de rester une seconde de plus. La question aurait dû être réglée il y a longtemps, mais j'avais plusieurs fois repoussé cette entrevue.

Retirant sa main de sous la jupe de la fille, il lui a donné une tape sur le derrière.

— Ferme la porte en sortant.

Elle m'a jeté un dernier regard avant de s'éclipser.

Mon père a poussé un lourd soupir.

— Je crois me rappeler que j'ai essayé d'avoir cette conversation avec toi à de nombreuses reprises, Michael. Tu ne voulais pas aller à Annapolis. Tu préférais faire toute ta scolarité à Westgate.

— Ils ont un programme sportif de meilleure qualité, lui ai-je rappelé.

— Tu ne voulais pas d'avenir dans cette société, mais jouer au basket.

— Je suis un athlète professionnel. Je fais la une de plus de magazines que toi. Je ne crois pas qu'on puisse dire que j'ai fait un mauvais choix.

Il a ricané.

— Il ne s'agit pas de faire les meilleurs choix, Michael. Il s'agit de toi. Tu me défies en permanence. Quoi que je veuille, tu fais l'inverse.

Il s'est levé de son siège, s'est servi un scotch, puis s'est posté devant la baie vitrée, qui surplombait la ville.

— Quand tu as grandi, que tu es devenu un homme, je pensais que tu serais plus aimable, mais tu n'as jamais arrêté. Sans cesse, tu…

— On s'éloigne du sujet, l'ai-je interrompu. Mon avenir ?

Nous avions eu cette conversation — ou cette dispute — plusieurs fois déjà. Je n'avais pas besoin d'un remake.

— D'accord. Qu'est-ce que tu veux ?

— Tu avais raison, ai-je alors admis à contrecœur. Dans dix ou quinze ans, je chercherai un poste d'entraîneur universitaire et, quand je regarde devant moi, je vois que ma carrière perdra de son éclat. Elle n'a pas d'avenir.

Il a semblé apprécier ce qu'il entendait.

— Je t'écoute.

— Laisse-moi faire un essai. Voyons comment je me débrouille avec certains de tes dossiers.

— Comme quoi ?

J'ai haussé les épaules, faisant mine de réfléchir, comme si je n'étais pas venu ici avec un plan bien défini en tête.

— Pourquoi pas Delcour et cinquante mille parts de Ferro ?

Mon audace l'a fait rire, ce qui était exactement le but recherché. Je savais qu'il ne mordrait pas à l'hameçon.

— Cinquante mille parts feraient de toi un associé. Que tu sois mon fils ou pas, on n'accorde pas ce genre d'avantages comme ça.

Il a posé son verre sur le bureau et s'est rassis. Adossé à son fauteuil, il réfléchissait, les yeux rivés sur moi.

— Pas sur des affaires à Meridian City, a-t-il exigé. Si tu me fais honte, il faut que ça passe inaperçu.

— D'accord. Alors pourquoi pas… FANE ?

La famille de Rika avait donné son nom à sa bijouterie, bien avant qu'elle naisse.

Il a froncé les sourcils, soudain suspicieux.

— FANE ?

Merde. J'étais allé trop vite. Il allait dire non.

J'ai haussé les épaules, essayant de minimiser l'importance de ma requête.

— Tout est à Thunder Bay, non ? Loin d'ici ? Voyons ce que je peux faire avec la boutique, la maison et le patrimoine.

— Hors de question ! Tout ça sera à ton frère un jour.

Je me suis figé. *A Trevor ?* Pas à Rika ?

Dans son testament, Schrader Fane nommait sa fille comme seule héritière. Rika hériterait de tout, soit quand elle serait diplômée de l'université, soit à ses vingt et un ans, selon ce qui arriverait en premier. Pour l'intérim, M. Fane avait désigné mon père, parrain de Rika, comme curateur, ce qui convenait parfaitement à la mère de Rika. Elle ne s'intéressait pas aux affaires, et aurait été bien incapable de gérer une fortune de plusieurs millions de dollars, elle qui peinait déjà à tenir sa maison.

Si tout revenait à Trevor, cependant, ça voulait dire…

— Tu dois bien te rendre compte qu'ils finiront par se marier, a soupiré mon père comme je ne disais rien.

Rika et Trevor, mariés ?

Je l'ai regardé fixement, faisant tout mon possible pour ne pas perdre mon sang-froid, malgré la tension qui avait envahi tous mes muscles.

Après tout, qu'est-ce que ça pouvait me faire ? Trevor et elle se méritaient mutuellement, et j'étais persuadé qu'on en aurait fini depuis longtemps avec elle d'ici là.

— Ça paraît logique, ai-je concédé, l'estomac noué.

— Ça se passera dès qu'ils auront eu leur diplôme. On ne peut pas se permettre de la laisser déployer ses ailes pour s'envoler. Il l'épousera, lui fera un petit Crist, et tout ce qui est aux Fane sera à nous, y compris la petite Rika. Voilà ce qui est prévu.

J'aurais mis ma main à couper qu'elle n'était pas au courant de ça non plus. Même si elle avait mis fin à sa relation avec mon frère, ma famille faisait encore tout pour les pousser l'un vers l'autre. Ils continueraient à lui mettre la pression, et Rika finirait certainement par céder. Il y avait une limite à ce qu'elle pouvait supporter.

— Elle ne l'aime pas, ai-je fait remarquer, pour le déstabiliser.

— Je t'assure qu'elle finira par l'épouser.

— Et s'il est incapable de lui faire un gosse ?

Rika ne voulait pas de Trevor. Il était possible qu'ils passent devant le maire, mais il n'y avait aucune garantie qu'elle soit accommodante au lit.

— S'il ne peut pas lui faire de gosse, alors peut-être que tu pourras. Du moment que c'est un Crist, je m'en fous royalement.

Il a soulevé son verre pour prendre une autre gorgée.

— Je le ferai moi-même, s'il le faut ! a-t-il ajouté avec un sourire inquiétant.

Enfoiré ! Autant dire que la vie de Rika était finie.

Je l'ai fixé avec un sourire sarcastique.

— Donc, tu as besoin de moi.

— Certes, mais je ne te fais pas confiance.

— Je suis ton fils. Je sais que ça te fait peur, parce que tu ne peux pas me contrôler, mais tu sais pourquoi ? Parce qu'on est exactement pareils. Les traits de caractère que tu détestes chez moi sont ceux que tu préfères chez toi. Que tu veuilles l'admettre ou non, tu me respectes bien plus que tu ne respectes Trevor.

Bras croisés, je me suis approché de son bureau. Ce n'était pas le moment de céder.

— Il est temps que je rejoigne l'entreprise familiale. Je ne garderai rien. FANE appartiendra à Rika, tout comme sa propriété et son argent, quand elle aura son diplôme. C'est dans le testament de son père et ça ne peut être changé. Laisse-moi simplement m'en charger jusqu'à ce que Trevor et elle soient prêts.

Il a plissé les yeux, réfléchissant à ma proposition.

Qu'avait-il à y perdre ? Je ne pouvais rien garder. La loi protégeait Rika. Et, de ce qu'il savait, je n'avais aucune raison de mal gérer ses biens. Pourquoi voudrais-je saisir sa maison, fermer son entreprise, geler ses biens... ?

— FANE..., a-t-il dit, semblant se faire à l'idée.

— Plus la maison et tous leurs autres biens, lui ai-je rappelé. Et, si je m'en sors bien, tu me donneras Delcour et les cinquante mille parts.

Je n'en avais rien à foutre de Delcour et des parts, mais je voulais entretenir l'idée que le patrimoine des Fane n'était pas le véritable prix que je visais.

Il a marqué une pause, puis a fini par hocher la tête.

— Je vais demander à Monroe de modifier la procuration et de t'envoyer les papiers dans la journée. Je te laisse ta chance, parce que tu es de mon sang, Michael. Et seulement pour ça. Si j'étais toi, je profiterais de l'occasion pour prouver ce que je vaux. Si tu merdes, tu n'auras pas de deuxième chance.

Je me suis immobilisé sur le pas de la porte.

— Pourquoi pas moi ? Pourquoi n'as-tu pas pensé à moi pour épouser Rika ?

— J'y ai pensé. Mais tu es trop versatile. Il faut qu'elle soit heureuse et malléable. Toi, tu la rendrais malheureuse.

J'ai haussé un sourcil. S'il savait à quel point il avait raison ! J'avais la ferme intention de la faire souffrir de manière irréparable.

Il l'ignorait... Sans rien savoir de l'animosité entre Rika et moi, il pensait que je n'étais pas bien pour elle.

Je suis sorti du bureau, claquant la porte derrière moi

avec un bruit sourd. La colère me nouait le ventre. Ça n'avait aucune importance. Il pensait avoir sécurisé l'argent et les connexions des Fane, être en mesure de tout contrôler, plus tard, à travers Trevor. Il ne se doutait pas que j'allais tout détruire.

Il ne se doutait pas non plus que mes plans venaient de changer. Trevor et lui ne mettraient jamais la main sur elle. Je préférais la voir morte.

Dans l'ascenseur, j'ai senti mon téléphone vibrer dans la poche de ma veste. C'était un message de Will.

Plus de maison.

Je me suis figé quand j'ai découvert la photo de la demeure des Fane consumée par les flammes.

Putain de merde ! Ils avaient agi sans moi. Nous avions prévu de saisir la maison, pas de la réduire en cendres !

J'ai aussitôt composé le numéro de la sécurité. Le gardien de nuit a immédiatement décroché.

— Ferguson ! La maison des Fane !

— Oui, monsieur. J'ai déjà appelé les secours. Les camions de pompiers sont en route.

J'ai raccroché et tapé du poing contre la paroi de l'ascenseur.

— Putain !

13

Erika

Trois ans plus tôt

J'aurais dû leur casser la gueule. Miles et Astrid étaient laids et ignobles ; je n'arrivais pas à croire qu'ils avaient encore essayé de m'agresser.

Assise dans la voiture, j'attendais que les garçons ressortent du Sticks, les poings serrés.

Les deux autres méritaient bien plus que ce qu'ils avaient eu. Les larmes me sont montées aux yeux tandis que je me rongeais l'ongle du pouce, le regard rivé au-dehors.

Salopards ! Ils m'auraient violée dans ces toilettes. Et ils s'en seraient tirés.

La rage flambait en moi ; je voulais y retourner et les tabasser jusqu'à ce qu'ils comprennent. Jusqu'à ce qu'ils sachent que je n'étais pas une victime.

J'étais sur le point de mettre mon projet à exécution, quand les Cavaliers ont émergé du bar.

Ils portaient encore leurs masques. A l'intérieur, quelques personnes les suivaient des yeux.

Tout le monde savait qui ils étaient et personne n'avait aucun doute sur leurs activités de la soirée. Bien que curieux, les spectateurs ne s'en mêleraient pas.

Michael et Kai se sont installés sur les sièges avant, tandis que Damon se glissait tout à l'arrière du SUV. Will s'est assis à côté de moi avant de claquer la porte. La manche de son sweat-shirt était déchirée ; il avait dû se battre.

J'ai eu peur qu'il soit blessé, mais il était plié de rire.

— Vous avez fait quoi ?

Ils ont enlevé leur masque, et Will m'a adressé un clin d'œil et un sourire éclatant.

— Tends la main.

Mon ventre s'est serré. Quoi encore ?

A contrecœur, j'ai avancé la main gauche, dans laquelle il a lâché quelque chose.

— Oh, mon Dieu ! ai-je soufflé, horrifiée. Est-ce que c'est… à eux ?

Je tenais une longue mèche de cheveux roux et… une dent ensanglantée.

J'ai grimacé, le cœur au bord des lèvres.

— Nous avons rapporté des souvenirs, a expliqué Will.

— Ils ne te toucheront plus jamais, m'a assuré Kai.

— Ils ne te regarderont plus jamais, a renchéri Damon.

— Ils ne le diront à personne ?

L'inquiétude faisait trembler ma voix et je voulais à tout prix me débarrasser de ces trophées dégoûtants.

— A qui veux-tu qu'ils le disent ? a répondu Michael en démarrant, avant de me regarder dans le rétroviseur, un sourire narquois aux lèvres. Mon père travaille sur trois projets immobiliers avec les Anderson.

Bien vu ! La loi n'avait peut-être pas réussi à me protéger, mais cela fonctionnait aussi dans l'autre sens. A qui Miles et Astrid allaient-ils réclamer justice, à présent ?

J'ai souri. *A personne.*

— Un « merci » ne serait pas de trop, a fait remarquer Damon derrière moi.

— Je…

J'ai contemplé la dent encore chaude et sanglante au creux de ma paume avec un rire nerveux.

— C'est juste que ça me fait un peu flipper.

— Tu aurais bien plus flippé si tu t'étais réveillée toute nue avec le sperme de dix mecs te dégoulinant de la chatte, à cette fameuse soirée, a-t-il rétorqué. Sans parler de ce qu'ils allaient te faire dans ces toilettes.

J'ai baissé les yeux, l'atroce crudité de ses paroles me frappant de plein fouet.

— C'est sûr…

Au printemps dernier, qui sait ce qu'il me serait arrivé, une fois qu'ils en auraient eu fini avec moi ? Auraient-ils invité d'autres gens à venir me faire du mal ? Combien de personnes m'auraient violée ? Sans compter les photos. Les vidéos.

J'ai serré les dents, malade de rage. Je voulais qu'ils souffrent bien plus. Je voulais les tuer. Personne ne devrait avoir le pouvoir de changer votre vie pour toujours.

Serrant le poing autour de ces « souvenirs », j'ai durci mon regard.

— Merci.

J'ai entendu le cliquetis du briquet de Damon, puis une expiration, tandis qu'il soufflait sa fumée.

— C'était mignon, cela dit, ta tentative de passage à tabac.

J'ai ouvert la portière pour laisser tomber la dent et les cheveux dans l'eau du caniveau. J'ai claqué la portière, et je me suis essuyé la main sur mon sweat noir, avec la ferme intention de brûler mes fringues dès que je serais rentrée.

Il n'y avait rien à redire à ma tentative. Peut-être ne leur avais-je pas arraché de cheveux ou de dents, mais je m'étais défendue. Que voulaient-ils de plus ?

Comme s'il avait senti mes interrogations, Kai m'a lancé, se tournant à demi :

— Quand tu veux marquer les esprits et que tu penses être allée assez loin, va un peu plus loin. Laisse toujours les gens se demander si tu n'es pas un peu folle, et ils ne t'emmerderont plus jamais.

J'ai hoché la tête. Compris… Je n'étais pas certaine de pouvoir faire un jour ce qu'ils avaient fait, mais je voyais très bien ce qu'il voulait dire. Quand vos ennemis ne connaissent pas vos limites, ils ne se risquent pas à les tester.

Michael a tourné dans Baylor Street.

— Vous en avez mis, du temps, pour me rejoindre, ai-je dit après un moment.

— On attendait que sa copine le suive, a répondu Will.

— Ne t'inquiète pas, m'a assuré Kai. On n'aurait pas attendu plus longtemps, de toute façon. Et tu t'en es bien tirée.

J'ai regardé par la fenêtre ; des adolescents riaient et plaisantaient sur le trottoir devant le cinéma. Des décorations d'Halloween — fantômes en gaze blanche — se balançaient dans la brise, accrochées aux lampadaires. Des feuilles orange tombaient des arbres, et je sentais la pluie qui arrivait.

— Allons manger un bout loin de la scène de notre dernier crime, a plaisanté Will en tendant la main entre les sièges de devant pour monter le son de *Bodies*, de Drowning Pool.

Il s'est lancé dans un solo de guitare déchaîné tandis que Michael tournait sur Breckinridge, puis faisait le tour de la place. J'ai toujours aimé ce parc du centre-ville. Le petit bassin luisait sous les lanternes suspendues aux branches des arbres, leurs ampoules orange conféraient un caractère festif au square. Des drapeaux d'Halloween dansaient sur les poteaux devant les boutiques, près des citrouilles et autres décorations.

— Eh, stop ! a soudain hurlé Will. Stop !

— Quoi ?

Michael a freiné brusquement, nous faisant tous bondir sur nos sièges.

Michael a baissé la musique, et Will a descendu sa vitre pour regarder dans le parc.

— Elle l'a terminé.

J'ai penché la tête, mais je ne savais pas trop ce qu'il fallait regarder. Sur ma droite, dans la vitrine illuminée de FANE, la boutique de ma famille, des bijoux brillaient de mille feux.

Je me suis retournée : Will regardait toujours par la fenêtre sans dire un mot. Puis il a tendu la main vers Damon.

— Donne-moi une bouteille.

— Pourquoi ?

— Tu sais très bien pourquoi ! Donne-la-moi.

— Pas à découvert, a protesté Kai.

— On s'en fout, a repris Will en agitant la main à l'intention de Damon pour le presser. Allez !

Que se passait-il, à la fin ?

Damon a lancé un regard furtif à Michael dans le rétroviseur, comme s'il hésitait encore.

— Donne-lui une bouteille, a dit calmement Michael.

Mon cœur a bondi. Quoi que Will s'apprête à faire, si Kai était nerveux, c'était une mauvaise idée. Et, si Damon était nerveux, c'était une très mauvaise idée.

Will a remis son masque et remonté sa capuche noire, avant de fourrer la main dans la poche de mon sweat pour y prendre mes allumettes. Puis, après avoir pris une bouteille d'alcool et un tissu des mains de Damon, il est descendu de voiture.

— Bon sang, a grommelé Damon. Tu t'en fous de cette salope. Je ne comprends pas pourquoi tu en fais une histoire !

Mais Will n'a pas semblé l'entendre. Il a continué à avancer, bidouillant son matos.

De qui parlait-il ?

— Allons-y, a dit Michael en ouvrant sa portière.

Ils ont enfilé masques et capuches et fait claquer les portières.

J'ai agrippé la poignée, pas certaine d'avoir envie de les suivre. Ils ne semblaient pas tous d'accord avec ce que Will s'apprêtait à faire, et je n'avais pas de masque.

— Viens ! m'a ordonné Michael par la vitre baissée. On y va tous. C'est la règle.

Euh... Tous pour un et un pour tous, c'est ça ? Ce n'était pas entièrement vrai, si on y réfléchissait bien. Damon avait pu faire sa farce en privé. Etant donné le genre de farce, je n'aurais pas voulu être là, de toute façon.

J'ai hésité, soupiré et tiré sur ma capuche.

Je suis sortie et j'ai marché d'un bon pas aux côtés de Michael, les mains dans la poche de mon sweat.

Les passants, des ados et des couples, fixaient les masques. J'ai gardé la tête baissée, faisant mon possible pour être invisible.

Will, Damon et Kai se dirigeaient vers le kiosque, au milieu du parc.

— Il veut faire brûler le kiosque ? ai-je demandé à Michael. Pourquoi ?

— Parce qu'il est amoureux de la fille qui l'a construit, et qu'elle ne peut pas le voir.

— Emmy Scott ?

J'ai pouffé, au bord de la crise de rire, mais Michael ne semblait pas partager mon amusement.

— Eh bien, ce...

Je me suis tue, pensant à la lunatique petite Emery Scott, avec ses lunettes cerclées de noir et sa salopette, qui ne portait jamais une once de maquillage.

— ... ce n'est pas vraiment son genre !

Je n'en revenais pas. Ce devait être une erreur. Will ne

sortait qu'avec des filles ultra-féminines adeptes de mini-jupes et aux cheveux parfaits. Des filles qui savaient y faire. Emmy Scott était juste… une binoclarde, de l'avis de tous, Will y compris.

Nous nous sommes arrêtés non loin du kiosque. Le regard pénétrant de Michael était braqué sur moi.

— Nous voulons ce que nous voulons, a-t-il lâché.

S'il savait à quel point ses mots revêtaient de sens pour moi… Comme je les comprenais !

Mon cœur s'est mis à battre plus fort.

Devant nous, Damon tenait la bouteille, dans laquelle le chiffon servait de mèche. Will y a mis le feu.

— Je n'aime pas ça, Michael. Emmy est une fille bien et elle a travaillé dur sur ce kiosque. C'était son projet de socio de terminale. Il lui a permis d'entrer à Berkeley.

Elle l'avait construit un an auparavant, pendant l'été, et, même si elle avait été ravie de quitter Thunder Bay pour aller à l'université, ce kiosque était sa fierté.

Michael a relevé le menton.

— Il se débrouillera pour réparer. Laisse-le vivre son truc.

Avant que je puisse ajouter quoi que ce soit d'autre, un éclair de lumière a transpercé les airs. La bouteille s'est écrasée sur le kiosque, faisant jaillir des flammes, absorbant chaque centimètre carré de bois dans le feu.

— Oh !

J'ai porté la main à mon front, rongée par la culpabilité.

— Je refuse de regarder ça. C'est vraiment salaud !

J'ai fait demi-tour pour partir, mais Michael m'a rattrapée par le bras.

— Ou tu restes avec nous ou tu rentres chez toi, m'a-t-il avertie.

Je me suis dégagée, le fusillant du regard au passage.

Je ne voulais pas rentrer chez moi.

Mais je ne cautionnais pas ce qu'ils venaient de faire. Ils

jouaient aux cons et, si je n'affirmais pas ma position, Michael me trouverait faible.

Je me suis éloignée d'un pas raide.

Qu'ils aillent se faire voir !

J'allais me réfugier au chaud et appeler Noah pour qu'il vienne me chercher.

De retour à la voiture, j'ai récupéré mon téléphone avant de claquer la portière.

Le feu avait pris des proportions de brasier, à présent, et des voix excitées résonnaient autour de moi.

— Oh merde ! s'est écrié quelqu'un.

Il y a eu d'autres cris de stupeur et quelques rires enthousiastes. On savait à quoi s'attendre pour la Nuit du Diable et, manifestement, certains espéraient une action de ce genre.

J'ai détourné le regard et ai déverrouillé mon écran pour composer le 911. Peut-être que les camions de pompiers avaient réussi à revenir en ville.

J'ai hésité un moment. Je ne voulais pas attirer d'ennuis aux garçons, puis je me suis rappelé que, quoi qu'il arrive, ils n'étaient jamais inquiétés.

Et puis merde ! J'ai appuyé sur *Appeler*.

— On ne bouge plus !

J'ai levé la tête : l'agent Baker avait déboulé dans le parc, de l'autre côté de la rue.

Oh non !

Il se dirigeait droit vers les garçons, la main posée sur son arme.

— Les mains en l'air ! Tout de suite !

J'ai annulé mon appel et rangé mon portable. Le policier avait certainement signalé l'incendie.

— Merde ! a grogné Will.

— Les mains en l'air ! Tout de suite ! a hurlé Baker. C'est fini pour ce soir, bande de petits cons ! Je vous emmène au poste !

Putain de merde !

Michael a levé les mains en premier, lentement imité par les autres.

— Ça fout vraiment notre soirée en l'air, Baker, a plaisanté Will.

Les autres ont éclaté de rire.

— A terre ! a crié l'agent, ignorant leurs moqueries. Tout doucement.

— Mon père va me trucider, a grommelé Kai.

Mon pouls s'est emballé. Ils se sont plaqués au sol, tandis qu'une foule de spectateurs se rassemblait autour d'eux.

Ce n'était pas la première fois qu'ils se faisaient pincer. Baker les garderait au poste pour la nuit, s'assurant ainsi qu'ils ne feraient pas plus de dégâts, et ils seraient relâchés dès demain.

Autour de moi, plusieurs personnes avaient sorti leur téléphone pour filmer.

— Enlevez vos masques !

Je suis restée bouche bée, le souffle court.

Non ! Pas alors que tout le monde filmait ! Michael serait découvert ; il perdrait sa place dans l'équipe universitaire. Non que ça me tienne à cœur.

OK, d'accord. Ça me tenait à cœur.

J'ai regardé autour de moi à la recherche de quelque chose — n'importe quoi — à faire, pour distraire le policier.

Puis je me suis figée devant les vitrines de FANE.

Ne réfléchis pas, fais-le !

Il y avait un pied-de-biche à l'arrière de la voiture. Je l'ai pris. M'assurant que ma capuche me couvrait bien le visage, j'ai couru jusqu'à la vitrine, où était exposée une parure — boucles d'oreilles, collier, bague en rubis — qui valait certainement plus d'un quart de million de dollars.

Ma famille ne plaisantait pas quand il était question de bijoux. Nous valions autant, si ce n'est plus, que les Crist.

J'ai levé le bras. Ce que je m'apprêtais à faire me faisait grimacer d'effroi.

Et puis merde !

J'y suis allée d'un coup ferme. Sans remords.

Le verre a explosé et les alarmes se sont aussitôt déclenchées, déversant un bruit assourdissant sur la place.

J'étais sur le point de m'enfuir en courant — le policier allait me poursuivre plutôt que de s'occuper des garçons —, puis je me suis rendu compte que je laisserais les bijoux sans surveillance.

Sans perdre une seconde, j'ai tout raflé dans la vitrine, serrant si fort les pierres dans mes poings qu'elles s'enfonçaient dans ma chair. Puis j'ai déguerpi. En vitesse.

— Oh putain ! C'est pas vrai ? a crié Will, tout excité.

Un autre gars a laissé éclater un rire tonitruant.

— Allez ! Montez dans la voiture ! a crié quelqu'un d'autre.

J'étais trop loin pour identifier la voix.

J'ai tourné au coin de la rue comme une flèche, puis je me suis ruée dans une rue perpendiculaire, me dirigeant vers un quartier plus calme pour semer le policier. Je ne savais pas s'il me poursuivait mais, avec un peu de chance, il penserait que j'avais continué sur Breckinridge.

Je courais aussi vite que possible, les muscles et les poumons en feu, le pied-de-biche dans une main, les bijoux dans l'autre.

Noah n'habitait pas loin, je pouvais courir jusque chez lui.

Qu'est-ce que j'avais fait ?

J'avais beau avoir couvert mon visage, on allait forcément me reconnaître, sans parler des caméras autour du magasin. Et puis, il faudrait que je rapporte les bijoux, et ma mère serait mise au courant.

Je courais comme une dératée, en sueur et à bout de souffle.

— Rika ! Monte !

Je me suis retournée : Kai avait sorti la tête par la vitre baissée, tandis que la Classe G remontait la rue à vive allure.

Michael a ralenti à ma hauteur ; j'ai bondi pour ouvrir la portière et sauté à l'intérieur. Sitôt la portière claquée, il a appuyé sur l'accélérateur.

— Wouhou !

Kai avait à présent passé le haut du corps par la fenêtre pour crier dans la nuit.

— Tu as cambriolé ta propre boutique, Rika ! m'a hurlé Will au visage en m'agrippant par le sweat. T'es un génie, bébé !

Il m'a relâchée, écroulé de rire.

Renversant sa tête en arrière, il a hurlé, comme pour évacuer le trop-plein de peur et d'excitation.

J'avais du mal à respirer, tout mon corps était bouillant. J'avais l'impression d'être à deux doigts de vomir.

J'ai jeté un coup d'œil dans le rétroviseur, en me passant la main dans les cheveux, inquiète ; Michael, les yeux rivés sur la route, avait un petit sourire aux lèvres. Il m'a regardée, comme s'il avait senti que je l'observais, et j'ai vu dans son regard quelque chose de différent.

Peut-être du respect, ou de l'admiration.

Peut-être se disait-il enfin que je valais quelque chose.

Respirant plus calmement, je me suis efforcée de me détendre, incapable de retenir un petit sourire de fierté.

— Merci, a soufflé une voix derrière moi.

J'ai tourné la tête. Damon, les bras posés sur le dossier de mon siège, me fixait lui aussi avec un air différent.

J'ai hoché la tête, consciente que c'était probablement un mot qu'il ne disait pas souvent.

— Yo, monte le son ! a crié Will. C'est elle. Le Monstre.

Il m'a souri, alors que les premières mesures de *Monster*, de Skillet, se répercutaient dans mes veines.

Will s'est mis à chanter, puis s'est glissé hors de son siège pour se mettre à califourchon sur moi et entamer une *lap dance*.

J'étais écroulée de rire.

— A l'entrepôt ! a-t-il hurlé en levant le poing. Allons nous bourrer la gueule !

14

Erika

Présent

Agrippée au volant, je roulais à tombeau ouvert dans la nuit, le téléphone collé à l'oreille, le cœur tonnant dans ma poitrine.

— Maman, t'es où, putain ?

J'avais essayé de la contacter plusieurs fois depuis que Ferguson m'avait appelée, mais ça sonnait toujours dans le vide ; elle ne répondait pas.

J'avais même essayé de joindre notre gouvernante : *idem*.

Putain de merde, pourquoi n'en avais-je pas profité, l'autre soir, pour soutirer le numéro du téléphone satellite à Michael ? Je m'étais contentée de trouver Alex pour la supplier de me ramener, même si c'était moi qui avais dû conduire, parce qu'elle avait trop bu.

Bifurquant à droite, j'ai mis fin à l'appel avant de jeter le téléphone sur le siège passager. J'étais dans tous mes états.

— S'il vous plaît…

S'il vous plaît, faites que tout aille bien !

Ça faisait une heure, maintenant, que Ferguson m'avait appelée pour me dire que la maison de mes parents était en feu et que les pompiers étaient sur place. Mais lui non plus n'arrivait pas à joindre ma mère ni la gouvernante, censées avoir quitté la ville toutes les deux.

Je n'avais pas hésité un instant après avoir raccroché. J'avais sauté dans ma voiture et quitté la ville, me jetant à fond sur l'autoroute. J'étais maintenant sur les routes paisibles de Thunder Bay.

Il était plus de 10 heures du soir, après tout.

J'ai klaxonné comme une furie à l'entrée de notre quartier sécurisé.

Ferguson a ouvert les grilles et j'ai redémarré en trombe, sans même ralentir pour discuter. Mes phares éclairaient la route noire tandis que je serpentais dans la vaste forêt, portails et maisons, lanternes et allées se fondant dans le paysage.

Je n'ai même pas jeté un coup d'œil à la maison des Crist au passage. Je l'ai dépassée à toute vitesse, appuyant sur la télécommande de mon propre portail, situé moins d'un kilomètre plus loin.

Je suis entrée à fond de train dans l'allée, avant de piler subitement. Le moteur éteint, je suis sortie d'un bond, tremblante.

— Non, non, non…

Les yeux embrumés, j'ai contemplé ma maison.

De la suie se déversait des cadres de fenêtres et les rideaux de l'étage tombaient en lambeaux. Il n'y avait plus de porte d'entrée, le toit était noir, et les feuillages des arbres les plus proches calcinés. La maison se dressait telle une carcasse devant moi. L'odeur du feu saturait l'air, une fumée noire, épaisse, s'élevait des braises.

Tout semblait détruit.

Je me suis passé les mains dans les cheveux, effarée, démunie. Puis j'ai éclaté en sanglots, et couru vers la maison.

— Maman !

Des bras m'ont enveloppée pour me retenir.

— Lâchez-moi !

Je me suis débattue comme une forcenée.

— Tu ne peux pas y aller, Rika !

Michael.

Je ne l'ai pas écouté. Quand j'ai réussi à lui échapper, je me suis engouffrée à l'intérieur.

— Rika !

— Mademoiselle ! a hurlé un homme.

Des pompiers étaient encore dans la maison.

Je les ai ignorés ; j'ai bondi dans l'escalier, me moquant bien que les planches en bois sous le tapis détrempé tremblent et craquent sous mon poids.

Peu m'importait le danger. La maison pouvait bien s'écrouler sur moi.

— Maman !

Eh mais… elle est partie, tu te souviens ?

Elle n'était pas là ! Pas là !

Je me suis ruée dans ma chambre, soulagée d'un poids immense. L'odeur âcre de la fumée m'emplissait les poumons, me faisant tousser. Je suis entrée dans mon dressing, et je suis tombée à genoux devant la caisse à cigares.

De l'eau gouttait sur mon dos : mes vêtements étaient trempés. Le feu était venu jusqu'ici.

S'il vous plaît, non.

J'ai retiré le couvercle de la caisse, y ai plongé la main pour en sortir une petite boîte. L'eau s'était immiscée là aussi.

Mon cœur s'est brisé. *Non…*

J'ai serré la boîte contre ma poitrine, prostrée, en pleurs.

— Lève-toi.

C'était Michael. Mais je ne voulais pas bouger.

— Rika, a-t-il insisté.

J'ai relevé la tête, m'efforçant de prendre de profondes respirations. Mais soudain je me suis sentie étourdie, incapable de respirer. L'air était trop épais.

J'aurais dû emporter la boîte à Meridian City. C'était stupide de la laisser ici. Je pensais que cela m'aiderait à être plus forte, de me détacher du passé, de le laisser derrière moi.

Et voilà…

Les larmes troublaient ma vue.

Pourquoi Michael était-il ici ? Il était déjà sur place quand j'étais arrivée, ce qui voulait dire qu'il avait eu vent de l'incendie avant moi.

J'avais l'impression qu'on me volait tout le contrôle que je m'étais battue pour obtenir sur ma vie. La duperie pour que j'habite à Delcour, Will et Damon dans les mêmes cours que moi, la menace constante que faisaient planer les Cavaliers au-dessus de ma tête, et puis… Michael. Je n'avais jamais aucun contrôle en sa présence !

Et, maintenant, ma maison ?

C'en était trop. J'ai inspiré péniblement.

— Où est ma mère, Michael ? Pourquoi je n'arrive pas à la joindre ?

Il m'a fixée, sans me répondre. Soutenant son regard, je me suis remise à tousser, l'air pareil à un poison chaque fois que j'essayais de respirer.

— Il faut qu'on sorte d'ici, a-t-il finalement dit.

Il s'est baissé pour m'aider à me relever.

— On reviendra demain quand les pompiers auront évalué les dégâts et se seront assurés que ce n'est pas dangereux. On va dormir chez mes parents, ce soir.

Une boule m'a serré la gorge, que je n'avais même pas la force de ravaler. J'ai serré la boîte contre ma poitrine. J'aurais voulu disparaître dans le sol.

Je ne me suis pas débattue quand il m'a fait sortir de la

pièce. Ni quand il m'a fait monter dans sa voiture, ni quand je l'ai vu dépasser la maison de ses parents pour m'emmener en ville.

J'étais incapable de me battre contre lui ce soir.

— Ce sont les allumettes dont tu m'as parlé ? Celles que ton père rapportait de ses voyages ?

La boîte à cigares, détrempée, était posée sur la table entre nous. J'ai hoché la tête, encore trop abattue pour dire quoi que ce soit.

Il nous avait conduits en ville et s'était arrêté au Sticks ; même si je ne voulais voir personne, je ne disais pas non à un verre.

A l'intérieur, il m'avait guidée vers un box à l'écart. Heureusement. Il nous avait commandé deux bières. La serveuse m'avait jeté un petit coup d'œil, sachant parfaitement que je n'avais pas vingt et un ans, mais elle ne voulait pas le contrarier.

Personne ne voulait jamais le contrarier.

Le bar était quasiment vide, probablement parce que c'était un soir de semaine, et que les étudiants étaient retournés à la fac. Quelques clients plus âgés étaient installés au bar, d'autres jouaient au billard, ou buvaient un coup, discutaient, mangeaient un bout.

Me redressant lentement sur la banquette, j'ai ouvert le fermoir, les mains tremblantes, avant de soulever le couvercle.

Les larmes me sont montées aux yeux, et j'ai détourné le regard.

Tout était foutu.

La plupart des pochettes ou des petites boîtes d'allumettes étaient en carton léger, et, même si les allumettes allaient finir par sécher, les emballages resteraient déchirés, usés, ratatinés, décolorés.

J'ai tendu la main pour attraper un petit bocal en verre, qui contenait des allumettes avec un embout vert. Mon père les avait trouvées au pays de Galles, à Cardiff, dans une boutique en bord de mer.

J'ai souri tristement en le faisant pivoter devant moi.

— Ce sont mes préférées, ai-je dit à Michael en me penchant au-dessus de la table. Ecoute ce son.

J'ai agité le bocal près de son oreille, mais mon geste n'a produit qu'un bruit sourd au lieu de la douce mélodie des bâtonnets en bois tapotant la paroi.

Je me suis rassise sur mon siège.

— Elles ne feront plus le même bruit maintenant, j'imagine.

Michael occupait presque toute la banquette de son côté de la table.

— Ce ne sont que des allumettes, Rika.

— Ce ne sont que des allumettes ? ai-je répété, hors de moi. N'existe-t-il donc rien de précieux à tes yeux ?

Il n'a pas répondu, le visage impassible.

— Oui, ce ne sont que des allumettes, ai-je repris, des sanglots dans la voix. Et des souvenirs et des odeurs et des sons et des papillons dans mon ventre chaque fois que j'entendais une portière claquer dehors, m'avertissant qu'il était rentré à la maison. Un millier de rêves de tous les endroits où je partirais à l'aventure un jour.

J'ai pris une profonde inspiration, les mains posées sur le couvercle de la boîte.

— Ces allumettes, ce sont les espoirs, les souhaits, les rappels et toutes les fois où j'ai souri, parce que je savais qu'il avait pensé à moi pendant qu'il était loin. Tu as peut-être de l'argent, des filles à la pelle, des voitures et des fringues à la mode, mais j'ai bien plus que toi dans cette petite boîte.

J'ai braqué mon regard sur les tables de billard, mais je l'ai vu m'observer du coin de l'œil. Il devait se dire que c'était idiot. Se demander pourquoi il était encore assis là avec moi.

J'avais ma voiture. Il aurait pu me laisser chez ses parents pour la nuit, et retourner en ville.

Mais, la vérité, c'était que ce n'était pas idiot. Certes, ce n'étaient que des allumettes, mais des allumettes irremplaçables. Et les choses irremplaçables étaient les seules choses qui avaient de la valeur, dans la vie.

Il existait peu de choses et peu de gens au monde que j'aimais véritablement. Pourquoi avais-je laissé là ces souvenirs précieux ?

— Ils pensent que l'incendie a démarré près de l'escalier. C'est pour ça qu'il s'est propagé si vite à l'étage. Nous en saurons plus demain.

Il a pris une gorgée de sa bière. Je suis restée muette. La serveuse est venue poser deux shots devant nous.

— Tu t'en fiches ? m'a lancé Michael comme je ne répondais pas.

J'ai haussé les épaules ; la colère engourdissait ma tristesse.

— La maison, oui. Je n'y ai plus jamais été heureuse sans mon père, de toute façon.

— Et, chez moi, tu étais heureuse ?

Je l'ai regardé dans les yeux. Pourquoi posait-il cette question ? Voulait-il vraiment savoir ? Peut-être connaissait-il déjà la réponse.

Non, je n'étais pas heureuse chez lui. Pas quand il n'était pas là.

Au collège et au lycée, j'adorais aller chez les Crist. Entendre le ballon de basket rebondir dans la maison, sentir sa présence dans la pièce et être incapable de me concentrer sur autre chose, le croiser par hasard dans le couloir…

J'aimais aussi l'anticipation, le simple fait de savoir que je me trouverais bientôt près de lui.

Mais après son départ à la fac, comme il ne rentrait que très rarement, la maison des Crist était devenue une cage pour moi. Trevor me harcelait, et Michael me manquait terriblement.

Je ne m'étais jamais sentie aussi seule que lorsque je me trouvais chez lui en son absence.

J'ai laissé retomber le bocal dans la boîte et je l'ai refermée. Puis j'ai considéré le jukebox près de l'entrée.

— Tu as un peu de monnaie ?

J'avais laissé mon sac dans ma voiture.

Il a plongé la main dans la poche arrière de son pantalon et tiré des billets d'une pince. J'ai tendu la main sans hésiter et pris un billet de cinq dollars, avant de me glisser hors du box, emportant ma bière avec moi.

J'avais la chair de poule. Rien d'étonnant à cela : j'étais partie de chez moi en toute hâte, sans même prendre le temps d'attraper une veste. Je portais le jean et le haut blanc que j'avais enfilés lorsque j'étais rentrée des cours.

Michael, lui, portait un costume noir et une chemise blanche, col ouvert, comme s'il rentrait d'un rendez-vous ou se préparait à y aller.

Aucune importance. Il pouvait partir. Je saurais m'en sortir seule.

J'ai siroté ma bière en glissant le billet dans le jukebox.

Le rire d'une fille a retenti derrière moi. Je me suis retournée. Diana Forester était accoudée à notre box, une main sur la hanche, en pleine discussion avec Michael.

Ils étaient sortis ensemble au lycée. Enfin, pas tout à fait. Kai et lui se l'étaient partagée. Je le savais, parce que je les avais vus l'embrasser dans la salle vidéo, un soir. J'avais déguerpi avant d'en voir davantage, mais je n'avais aucun mal à deviner ce qu'il s'était passé ensuite.

Aux dernières nouvelles, elle aidait ses parents qui tenaient des chambres d'hôtes en centre-ville. Rien de bien excitant.

Michael hochait la tête en l'écoutant parler, un léger sourire aux lèvres. J'avais l'impression qu'il se contentait de lui faire plaisir… jusqu'à ce qu'elle se penche vers lui. Là, j'ai cru le voir me jeter un coup d'œil furtif avant de sourire plus largement à Diana et de lever la main pour toucher ses cheveux blonds.

Mon cou et mon visage se sont enflammés, et je leur ai tourné le dos.

Connard !

Malgré moi, j'avais des attentes le concernant. Il fallait que j'arrête. Il n'était pas celui que je pensais.

Allait-il la ramener à la maison, me forcer à tenir la chandelle et à me retenir de faire du bruit, mal à l'aise dans ma chambre à l'autre bout du couloir, pendant qu'ils s'enverraient en l'air ?

J'en avais marre de faire semblant, de prétendre que ses conneries ne me dérangeaient pas. J'étais en colère.

Assume.

Appuyant sur les boutons, j'ai programmé une seule chanson bien que j'aie payé pour vingt. Puis j'ai vidé ma bière d'une traite et je suis retournée à notre table.

Lorsque j'ai fait glisser la bouteille vide sur la table, Diana a sursauté, comme si elle n'avait pas remarqué que j'étais là.

— Tiens, salut, Rika, a-t-elle dit gaiement. Comment va Trevor ? Il te manque beaucoup ?

Trevor et moi n'étions *plus* ensemble. J'imagine qu'elle n'avait pas eu l'info.

Je me suis assise, jambes croisées, mains nouées sur la table. Sans répondre, j'ai regardé Michael fixement. Il se moquait de moi, ça crevait les yeux… J'ai penché la tête, soutenant son regard amusé.

Je n'avais pas demandé à venir au Sticks ; c'était lui qui m'y avait amenée. Alors, il n'allait certainement pas ferrer son coup d'un soir avec moi dans son sillage ! Pas question…

Le silence gênant s'est épaissi, mais plus je tenais bon, le mettant au défi de se débarrasser d'elle, plus je me sentais forte.

Dirty Diana, de Shaman's Harvest, a débuté, et j'ai souri d'un air suffisant.

— Bon…, a dit Diana en posant sa main sur l'épaule de Michael. Je suis contente d'être tombée sur toi. Tu rentres si rarement, ces temps-ci.

Michael l'a ignorée, les yeux toujours rivés aux miens.

— Chanson intéressante, a-t-il fait après s'être éclairci la gorge.

Je me suis retenue de rire.

— Oui, je me suis dit qu'elle plairait à Diana, ai-je répondu d'un ton léger, avant de me tourner vers elle. Ça parle d'une femme qui couche avec des hommes qui ne sont pas à elle.

Michael a baissé la tête en pouffant.

Diana m'a fusillée du regard et a fait un pas en arrière.

— Salope !

Puis elle a tourné les talons.

J'ai de nouveau regardé Michael dans les yeux, une chaleur liquide coulant dans mes veines. C'était bon de leur tenir tête, à lui et ses conneries.

— Pourquoi tu me cherches tout le temps, Michael ?

— Parce que c'est marrant. Et que tu deviens douée à ce jeu.

— Pourquoi tes amis me cherchent ?

Il a gardé le silence.

Il savait qu'ils me tourmentaient, et l'instinct me dictait d'avoir peur, mais pour une raison inconnue… je n'avais pas peur.

Les bousculades et les taquineries, les manigances et les intrigues… tout cela m'avait embrouillée et abattue. Et puis, quand je croyais que j'en avais eu assez de chanceler, de tomber, de céder, j'avais découvert que c'était vraiment amusant de jouer.

Michael s'est installé plus confortablement sur la banquette, lorgnant du côté du bar.

— Si Diana est *Dirty Diana*, qu'en est-il de Sam, le barman ? C'est quoi, sa chanson ?

J'ai tourné la tête. Sam Watkins, seul derrière le comptoir de zinc, était en train de nettoyer les bouteilles d'alcool qui remplissaient les étagères.

— *Closing Time*, l'heure de fermeture. Semisonic.

Michael a ricané.

— C'est trop facile.

Il a pris une gorgée de bière et désigné quelqu'un d'autre.

— Drew, au bar ?

J'ai inspiré profondément pour me détendre. Drew Hale... Un juge d'âge mûr qui avait beaucoup de contacts, mais n'était pas particulièrement riche. Les manches de sa chemise étaient retroussées, et son pantalon de costume froissé. Il venait souvent ici.

— Hinder. *Lips of an Angel*, les lèvres d'un ange. Il était amoureux d'une femme, ils ont rompu, et il a épousé sa sœur sur un coup de tête. Chaque fois que je le vois, il a l'air un peu plus mal en point.

J'ai baissé les yeux, le cœur gros. Je ne pouvais imaginer à quel point ce devait être difficile de voir la femme que vous aimiez presque tous les jours sans pouvoir l'avoir, parce que vous aviez épousé la mauvaise.

Mais j'ai relevé la tête, dévisagé Michael... et il ne m'a plus été si difficile de l'imaginer.

— Lui ? a-t-il poursuivi, en montrant un homme d'affaires costaud assis à une table avec une femme plus jeune.

Elle avait les cheveux platine et était très maquillée. Il portait une alliance, pas elle.

J'ai levé les yeux au ciel.

— *She's Only Seventeen*, elle n'a que dix-sept ans. Winger.

Michael a éclaté de rire, ses dents blanches brillant dans le box faiblement éclairé.

Il a continué, désignant d'un signe de tête deux lycéens en train de jouer au billard.

— Et eux ?

Leurs cheveux noirs leur tombaient devant les yeux ; ils portaient des jeans et des T-shirts noirs, et d'effrayantes bottes noires dont les semelles faisaient douze centimètres d'épaisseur.

J'ai souri.

— Des fans de Taylor Swift qui refusent de l'avouer. Je te jure !

Il était mort de rire.

— Et elle ?

Elle, c'était une magnifique jeune femme assise au bar, dont la jupe dévoilait les jolies cuisses. Elle touillait son milk-shake avec sa paille.

— « *My milkshake brings all the boys to the yard…* », j'ai commencé à chanter, pouffant à moitié.

Michael s'est étouffé avec sa bière. Une goutte s'est échappée de sa bouche alors qu'il essayait de ne pas rire.

J'ai pris le shot de whisky que la serveuse avait laissé plus tôt sur la table, faisant tourner le liquide ambré dans le verre.

La bière ne m'avait pas fait grand-chose mais, pour une étrange raison, je n'en avais pas vraiment eu besoin. Mon corps s'était réchauffé. J'étais détendue, malgré l'incendie qui avait détruit ma maison, et je sentais une étrange chaleur prendre naissance dans mes entrailles. J'avais l'impression d'être toute-puissante.

Michael s'est penché vers moi et m'a demandé à voix basse :

— Et moi ?

J'ai dégluti, les yeux rivés au fond de mon verre. Quelle chanson le décrivait ? Quel groupe ?

C'était comme si on vous demandait de choisir un seul aliment à manger pour le reste de votre vie.

— Disturbed…

Il n'a rien dit quand j'ai énoncé le nom du groupe. Il est resté immobile, puis s'est rassis sur la banquette et a porté de nouveau la bière à ses lèvres.

Malgré les papillons grouillant dans mon ventre, j'ai gardé mon calme.

— … Drowning Pool, Three Days Grace, Five Finger Death Punch, Thousand Foot Krutch, 10 Years, Nothing More, Breaking Benjamin, Papa Roach, Bush and…

J'ai marqué une pause, expirant tranquillement malgré le martèlement incessant dans mon crâne.

— … Chevelle, Skillet, Garbage, Korn, Trivium, In This Moment… Tu es dans tout.

J'ai levé les yeux vers lui ; je me sentais en paix. Il a soutenu mon regard. J'ai plissé les yeux, mordue par une part infime de la douleur que j'avais ressentie pendant toutes ces années où je l'avais désiré. Je ne savais pas ce qu'il en pensait, ni même s'il savait quoi en penser, mais à présent il savait.

Je lui avais caché mes sentiments, les avais refoulés, j'avais fait comme s'ils n'existaient pas… mais à présent j'assumais, et je me fichais bien de ce qu'il pouvait penser. Je n'avais pas honte de ce qui était en moi.

Il savait, oui…

J'ai cligné des yeux, j'ai porté le verre à mes lèvres et je l'ai vidé. Puis j'ai pris le sien et je l'ai descendu également.

J'ai à peine senti la brûlure dans ma gorge. L'adrénaline était plus puissante.

— Je suis fatiguée, ai-je dit gravement.

Je me suis levée et j'ai quitté le box. Je savais qu'il me suivrait.

15

Erika

Présent

Cette maison me faisait peur, la nuit. Depuis toujours.

Un vent léger soufflait dehors, et les branches nues des arbres éraflaient les fenêtres alors que j'avançais à pas feutrés au rez-de-chaussée.

Le son du balancier de l'horloge résonnait dans le vaste hall. Une façon de me rappeler que la vie continuait pendant mon sommeil. *Tic, tac, tic, tac, tic, tac…*

C'était une pensée effrayante, quand on y réfléchissait. Les créatures se mouvaient à l'extérieur, les arbres attendaient patiemment dans la forêt, et le danger pouvait nous guetter sur le pas de la porte, à quelques mètres seulement des êtres vulnérables que nous étions, enfouis dans nos lits douillets.

La maison des Crist renfermait une sorte de mystère. Il y avait trop de recoins sombres. Trop de renfoncements où se cacher, trop de placards noirs dans des pièces en sommeil.

La maison était lourde de secrets et de surprises, mais il y avait autre chose. Sous le voile de la nuit, on devenait conscient de choses qu'on ne voyait pas à la lueur du jour. De choses que les gens cachaient. Car ils devenaient négligents quand ils pensaient que tout le monde dormait.

Dans la maison des Crist, les heures les plus intéressantes venaient souvent après minuit. J'avais appris à aimer la chanson de la maison qu'on éteignait et verrouillait. C'était comme si un nouveau monde était sur le point de se déployer.

Je suis entrée sans un bruit dans la cuisine plongée dans le noir, en direction du garde-manger.

C'était ici que j'avais découvert pour la première fois que M. Crist avait peur de Michael. C'était au beau milieu de la nuit. Michael avait seize ans. Il était venu prendre quelque chose à boire dans la cuisine et ne m'avait pas remarquée dans le patio, à l'extérieur. Je m'étais levée pour contempler la pluie à l'abri d'un auvent, munie d'un paquet de bonbons aux fruits que Mme Crist m'avait acheté. Je m'en souvenais parfaitement, parce que c'était ma toute première nuit dans la chambre qu'elle avait redécorée juste pour moi.

M. Crist était entré dans la cuisine. Je ne comprenais pas ce qu'ils se racontaient, mais ça s'était envenimé, et il avait giflé Michael.

Ils ne s'entendaient pas, tous les deux, et ce n'était malheureusement pas la première fois que j'étais témoin d'une telle scène. Je détestais ça.

Cependant, cette fois-ci avait été différente. Michael ne l'avait pas pris calmement. Il s'était rebellé et avait attrapé son père par le cou. M. Crist s'était débattu sous mes yeux. C'était comme si une force extérieure avait pris possession de Michael ; je ne l'avais jamais vu agir ainsi.

Il était devenu clair qu'il était trop âgé pour que son père le malmène. Dorénavant, M. Crist le saurait.

Il s'était mis à tousser, et Michael avait fini par le lâcher.

M. Crist était sorti de la cuisine en trombe. L'incident avait coûté sa voiture et son argent de poche à Michael, mais je crois que son père ne l'a jamais plus touché après ça.

J'ai allumé la petite lampe du garde-manger et je suis allée à la troisième rangée d'étagères pour prendre le beurre de cacahuètes.

Le pot serré contre la poitrine, j'ai regardé autour de moi et repéré un sachet à moitié plein de mini-chamallows sur l'étagère du haut.

Dressée sur la pointe des pieds, j'essayais d'attraper le sachet quand un bras s'est tendu au-dessus de moi. J'ai laissé retomber ma main, le souffle court.

— Je croyais que t'étais fatiguée, a dit Michael en me tendant le sachet.

La bouche soudain sèche, je me suis retournée. Il ne portait qu'un pantalon de pyjama noir, et avait les cheveux mouillés. Il avait dû prendre une douche.

Un désir fulgurant a pulsé entre mes jambes.

Bordel, il me rendait folle !

Avec tout ce qu'il s'était passé, je n'avais pas eu l'occasion d'y penser, mais... la dernière fois que je l'avais vu, c'était dans la grotte de la piscine. J'ai contracté mes cuisses ; mon clitoris s'était mis à palpiter au souvenir de notre dernière rencontre, et il en réclamait davantage.

Heureusement, Michael n'en avait pas reparlé.

Après être rentrés du Stiks, nous étions partis chacun de notre côté. Moi, dans ma chambre, où je m'étais empressée de composer le numéro du téléphone satellite qu'il avait fini par me donner sur le trajet du retour. Malheureusement, je n'avais obtenu aucune réponse.

J'avais rappelé plusieurs fois, sans résultat, avant de décider de réessayer le lendemain. Ma mère allait bien. Damon voulait seulement me faire peur.

Je m'étais ensuite glissée dans un bain chaud, puis j'avais

enfilé un short de pyjama et un caraco blanc. Mais je n'avais plus sommeil. Et, comme je n'avais rien mangé depuis le petit déjeuner, j'étais descendue en quête de nourriture.

Je suis passée devant Michael pour quitter le garde-manger et j'ai posé mes provisions sur l'îlot central, espérant qu'il quitterait la pièce.

Peine perdue.

Il s'est posté à côté de moi et a attrapé une miche de pain. Il en a coupé deux tranches pour moi, et deux pour lui.

J'imagine qu'il avait faim aussi.

Ravalant ma frustration, j'ai sorti deux assiettes du placard, tandis qu'il ouvrait le réfrigérateur, puis fouillait dans un tiroir.

Nous n'avons pas échangé un mot en préparant nos sandwichs. J'ai parsemé une poignée de chamallows sur le beurre de cacahuètes que j'avais étalé, pendant qu'il ouvrait un bocal de cornichons. J'ai arrêté ce que j'étais en train de faire, et je l'ai regardé en mettre dans son sandwich au beurre de cacahuètes.

Dégueu.

— Ça te rend tellement moins attirant.

Il a pouffé, puis a refermé son sandwich avant de mordre dedans et d'en prendre une énorme bouchée.

— Tu ne peux pas critiquer tant que t'as pas goûté.

Sur ces mots, il a attrapé son assiette et a quitté la cuisine.

J'ai secoué la tête, amusée.

— On se fait un film ? a-t-il proposé depuis le couloir.

Un film ?

— Et prends de l'eau !

Jamais nous n'avions regardé de film ensemble, à moins que Trevor ne soit dans la pièce. Sinon, j'avais trop peur d'envahir son espace personnel.

J'ai soupiré et pris deux bouteilles d'eau dans le frigo. Puis je l'ai rejoint, les bras chargés.

La salle de cinéma privée était seulement éclairée par la lumière de l'écran de soixante-dix pouces accroché au mur.

Si belle soit la maison, c'était cette pièce que je préférais.

Elle ne comportait pas de fenêtres, puisqu'elle était enterrée au centre de la maison, et tous les murs étaient en pierre. Ça lui donnait des airs de grotte, et c'était généralement là que Michael et ses amis traînaient, à l'époque où il vivait encore chez ses parents.

Au centre se trouvait un canapé panoramique en velours marron. Immense et confortable, il était agrémenté de coussins décoratifs. Une ottomane assortie occupait l'espace vide au milieu.

Michael s'était installé sur le canapé avec son assiette.

Mon sang s'est mis à bouillonner, et mes mains se sont mises à trembler. C'était presque facile. Comme une soirée détente à regarder la télé.

Trop facile. J'étais incapable de me détendre en sa présence. Je le savais.

Je lui ai jeté sa bouteille d'eau, me suis installée, jambes croisées, sur le côté droit, perpendiculaire à lui, et j'ai entamé mon sandwich pendant qu'il zappait.

— Ça a l'air bien, ai-je dit en voyant passer *Alien vs. Predator.*

— Ça a l'air bien ? s'est-il moqué en imitant ma voix.

Il s'était avachi sur le canapé, le bras gauche derrière la tête, offrant à mon regard son torse musclé et canon. Un jour, j'avais vu une fille à califourchon sur lui, alors qu'il était dans cette position… Je me suis détournée, sentant monter en moi ce désir omniprésent que je voulais voir disparaître.

— Tu l'as déjà vu, Rika. Ici même. Au moins deux fois.

Vingt et une fois, en réalité.

J'aimais les films d'horreur, mais j'appréciais aussi la science-fiction : la série des *Alien vs. Predator*, c'était un carton plein pour moi.

— Mais ça me va, a ajouté Michael.

Le film commençait. L'équipe d'archéologues venait d'arriver en Antarctique.

Les poils de mes bras se sont hérissés et mes doigts de pied recroquevillés. Je tenais mon sandwich des deux mains, mangeant par petites bouchées, les yeux rivés sur l'écran. Par moments, j'entendais Michael croquer dans son sandwich ou déboucher son eau.

Quand la reine Alien a commencé à pondre ses œufs, je me suis étalée sur le ventre, appuyée sur les coudes, tout en continuant à manger.

J'avais beau connaître le film par cœur, mon ventre s'est serré quand j'ai entendu la respiration lourde de la reine. Son sifflement résonnait en stéréo. Quand l'équipe de scientifiques est entrée dans la chambre sacrificielle, ignorant qu'une multitude d'œufs d'aliens étaient sur le point d'éclore, j'ai posé mon sandwich et je l'ai poussé loin de moi. Puis j'ai attrapé un coussin pour me tapir derrière.

Les œufs se sont mis à éclore.

La musique s'est accélérée, et une créature a bondi, volant à travers les airs sur le visage d'une femme.

J'ai enfoui mon visage dans le coussin, alors que le plan passait à une autre scène, puis j'ai de nouveau regardé l'écran, grimaçant et riant.

— Ce passage me fait toujours flipper, ai-je dit en lançant un rapide coup d'œil à Michael.

Il ne prêtait pas attention à la télé. Il matait mes jambes.

Mon corps s'est instantanément embrasé.

Avait-il seulement suivi le film ?

Il était toujours installé confortablement sur le canapé, détendu, mais ses yeux étaient braqués sur moi.

Puis, comme s'il prenait soudain conscience que j'avais parlé, il a fini par lever les yeux, croiser mon regard et se reconcentrer sur l'écran, m'ignorant.

Lentement, je suis moi aussi revenue au film. Je n'ai pas

changé de position, ni couvert mes jambes, résistant difficilement à la tentation de vérifier, de temps à autre, s'il me lorgnait ou non.

Durant l'heure suivante, j'ai serré mon coussin, pendant que les Predators chassaient les Aliens, les archéologues faisant figure de dommages collatéraux.

Etait-ce le fruit de mon imagination ? Chaque fois qu'un Predator se tapissait dans le noir ou qu'un Alien surgissait d'un recoin sombre, je sentais sur moi la chaleur du regard de Michael. J'agrippais le coussin de plus en plus fort. Tant et si bien qu'à la fin du film mes doigts étaient tout endoloris.

— Tu aimes avoir peur, non ? a-t-il demandé, alors que le générique défilait. C'est ton excentricité.

Je ne comprenais pas. J'aimais les films qui font peur, oui, mais ce n'était pas une excentricité.

Il a posé ses paumes sur ses cuisses, m'observant avec attention.

— Tes doigts de pied se recroquevillaient chaque fois que les Aliens et les Predators apparaissaient à l'écran.

J'ai fait basculer mes jambes pour m'asseoir.

Tous les films que j'aimais le plus me sont venus à l'esprit — des films d'horreur comme *Halloween* ou *Vendredi 13* — et les muscles de mon ventre se sont contractés.

Oui, c'était vrai. J'aimais sentir mon cœur tambouriner dans ma poitrine, et j'adorais sentir mes sens s'aiguiser quand j'avais peur. La façon dont un simple tic-tac, dans la maison, se transformait en mystérieux bruits de pas, ou ma conscience de l'espace vide entre le canapé et le mur derrière moi, et l'impression que quelqu'un pouvait se cacher là derrière.

J'aimais ne pas savoir ce qui allait arriver et l'appréhension qui accompagnait cette incertitude.

— Quand on portait nos masques, tu aimais ça, pas vrai ? Ça te faisait peur, mais ça t'excitait.

J'ai levé des yeux hésitants vers lui. Qu'est-ce que j'étais censée répondre ? Que le fait qu'ils ressemblaient à des monstres me rendait toute chose ?

J'ai secoué la tête pour m'éclaircir les idées, puis je me suis levée, battant en retraite :

— Je vais me coucher.

J'ai attrapé mon téléphone et fait un pas en avant, mais la voix douce de Michael m'a rappelée.

— Viens ici…

J'ai tourné la tête, perplexe.

Il s'était redressé, les avant-bras posés sur les genoux, attendant patiemment. Je me suis balancée d'un pied sur l'autre, hésitante.

Il jouait sans cesse. Je ne lui faisais pas confiance.

Néanmoins, la tentation était trop grande. Il avait raison. Je devenais douée à ce jeu-là, et quelque part j'aimais ça.

J'ai avancé lentement, tête haute, prête à l'affronter.

Quand je suis arrivée devant lui, il a posé les mains sur mes hanches et m'a attirée entre ses jambes. Puis il s'est laissé retomber contre le canapé, m'entraînant avec lui. J'ai laissé échapper un cri de surprise et tendu les deux mains pour me retenir au dossier. Je me suis retrouvée penchée au-dessus de lui.

— Dis-le, a-t-il soufflé. Dis que ça t'excitait.

J'ai fermé la bouche et secoué la tête.

Une flamme dansait dans ses pupilles.

— Je sais que si. Tu croyais que je ne voyais pas ton corps se crisper et tes seins pointer à travers ton T-shirt ? Tu es un peu tordue. Admets-le.

J'ai pincé les lèvres et détourné la tête.

Brusquement, il a attrapé un de mes tétons entre ses dents à travers le tissu de mon débardeur. J'ai fermé les yeux, avec un petit cri.

Putain !

La chaleur de sa bouche s'est répandue dans mon ventre.

Il a lâché mon téton, avant de le saisir une nouvelle fois et de le tirer entre ses dents.

— J'ai le masque en haut, a-t-il raillé, sans cesser de m'embrasser et de me mordiller à travers mon haut. Je peux aller le chercher, si tu veux.

Non, je n'étais pas comme ça.

J'ai essayé de lui échapper, mais il me tenait fermement.

— Michael, laisse-moi partir.

A cet instant, mon téléphone s'est mis à vibrer dans ma main. Un numéro s'est affiché sur l'écran, mais aucun nom. Pourtant, le numéro ne m'était pas inconnu : c'était celui de la mère de Michael. Bizarre… Je pensais qu'il était enregistré dans mes contacts.

Peu importait : ma mère était avec elle, il fallait que je réponde.

J'ai planté mes poings dans le torse de Michael pour le repousser.

— Lâche-moi. Ta mère m'appelle.

Il s'est contenté de rire, et j'ai compris que je n'étais pas tirée d'affaire.

Il m'a attrapée par le bras et m'a jetée sur le canapé, sur le ventre, avant de fondre sur moi, me clouant aux coussins.

Il pesait sur moi de tout son poids, et je sentais son sexe plaqué contre mes fesses. Ma respiration est devenue plus saccadée, pénible.

Michael m'a arraché le téléphone des mains et l'a posé quelques centimètres devant moi, sous mon regard stupéfait. Son doigt planait au-dessus du bouton *Répondre*.

— Michael, non !

Malgré mes protestations, il a fait glisser son doigt sur l'écran. La sonnerie a cessé, suivie d'un silence. Mme Crist attendait que je réponde.

— Dis bonjour, m'a murmuré Michael à l'oreille.

J'ai secoué la tête, trop effrayée qu'elle entende ma voix.

Une main plaquée sur ma bouche, Michael a glissé l'autre sous moi et l'a plongée dans mon short de pyjama pour enfoncer ses doigts en moi. J'ai poussé un cri étouffé.

Putain !

Je me suis tortillée et j'ai essayé de tendre les bras pour couper la communication, mais il m'écrasait de tout son poids. Je pouvais à peine respirer.

— Chut…

Il a retiré ses doigts et a commencé à me caresser le clitoris. C'était si délicieux que j'ai été saisie de tremblements incontrôlables.

J'ai entendu sa mère prononcer un « Allô ? » hésitant à l'autre bout du fil, mais j'étais incapable de reprendre mon souffle.

— Dis bonjour.

Sa voix était excitée, à présent. Il a retiré sa main de ma bouche et j'ai humecté mes lèvres sèches, essayant de retrouver ma voix. Mon pouls tambourinait à mes oreilles. Je me retenais de gémir. Ce qu'il me faisait avec ses doigts me torturait.

— Bon… bonjour, madame Crist.

Le plaisir s'est lentement insinué dans mon ventre. Je ne tiendrais pas longtemps.

— Rika ! s'est écriée gaiement Mme Crist. Je suis désolée d'appeler si tard, avec le décalage horaire. Je voulais avoir quelques nouvelles, avant de reprendre la route aujourd'hui. Tout va bien ?

J'ai ouvert la bouche pour répondre, mais Michael m'a attrapée par les cheveux et m'a brusquement fait tourner la tête sur le côté pour planter ses dents dans mon cou.

Ma cicatrice ! Je me suis figée, pensant qu'il allait changer de côté en la voyant, mais il n'en a rien fait. Il m'a mordillée et mordue, passant le bout de sa langue le long de ma nuque, ne laissant aucun centimètre de côté.

Oh ! oui !

— Rika ? a insisté Mme Crist.

Que venait-elle de me demander, déjà ? Moi aussi, j'avais une question. J'avais essayé de l'appeler. Qu'est-ce… ?

— Oui, euh…

J'ai perdu le fil de mes pensées quand Michael a de nouveau glissé deux doigts dans mon intimité, allant et venant en moi.

— Tu as peur ? a grogné Michael à voix basse. Je parie que oui, et je parie que tu aimes ça. Je parie même que c'est la meilleure baise de ta vie, alors que je ne te baise même pas avec ma bite.

— Rika ? a de nouveau demandé Mme Crist, d'un ton plus interrogateur cette fois.

Au lieu de répondre, j'ai retenu mon souffle, submergée par une vague de chaleur, alors que Michael me dévorait le cou.

— Ta chatte est tellement mouillée !

Il a retiré ses doigts pour décrire des cercles rapides autour de mon clitoris.

— Si douce et si étroite…

J'ai geint, et je me suis mise à onduler contre sa main.

— Oui, ai-je gémi. Oui, madame Crist. Merci de prendre des nouvelles. Jusque-là, tout va bien.

J'ai entendu Michael rire, probablement parce que j'étais ridicule au téléphone.

— Oh ! très bien, ma chère. Tu as croisé Michael à Delcour ? Je lui ai demandé de garder un œil sur toi au cas où tu aies besoin de quelque chose.

— Tu as besoin de quelque chose ? m'a-t-il taquinée d'une voix légère, frottant l'arête dure de son sexe contre mes fesses. C'est ça que ta petite chatte réclame ?

— Oui…

Mon clitoris palpitait de plus en plus fort, mon ventre bouillonnait de désir.

Puis j'ai senti la panique m'envahir en prenant conscience que Mme Crist avait entendu mon gémissement.

— Euh, oui ! me suis-je exclamée. Je l'ai vu quelques fois.

— Bien. Ne le laisse pas te bousculer. Je sais qu'il paraît désagréable, mais il peut être gentil.

Les baisers et morsures de Michael sont remontés le long de mon cou jusqu'à ma joue, me faisant frissonner.

— Je suis gentil avec toi, hein ? Elle me couperait les mains si elle savait à quel point je suis gentil en ce moment…

Sur ces paroles, il a de nouveau glissé ses doigts en moi dans un mouvement de va-et-vient, tout en faisant rouler ses hanches contre mes fesses, frottant son sexe contre moi.

Putain ! Mes cuisses étaient en feu. J'ai agrippé le coussin du canapé. J'avais besoin de jouir.

— Ne vous inquiétez pas, madame Crist, ai-je dit, les dents serrées, les yeux fermés. Je peux encaisser.

— Vraiment ? s'est moqué Michael.

Mais elle poursuivait :

— Contente de l'entendre. Bon, travaille bien, je reviens avec une tonne de cadeaux avant Thanksgiving.

Je n'en pouvais plus. J'ai fait rouler mes hanches encore et encore. Je baisais littéralement le canapé.

— Tu es prête à jouir, sale gosse ? a soufflé Michael avec sarcasme. Dis-moi que tu aimes. Dis-moi que mon masque te faisait mouiller.

J'ai tourné la tête vers lui pour le supplier dans un murmure :

— S'il te plaît, raccroche le téléphone.

Il m'a souri d'un air suffisant, effleurant ma bouche de ses lèvres pleines.

— Ne t'inquiète pas. Elle ne remarque jamais rien. Mon père est fidèle, mon frère est un ange. Et moi, je vais m'occuper de la copine de mon petit frère, m'assurer qu'elle est bien en sécurité et ne pas la baiser dans le noir.

J'aurais dû me mettre en colère parce qu'il avait dit « la

copine de mon petit frère »... mais, dans l'immédiat, je n'en avais rien à foutre.

Il a fermé les yeux et gémi, torturé lui aussi par le mouvement de va-et-vient de mes hanches.

— Ma mère ne regarde jamais derrière le rideau, Rika.

J'ai laissé ma tête retomber sur le canapé. L'orgasme était tout proche. J'en avais la chair de poule, ma respiration se faisait plus saccadée que jamais, et mon cœur tambourinait dans ma poitrine.

— Dis-le ! a-t-il exigé.

Mais j'ai secoué la tête, les dents serrées pour ne pas crier.

Oh ! bordel ! Je vais jouir.

— Je suis vraiment désolée, madame Crist. Il y a quelqu'un à la porte. Je dois y aller, d'accord ?

Dopée à la rage et à l'adrénaline, j'ai libéré mon bras pour appuyer sur *Raccrocher*.

J'ai renversé la tête en arrière en gémissant :

— Oh ! putain.

Remuant plus vite, j'ai baisé sa main. J'avais besoin de jouir.

Mais, subitement, il a retiré les doigts de ma culotte. J'ai aussitôt levé la tête, perplexe.

Pourquoi ?

Il m'a retournée et s'est de nouveau plaqué contre moi, me clouant les mains au-dessus de la tête.

La palpitation entre mes jambes était presque douloureuse. L'orgasme était tout proche... Merde !

— Michael, non ! Pourquoi tu as arrêté ?

Le poids de son corps entre mes jambes écartées était si bon ! J'ai fait rouler mes hanches, à la recherche de la libération.

— Ne te frotte pas contre moi, a-t-il grondé. Tu n'as pas le droit de jouir avant de m'avoir dit la vérité.

— Quelle vérité ? Ce que tu veux entendre, tu veux dire ?

Bon sang ! N'arrêtait-il jamais ?

— Avoir peur, ça t'excite, n'est-ce pas ?

Non. Qu'il aille se faire voir ! Il fallait qu'il sache qu'il ne pouvait plus me tyranniser comme ça.

J'ai serré les dents et je lui ai jeté un regard noir, faisant « non » de la tête.

Non, Michael. Ton masque ne me fait pas peur. Il ne m'excitait pas, je détestais même quand tu le portais.

Ses yeux pénétrants sont devenus coléreux, et sa mâchoire s'est contractée. Il s'est relevé et m'a regardée avec mépris.

— Va te coucher !

Je me suis relevée, luttant pour dissimuler mon sourire. Mon corps était raide et tendu, et moi tellement en manque que c'en était douloureux.

Mais j'avais gagné. Il n'avait pas obtenu ce qu'il voulait.

Je suis sortie en trombe de la salle de cinéma et j'ai monté l'escalier en courant. Je n'essayais pas de lui échapper, mais j'étais furieuse, euphorique, excitée… J'avais de l'énergie à revendre.

Claquant la porte de ma chambre derrière moi, je me suis écroulée sur mon lit, le visage enfoui dans mon oreiller. Le tissu frais des draps propres n'est pas parvenu à apaiser ma peau brûlante.

J'étais pitoyable !

J'avais besoin de le sentir en moi, de le goûter et de le voir perdre le contrôle. Pour une fois.

Je voulais qu'il se serve de moi, qu'il me baise, qu'il s'en prenne à moi avec un désespoir qu'il ne manifestait jamais pour rien ni personne.

Comment avait-il pu s'arrêter ? Ce n'était pas une machine. Impossible que j'aie mal interprété le feu au fond de ses yeux et la fièvre sur ses lèvres. Il avait envie de moi… non ?

J'ai soupiré, m'efforçant de retrouver une respiration régulière.

Nous tournions en rond. Il tirait, je tirais. Il poussait, je poussais. Nous nous battions et jouions, badinions et nous défiions, mais il ne cédait pas. Jamais nous ne nous unissions, jamais nous ne fusionnions, jamais nous ne saisissions ce qui était à portée de main.

J'étais si lasse ! Quelque chose le retenait, mais quoi ?

J'ai regardé mon réveil. Etait-il vraiment nécessaire que je mette une alarme ? J'avais cours le lendemain, mais je n'irais pas. Je le savais. Il était déjà plus de 2 heures du matin, et j'avais besoin de dormir.

J'ai contemplé les chiffres rouges, pensive. Michael ferait-il comme si rien de tout cela ne s'était passé, demain ?

Tout à coup, les chiffres ont disparu, le réveil s'est éteint, et j'ai levé brusquement la tête, aux aguets.

Qu'est-ce que… ?

Je me suis retournée : les petites lumières qui bordaient le mur de la salle de bains — et restaient allumées la nuit, façon veilleuse — étaient également éteintes.

Je me suis redressée pour actionner l'interrupteur de la lampe de chevet ; elle ne marchait pas non plus.

— Merde.

J'ai regardé par la fenêtre : il y avait une petite brise dehors. Pas grand-chose, mais il était possible que les plombs aient sauté.

Je me suis glissée hors du lit et suis allée entrouvrir la porte. Le couloir était plongé dans le noir. Je n'y voyais pas à plus d'un mètre.

Mon cœur s'est mis à battre la chamade, et j'ai ouvert la porte en grand.

— Michael ?

Seul le souffle du vent m'a répondu. J'ai recroquevillé mes doigts de pied sur la moquette.

Je suis sortie dans le couloir, à l'affût, progressant lentement dans le noir.

— Michael ? ai-je répété. Où es-tu ?

J'ai serré les poings. L'obscurité inquiétante de la maison faisait vibrer ma peau. J'avais l'impression d'être suivie, observée.

La vieille horloge à balancier a sonné pour marquer le quart d'heure. J'ai descendu l'escalier d'un pas léger, mais le souffle court.

Soudain, quelqu'un m'a attrapé le bras. Puis une large silhouette noire m'a soulevée avec brutalité, me forçant à passer mes jambes autour de sa taille.

— Non!

J'ai été plaquée contre le mur près d'une petite table, et le miroir, tout près de moi, a tremblé.

J'ai ouvert grand les yeux : face à moi un masque rouge, cruel.

Ses entailles sombres et démentes m'ont fait frissonner. Michael me regardait à travers les petits trous comme un monstre enchaîné. J'osais à peine respirer.

La peur tourbillonnait dans mon ventre, me réchauffait les entrailles et figeait chacun de mes muscles. J'ai resserré les cuisses autour de sa taille, sentant mon entrejambe se mouiller et mes tétons brûler contre mon caraco.

Putain, il avait raison.

Mes yeux ont brûlé soudain, j'avais envie de pleurer. Putain de merde, il avait raison.

J'ai noué mes chevilles dans son dos et je me suis agrippée à ses épaules. Il portait un jean et un sweat à capuche noir, comme trois ans plus tôt.

Je l'ai regardé dans les yeux, ai lentement glissé les bras autour de son cou. Le martèlement dans ma poitrine rechargeait chaque muscle de mon corps, me rendait plus forte.

— Oui, ai-je soufflé en approchant ma bouche de son masque pour le narguer. Oui, ça m'excite.

Puis j'ai enfoui mes lèvres dans son cou pour le dévorer.

Il a laissé échapper un soupir, enfonçant ses doigts dans mes cuisses. Et moi, je l'ai assailli, croquant et mordant sa chair. J'ai embrassé sa peau brûlante, je lui ai léché le lobe de l'oreille.

Puis je l'ai embrassé avec fougue, avec douceur; j'ai effleuré sa peau du bout du nez pour sentir son gel douche, épicé et masculin. Mes caresses l'ont forcé à renverser la tête en arrière, tandis que je revenais à sa gorge, faisant glisser le bout de ma langue jusqu'à son menton.

— Rika.

Sa voix dure sonnait comme un avertissement.

Je m'en foutais.

J'entendais sa respiration lourde à travers son masque et, l'espace d'un instant, j'ai cru qu'il allait m'arrêter. Au contraire : il m'a soulevée pour me coller au mur plus fermement encore.

— Putain, Rika…

Il a glissé la main entre nous.

Oh ! oui.

J'ai aplati mon dos contre le mur pour lui laisser la place de défaire sa ceinture et sa braguette.

Putain, oui !

D'une main, j'ai retiré mon haut et je l'ai jeté au sol.

J'ai resserré mon étreinte autour de son cou, pressé mes seins nus contre son sweat.

Il œuvrait vite : sa main s'est glissée sous la dentelle de ma culotte rose et il a tiré, me l'arrachant d'un coup sec.

Puis il a empoigné son sexe, l'a sorti de son jean, a positionné ses hanches juste contre moi.

— Alors, comme ça, tu aimes le masque ? Tu es sacrément tordue, hein ?

J'ai hoché la tête avec un petit sourire.

— Oui.

Il a fait glisser son gland de bas en haut contre mon sexe.

— Comme moi, a-t-il murmuré.

Et il a donné un coup de reins. J'ai poussé un cri alors qu'il glissait son sexe, centimètre par centimètre, en moi.

— Elle est si dure !

Ma chair était distendue ; c'était un peu douloureux, mais si bon ! Je le sentais pénétrer au plus profond de mon ventre.

J'ai enfoncé mes chevilles dans son dos pour mieux presser mon corps contre le sien et le chevaucher, allant et venant contre lui au rythme de ses mouvements.

— C'est ça, bébé, a-t-il grogné.

Ses coups de reins étaient puissants ; il me faisait remonter contre le mur encore et encore. Je me cramponnais à lui de toutes mes forces pendant qu'il se perdait en moi.

J'ai gémi, serré son sweat entre mes poings.

— Michael !

Il m'a fait bouger contre lui plus vite et plus fort. Le sentir aller et venir en moi, me prendre enfin, a failli me rendre folle de désir. J'en voulais plus.

J'ai enfoui mon visage dans son cou, soufflant contre sa peau, l'effleurant de mes lèvres.

— Ils pensaient tous que j'étais une gentille fille, Michael. Mais il y a tant de vilaines choses que j'ai envie de faire. Fais-moi des choses interdites.

— Bon sang…

Il m'a pressé les fesses pour me prendre plus brutalement encore et m'a renversé la tête en arrière.

— Oui ! j'ai crié.

Le feu s'est propagé dans tout mon ventre, et mon orgasme a atteint son paroxysme.

— Michael, ai-je gémi, faisant rouler mes hanches contre lui, à bout de souffle.

Dans la maison, seuls résonnaient nos respirations et nos grognements, le bruit de sa peau contre la mienne.

J'ai fermé les yeux et je l'ai laissé me baiser, tandis que mon orgasme se déployait et se propageait, éclatant dans mon ventre, inondant mon corps et mon cerveau d'une euphorie incomparable.

— Putain ! Michael !

Mes gémissements ont résonné dans le grand hall. Mon clitoris palpitait et mon sexe se contractait autour de lui, comme pour le garder en moi.

Il a donné un dernier coup de reins, et j'ai resserré les bras autour de son cou.

J'avais l'impression que ma tête dérivait sur un nuage, complètement ramollie, j'ai laissé mon front retomber sur son épaule sous l'assaut du plaisir.

— Un si beau petit monstre, a-t-il murmuré, haletant.

Il a attrapé le bas de son masque, l'a arraché et laissé tomber au sol. Ses mouvements ont ralenti et ses bras se sont resserrés autour de mon corps, devenu un poids mort.

Mes yeux épuisés ont papilloté, puis je les ai levés vers les siens, toujours emplis de désir.

Il m'a lentement reposée à terre, puis il a enlevé son sweat et l'a jeté également.

Il a passé la main dans ses cheveux emmêlés de sueur. *Sexy.* Son large torse luisait de sueur. J'ai baissé les yeux sur son sexe encore en érection, dressé vers moi.

— Tu n'as pas joui.

Les coins de ses lèvres se sont soulevés d'un air menaçant.

— C'est loin d'être fini, bébé !

16

Michael

Présent

Qu'est-ce que j'avais foutu, merde !

Je désirais Rika. Putain, oui, je la désirais, et je la voulais pour moi seul ce soir. Au point où on en était, on ne pouvait plus revenir en arrière, alors autant en profiter.

J'ai plaqué les mains sur son cul et je l'ai attirée tout contre moi. Ses seins soyeux se sont collés à mon torse, et j'ai senti ses tétons durs contre ma peau.

Elle avait un corps magnifique !

Une peau ferme et lisse, encore hâlée, des seins ronds, tendus vers moi comme s'ils réclamaient mon attention.

Je me suis penché et j'ai passé le bout de ma langue sur sa cicatrice, le long de la fine ligne qui s'incurvait vers le haut pour céder la place à la peau douce sous son oreille.

Il ne m'avait pas échappé qu'elle la cachait toujours en présence de mon frère, comme si ça la rendait moins belle.

Moi, ce n'était pas mon avis. Nos écorchures et nos bleus, nos tatouages, nos cicatrices, nos sourires et nos rides racontaient notre histoire, et je ne voulais pas d'un morceau de papier peint immaculé. Je la voulais *elle* et tout ce qu'elle était. Au moins pour ce soir.

Elle a fini par renverser la tête en arrière, détendue, me laissant faire ce que je voulais.

Un frisson m'a parcouru la colonne vertébrale. Ça avait été tellement dur de me retenir de jouir !

Elle m'allumait depuis trop longtemps, et j'avais failli perdre le contrôle. Je n'avais pas vraiment planifié tout ça, après tout.

Du moins pas au-delà du moment où je lui fichais la trouille avec le masque.

Mais dès que je l'avais prise dans mes bras, qu'elle avait resserré les cuisses autour de ma taille, et que la peur, dans ses yeux, s'était transformée en désir, je n'avais plus rien maîtrisé.

Elle osait ! Je n'en revenais pas. Je n'avais jamais rencontré quelqu'un comme elle. Elle relevait tous les défis.

S'écartant légèrement, elle m'a regardé avec circonspection.

— Tu ne vas pas me mettre dehors maintenant, si ?

J'ai pouffé.

— Tu ne me fais pas confiance ?

— M'as-tu jamais donné une raison de te faire confiance ? a-t-elle répondu, très sérieuse soudain. Tu as toujours quelque chose dans ta manche.

Je l'ai contemplée, amusé. Bien sûr que j'avais quelque chose dans ma manche. Des idées.

J'avais essayé de l'ignorer au fil des ans, vraiment essayé. Malheureusement, un fantasme ou deux s'étaient immiscés en moi. Ils m'avaient chauffé, préparé. Ils m'avaient consumé.

— Tu as encore tes uniformes du lycée ici ?

Elle a légèrement penché la tête sur le côté, et m'a considéré, suspicieuse, avant d'opiner.

— Va en chercher un, ai-je alors ordonné en lui caressant les bras. La cravate, le haut, la jupe… Tout.

— Pourquoi ?

J'ai souri et fait un pas de côté pour qu'elle puisse monter l'escalier.

— Parce que tu ne peux pas gagner si tu ne joues pas.

Elle m'a encore dévisagé, avec méfiance, et je lui ai donné une petite tape sur les fesses, la poussant vers les marches.

Plus nous parlions, plus je risquais de reprendre mes esprits. Ou plus j'aurais envie de la prendre ici, à même le sol.

Or, j'avais une meilleure idée en tête.

— Qu'est-ce qu'on fait là ? a demandé Rika.

Je me suis garé devant St Killian. Mes phares illuminaient l'obscurité, éclairant les vitraux cassés et l'inquiétante pénombre de l'église. Les feuilles mortes et les pierres brisées du bâtiment jonchaient le sol ; on n'entendait que le bruit du vent hurlant dans les arbres au-dessus de nos têtes.

L'anticipation me nouait l'estomac ; une goutte de sueur a roulé le long de mon dos.

C'était mon endroit préféré.

Un endroit lourd d'histoire et rempli de mille recoins. Enfant, je venais crapahuter à l'intérieur. J'explorais tout, je m'y perdais pendant des heures.

J'ai éteint les phares, arrêté le moteur, et je suis sorti. L'odeur de la terre m'a sauté aux narines. Ici, je me sentais chez moi, plus que nulle part ailleurs.

J'ai claqué la portière, mon masque à la main, et regardé Rika sortir de la voiture. Ses yeux ne cessaient de se lever nerveusement vers le vieux bâtiment sombre et silencieux, et sa poitrine se soulevait de plus en plus vite.

Elle avait peur. *Parfait !*

J'ai admiré une fois encore sa tenue, après l'avoir déjà

bien reluquée avant de quitter la maison. Elle portait sa jupe à carreaux bleu marine et vert forêt, un chemisier blanc pourvu d'une cravate en tartan sous un gilet bleu marine, et des ballerines noires. Elle s'était coiffée et même légèrement maquillée.

Elle devait se douter de ce qui l'attendait, quand je lui avais demandé de mettre son uniforme, mais elle avait été surprise lorsque nous étions montés en voiture.

Et à présent… elle avait un peu peur.

J'ai contemplé ses jambes, et ma queue a commencé à durcir, tandis que leur douceur et la chaleur entre ses cuisses me revenaient en mémoire.

Mon cœur s'est emballé.

— Direction les catacombes. Pas de bandeau cette fois.

Je lui ai adressé un sourire narquois. Je ne voulais pas qu'elle se sente en sécurité.

Elle a baissé le menton, de toute évidence à la recherche d'une échappatoire. Devait-elle dire non ? Poser une autre question à laquelle je n'allais pas répondre ?

Ou bien allait-elle entrer dans le jeu ?

Elle a levé les yeux avec un air de défi, puis elle a fini par se diriger vers l'entrée latérale, ce qui m'a arraché un sourire vite réprimé.

J'ai glissé mon masque sur mon visage et je lui ai emboîté le pas ; je ne la suivais pas, je la traquais.

Les yeux rivés sur son dos, j'avançais lentement, tandis qu'elle marchait d'un bon pas, trébuchant parfois sur les pierres et le sol irrégulier. A un moment, elle a jeté un coup d'œil par-dessus son épaule, et son visage s'est décomposé quand elle a vu mon masque.

Elle s'est rapidement retournée et a continué d'avancer : elle acceptait de jouer.

Ma respiration se condensait sous mon masque, et une fine couche de sueur s'est formée sur mon front.

J'ai admiré une nouvelle fois ses jambes et serré les poings. J'avais envie de glisser les doigts sous sa jupe, de toucher cette peau douce et lisse.

Ses cheveux brillaient dans le clair de lune et, chaque fois qu'elle me regardait nerveusement par-dessus son épaule, mon cœur battait plus vite.

Je vais te faire crier.

La porte pendait sur ses gonds. Rika est entrée, puis s'est arrêtée un instant pour observer autour d'elle. Mais nous n'étions pas là pour visiter. J'ai posé les mains dans son dos pour la pousser en avant.

— Mich…, a-t-elle balbutié, le souffle court, se retournant vers moi. Je ne crois pas qu'on devrait…

Je l'ai attrapée par le cou et poussée devant moi.

— Michael !

Elle respirait plus vite, plus fort, et elle a reculé précipitamment, les yeux écarquillés de peur. Elle a dégluti, soutenant mon regard ; elle avait vraiment les jetons.

A cet instant, sa main a glissé distraitement à l'intérieur de sa cuisse.

Bon sang ! Elle était si excitée qu'elle allait se caresser ! Elle l'a rapidement retirée, prenant probablement conscience de ce qu'elle était en train de faire.

Toujours sans un mot, je lui ai indiqué d'un signe de tête l'entrée des catacombes. Elle a hésité, puis fini par céder.

Elle ne me faisait pas confiance. Mais elle en avait envie.

Elle a marqué une pause en haut des marches. De l'air froid nous parvenait du sous-sol, s'insinuant sous mon jean et mon sweat.

— Il n'y a pas… Il n'y a pas de lumière.

Je me suis posté derrière elle, la dominant de toute ma hauteur, et j'ai attendu. Je me fichais bien qu'il n'y ait pas de lumière.

Elle a semblé le comprendre. Avec une profonde inspiration, elle s'est engagée dans l'escalier, se servant du mur pour se guider et maintenir son équilibre.

A chacun de ses pas, mon sexe durcissait.

En bas, elle a de nouveau tourné la tête vers moi, l'air interrogateur. Le noir était presque total ; seule la lueur de la lune filtrait à travers quelques fissures dans le plafond.

Le silence froid des tunnels s'est brusquement refermé sur nous, en même temps que le doute : y avait-il quelqu'un d'autre dans ces décombres ?

Avançant vers elle, je l'ai forcée à reculer dans le caveau en face de nous : la pièce où je l'avais emmenée trois ans auparavant. Je ne distinguais que ses longs cheveux blonds dans la pénombre.

— Michael ? a-t-elle appelé.

J'ai sorti un briquet et actionné le mécanisme pour allumer la petite bougie sur le mur, près de la porte.

La douce lueur peinait à éclairer la pièce, mais cela suffisait pour la voir.

Je me suis approché d'un pas raide. Le matelas qui se trouvait là la dernière fois avait disparu, remplacé par une petite table en bois.

— Il y a des gens ici ? a-t-elle soufflé. J'entends quelque chose.

Le vent soufflait à travers les fentes et les fissures, propageant son murmure dans les tunnels. Elle a compris que ce n'était rien de plus. La peur aiguisait ses sens.

— Michael ?

Lui saisissant les mains, j'ai enroulé un bout de corde noire autour de ses poignets pour les attacher — avec un nœud serré.

Elle a poussé un cri.

— Michael, qu'est-ce que tu fais ? Dis quelque chose !

Je lui ai fait lever les bras au-dessus de la tête, et j'ai coincé le lien à une applique, en haut du mur. Elle a été forcée de se hisser sur la pointe des pieds, le corps allongé, tendu, étiré.

— Michael !

Elle se tortillait dans tous les sens.

Mon regard planté dans le sien, j'ai attrapé le bas de son petit gilet et du chemisier blanc qui dépassait en dessous. Je les ai relevés tous les deux au-dessus de ses seins, soulevant son soutien-gorge au passage.

— Michael, non ! J'entends du bruit et j'ai froid.

J'ai regardé ses seins parfaits et ses tétons durcis.

— Je vois ça.

N'y tenant plus, j'ai arraché mon masque et pris l'un de ses seins dans ma bouche, le soupesant d'une main, couvrant son téton de ma bouche.

Je l'ai serrée fort, tandis qu'elle ondulait, pressée contre moi.

J'ai joué, mordillé sa peau sensible, la dévorant, tout en profitant de l'avoir à ma merci, de pouvoir la toucher et la caresser librement.

J'ai abandonné son téton, pour m'occuper de l'autre, que j'ai couvert de baisers affamés, prenant sa chair dans ma bouche, aspirant sa peau, si douce, entre mes dents.

Elle gigotait sous mes caresses. Puis elle a renversé la tête en arrière dans un gémissement.

Je me suis redressé pour la dominer de toute ma taille et lui ai attrapé les cheveux d'une main, tout en faisant descendre l'autre le long de son ventre pour glisser mes doigts dans sa culotte.

Je l'ai regardée dans les yeux.

— Tu n'as plus si froid, pas vrai ? Tu es douce et chaude ici.

Elle était si mouillée qu'elle en ruisselait.

Retirant ma main, j'ai reculé et admiré sa magnifique silhouette.

Une de ses chaussures était tombée, l'autre ne tenait

plus qu'à moitié. Elle était là, juste pour moi, complètement impuissante, son ventre lisse et plat offert, ses seins exposés.

Tombant à genoux devant elle, j'ai planté mon regard dans le sien et glissé la main sous sa jupe. Mon sexe a durci quand j'ai senti sous mes doigts sa culotte en dentelle. J'ai soulevé sa jupe. De la dentelle rose. Rose pâle.

Si douce…

J'ai approché mes lèvres pour lécher son clitoris à travers sa culotte.

— Michael !

J'ai écarté la dentelle pour mieux accéder à son intimité et à sa peau parfaite. Je l'ai admirée un instant avant de la couvrir de ma bouche, suçotant son clitoris et passant ma langue sur ses lèvres offertes.

J'ai poussé ses cuisses vers le haut et décollé ses pieds du sol, jusqu'à ce que ses jambes reposent sur mes épaules, pour mieux enfouir ma langue en elle.

— S'il te plaît ! Michael, non !

Elle me suppliait, gémissante, ondulant pour échapper à mon emprise.

J'ai léché une dernière fois son clitoris avant de lui faire reposer les pieds par terre. Puis j'ai attrapé sa culotte et je la lui ai retirée avec une lenteur étudiée.

— Tu m'as dit « non » ? Tu n'aimes pas ma langue dans ta chatte ?

Elle tremblait, le souffle erratique.

Je me suis relevé, j'ai jeté sa culotte derrière moi, puis j'ai tendu la main pour attraper ses poignets et la libérer de l'applique murale.

— Je sais pourtant que tu as aimé ça. Et je vais aller plus loin.

J'ai touché mon sexe palpitant à travers mon jean. Il réclamait l'orgasme que je n'avais pas encore eu. Mon pouls battait fort dans mon cou. J'ai attrapé Rika par les bras pour la pousser sur le sol.

— Michael !

Elle a atterri sur les fesses, les poignets toujours attachés devant elle, ses grands yeux levés vers moi. Sans un mot, je me suis mis à genoux, dressé au-dessus d'elle, et j'ai enlevé mon sweat et mon T-shirt d'un même mouvement. Puis j'ai tiré une capote de ma poche et déchiré le paquet.

— Tu penses peut-être que je te torture, ai-je dit, les yeux rivés sur elle, en défaisant ma ceinture. Mais tu ne sais pas ce que tu m'as fait, toutes ces années.

Je me suis allongé sur elle, la forçant à écarter les jambes, et j'ai maintenu d'une main ses bras au-dessus de sa tête.

Après avoir enfilé le préservatif, j'ai fait glisser ma queue de haut en bas sur son sexe mouillé, jusqu'à trouver son entrée chaude.

Mon souffle s'est fait plus lourd, et j'ai murmuré sur ses lèvres :

— Non, tu ne sais pas.

Je me suis enfoncé d'un coup de reins dans son sexe étroit. Elle a gémi. Sans cesser d'aller et venir en elle, de plus en plus vite, de plus en plus fort, je me suis penché tout contre elle.

— Tu es si chaude, ai-je grogné, avant de m'emparer fougueusement, brutalement, de ses lèvres.

Sa langue a effleuré la mienne, envoyant une onde de choc directement dans mon sexe.

Putain !

J'ai glissé la main sous ses fesses pour mieux la maintenir en place tandis que je la baisais, que chacun de mes coups l'enfonçait plus profondément dans la terre.

Ses seins rebondissaient sous mes assauts.

Ses gémissements se faisaient de plus en plus forts, de plus en plus désespérés, et je l'ai sentie se contracter autour de ma queue, comme un étau.

Mes abdos se sont tendus, mon sang a afflué vers mon entrejambe et la chaleur est montée dans mon sexe.

— Rika, putain !

J'allais jouir.

Sans cesser de la pilonner, j'ai plongé la tête dans son cou pour lui parler à l'oreille.

— Allez, mon petit monstre. Tu es tellement bonne ! Ecarte ces jambes pour moi.

Elle a fermé les yeux, inspiré fort et renversé la tête en arrière ; mes paroles l'affolaient, je le sentais.

— Michael ! a-t-elle crié, alors que j'allais et venais en elle de plus en plus puissamment.

J'ai raffermi ma prise sur ses fesses et mordillé sa mâchoire.

— Putain, Rika. C'est trop bon !

Dressé sur mes coudes, j'ai regardé son beau visage, alors que je plongeais en elle encore et encore. Ses joues se sont empourprées, et elle s'est mordu la lèvre inférieure. Oui, elle appréciait nos ébats.

J'ai donné un dernier coup de reins avant de me retirer pour arracher la capote et me caresser d'un geste ferme.

Mon sperme a jailli sur son ventre et ses seins nus ; j'ai contracté les abdos, le plaisir était presque trop intense.

Je n'avais jamais rien vécu d'aussi torride !

Mes muscles étaient en feu ; l'orgasme m'est monté au cerveau et s'est propagé dans chaque centimètre carré de ma peau.

Assis sur mes talons, j'ai remis mon sexe dans mon jean et doucement repris mon souffle.

Rien qu'en la regardant, j'ai presque eu envie de recommencer ; elle avait encore les mains liées au-dessus de la tête, sa jupe d'écolière retroussée autour des hanches, et ses seins étaient trop… tentants.

Elle m'a regardé en battant des cils, un petit sourire aux lèvres.

— On peut recommencer ?

J'ai attrapé mon sweat et commencé à le lui passer sur le ventre pour la nettoyer, avec un petit rire.

Un vrai petit monstre !

A présent, j'étais assis dans le fauteuil à côté de mon lit, les coudes posés sur les genoux, occupé à la regarder dormir. *Deathbeds*, de Bring Me The Horizon, s'élevait doucement de l'iPod posé sur la table de nuit.

Je n'arrêtais pas de me repasser les images de la nuit.

Elle s'était endormie dans la voiture, tandis que nous revenions des catacombes. Je l'avais portée à l'intérieur de la maison, déshabillée et mise dans mon lit.

Pourquoi l'avais-je mise dans mon lit ?

Sa jambe dépassait des draps gris dans lesquels elle était entortillée, allongée sur le ventre, la tête tournée vers moi. Ses cheveux, éparpillés sur l'oreiller, recouvraient ses yeux. Seul le faible soulèvement de son corps m'indiquait qu'elle respirait.

Elle était épuisée. C'était logique. Elle en avait vu de toutes les couleurs depuis quelques jours.

La lumière du soleil commençait à poindre à travers les fenêtres, mais je n'étais pas prêt à ce que la journée commence. Je n'étais pas prêt à ce que cette nuit prenne fin.

Elle avait les pieds et les mollets maculés de terre, tout comme ses cheveux, tout emmêlés. Je savais aussi qu'elle avait des bleus sur les hanches à cause de notre deuxième round dans les catacombes.

Ça avait été sympa, de la plier en deux sur cette table…

Ses poignets portaient encore la brûlure de la corde, et je distinguais une petite marque rouge là où j'avais mordu sa mâchoire. Je ne pensais pas avoir mordu si fort.

Elle n'avait jamais été plus sexy. Jamais.

Ses vêtements étaient empilés sur le sol, sales, y compris la culotte en dentelle rose que je m'étais tant amusé à enlever. Je n'avais qu'un seul souhait : arrêter le temps.

Je n'avais jamais été avec une fille qui nourrissait mon désir comme Rika le faisait. Je n'avais jamais testé avec personne ce qu'on avait fait cette nuit : porter mon masque, jouer à des jeux, ou quoi que ce soit dans le genre. Baiser, embrasser, lécher, gémir, aller et venir, jouir et recommencer. Je m'étais tellement perdu, putain !

Mais Rika était…

Je me suis laissé retomber contre le dossier, et j'ai passé les mains dans mes cheveux, incapable de détacher mon regard d'elle.

Elle avait dit qu'elle ne me faisait pas confiance, mais je savais que c'était un mensonge. J'étais même prêt à parier que j'étais la seule personne en qui elle avait une confiance totale.

Elle et moi étions pareils, après tout. Nous nous battions contre la honte chaque jour, nous demandant à qui nous pouvions révéler qui nous étions vraiment. Et nous avions fini par nous trouver.

Malheureusement… nous étions condamnés.

Mon téléphone, posé sur la table de nuit, a vibré, et j'ai fermé les yeux, essayant de l'ignorer.

Je n'étais pas prêt.

Je voulais tirer les rideaux, la prendre dans mes bras et la mettre dans un bain. Je voulais la voir me chevaucher près de la piscine et jouer à d'autres jeux avec elle. Je voulais me dire que je ne loupais pas l'entraînement en ce moment même, que mes amis ne m'attendaient pas… et que le monde de Rika n'était pas en train de s'effondrer.

Pourtant, mon téléphone a de nouveau vibré, et je me suis penché en avant, la tête enfouie entre mes mains.

Rika.

Les murs se rapprochaient.

J'aurais dû être incapable de la regarder. Je n'aurais pas

dû aimer la toucher, et je n'aurais pas dû éprouver le besoin de la sentir autour de mon sexe à chaque seconde, depuis que je l'avais prise pour la première fois, hier soir.

Elle n'était pas à moi. Ne serait jamais à moi.

Je ne devais pas la vouloir.

Je me suis levé et penché au-dessus du lit pour contempler son joli visage.

Va te faire foutre, Rika !

Va te faire foutre. Je ne peux pas te choisir. Pourquoi tu m'as fait ça ?

J'ai pris mon téléphone sur la table de nuit. J'avais plusieurs appels manqués, mais je ne me suis pas donné la peine d'écouter les messages ou de lire les SMS.

J'en ai seulement écrit un à Kai.

On l'achève.

Puis je me suis redressé en jetant un regard noir à Rika.

C'était fait. Et on ne pouvait pas revenir en arrière.

17

Michael

Trois ans plus tôt

J'ai bifurqué sur le parking gravillonné, éclairé par les phares des voitures de tous les autres fêtards en train d'arriver. L'entrepôt était abandonné depuis longtemps mais, comme il n'avait pas encore été repris ni démoli, les jeunes de la ville l'envahissaient chaque fois qu'ils le pouvaient pour se lâcher et foutre un peu le bordel.

Les gens apprtaient des fûts de bière et de l'alcool, et les jeunes aspirants DJ installaient leurs platines, emplissant la nuit de rage et de sons si puissants qu'ils noyaient toute forme de pensée.

Le moment tant attendu était enfin là. Je voulais voir comment Rika s'en sortirait avec mes amis. Pourrait-elle suivre ? Pourrait-elle faire son trou dans notre monde ?

Ce que je voulais par-dessus tout, c'était l'éloigner de ma famille, de sa mère, de Trevor. La voir se détendre. Je voulais découvrir qui elle était quand elle arrêtait de se soucier de ce que les autres pensaient ou attendaient d'elle.

Quand elle prendrait conscience que mon avis était le seul qui comptait. Si elle m'avait beaucoup observé pendant notre enfance, cela ne voulait pas dire que je n'avais pas été attentif à elle, de mon côté. Je me souvenais encore du jour de sa naissance. Seize ans, onze mois et dix-huit jours auparavant. Ce frais matin de novembre, quand ma mère m'avait laissé la porter et que mon père me l'avait immédiatement enlevée des bras pour la poser à côté de Trevor, tout bébé, lui aussi.

Même à trois ans, j'avais compris : elle appartenait déjà à Trevor.

J'étais resté assis là. Je voulais la reprendre dans mes bras, mais je n'osais pas approcher mon père. Il m'aurait repoussé.

Alors j'avais gardé mes distances. J'avais fait en sorte que ça ne me tienne pas à cœur.

Tant de fois, enfant, je m'étais forcé à la quitter des yeux ! Tant de fois, j'avais joué les indifférents quand Trevor et elle traînaient ensemble ou se retrouvaient dans la même classe, puisqu'ils avaient le même âge ! Je m'efforçais de ne pas remarquer sa présence dans une pièce, de ne pas la sentir près de moi. Je m'efforçais de ne pas trop lui parler, ni de me montrer trop gentil avec elle, de peur de me dévoiler.

Elle était trop jeune.

Et nous n'évoluions pas dans les mêmes cercles.

Mon père m'aurait obligé à m'éloigner d'elle. Il me prenait tout ce qui me rendait heureux. Alors à quoi bon ?

Mais cette distance que je m'imposais m'avait rongé de l'intérieur et avait transformé ma colère en ressentiment, puis mon ressentiment en haine, et tout m'était réellement devenu égal.

Cela n'avait pas semblé la décontenancer, cela dit. Plus je m'éloignais d'elle et la traitais avec impatience et mépris, plus elle se rapprochait.

Enfin, j'étais parti à l'université, ne rentrant plus que rarement à la maison. Je ne l'avais pas revue depuis des mois avant d'entrer dans cette salle de classe, cet après-midi, et de la découvrir soudain si adulte, si belle, comme un putain d'ange. Je n'avais pas pu m'en empêcher. J'étais allé me poster devant elle, mourant d'envie de l'emmener avec nous… Mais, quand elle avait levé les yeux vers moi, j'avais su que je ne pouvais pas.

Car j'aurais été incapable de m'arrêter. Incapable de la rendre. Elle me faisait toujours autant d'effet.

Pourquoi elle ? Pourquoi, malgré ma mère qui m'avait toujours aimé, et mes amis qui m'avaient toujours soutenu, pourquoi fallait-il qu'Erika Fane soit l'air que je respirais, celle qui faisait bouillonner mon sang ?

Quand elle s'est pointée à St Killian, j'ai décidé d'arrêter de nier mon besoin d'être près d'elle, de cesser de la repousser. Ras le bol ! J'ignorais encore ce que je ferais d'elle, mais je voulais voir où la nuit nous emmènerait.

Jusque-là, je n'étais pas déçu !

Elle avait du cran, et mes amis l'appréciaient, même si Damon la traitait encore avec mépris. Elle était l'une d'entre nous.

— J'espère que quelqu'un est en train de faire des grillades à l'intérieur, s'est plaint Will. J'ai super faim !

J'ai gardé mon sourire pour moi. Chaque fois qu'il avait voulu manger, ce soir, nous avions été distraits. A présent nous étions trop remontés pour songer à manger : nous avions besoin de boire.

J'ai arrêté le moteur et tout le monde est descendu. Damon et Kai ont jeté leurs sweats sur les sièges, tandis que Will rassemblait les masques et les rangeait dans le sac en toile à l'arrière de la voiture.

J'ai aperçu Rika qui fourrait les bijoux sous son siège — elle avait raison, ils étaient plus en sécurité dans la voiture —, puis elle a claqué la portière.

— Viens ici, Petit Monstre !

Will l'a entraînée derrière la voiture.

Je les ai observés. Il a porté sa main au visage de Rika pour y appliquer quelque chose du bout des doigts.

Du cirage. Nous en gardions toujours dans le sac en toile, pour le cas où un masque se briserait pendant l'une de nos escapades et où nous aurions besoin d'improviser.

Il a terminé son œuvre et lui a souri.

— Des peintures de guerre, a-t-il expliqué. Tu es l'une des nôtres, maintenant.

Elle s'est retournée vers moi, un petit sourire aux lèvres. Un trait noir s'étalait en diagonale sur son visage. J'ai croisé les bras, ignorant l'élan dans ma poitrine. Elle déchirait !

Quelques gouttes de pluie se sont écrasées sur mon visage, et des rires et des cris excités ont retenti autour de nous : tout le monde traversait le parking en courant pour se mettre à l'abri avant que l'averse n'éclate.

Rika a renversé la tête en arrière, le visage illuminé d'un grand sourire tandis que des gouttes froides tombaient sur ses joues et son front.

— Allons-y ! a hurlé Kai.

J'ai pris la direction de l'entrepôt, Kai et Damon à mes côtés, Will et Rika derrière nous.

Entrer dans l'immense bâtiment, c'était comme pénétrer dans un autre monde. L'entrepôt avait été vidé plusieurs années auparavant, et ses poutres en acier, érodées par la météo et le temps, débarrassées de leur peinture, apparaissaient, à vif. Il ne restait que quelques murs, et le toit était en ruine. La pluie, de plus en plus forte, se déversait à l'intérieur.

Nous sommes entrés d'un pas tranquille, contemplant le chaos qui évoquait une petite ville clandestine postapocalyptique.

Malgré l'obscurité, la sensation brute du métal sale et froid, la folie y était plus délirante que dans n'importe quelle soirée où j'avais pu aller à la fac. Un feu de camp faisait rage à notre gauche. Les gens se déchaînaient sur *Devil's Night*, de Motionless In White.

Tout le monde se fichait de son apparence. On allait se salir, de toute façon. Le *dress code* était le même qu'on soit fille ou garçon : jean et Converse. Quant à discuter… La musique était bien trop forte pour permettre les conversations. Pas de faux-semblants, pas de drames, pas de masques. Juste la musique, la rage et le bruit… Quand l'alcool avait commencé à faire son effet, il suffisait de trouver une nana, ou alors elle vous trouvait, et de disparaître à l'étage quelque temps.

Les gens nous ont salués quand nous sommes entrés et, sans qu'on l'ait demandé, quatre verres de bière sont apparus des mains d'une fille.

— Il nous en faut une de plus, lui ai-je dit en tendant mon verre à Rika.

Avant qu'elle ne puisse l'attraper, des bras l'ont enserrée par-derrière et elle a été soulevée du sol.

Elle a poussé un cri, puis a éclaté de rire en reconnaissant le mec qui la faisait sauter dans ses bras : Noah, si mes souvenirs étaient bons. Il traînait tout le temps avec elle quand nous étions au lycée.

Je me suis immédiatement tendu et le besoin de lui faire ôter ses sales pattes d'elle m'a pris à la gorge. Puis je me suis rappelé que non seulement ils étaient amis, mais que c'était lui qui l'avait sauvée des griffes de Miles et Astrid au printemps dernier.

Il avait ma confiance.

— Eh ! Qu'est-ce que tu fous là, Rika ? a-t-il beuglé en la reposant au sol. Je croyais que tu ne voulais pas sortir, ce soir.

Puis il a levé les yeux vers nous, et s'est renfrogné.

— Tu es venue avec eux ? Tu vas bien ?

J'ai littéralement pouffé. Les gars et moi, on a tourné les talons pour les laisser discuter, et on a rejoint notre coin habituel. Quelques ados y étaient installés mais, dès qu'ils nous ont vus approcher, ils ont quitté en vitesse le box en demi-cercle qui se trouvait juste devant la piste de danse de fortune et offrait une vue parfaite sur l'entrepôt.

Damon a attrapé le dernier gamin, qui était à la traîne, et l'a envoyé valser.

J'ai étendu les bras sur le dossier de la banquette, et quatre autres bières sont apparues sur la table, juste au moment où Will finissait la sienne.

La pluie tombait toujours à travers le toit. Les cheveux mouillés des danseurs brillaient à la lueur des lampes de chantier installées un peu partout.

Jetant un coup d'œil par-dessus mon épaule, j'ai vu Rika et Noah avec une fille dont je ne me rappelais pas le nom. Noah a tendu un verre à Rika… qu'elle a refusé d'un geste.

Bien. Si cette petite leçon avec Miles et Astrid ne lui avait pas appris à se servir elle-même — ou à accepter les verres uniquement de ma main — je lui aurais botté les fesses. Ce qui avait failli lui arriver pendant que j'étais à la fac était bien la dernière chose à laquelle je voulais penser.

Nous avons descendu nos bières, confortablement installés, détendus, tout en observant ce qui se passait autour de nous. Damon a allumé une cigarette, les yeux rivés sur la piste de danse, où évoluait une fille qui cherchait manifestement à flirter avec lui. Will a retiré son sweat et vidé bière sur bière, tandis que Kai n'arrêtait pas de tourner la tête pour observer furtivement Rika.

Je voulais m'en moquer.

Personne ne s'interpose entre des amis. Encore moins une fille.

Puis j'ai entendu un rire léger près du box : Rika. Elle a enlevé son sweat-shirt et l'a jeté sur le siège vide à côté de moi, un grand sourire aux lèvres, avant de suivre ses amis sur la piste de danse.

J'ai respiré plus fort.

Ce débardeur me tuait !

Les taches du sang de Miles y étaient à peine visibles dans la pénombre, mais je distinguais nettement quelques centimètres de sa peau, et les fines bretelles lui soutenaient à peine les seins. Il dévoilait sa poitrine généreuse et son corps sacrément sexy, ne laissant que peu de place à l'imagination.

Ses cheveux lui retombaient dans le dos, et son cul rond était parfaitement moulé par son jean. Je pouvais presque la sentir à califourchon sur mes genoux.

Putain !

A cette pensée, mon sexe a durci, et j'ai retenu un grognement ; il fallait que je me reprenne !

La chanson *Fire Breather* de Laurel a débuté, et ses amis et elle se sont frayé un chemin jusqu'au centre de la piste, juste en dessous du trou dans le toit, d'où la pluie tombait.

Le martèlement des basses et la voix sensuelle de la chanteuse se sont enroulés autour de mon sexe, l'inondant de chaleur, tandis que je regardais Rika bouger en rythme, remuant les hanches et cambrant le dos comme si elle savait exactement ce qui me ferait bander.

Damon a quitté l'autre fille des yeux et soufflé un nuage de fumée en se concentrant sur Rika. Elle a ri, laissant Noah se frotter contre elle tandis qu'ils bougeaient tous les deux à l'unisson, perdus dans la musique.

J'aurais pu être jaloux, si ça n'avait pas été aussi torride. Et puis, il n'avait aucune chance avec elle, de toute façon. Il y avait plus de feu dans les brefs regards qu'elle me lançait au petit déjeuner que dans sa façon de lui sourire.

Will a posé les coudes sur la table, les yeux également rivés sur elle. Et je savais pertinemment que Kai aussi l'observait.

Qui pourrait l'ignorer ?

Le rythme puissant emplissait à présent l'entrepôt, montant jusqu'au plafond. Rika faisait rouler ses hanches lentement et joliment, un bras glissé autour du cou de son ami, placé derrière elle, tandis que sa copine s'était collée à elle, devant ; ils ondulaient ensemble, tous les trois.

J'ai changé de position sur mon siège, une chaleur liquide se ruant dans mon entrejambe.

— Putain de merde ! a soufflé Damon en se tournant vers moi.

Will s'est également retourné, et j'ai bien vu qu'il était aussi allumé que moi.

— Impossible que Trevor sache s'y prendre avec elle, a déclaré Kai.

J'ai eu envie de sourire, mais je me suis retenu. Non, mon frère n'avait certainement pas la moindre idée de ce qu'il devait faire avec une fille pareille ! Jamais il ne pourrait lui donner ce dont elle avait besoin.

Je l'ai regardée fixement. Elle a ri, sortant du rang pour changer de place avec sa copine. La pluie légère qui tombait à travers le toit faisait scintiller sa peau. Elle a fermé les yeux et levé les bras en l'air, se laissant emporter par la musique.

— Michael ? a dit Kai, me sortant de ma transe. Tu la regardes comme si elle n'avait pas seize ans, mec.

Je lui ai lancé un regard amusé.

Ce n'était pas un avertissement, il ne faisait que me taquiner. Il ne se passait rien d'excitant dans cette banlieue, et les adolescents n'avaient pas grand-chose à faire à part baiser dès qu'ils en avaient l'occasion. Nous avions tous fait l'amour bien avant d'avoir dix-huit ans.

Et nous la regardions *tous* comme si elle n'en avait pas seize.

— Vous savez ce que j'en dis ? est intervenu Damon en soufflant un nuage de fumée. Du moment qu'elles sont assez vieilles pour ramper, elles sont dans la bonne position.

Will a fait la grimace.

— T'es un malade ! a-t-il dit en riant.

J'ai secoué la tête, ignorant sa remarque stupide. Damon était dérangé. Mais il plaisantait, bien sûr.

Cela dit, il y avait toujours une part de vérité dans ce qu'il disait. A ses yeux, les femmes étaient aussi inanimées que des cailloux. Des choses mises à notre disposition.

Will et Damon ont vidé quelques bières supplémentaires, et des amis sont venus nous dire bonjour et prendre des nouvelles. Comme j'étais parti tout l'été pour m'entraîner et voyager, je n'avais vu personne depuis longtemps. Avec un peu de chance, les festivités de la Nuit du Diable allaient rebooster les esprits et rappeler à l'équipe qui elle était.

J'ai posé mon verre et écouté Will et Kai parler à quelques personnes debout autour du box. Lorsque j'ai levé les yeux vers la piste de danse, je me suis immédiatement senti mal à l'aise : Rika avait disparu.

Parcourant la pièce des yeux, j'ai repéré ses deux amis, encore en train de danser, de se chauffer même... Puis je l'ai aperçue. Enfin. Elle montait à l'étage.

A cet instant précis, elle m'a regardé droit dans les yeux, tout en continuant son ascension. Je me suis mis debout sur le siège et j'ai sauté par-dessus le dossier de la banquette pour la suivre à l'étage.

Dépassant des fêtards qui traînaient là, j'ai tourné à droite pour monter une autre volée de marches. Cet endroit était complètement désert, loin des regards indiscrets et du bruit.

La passerelle en métal m'a mené à une large fenêtre. Rika se tenait là, debout dans l'obscurité, admirant la nuit noire.

— J'aime ma maison vue d'ici, a-t-elle dit doucement. On voit les lanternes. C'est presque magique.

Je me suis posté derrière elle, contemplant la pénombre. En effet, on devinait nos maisons au loin. Les bâtiments étaient dissimulés par les arbres, mais les extérieurs étaient bien éclairés. On aurait dit que quelques centimètres à peine séparaient sa maison et la mienne, pourtant à plus de cinq cents mètres de distance en réalité.

— Merci pour ce soir. Je sais que ça ne veut rien dire,

mais je me suis sentie bien pour la première fois depuis longtemps. Excitée, effrayée, heureuse…

Elle s'est tue, avant de conclure à voix basse :

— … Forte.

Des gouttes de pluie dansaient sur ses cheveux.

Elle ressemblait beaucoup à ce que j'étais quelques années plus tôt. Perdue, renfermée et corruptible. Il faut apprendre le plus tôt possible la leçon la plus précieuse qu'on puisse recevoir dans la vie : nous ne sommes pas obligés de vivre dans une réalité inventée par un autre ; nous n'avons pas à faire quoi que ce soit si nous n'en avons pas envie. Jamais.

Il fallait redéfinir la normalité. Aucun d'entre nous ne connaît l'étendue de ses pouvoirs avant de repousser ses limites et de provoquer sa chance, et plus nous le faisons, plus ce que les autres pensent nous est égal. C'est trop bon de se sentir libre !

J'ai inspiré le soupçon de parfum que sa peau avait gardé, étourdi de désir. J'avais tellement envie de la toucher ! Le désir n'avait fait que croître toute la soirée.

— Parfois, je me demande comment c'est, d'être toi, a-t-elle avoué. D'entrer dans une pièce et d'avoir le respect des autres. D'être aimé par tout le monde.

Puis elle a levé vers moi ses grands yeux bleus, suppliants.

— De vouloir quelque chose et de le prendre.

Bon sang !

— Tu m'observais, sur la piste de danse, a-t-elle murmuré. Tu ne me regardes jamais mais, là, tu m'observais.

La douleur m'a serré le ventre, j'ai lutté pour résister, mais c'était inutile. Je l'ai prise contre moi, la serrant sans doute plus fort que je n'aurais dû.

— Comment pourrais-je ne pas te regarder ? lui ai-je soufflé à l'oreille, les yeux fermés. Il devient très difficile de ne pas te remarquer.

Elle a cambré le dos dans un soupir, et pressé ses fesses

contre mon entrejambe. J'ai ouvert les yeux, ses seins saillaient sous son débardeur… Je ne pouvais plus résister.

J'ai empoigné ses cheveux pour lui tirer la tête en arrière ; ses lèvres entrouvertes réclamaient les miennes.

Elle a gémi et tout mon sang a afflué dans mon sexe.

Je devais partir. Elle n'avait que seize ans.

J'ai fait planer mes lèvres au-dessus des siennes, glissé la main sur sa poitrine ; elle a tressailli quand j'ai pris son sein au creux de ma paume.

— Michael…

Elle avait le souffle court, les yeux fermés.

— Si douce, ai-je murmuré contre ses lèvres. Mon frère pense que tu lui appartiens… et j'ai toujours essayé d'oublier que je te voulais pour moi.

Elle s'est humecté les lèvres et hissée sur la pointe des pieds pour attraper ma bouche, mais je me suis écarté, joueur, dissimulant mon sourire.

— Michael, a-t-elle geint, désespérée.

— C'est vrai ? Tu lui appartiens ?

Elle s'est mordu la lèvre et a secoué la tête.

— Non.

Alors j'ai fondu sur elle, écrasant ma bouche sur la sienne. Mon sexe était tendu dans mon jean et j'étais comme fou, couvrant son visage de baisers, me perdant dans son parfum et sa chaleur.

Lorsque j'ai plongé dans son cou, elle a brusquement tourné la tête pour capturer mes lèvres et m'embrasser fougueusement. Elle était si douce !

— Une si gentille fille, ai-je grogné dans un murmure, léchant ses lèvres du bout de la langue. Dis-le, Rika.

— Je suis une gentille fille, a-t-elle répété, la voix tremblante.

— Et je vais te corrompre, ai-je terminé, abandonnant son sein pour saisir sa hanche.

J'ai de nouveau couvert ses lèvres des miennes pour la

dévorer. Sa langue dansait avec la mienne. Jamais je n'avais ressenti un désir aussi puissant pour une fille.

Mon corps était en feu. J'étais loin. Complètement perdu dans sa bouche. J'avais tant eu besoin d'être près d'elle, de lui parler, de la voir me sourire… Maintenant que je l'avais dans mes bras, je ne voulais plus la laisser partir.

Rien, absolument rien, n'avait jamais été aussi bon.

Elle s'est lovée contre moi, s'abandonnant à moi.

— Je sais ce que c'est de te toucher, maintenant, m'a-t-elle taquiné, me rappelant ce que j'avais dit à St Killian.

J'ai souri et je l'ai plaquée plus fort contre moi.

— Tu n'as encore rien vu !

Je l'ai fait pivoter et soulevée dans mes bras. Elle s'est agrippée à mes épaules alors que je faisais passer ses jambes autour de ma taille. Puis j'ai posé son joli petit cul sur la rampe qui longeait le mur. Elle a enroulé les bras autour de mon torse tandis que je poussais mon bassin entre ses cuisses.

Elle a fait onduler son corps contre le mien et a léché sensuellement ma lèvre supérieure. Puis, elle a quitté ma bouche pour m'embrasser et me mordiller le cou.

— Bon sang !

Elle me rendait fou ! J'ai pris son sein en coupe, le cœur battant comme un tambour. Avec un soupir, elle a glissé les mains sous mon T-shirt et passé les doigts sur mes abdos, me faisant frissonner.

— La voiture, a-t-elle soufflé en attrapant ma ceinture pour essayer de la défaire. S'il te plaît ?

Je lui ai agrippé plus fort les hanches. C'était si tentant… J'ai longuement fermé les yeux, pris une profonde inspiration et éloigné ses mains de mon jean.

— Rika…

— Je veux te toucher, a-t-elle insisté, avant de prendre mon visage entre ses mains pour m'embrasser encore.

J'ai secoué la tête.

— Pas dans une voiture.

Elle a collé sa poitrine contre mon torse, sa voix réduite à un simple murmure contre mes lèvres.

— Je ne peux pas attendre. Je ne veux pas perdre cet instant. Où on le fait importe peu.

En effet. Mais c'était là que les choses se compliquaient.

Je n'étais rentré à Thunder Bay que pour le week-end, ensuite je retournais à la fac. Si nous couchions ensemble maintenant, tout n'en serait que plus stressant pour elle, quand viendrait le moment de se séparer.

Et, même si je n'avais aucune intention de l'oublier, aller si loin avec elle n'était pas juste pour elle. Pas encore. Elle était trop jeune.

— Allez ! a-t-elle roucoulé avec un petit sourire sexy, avant de me mordiller la lèvre.

— Que vais-je faire de toi ? ai-je demandé.

Elle a souri d'un air narquois.

— J'ai hâte de le découvrir !

J'ai ri doucement, et pris ses fesses dans mes mains tout en l'embrassant sur la joue, puis sur la bouche.

— Il faut qu'on aille doucement, Rika.

— A quel point ?

Je me suis reculé pour qu'elle puisse voir que j'étais sérieux.

— Je ne te toucherai pas avant que tu aies dix-huit ans.

Ses yeux se sont arrondis.

— Tu n'es pas sérieux ! C'est dans plus d'un an ! Et puis, tu me touches, là.

— Tu as très bien compris ce que je veux dire.

Elle m'a attiré à elle, les yeux fermés, et a posé son front contre mes lèvres. Elle semblait aussi désespérée que je l'étais.

— Tu as déjà couché avec des filles de seize ans, Michael.

— Oui, quand j'avais seize ans. Et ne te compare pas à elles. Tu es différente.

J'ai pris son visage entre mes mains, et nos lèvres ont

de nouveau fusionné. Ses mains et son corps se sont faits possessifs, elle ondulait contre moi, me touchait, m'agrippait. Elle me tenait par les hanches, me serrait entre ses jambes… Je n'en pouvais plus. Ce serait si bon d'être en elle !

— Putain. Arrête.

Je serais incapable de rester à distance pendant un an… Et puis, elle avait presque dix-sept ans. Ça suffisait peut-être ?

— Tu ne seras pas capable de te retenir, a-t-elle murmuré, levant vers moi des yeux pensifs. On est faits pour ça, Michael. Toi et moi.

Elle a embrassé ma mâchoire, descendant jusqu'à mon cou, et les poils de mes bras se sont hérissés. Je l'ai serrée plus fort et regardée dans les yeux.

— Il faut que ça reste un secret, d'accord ? Pour le moment du moins. Je ne veux pas que ma famille le sache.

Elle m'a fixé, perplexe.

— Pourquoi ?

— Tu es encore à la maison, ils te surveillent comme le lait sur le feu. Et mon père me déteste. Je suis loin pour les cours, et il se servira de mon absence pour te détruire, s'il sait que je te veux.

Puis j'ai passé mes doigts dans ses cheveux.

— Parce que, oui, je te veux !

J'ai joué avec sa bouche, mordillé doucement ses lèvres.

— Mais il veut te garder pour Trevor. S'ils ne savent pas pour nous, ils n'interféreront pas. Nous devons attendre que tu aies ton diplôme et que tu ne sois plus sous leur contrôle.

Elle s'est écartée et a repoussé mes mains.

— C'est dans un an et demi ! Je ne demande pas à ce qu'on soit ensemble, mais je…

Elle a marqué une pause, cherchant ses mots.

— … Je ne veux pas non plus cacher ce que je ressens.

— Je sais.

Je détestais cette idée, moi aussi. Si elle était à la fac,

avec la liberté d'aller et venir comme elle voulait, libérée de l'influence et de la pression de mon père et de Trevor, ce ne serait pas un problème.

Bien sûr, ils l'apprendraient forcément un jour. Ce qu'ils auraient à dire me serait bien égal, alors.

Mais, là, j'étais sur le point de partir à mille kilomètres et, avec la saison de basket qui approchait, je ne rentrerais pas avant les vacances d'hiver, puis probablement pas avant l'été, ensuite. Elle serait soumise à une trop forte pression, et je n'avais pas confiance en mon père, ni en Trevor. Surtout pas en Trevor.

— Que tu le croies ou non, c'est mieux ainsi, ai-je insisté. Mon père te mettrait la pression, et je ne veux pas que tu sois obligée de l'affronter quand je ne suis pas là pour te défendre.

Il y avait de la déception, mais également un peu de colère, au fond de ses yeux. Pourquoi ne comprenait-elle pas que je ne faisais pas ça pour l'embêter ? Son âge était un problème, il compliquait tout.

J'avais peur, aussi. Parce que je n'avais aucune idée de ce qu'elle et moi étions.

Tout ce que je savais, c'est que nous étions pareils. Cela voulait-il dire que j'allais tomber amoureux d'elle, l'épouser, être fidèle, et vivre encore et encore la même journée dans cette foutue banlieue ?

Non. Nous étions destinés à autre chose. Tous les deux.

Je l'énerverais, je serais difficile, un cauchemar autant qu'un rêve sans doute. Mais, après dix-sept ans passés à ressentir cette attraction, j'étais sûr d'une chose : je lui tournerais toujours autour.

Ça n'avait jamais cessé. Même quand nous étions gamins, si elle bougeait, j'avais envie de bouger. Si elle quittait une pièce, je voulais la suivre. Mon corps était toujours attentif à ce qu'elle faisait.

Et c'était pareil pour elle.

J'ai penché la tête et fait glisser la bretelle de son débardeur de son épaule pour embrasser sa peau.

— Et je veux que tu arrêtes de dormir chez moi quand je ne suis pas là. Je ne veux pas que Trevor tente quoi que ce soit avec toi.

J'ai attrapé le lobe de son oreille entre mes dents et tiré, mais, comme elle ne réagissait pas, je me suis arrêté. Elle ne faisait plus aucun geste, ne disait plus rien.

J'ai relevé la tête : elle avait la mâchoire contractée, et le mécontentement se lisait sur son visage.

— Autre chose ? a-t-elle demandé d'un ton mordant. Je dois me taire et me tenir tranquille pendant que tu fais comme si je n'existais pas quand on est dans la même pièce ? Parce que personne ne doit savoir. Mais, en attendant, tu peux décider quand nous allons coucher ensemble et me dicter où je dois dormir ?

Je me suis écarté un peu. Je comprenais sa contrariété, mais on n'avait pas le choix. Je voulais que ma famille n'en sache rien pour qu'ils ne l'emmerdent pas, et il était hors de question que je fasse confiance à mon petit frère pour qu'il reste loin d'elle la nuit.

Elle m'a lancé un regard provocateur.

— Je dois attendre, me languir des rares week-ends où tu arrives à rentrer, a-t-elle repris, pendant que tu demandes à tes sous-fifres de Thunder Bay de me surveiller en ton absence, et de t'informer de mes moindres faits et gestes ?

Ma mâchoire s'est étirée en un sourire que je n'ai pas pu retenir. Elle n'avait cessé de me surprendre ce soir. Elle était bien plus maligne que je ne le pensais.

D'accord, peut-être avais-je prévu de demander à Brace et Simon de garder un œil sur elle. De s'assurer que personne ne l'emmerdait.

Que personne n'emmerdait ce qui était à moi.

— Et toi, Michael ? Ton lit sera-t-il aussi vide que le mien tout ce temps où tu seras loin — soirées universitaires, matchs à l'extérieur, *spring break* avec tes potes à Miami ?

J'ai plissé les yeux, sondant son regard.

— Crois-tu vraiment que quelqu'un pourrait être aussi important que toi pour moi ?

Elle a secoué la tête et m'a lancé un sourire sarcastique.

— Ce n'est pas une réponse.

Elle est descendue de la rampe, me frôlant au passage.

J'ai tendu la main pour lui attraper le bras.

— Qu'est-ce que tu veux ? Hein ?

Son expression est devenue triste, soudain.

— Je te veux, *toi*. Je t'ai toujours voulu, et maintenant je me sens…

Elle a levé la tête, les yeux brillants.

— Quoi ?

— … Sale. J'ai eu l'impression d'être ton amie, ce soir. Tu me voyais, tu m'appréciais, tu me respectais… Et maintenant je me sens comme une fille stupide — comme un méchant petit secret qui doit rester dans un coin, sans un bruit, et attendre ton ordre pour parler ou bouger. Je ne me sens plus comme ton égale.

Je l'ai lâchée et j'ai poussé un rire amer en me détournant.

— Tu es une vraie gamine. Une putain de gamine !

Foutus caprices et incertitudes. Un an ! Elle ne pouvait pas attendre un an, bordel ?

— Je ne suis pas une gamine. Mais, toi, tu es un lâche. Au moins, Trevor me veut plus que tout.

J'ai poussé un long soupir, tous les muscles de mon ventre en feu alors que je la regardais me défier.

Je n'ai pas réfléchi. Je l'ai poussée contre la balustrade, devant la fenêtre, et je me suis penché vers elle.

Mon souffle était erratique. Je la désirais tellement… mais j'étais plus furieux que jamais. Elle avait le culot de me jeter ça, de me balancer Trevor à la figure !

Son visage s'est tordu de douleur.

— Tu me fais mal !

Mes doigts étaient plantés dans ses bras. J'ai desserré ma poigne, m'efforçant de me calmer. Mais c'était inutile. Elle avait raison. J'étais un lâche. Je voulais tout, sans rien abandonner.

Je voulais qu'elle m'attende, moi et moi seul. Je ne voulais pas avoir à affronter la pression que ma famille lui mettrait. Je ne voulais pas que mon frère puisse la conquérir en mon absence.

Mais qu'allait-elle obtenir de moi, en échange ? Mon père avait-il raison ? Est-ce que je ne valais rien ? Si j'étais honnête avec moi-même, je savais que je lui ferais du mal.

Elle était trop jeune, je n'étais jamais là, et, pour la première fois depuis longtemps, je ne m'aimais pas. Je n'aimais pas mon reflet dans ses yeux.

Elle avait trop de pouvoir sur moi.

Je l'ai repoussée et j'ai reculé.

— C'était une erreur, ai-je craché, en lui jetant un regard noir. T'es jolie, mais à part ça tu n'as rien de spécial. T'es juste une meuf.

Elle a froncé les sourcils, et ses yeux se sont remplis de larmes.

Elle n'avait pas le droit de me rabaisser. Lui arracher le cœur n'allait pas suffire. Il fallait le broyer, pour qu'elle ne refasse jamais une chose pareille.

Je l'ai attrapée par les épaules pour la secouer.

— Tu m'entends ? Tu n'as rien de spécial. Tu n'es personne !

Je l'ai relâchée avant de redescendre les marches au pas de charge, le ventre retourné. Je n'arrivais plus à respirer.

J'étais incapable de la regarder. Incapable d'affronter sa douleur.

Je me suis enfui. Arrivé devant notre box, j'ai tiré mes clés de ma poche et je les ai jetées sur la table.

— Raccompagnez Rika chez elle. Je rentre à pied.

Je savais que ma voix vibrait de colère, mais j'étais incapable de me maîtriser.

— Il s'est passé quoi ? a demandé Damon.

J'ai secoué la tête pour toute réponse.

— Il faut juste que je me tire d'ici. Ramenez-la chez elle, d'accord ?

Et je les ai laissés tous les trois assis à la table, tandis que je mettais ma capuche et partais sous la pluie.

18

Erika

Présent

Retourné en ville. Ta voiture est dehors.

J'ai relu une fois encore le message que Michael m'avait envoyé quatre jours auparavant, et que j'avais trouvé en me réveillant dans sa chambre, sale, couverte de bleus, courbaturée et seule.

Je n'avais pas eu de ses nouvelles, ni ne l'avais revu depuis. Après notre petite virée dans les catacombes, il était passé chez moi pour récupérer ma voiture, avant de partir.

Comment avait-il pu me laisser comme ça ?

J'avais entendu à la radio que son équipe était allée à Chicago pour un match, mais je savais qu'il était rentré : ce matin, les lumières étaient allumées dans son appartement.

Malgré mon bon sens, j'étais encore vexée. Depuis quatre

jours, j'étais obnubilée par le fait que je l'avais enfin possédé, senti en moi. Ça avait dépassé mes rêves les plus fous.

Il aurait dû me réveiller, pour me dire au revoir. Ou me téléphoner, pour savoir comment j'allais. Après tout, je venais de perdre ma maison et je n'arrivais pas à joindre ma mère, alors que ça faisait des jours que j'essayais. Je n'avais pas non plus réussi à joindre M. et Mme Crist sur leurs portables. Si je n'avais de nouvelles de personne aujourd'hui, j'irais à la police. Ma mère ne laissait jamais s'écouler autant de temps sans m'appeler.

J'ai remis mon téléphone dans mon sac, et j'en ai sorti une des pochettes d'allumettes que j'avais rangée là, après avoir rapporté la boîte de Thunder Bay. J'ai ouvert le rabat et inspiré l'odeur, aussitôt envahie par un bref sentiment de soulagement.

Puis, j'ai remonté l'allée de la librairie de livres d'occasion, parcourant du regard les vieux livres de poche de science-fiction, dans l'espoir de me changer les idées.

Hors de question de l'appeler en premier.

— Salut ! a lancé une voix.

Je me suis tournée. C'était Alex. Elle s'est approchée de moi, une main dans la poche de son jean, un sourire aux lèvres.

— Je t'ai vue de l'extérieur et je me suis dit que j'allais venir te dire bonjour. Comment ça va ?

— Ça va. Et toi ?

Elle a haussé les épaules.

— Chaque jour est une aventure.

J'ai laissé fuser un petit rire. Avec ce qu'elle faisait pour payer ses études, j'imaginais bien qu'elle ne s'ennuyait jamais.

— Eh, merci de m'avoir ramenée l'autre soir. Je sais qu'on vient de se rencontrer, mais…

— Oh ! aucun problème, m'a-t-elle coupée. Merci d'avoir conduit. Je ne bois pas autant, d'habitude.

Elle a baissé les yeux d'un air absent. Comme moi, elle devait sortir de cours.

— Ça va ? ai-je demandé.

Elle a secoué la tête.

— Comme d'hab. J'en pince pour quelqu'un qui refuse de me toucher parce que je couche avec d'autres mecs. Quel bébé, j'te jure !

Je lui ai souri, mais c'était assez triste, en réalité.

— Il sait ce que tu fais, alors ?

— Ouais. Il était à la soirée, l'autre jour, c'est pour ça que j'ai bu autant. Il refuse même de me regarder.

— Tu dois connaître beaucoup de gens. Tu as dû te faire des contacts, non ? Des amis ? Peut-être que quelqu'un pourrait te dénicher un autre job.

— Ce n'est pas mon job le problème, a-t-elle répliqué d'une voix glaciale. Je n'ai pas à en avoir honte ou à le changer.

Je me suis figée, mal à l'aise. Je ne voulais pas la blesser. J'essayais seulement de trouver une solution à sa situation.

— Un jour, je posséderai un immeuble comme Delcour, je conduirai une voiture de sport comme toi, et j'aurai tout obtenu par moi-même. Je ferai alors un doigt d'honneur à tous ceux qui m'ont prise de haut, lui y compris.

Sa voix était dure et j'avais beau ne pas comprendre comment elle faisait ce qu'elle faisait, je savais que je n'aurais jamais à le faire. J'ignorais ce que c'était de prendre des décisions difficiles.

Elle a retroussé les lèvres.

— Je vais continuer à baiser tout ce qui bouge pour finir de payer mes études, et ceux à qui ça ne plaît pas peuvent aller se faire foutre.

Ça m'a fait sourire.

— D'accord, ai-je concédé. Mais sache que, malgré la voiture de sport, ma vie n'a pas été un conte de fées non plus.

Ses yeux se sont adoucis, et elle s'est penchée en avant pour passer son doigt sur ma cicatrice.

— Je m'en doutais.

Je l'ai regardée fixement. J'avais l'impression qu'elle comprenait, sans que j'aie besoin de dire quoi que ce soit. C'était étrange. Quand je l'avais vue, la première fois, je l'avais jugée. Mise dans une case. Elle n'était qu'une bimbo, une écervelée en quête de gloire et d'argent.

Mais c'était moi la conne. Nous n'étions pas si différentes.

Surprenant de constater que personne n'est réellement humain à nos yeux avant que nous lui parlions vraiment et ne prenions conscience que nous comme pareils, au fond. Elle désirait peut-être ce que j'avais, moi, j'en voulais peut-être moins, mais nous luttions toutes les deux, quelle que soit notre place.

— Bon, je dois y aller. Passe un bon week-end si on ne se revoit pas !

— Merci, toi aussi.

Avec un dernier sourire, elle s'est retournée et a remonté l'allée, avant de disparaître derrière un rayonnage.

J'ai souri. Je m'étais fait ma première amie à Meridian City. Et, pour la première fois — pendant environ cinq minutes —, je n'avais pas pensé à Michael.

Victoire !

J'ai sorti mon téléphone de mon sac pour consulter l'heure. Le capitaine des pompiers de Thunder Bay avait, lui aussi, ignoré mes appels toute la semaine. Je voulais connaître la cause de l'incendie, et il faudrait que j'y retourne pour mesurer les dégâts.

Les trois livres que j'avais choisis à la main, j'ai regagné l'avant de la boutique, pour payer.

La caissière a scanné les articles et les a mis dans un sac.

— Ça vous fait trente-sept cinquante-huit, s'il vous plaît.

J'ai passé ma carte dans la machine en lui tendant ma pièce d'identité pour qu'elle vérifie.

Mais elle ne l'a pas prise. Elle consultait son écran.

— Désolée. Votre carte ne fonctionne pas. Vous en avez une autre ?

J'ai baissé les yeux. « Carte refusée », indiquait l'écran.

Mon cœur s'est mis à battre plus vite et mon visage s'est embrasé tant j'étais gênée. Ça ne m'était jamais arrivé.

— Oh ! euh, ai-je balbutié en cherchant une autre carte dans mon portefeuille. Tenez. Je m'y suis peut-être mal prise.

Ce qui était parfaitement ridicule. J'étais une acheteuse confirmée, fière diplômée de l'université Christiane Fane et Delia Crist « Comment dépenser de l'argent ». Je savais me servir d'une foutue carte de crédit.

Elle a passé ma seconde carte dans le lecteur et a attendu un moment avant de me la rendre en secouant la tête.

— Désolée, ma belle.

Je n'en revenais pas.

— Quoi ? Vous êtes sûre que votre machine fonctionne ?

Elle m'a regardée avec une certaine impatience. Ça ne devait pas être la première fois qu'elle entendait ça.

— Je ne comprends pas, ai-je lâché, complètement dépitée. C'est tellement bizarre.

— Ça arrive, a-t-elle répondu en haussant les épaules. Quand on est une étudiante qui a du mal à joindre les deux bouts… Il y a un distributeur, juste là, si vous voulez que je mette les livres de côté.

Elle a pointé du doigt les fenêtres derrière moi. Il y avait une machine dans le petit café de la librairie.

— Merci.

Comment était-il possible que mes cartes ne fonctionnent pas ? J'avais eu la première à seize ans, quand j'avais commencé à conduire. Et la seconde quand j'étais partie pour l'université. J'avais aussi ma propre carte de paiement, mais notre comptable préférait que je ne l'utilise que pour les courses et l'essence, afin de mieux assurer le suivi de mes dépenses.

Je n'avais jamais eu de problème auparavant. Jamais.

La bouche sèche, je me suis dirigée vers le distributeur et j'y ai glissé ma carte, avant de taper mon code. J'allais appuyer sur *Retirer*, puis je me suis ravisée. J'ai appuyé sur *Solde*, et mon cœur a immédiatement bondi dans ma poitrine.

Zéro.

Ce n'est pas vrai. Ce n'est pas possible !

Les larmes aux yeux, je suis revenue en arrière, appuyant sur les boutons d'une main tremblante, afin de consulter le solde de mes comptes d'épargne.

Zéro également.

Mais qu'est-ce qui se passait, putain ?

Je suis sortie en catastrophe de la librairie, laissant les livres derrière moi, et j'ai remonté la rue au pas de charge. L'estomac noué, j'ai pris le chemin de mon appartement.

Une carte qui ne marchait pas, soit. Mais toutes mes cartes bloquées et mon compte en banque vide ?

J'essayais d'envisager toutes les possibilités.

La bijouterie avait-elle des difficultés ? Notre comptable n'avait-il pas payé nos impôts, ce qui pourrait expliquer que nos comptes en banque soient gelés ? Avions-nous des dettes ?

A ma connaissance, tout avait toujours été en ordre. M. Crist gérait la société et nos biens personnels, et, chaque fois que je discutais avec le comptable, il affirmait que nos finances étaient au beau fixe.

J'ai sorti mon téléphone pour appeler le comptable de la famille, mais je suis tombée sur sa messagerie. Il était absent pour le week-end.

J'avançais dans la rue, le dos trempé de sueur, essayant d'appeler ma mère, Mme Crist et même Trevor. Il fallait que je sache comment contacter quelqu'un qui pourrait m'aider.

Mais, là encore, personne n'a répondu.

Qu'est-ce qui se passe, bordel ? Pourquoi je n'arrive à joindre personne ?

Richard, le portier, m'a vu approcher et a immédiatement ouvert la porte d'entrée. Je suis passée à toute allure, ignorant son bonjour, et me suis ruée dans l'ascenseur.

Une fois arrivée dans mon appartement, j'ai laissé tomber mon sac et allumé mon ordinateur pour me connecter à mes comptes. Je ne pouvais pas attendre que tout le monde revienne au bureau lundi. Il fallait que je sache ce qu'il se passait.

Tout en me connectant à Internet, j'ai composé le numéro du bureau de M. Crist. Il travaillait toujous tard et son assistante serait certainement encore là. Il était à peine plus de 18 heures.

— Allô, Stella ? c'est Rika. Est-ce que M. Crist est là ? C'est urgent.

— Non, je suis désolée, Rika. Il est parti rejoindre son épouse en Europe il y a quelques jours. Je peux lui laisser un message ?

J'ai laissé tomber ma tête dans ma main, m'agrippant les cheveux, frustrée.

— Non, je…

Les larmes se sont mises à couler.

— J'ai besoin de savoir ce qu'il se passe. Il y a un problème avec mes comptes. Je n'ai plus d'argent. Aucune de mes cartes de crédit ne fonctionne !

— Oh ! ma chérie, a-t-elle dit, l'air inquiet. En as-tu discuté avec Michael ?

— Pourquoi irais-je en discuter avec Michael ?

— Parce que M. Crist lui a transféré la procuration sur tes comptes la semaine dernière. Cest lui qui est chargé de tout jusqu'à ce que tu obtiennes ton diplôme.

Je me suis figée.

Michael ? Il contrôlait tout ?

J'ai secoué la tête. *Non…*

— Rika ? a demandé Stella.

J'ai mis fin à l'appel sans lui répondre.

Je serrais les dents si fort que j'en avais mal à la mâchoire.

Tout l'argent que mon père nous avait laissé. Tout l'argent que nous touchions grâce à notre propriété et à la boutique. Il avait les actes notariés de tout !

J'ai balayé d'un revers de main tout ce qui se trouvait sur l'îlot central de la cuisine. Mes affaires, ordinateur y compris, se sont écrasées au sol.

— Non !

Qu'est-ce qu'il foutait ? Pourquoi me faisait-il un truc pareil ?

J'ai essuyé mes larmes, la colère inondant mes veines. Je m'en foutais ! Ce qu'il mijotait, ses raisons, putain, je m'en foutais !

J'ai sauté du tabouret, glissé mon téléphone dans ma poche et attrapé mes clés. Je n'ai même pas pris mon sac avant de verrouiller la porte et d'entrer dans l'ascenseur.

Sitôt au rez-de-chaussée, je me suis ruée vers l'accueil.

— M. Crist est-il rentré ?

M. Patterson a levé la tête de son ordinateur.

— Je suis désolé, mademoiselle Fane. Je ne peux pas vous le dire. Voulez-vous lui laisser un message ?

— Non. J'ai besoin de savoir où il est en ce moment.

Il m'a adressé un petit sourire peiné.

— Je n'ai pas le droit de vous communiquer cette information.

J'ai poussé un lourd soupir et sorti mon téléphone. Après avoir cliqué sur une photo datant du mois de mai, où je souris comme une idiote avec Trevor et son père, je lui ai montré l'écran.

— Vous reconnaissez l'homme au milieu, le bras passé

autour de mes épaules ? C'est Evan Crist. Le père de Michael. *Votre* patron. *Mon* parrain, ai-je dit d'un ton tranchant.

Son visage s'est décomposé, et j'ai vu sa pomme d'Adam tressauter. Je détestais devoir faire ça. Je n'avais encore jamais joué la carte « Je-vais-vous-faire-virer », mais c'était tout ce que j'avais. Dorénavant, il savait que je connaissais les Crist. Alors pourquoi n'aurais-je pas le droit de savoir où se trouvait Michael ?

— Où est-il ?

— Il est parti il y a environ une heure, a-t-il répondu sans oser me regarder. Ses amis et lui ont pris un taxi pour aller dîner chez Hunter-Bailey.

Je me suis écartée du comptoir pour me précipiter à l'extérieur. J'ai couru sur le trottoir de la ville, zigzagué entre les piétons, traversé les rues en courant pour me frayer un chemin jusqu'au gentlemen's club, à quelques rues de là.

J'étais en nage et à bout de souffle quand je suis arrivée. J'ai gravi les marches du perron au pas de course, les jambes en feu.

J'en avais marre de réfléchir. Marre de penser et de peser. Michael m'avait volée et avait volé ma famille. Mon sang bouillonnait dans mes veines.

Qu'il aille se faire foutre !

Je me suis plantée devant le bureau d'accueil.

— Où est Michael Crist ?

Le réceptionniste, dans son costume noir impeccable et sa cravate bleu nuit, a redressé les épaules et plissé les yeux.

— Il est en train de dîner, madame, m'a-t-il répondu, lançant un regard furtif en direction des doubles portes sur ma droite. Puis-je vous ai…

Mais j'étais déjà partie. J'en avais fini d'attendre qu'on me mette dehors ou qu'on me dise quoi faire.

J'ai attrapé les deux poignées et ouvert les battants en grand.

— Mademoiselle ! Mademoiselle ! Vous n'avez pas le droit d'y aller !

Malgré ses protestations, je n'ai pas hésité une seconde. Au diable leur stupide règle sexiste !

Je suis entrée. Ma peau vibrait, mon cœur battait avec une excitation nouvelle. J'ai parcouru rapidement des yeux la pièce remplie d'hommes dans leurs costumes chics, la fumée des cigares flottant dans l'air au-dessus de leurs têtes.

J'ai fini par les trouver. Michael, Kai, Damon et Will étaient assis à une table ronde dans le fond. J'ai traversé la pièce avec fureur, insensible aux regards curieux et à l'étonnement des serveurs chargés de plateaux.

— Excusez-moi, madame ! s'est écrié l'un d'entre eux, alors que je le dépassais à vive allure.

Il croyait m'arrêter ? J'ai chargé de plus belle. Michael a enfin remarqué ma présence mais, avant qu'il puisse dire quoi que ce soit, j'ai tendu la main, attrapé la nappe et tiré d'un coup sec, emportant tous les verres, les assiettes et les couverts avec.

— Merde ! a hurlé Will.

Tout s'est écrasé sur le plancher ; Kai, Will et Damon ont précipitamment reculé leurs chaises pour éviter le chaos qui se déversait sur le sol.

J'ai lâché la nappe et serré les dents, plantant mon regard furieux dans les yeux amusés de Michael.

Les bavardages avaient cessé dans la pièce, et je savais que tous les yeux étaient posés sur moi.

— Mademoiselle ? a ordonné une voix derrière moi. Je vous demande de partir.

Je n'ai pas bougé d'un poil. Je fixais Michael, le mettant au défi de réagir.

Il a fini par chasser l'homme d'un geste de la main.

Je me suis approchée de la table. Ça m'était égal qu'on m'entende ou qu'on me dévisage.

— Où est mon argent ?

— Sur mon compte.

Ce n'était pas Michael qui avait répondu. Je me suis tournée vers Kai, qui affichait un petit sourire suffisant.

— Et le mien.

Will arborait le même sourire satisfait.

— Et le mien ! a ajouté Damon.

J'ai secoué la tête, essayant de maîtriser mes tremblements nerveux. J'étais sous le choc.

— Vous êtes allés trop loin !

— On ne va jamais trop loin, a répondu Kai. Ce qu'on peut faire, on le fait.

— Pourquoi ? Qu'est-ce que je vous ai fait ?

— Si j'étais toi, a répliqué Damon, je m'inquiéterais plutôt de ce que nous allons te faire.

Quoi ?

Michael s'est penché, les avant-bras posés sur la table.

— Tu n'as plus de maison. Ton argent et tes biens ? Liquidés. Et ta mère, tu sais où elle est ?

Mes yeux se sont arrondis d'horreur.

Ma mère n'était pas sur leur yacht. J'avais été bernée.

— Oh, mon Dieu…

— Tu nous appartiens à présent, a déclaré Michael. Tu auras l'argent quand nous penserons que tu le mérites.

J'ai plissé les yeux, la gorge soudain nouée.

— Pas question que vous vous en tiriez comme ça !

— Qui va nous arrêter ? a demandé Damon.

Mais j'ai gardé les yeux rivés sur Michael. Je ne traitais qu'avec lui.

— Je vais appeler ton père !

Il a éclaté de rire avant de se lever.

— J'espère bien ! J'ai hâte de voir sa tête, quand il comprendra que la fortune des Fane a disparu, et que Trevor va te récupérer dans un état… (ses yeux de braise m'ont parcourue)… loin d'être virginal.

Will a ricané et ils se sont tous levés, enjambant les débris des assiettes et des verres sur le sol. Michael a fait le tour de la table pour se poster devant moi.

— Nous avons des spectateurs, je n'aime pas ça. Nous retournons chez mes parents, à Thunder Bay, pour le week-end. Nous t'attendons dans l'heure.

Il a joint à ses paroles un regard menaçant : ce n'était pas une requête.

Sans même oser respirer, je l'ai regardé traverser la salle, ses amis sur les talons. Aucun n'a lancé un coup d'œil en arrière.

Thunder Bay ? Seule avec eux ?

J'ai secoué la tête. *Non.* Je ne pouvais pas. Il fallait que j'appelle quelqu'un.

Mais qui ? Je n'avais plus personne vers qui me tourner.

Qui allait les arrêter ?

19

Erika

Présent

J'ai attrapé la batte de base-ball que j'avais emportée avec moi et je suis sortie de la voiture. Puis j'ai claqué la portière de toutes mes forces. Mon pouls tambourinait violemment, mon corps était fiévreux, et mon front perlait de sueur. J'arrivais à peine à respirer.

Je serais en sécurité. Michael et Kai iraient loin, mais ils ne me feraient jamais de mal. Je serais en sécurité.

Ma mère était en danger, quelque part, Dieu savait où, et elle était la seule raison de ma présence ici.

Je me suis dirigée vers la maison. Aucune lumière n'était allumée, ni à l'intérieur ni à l'extérieur. Je me suis avancée vers la porte, m'engageant sous l'ombre d'un immense arbre qui barrait le clair de lune.

Mes mains tremblaient. Tout était si sombre !

Ne te défile pas, et ne pars pas avant d'avoir obtenu des réponses.

Si j'appelais la police, il leur faudrait des semaines pour démêler le vrai du faux. Ma mère était sur le yacht. Elle n'y était pas. Si elle était à l'étranger, il serait plus difficile de la joindre, bien entendu. « Attendez encore un peu, retournez à la fac, et laissez le problème entre nos mains compétentes. » Voilà ce qu'ils me diraient.

Mais je n'en avais pas l'intention.

Quand j'ai tourné la poignée de la porte, le ruban adhésif collé à l'intérieur de mon avant-bras a fait du bruit.

Merde…

Ils ne devaient absolument pas se douter que la batte était un leurre. S'ils pensaient m'enlever une arme des mains, ils ne s'attendraient pas à ce que j'en aie une autre. C'est pourquoi j'avais scotché la dague sous ma manche.

J'ai pris une profonde inspiration et ouvert lentement la porte, posant un pied dans la maison plongée dans le noir.

Aussitôt, une main glaciale m'a attrapé le poignet et tirée à l'intérieur. J'ai crié, la porte a claqué derrière moi, et la batte de base-ball m'a été arrachée des mains.

— Tu es venue…

Will. J'ai retenu mon souffle. Il m'a saisie par le cou, et attirée à lui pour me murmurer à l'oreille :

— C'était vraiment stupide.

Il m'a libérée et poussée brutalement en avant. Je me suis retournée et j'ai immédiatement suffoqué.

Oh, mon Dieu !

J'ai reculé pour m'éloigner de lui. Il portait un sweat à capuche noir, tête couverte, et un masque. Mais ce n'était pas son masque habituel. Celui-ci, je ne l'avais jamais vu ; il était entièrement blanc.

Je me suis légèrement recroquevillée et j'ai gardé les mains tendues devant moi, me préparant à sa prochaine attaque.

La batte dans les mains, il a lentement avancé vers moi.

— Qu'est-ce que tu allais faire avec ça, hein ?

Il l'a tenue au niveau de son entrejambe et s'est mis à la caresser comme si c'était son sexe.

— Ouais, c'est ça qui te plaît, pas vrai ?

Puis il a brusquement lancé la batte, qui a atterri avec fracas sur le marbre du hall d'entrée.

Me dévisageant à travers son masque blanc, il s'est approché plus près encore.

J'ai reculé.

Quelqu'un d'autre a enroulé les bras autour de moi, m'arrachant un cri.

— Non !

— Il n'en a peut-être pas une aussi grosse que la batte, mais moi si.

La voix sinistre de Damon…

Je me suis tordue et débattue, prenant soin de garder mon avant-bras collé contre moi. Il ne fallait pas qu'ils trouvent la dague. Je ne voulais même pas m'en servir, à moins d'y être obligée.

Mais le plus sage, si on en arrivait là, serait sans doute de m'enfuir… parce que, dague ou pas, je ne ferais pas le poids si je devais les affronter tous en même temps.

— Va te faire foutre, Damon ! C'est moi que Rika va préférer.

Le souffle court, les abdos en feu, je luttais pour me libérer de l'étreinte de Damon.

— Lâche-moi, bordel !

Damon m'a poussée droit dans les bras de Will, qui m'a attrapée et serrée contre lui, m'empoignant les fesses.

— Tu vas m'aimer, hein, Rika ? Ou tu préfères l'essayer en premier ?

Il a désigné Damon d'un brusque signe de tête, avant de me renvoyer dans ses bras.

La pièce tournoyait autour de moi.

— Arrêtez ! Lâchez-moi !

Où était Michael ?

Damon m'a empoignée par le col, plaquant mon visage contre le sien, et j'ai entendu sa lourde respiration derrière son masque blanc, identique à celui de Will.

— C'est moi qui ai purgé la peine la plus longue. Je devrais avoir les honneurs. T'en penses quoi ?

Il avait tourné la tête à droite, vers la pénombre.

A qui parlait-il ?

Avant que j'aie le temps de le découvrir, il m'a projetée dans cette direction et j'ai atterri contre le torse d'un autre homme masqué. J'ai poussé un cri de stupeur, quand il a coincé mon pied nu sous sa botte. Je ne m'étais pas rendu compte que j'avais perdu une sandale. J'ai martelé sa poitrine pour qu'il me libère.

— Arrêtez…

J'étais perdue.

Le troisième m'a saisie par la taille et a empoigné mes cheveux. J'ai hurlé sous la douleur.

— De toute façon, elle ne sera même plus capable de nous différencier, au bout d'un moment.

Kai. Comment pouvait-il me faire ça ?

Il m'a relancée à un autre. Mes pieds ont trébuché sur le sol alors que je luttais pour ne pas tomber.

— Tiens-la ! a-t-il ordonné.

Will m'a immobilisée. J'avais les jambes et les bras lourds, la tête qui tournait. L'air me manquait.

— Arrêtez, ai-je supplié.

J'utilisais mes dernières forces pour me débattre, tenter d'échapper à Will.

Kai s'est agenouillé devant moi et a fait courir ses mains sur mes jambes — mes mollets puis mes cuisses.

— Non !

Je donnais des coups de pied avec le peu d'énergie qu'il

me restait. Mais il m'a attrapé les chevilles et a serré si fort que j'en ai eu mal jusque dans les os.

— Je dois m'assurer que tu ne caches rien, a-t-il expliqué d'une voix calme.

Trop calme.

— Laisse-moi tranquille ! Où est Michael ?

J'ai tourné la tête de gauche à droite, cherché en haut de l'escalier, partout. Il était introuvable.

Mais il était là, pourtant. Il était forcément là.

Damon m'a lorgnée, tête penchée sur le côté, attentif, comme si j'étais un animal qu'on disséquait sous ses yeux. Will me maintenait plaquée contre lui, frottant son visage masqué contre mon cou.

— Tu caches quelque chose, ici ? a demandé Kai en remontant sa main le long de ma cuisse.

Je me suis jetée en avant en grondant :

— Va te faire foutre !

Will a ricané et resserré ses doigts autour de mes bras pour me tirer de nouveau contre lui.

— Pourquoi tu ne la déshabilles pas ? a proposé Damon. Comme ça, on sera sûrs.

— Putain, ouais ! a renchéri Will derrière moi.

Kai s'est redressé. Impossible d'établir un contact, de capter son regard. Derrière son masque, ses yeux étaient noirs comme la nuit.

— Mettons-nous dans l'ambiance, d'abord.

Il a sorti une télécommande de son sweat et l'a tendue devant lui.

Un léger ronflement a résonné et les rideaux métalliques se sont mis à descendre sur toutes les fenêtres. Mon ventre s'est noué. Le peu de clair de lune qui pénétrait dans la pièce est devenu de plus en plus faible. Kai et Damon ont peu à peu disparu devant moi et la maison a été plongée dans un noir total. Mes jambes se sont mises à trembler.

— Pourquoi vous faites ça ? Qu'est-ce que vous me voulez ?

— Pourquoi on fait ça ?

Will imitait ma voix.

Les autres se sont joints à lui.

— Pourquoi on fait ça ?

— Pourquoi on fait ça ?

— Je ne sais pas. Pourquoi on fait ça ? a demandé Damon en riant.

J'ai crié lorsque Will m'a poussée dans ses bras. Enfin, je crois que c'étaient ceux de Damon.

Il m'a attrapée et a collé son corps contre le mien, me tripotant les fesses des deux mains.

J'ai essayé de le repousser. Je grognais, criais, bouillonnais de rage.

— Lâche-moi !

Il m'a effectivement lâchée... pour me pousser dans une autre paire de bras. J'ai trébuché dans les ténèbres, étourdie, sans aucun repère.

L'un d'eux a passé les bras autour de moi et j'ai agrippé son sweat pour retrouver l'équilibre. J'avais envie de vomir.

— Quoi ?! me suis-je étranglée en m'efforçant de retenir mes larmes. Qu'est-ce que vous attendez de moi ?

— Qu'est-ce que vous attendez de moi ? s'est moqué Kai.

— Qu'est-ce que vous attendez de moi ?

— Qu'est-ce que vous attendez de moi ?

J'ai une nouvelle fois été projetée en avant et d'autres bras m'ont attrapée.

— Arrête, merde !

En désespoir de cause, j'ai battu l'air de mes bras, de mes poings, accrochant un masque au passage.

— Oh ! Mais c'est qu'elle a du répondant, et de la fougue ! a plaisanté Will, avant de me pousser vers un autre.

Mes jambes me soutenaient à peine, et j'ai craqué. Avec un sanglot, j'ai enfoui les mains dans mes cheveux et recroquevillé les doigts, mes ongles ont éraflé mon crâne si durement que ma peau me brûlait.

J'ai renversé la tête en arrière.

— Michael !

— Michael ? a lancé quelqu'un après moi.

Puis un autre a chantonné :

— Michael, où es-tuuuu ?

— Mi-cha-el ? a lancé le troisième.

Leurs voix résonnaient dans l'escalier et le couloir.

— Je ne crois pas qu'il va venir !

— Ou alors, il est déjà là, a raillé Will.

— Mais pourquoi vous faites ça ?

On a frôlé mon oreille ; j'ai sursauté.

— Vengeance, m'a-t-on soufflé dans un murmure violent.

— Une petite revanche, a ajouté Will.

— Une compensation pour la peine purgée, a conclu Kai.

Les larmes roulaient sur mes joues. De quoi parlaient-ils ? Et où était Michael ?

Des mains m'ont agrippée par les hanches, puis des bras m'ont emprisonnée, pressée contre un torse.

— Tu nous appartiens, Rika, m'a soufflé une voix à l'oreille. Voilà ce qui se passe.

Je me suis figée, la peur au ventre. Là, je n'avais plus aucun espoir… C'était Michael.

— Tu appartiens aux Cavaliers à présent, a précisé Kai, et, si tu veux de l'argent pour manger, tu seras aussi gentille avec nous que tu l'as été avec Michael le week-end dernier.

— Il a dit que tu avais été pas mal, a renchéri Damon, mais on va t'aider à t'améliorer.

— Avec un peu d'entraînement ! a fanfaronné Will.

— Sauf que tu n'aimeras pas ça, a grogné Kai à côté de moi. Je te le promets !

— Et si tu veux de l'argent pour la fac, ou pour ton loyer,

disons qu'il faudra que tu sois *particulièrement* agréable, a ajouté Damon.

Je me suis penchée en avant. Je me sentais mal. J'étais sur le point de m'écrouler.

C'était quoi, ce délire, à la fin ?

— On est censés faire quoi, quand on se sera lassés d'elle ? a demandé Will à quelqu'un sur ma droite. On ne peut pas la payer pour rien, si ?

— Bien sûr que non !

— J'imagine qu'on pourra la faire tourner, a suggéré Will. On a des amis.

— Ouais, super idée ! a lancé Damon. Mon père adore les jeunettes.

— Lui qui a l'habitude de te refiler ses restes..., a plaisanté Kai. Tu vas pouvoir lui rendre la pareille.

Les bras de Michael se sont resserrés autour de moi, et j'ai eu un haut-le-cœur.

— Viens, Rika, a grommelé l'un d'eux.

Il m'a tirée en avant et m'a violemment jetée au sol. Mon épaule a heurté le marbre dur et la douleur m'a coupé le souffle.

— Damon ! a grondé une voix grave.

J'étais en nage, je n'avais plus de chaussures, je toussais et crachotais. J'ai essayé de me retourner pour voir ce qu'il se passait, mais un corps imposant s'est écrasé sur moi. J'ai tenté de le repousser, de ramper... rien à faire. J'étais prise au piège. Il a écrasé sa bouche dans mon cou et m'a pétri les fesses d'une main sans douceur.

— Tu savais que ça allait arriver, a soufflé Damon avant de me mordre l'oreille, tout en essayant de me faire écarter les jambes. Ouvre, bébé.

J'ai hurlé à pleins poumons, la gorge à vif.

Puis j'ai levé les bras au-dessus de lui pour empoigner ma dague et je ne me suis pas laissé le temps de réfléchir avant de porter mon attaque. La lame s'est plantée dans son flanc. Jamais je n'avais été aussi rapide de ma vie !

— Merde ! a-t-il braillé en reculant d'un bond. Putain ! Elle m'a poignardé !

Je me suis levée en quatrième vitesse, mes jambes et mes mains s'activant aussi vite que possible pour me remettre sur pied. La lame m'a échappé des doigts, et mon chemisier pendait, révélant mon débardeur…

J'ai couru.

Sans hésiter.

Sans regarder en arrière.

J'ai traversé la maison, je suis entrée dans le jardin d'hiver, et j'ai ouvert les portes de la terrasse en grand pour plonger dans la nuit. Mon cœur battait si fort dans ma poitrine que c'en était terriblement douloureux. J'ai détalé dans le vaste jardin herbeux, puis je me suis faufilée à travers les arbres, oppressée par la sensation que des yeux suivaient ma course dans le noir.

Mon chemisier était humide. Je n'avais pas besoin de vérifier pour savoir qu'il était maculé de sang.

Il s'était mis à pleuvoir et mes pieds nus glissaient sur l'herbe mouillée. Je suis tombée plusieurs fois ; je ne savais absolument pas où j'allais.

Ma mère était en danger, et je n'avais pas d'argent. Vers qui pouvais-je me tourner ?

Le cabanon est apparu devant moi et j'ai ralenti, en proie au plus profond désespoir.

Ma mère…

Ils avaient une somme d'argent incalculable et le pouvoir de cacher tous leurs méfaits. Cette fois, pas de vidéos de leurs crimes pour les faire arrêter.

Je ne retrouverais jamais ma mère, et je ne récupérerais jamais tout ce que mon père m'avait laissé. Michael se fichait de son père et de Trevor. Il ne les écouterait pas quand ils finiraient par revenir, et d'ici là il serait peut-être trop tard pour ma mère.

Je n'avais nulle part où aller. Personne pour m'aider.

J'ai essuyé mes larmes d'un revers rageur de la main. J'avais envie de hurler de colère et de frustration.

Qu'étais-je censée faire ? Trouver un téléphone et appeler Noah, la seule personne que je pourrais probablement joindre ?

Et ensuite ? Où irais-je ? Comment retrouverais-je ma mère ?

Personne ne pouvait faire quoi que ce soit pour moi, à part moi-même.

« Tu n'es pas une victime. Et je ne suis pas ton sauveur. »

Je me suis retournée vers la maison. Les lumières se sont allumées peu à peu à l'intérieur.

Un jour… j'avais été l'une des leurs. Un jour, j'avais traîné avec eux, je les avais suivis, je m'étais tenue à leurs côtés. Je n'étais pas leur victime, alors, et j'avais leur attention. J'avais appris à me battre.

Je n'allais pas leur faciliter la tâche, et je n'allais pas m'enfuir.

Je ne m'enfuirais jamais.

J'étais faite pour ce combat.

20

Michael

Présent

— Putain ! a crié Damon. Je croyais que tu l'avais fouillée, mec !

— Va dans la cuisine ! a aboyé Kai. Putain de merde !

J'étais debout sur le palier de l'étage, les bras croisés, mon masque blanc posé sur la petite table à côté de moi. Je contemplais la grande pelouse par la fenêtre, surveillant le petit bâtiment en bois caché entre les arbres.

Elle était là.

Je savais qu'elle n'irait pas loin. Rika était une fille maligne. Elle avait peur et elle était en mode survie, mais elle n'était pas stupide.

Après sa fuite, nous avions fait asseoir Damon sur une chaise, puis j'avais rouvert les volets pour laisser entrer le clair de lune, et j'étais monté à l'étage pour la regarder courir.

Elle avait détalé, disparu entre les arbres, mais elle n'était pas partie. Il n'y avait rien d'autre que des falaises, au bout de la propriété, un à-pic au-dessus d'une plage de l'océan Atlantique.

Elle était pieds nus, glacée, seule et sans téléphone. Que pouvait-elle faire ?

Elle devait être en train de se dire la même chose, en ce moment même.

— Je vais la chercher.

Kai m'avait rejoint à l'étage.

Mais j'ai secoué la tête.

— Laisse-la. Elle n'a nulle part où aller.

— Elle serait folle de revenir ici ! Après ce qu'on vient de faire.

— Calme-toi. Je la connais mieux que toi.

Je l'ai vu secouer la tête du coin de l'œil.

Il a baissé d'un ton, mais sa voix était toujours empreinte de colère.

— Michael, elle pourrait mettre la main sur un téléphone. Elle pourrait appeler un ami et finir par joindre ta mère ou ton père, pour ce qu'on en sait. La priver d'argent ne suffira pas à la rendre docile. Nous l'avons sous-estimée.

J'ai soupiré, agacé, et retiré mon sweat-shirt et mon T-shirt, que j'ai laissés tomber sur le sol. J'étais en nage.

— Si elle ne revient pas, vous devrez tous les trois vous contenter de garder l'argent. Il faudra bien accepter que nous avons perdu. Nous étions d'accord pour dire qu'elle devait se soumettre d'elle-même à nos termes.

J'ai de nouveau regardé par la fenêtre, la gorge nouée, le corps en feu.

Ne reviens pas, Rika.

Je savais qu'elle n'irait pas loin, mais je voulais qu'elle disparaisse. J'avais merdé. Ce n'était pas ainsi que c'était censé se passer.

Nous allions la faire nôtre. C'était ça, le plan. Nous allions lui faire éprouver ce qu'ils avaient ressenti quand elle avait détruit leurs vies et nous avait tous anéantis. Elle serait seule et n'aurait plus aucun contrôle. Nous la ferions souffrir.

Cependant, dès que Damon s'était jeté sur elle, je m'étais interposé.

Je ne pouvais pas les laisser l'avoir.

Quand elle l'avait poignardé et s'était enfuie, je l'avais laissée partir, même si je savais qu'elle n'avait nulle part où aller. Elle se rendrait bien compte qu'il n'y avait pas d'échappatoire, que c'était simplement la fin du premier round.

Malgré tout, je gardais l'espoir qu'elle nous ait échappé. Il fallait qu'elle s'enfuie, qu'elle se cache, jusqu'à ce que je trouve une solution. J'étais incapable de mettre notre plan à exécution. Elle était à moi.

— Elle va revenir, ai-je dit à Kai.

— Comment peux-tu en être aussi sûr ?

— Parce qu'elle est incapable de renoncer à un défi. Va voir si la blessure de Damon est grave.

Il a hésité un moment, comme s'il pesait ses options, puis il s'est barré.

— Putain de merde ! a hurlé Damon en bas.

Un bruit de vaisselle brisée a suivi.

Je n'ai pas pris la peine de retenir mon petit sourire. Je n'arrivais pas à croire qu'elle avait dissimulé une arme ! J'étais content qu'ils lui aient donné la dague, finalement.

J'ai fermé les yeux. Qu'est-ce que j'allais pouvoir faire, maintenant ? Comment les arrêter ?

J'ai pivoté sur moi-même et descendu l'escalier jusqu'à la cuisine. Dans l'entrée, des grosses gouttes de sang maculaient le sol.

Soudain, une voix aiguë a résonné dans la maison.

— Je ne vous faciliterai jamais la tâche ! Jamais !

Rika.

Sa voix crépitait et semblait lointaine.

— Je ne vais pas faire tout le chemin pour venir te chercher, a grogné Will.

J'ai serré les poings en arrivant dans la cuisine. *L'interphone.* Il l'avait trouvée.

Toutes les pièces de la maison, y compris le cabanon, étaient pourvues d'un interphone. Il avait dû le comprendre. Elle n'avait nulle part où aller.

— Oh ! si, tu vas venir me chercher ! a-t-elle rétorqué d'une voix rageuse, le mettant au défi. Tu as toujours été le gentil toutou de la bande. Viens chercher, petit chien-chien !

Je n'ai pas pu m'empêcher de sourire. *Bien joué !*

— Espèce de salope ! a aboyé Will.

Il était clair qu'il était fou de rage. Will ne s'énervait jamais d'ordinaire. Jusqu'à ce qu'il s'énerve pour de bon.

Mais une autre voix s'est élevée, calme et menaçante.

— Moi, je vais venir te chercher, a dit Damon. Et ça va pas être beau à voir.

J'ai serré les dents.

Kai ouvrait et fermait tous les placards de la cuisine, certainement à la recherche d'une trousse de premiers secours, tandis que Damon pressait une serviette contre son flanc gauche, penché contre l'interphone sur le mur.

— Je vais te saigner moi aussi, Rika ! Ne bouge pas.

Puis il s'est écarté de l'interphone et a jeté la serviette par terre pour que Will plaque de la gaze sur sa blessure.

La plaie était superficielle, mais large. Le sang s'est aussitôt mis à suinter sur le fin tissu. Rika l'avait bien entaillé.

Les mains tachées de sang de Will s'affairaient, pendant que Damon, grimaçant, tirait sur sa cigarette.

— Tu ne vas nulle part, lui ai-je dit en allant fouiller dans l'un des tiroirs de l'îlot central pour en sortir de l'eau oxygénée.

— Va te faire foutre !

Il a repoussé Will, jeté sa cigarette dans l'évier d'une pichenette, puis il s'est dirigé au pas de charge vers le jardin d'hiver.

J'ai bondi de derrière le comptoir et je l'ai attrapé par le bras pour le plaquer contre le mur. Il s'est débattu et je l'ai cloué au mur en le saisissant par le cou, mon autre main, menaçante, appuyée contre le bandage sur sa blessure toute fraîche.

— Putain ! a-t-il hurlé en me repoussant, mais je suis revenu à la charge. Lâche-moi !

— Nous étions d'accord.

— Tu étais d'accord ! a-t-il contré. Je vais la déchirer en deux !

Non ! Personne ne la toucherait, à moins qu'elle n'accepte nos conditions. C'était le marché qu'on avait passé. Quoique, le marché ne tenait plus. Il ne me convenait plus, à moi non plus.

— Je ne sais même pas pourquoi tu es là, a-t-il lancé avec mépris en repoussant mes mains, mais sans s'échapper. Il s'en est tiré comme ça, a-t-il lancé aux autres, il n'a pas fait un seul jour de taule ! Alors pourquoi il aurait voix au chapitre ?

Je l'ai fusillé du regard.

— Tu crois que ces trois dernières années ont été faciles ? C'est moi qui l'ai énervée. Elle était en colère contre moi, cette nuit-là, et vous en avez tous payé le prix. J'ai dû la surveiller jour après jour… cette salope menteuse, manipulatrice, vindicative, assise à moins d'un mètre de moi à la table du dîner, sachant que tout était ma faute.

J'ai tourné la tête pour regarder Kai, puis Will, avant de me reconcentrer sur Damon.

— Vous êtes mes frères, ma famille. Vous avez purgé votre peine, et je porte cette culpabilité sur mes épaules. Nous avons tous payé.

Je l'ai lâché et j'ai reculé. Il avait les yeux dans le vague, l'air renfrogné.

C'était vrai, j'avais le sentiment de leur être redevable. Je l'avais blessée cette nuit-là, je l'avais repoussée, m'étais montré cruel, et c'était ma faute si elle s'en était prise à eux. Elle avait le téléphone. Elle avait posté les vidéos.

— Will, va la chercher ! ai-je ordonné.

Hors de question que je laisse Damon seul avec elle dans ce cabanon.

Will m'a contourné pour sortir. Mais à peine avait-il franchi la porte qu'il s'est figé.

— Elle arrive, a-t-il dit, un peu surpris.

Quoi ?

J'ai fait un pas sur le côté pour suivre son regard.

Putain !

Rika traversait lentement la pelouse, le menton relevé, les épaules bien droites.

— Tu avais raison, a dit Kai à côté de moi, ravi.

J'ai tourné les talons et je suis retourné dans la cuisine, tandis qu'ils gardaient tous les trois les yeux rivés sur elle.

Les mains agrippées au plan de travail, j'ai entendu la porte s'ouvrir. Elle est entrée calmement, sous le regard médusé des trois autres. Elle s'est arrêtée à la porte de la cuisine et m'a dévisagé, son expression impassible masquant assez efficacement la peine que je décelais pourtant au fond de ses yeux.

Ses vêtements étaient trempés ; on voyait son soutien-gorge blanc à travers son débardeur.

— Où est ma mère ?

Damon, Will et Kai l'ont encerclée.

— C'est pour ça que tu es revenue ?

Elle nous affrontait pour retrouver sa mère, et c'était exactement ce sur quoi nous avions compté.

— Je n'ai pas peur de toi, Michael.

J'ai hoché la tête et croisé les bras.

— C'est ce que tu crois !

En la considérant en cet instant, des gouttes de pluie tremblotant sur ses cheveux, le sang de Damon sur ses mains et le bas de son débardeur, la mine farouche, assombrie de détermination, je n'étais vraiment plus sûr de quoi que ce soit.

Elle n'avait pas peur. Elle s'abandonnait. Elle assumait.

Fuis ou joue.

Et puis merde !

— Où est-elle ? a-t-elle insisté.

— Tu auras des réponses quand tu auras avoué.

— Et te seras soumise, a ajouté Will.

— Avoué quoi ? a-t-elle lancé, posant son regard implacable sur lui.

Will s'est approché pour la fixer droit dans les yeux.

— Quand tu nous auras avoué ce que tu as fait. A nous tous.

— Ton caprice nous a coûté trois ans de nos vies, Rika, a attaqué Kai en montrant les dents. Et ça n'a pas été facile. Nous étions affamés, menacés et malheureux.

— Et maintenant tu vas savoir toi aussi ce que ça fait, a grondé Damon en lui jetant un regard noir.

Appuyé contre le mur, il se tenait le ventre. Elle ne l'avait pas raté.

Kai s'est penché vers elle.

— Tu vas apprendre à la fermer et à baisser les yeux quand j'entre dans une pièce.

— Et tu vas apprendre à te battre et à résister, parce que c'est ce qui me plaît, à moi, a riposté Damon.

— Mais avec moi, a soufflé Will, la faisant tressaillir, tu vas en avoir envie.

Elle a secoué la tête.

— Mon caprice ? Quel caprice ? Je ne sais même pas de quoi vous parlez !

— Tu viens quand on te l'ordonne, a poursuivi Damon, le visage crispé de douleur. Tu pars quand on te l'ordonne. Du moment que tu fais ce qu'on te dit, ta dette envers nous sera réglée. Ta mère sera hors de danger, et tu auras de l'argent pour vivre. C'est compris ?

— Tu es à nous, a dit Kai. Tu nous es redevable, et ça fait longtemps qu'on attend.

— Redevable de quoi ? a-t-elle hurlé.

— On t'a emmenée avec nous cette nuit-là, a repris Will. On te faisait confiance !

— Faut jamais faire confiance à une putain de gonzesse, a grommelé Damon, récitant certainement les paroles de son père.

— J'étais censée vous faire confiance aussi ! a-t-elle répliqué. Et vous m'avez fait quoi, les gars, hein ?

Elle a lancé un regard furieux à Damon, Will et Kai, et je me suis figé. De quoi est-ce qu'elle parlait, là ?

— C'est quoi, cette histoire ? ai-je demandé.

Rika m'a ignoré.

— Vous avez passé trois ans en prison ? Eh bien, ça ne me fait ni chaud ni froid. Vous avez merdé, les mecs, mais surprise, surprise, vous avez dû en payer les conséquences, pour une fois. Vous n'avez jamais eu à assumer vos actes. Vous êtes les seuls responsables de ce qui vous est arrivé.

— Tu ne sais rien ! lui a hurlé Kai au visage.

Elle a secoué la tête, une lueur malveillante dans les yeux.

— Vraiment ?

Puis elle a posé son regard assassin sur Damon.

— Tu as été envoyé en prison pour le viol d'une mineure, Winter Ashby, la fille du maire. Preuve vidéo. Qu'y a-t-il à expliquer ?

J'ai fermé momentanément les yeux, le souvenir du matin où les vidéos avaient fait surface sur le Net me frappant de plein fouet.

Je m'étais réveillé le jour d'Halloween, lendemain de la Nuit du Diable, et j'avais découvert que certaines de nos vidéos avaient été mises en ligne, au su et au vu de tous.

Ce qui avait provoqué l'arrestation de mes amis.

Bon, d'accord, c'était stupide de filmer, à la base, mais nous faisions toujours attention. Nous avions un téléphone spécial pour ces nuits où nous semions la pagaille et nous voulions en garder un petit souvenir. A l'époque, on se croyait intouchables.

Winter Ashby avait invité Damon dans son lit ce soir-là, parfaitement consentante, mais elle était mineure, et son père tout aussi puissant que les nôtres.

Qui plus est, il détestait la famille de Damon. Ce qui était certainement la raison pour laquelle Damon avait jeté son dévolu sur elle, au départ.

Hors de question pour le père de Winter d'abandonner les poursuites. Il y avait vu une opportunité de détruire un Torrance et l'avait saisie.

Damon la dévisageait, impassible.

— Ouais. Tu m'as démasqué. Je m'en suis pris à une gamine, et je ne me souviens même pas de son visage.

Rika a plissé les yeux. Elle s'attendait certainement à ce qu'il proteste davantage, mais ce n'était pas le style de Damon. Il ne parlait pas. Il agissait.

Elle s'est tournée vers Will et Kai.

— Et vous, vous avez tabassé un flic et vous l'avez laissé pour mort au bord de la route.

Une autre vidéo qui avait fait surface.

— Ce flic, a répliqué Will, c'est le frère d'Emery Scott. Son putain de violeur de frère aîné. Alors, oui, bien sûr que je lui ai foutu une raclée !

Elle a froncé les sourcils.

— Emery Scott ?

— Ouais, a dit Kai. On en avait eu vent un peu plus tôt pendant l'été, alors on lui est tombés dessus. J'en ai rien à branler de ce que tu penses. On le referait s'il le fallait.

Rika connaissait Emery Scott — elle avait été en classe

avec elle — et elle devait se rappeler que Will avait réduit son kiosque en cendres pendant la Nuit du Diable. Il la convoitait depuis longtemps, et cherchait à attirer son attention. Mais, quand il avait découvert que son frère la maltraitait, Kai et lui lui avaient cassé la gueule. Et Damon avait filmé la scène avec le téléphone.

Malheureusement, à certains moments, ils avaient tous deux montré leurs visages à la caméra. Je n'étais pas là, ce jour-là, car j'avais passé la majeure partie de l'été en stage de basket.

Le lendemain de la Nuit du Diable, je m'étais réveillé dans un cauchemar. Les réseaux sociaux étaient inondés de messages, de publications, et même de quelques articles de presse déjà en ligne. D'une manière ou d'une autre, les vidéos s'étaient retrouvées en ligne pendant la nuit, et tout le monde, dans un rayon de mille kilomètres, avait appris qui nous étions. Ou qui mes amis étaient, du moins.

Il n'avait pas fallu longtemps pour que la police leur passe les menottes et, même si nous avions toujours réussi à nous tirer de situations délicates grâce à nos contacts, nous avions vite compris que ce serait impossible cette fois-ci. Damon avait fauté avec une fille dont le père avait le bras long, et Kai et Will étaient dans de sales draps. On ne s'attaque pas aux flics, point.

Damon avait été condamné à trente-trois mois pour détournement de mineure ; Will et Kai avaient écopé de vingt-huit mois pour agression.

Et moi… après tout ce à quoi j'avais participé aussi… je m'en étais sorti sans une égratignure.

Aucune vidéo de moi n'avait été postée et, même s'il y en avait eu, mon visage n'aurait été visible sur aucune d'entre elles : je gardais toujours mon masque.

Il ne nous avait pas fallu longtemps pour deviner qui avait mis les vidéos en ligne.

— Tu nous as poignardés dans le dos, parce que Michael t'avait vexée, ce soir-là, a accusé Kai. Tu pensais vraiment qu'on allait te laisser t'en tirer comme ça ?

Elle a froncé les sourcils, visiblement perplexe.

— Etre une balance est une chose, est intervenu Will, mais trahir ceux qui ont confiance en toi, putain c'est impardonnable !

— Trahir ? a-t-elle soufflé, avant de me regarder, l'air interrogateur. Quelle trahison… ?

Mais Will poursuivait :

— Tu vas te racheter. Et, si tu ne le fais pas, peut-être que j'irai chercher ta mère dans le trou où on l'a jetée pour qu'elle prenne ta place. Je suis sûr que c'est un bon coup. Elle a chopé ton père, après tout.

Là, Rika a pété les plombs.

Avec un grognement de rage, elle s'est jetée sur Will. La puissance de son élan lui a permis de le faire chanceler.

Il s'est retrouvé par terre, sur le cul. Elle s'est aussitôt jetée sur lui pour écraser ses poings sur son visage, alors qu'il tentait de se protéger comme il pouvait. Puis, dans un grand geste, il l'a fait tomber à la renverse.

— Putain !

Avant que l'un d'eux ne puisse lancer une autre attaque, je me suis interposé, puis j'ai remis Rika sur pied.

Elle a montré les dents, ivre de colère, et a essayé de se faufiler derrière moi. Je l'en ai empêchée. Elle a fini par faire un pas en arrière, loin de moi.

J'ai serré les poings. Je ne pouvais pas lui faire de mal. Vraiment pas.

Ça m'était égal, à présent, ce qu'elle nous avait fait toutes ces années plus tôt, ou même pourquoi elle l'avait fait. Je ne lui faisais pas confiance, mais je…

Je ne pouvais pas lui faire de mal.

Je me suis retourné, faisant face à mes amis, Rika dans mon dos.

— Putain de merde ! a aboyé Will pendant que Kai l'aidait à se relever.

Il a glissé son doigt sous son nez. Il saignait.

Damon était toujours posté près de l'îlot, une cigarette allumée entre les doigts, soufflant un nuage de fumée.

Will a reniflé et s'est approché de moi.

— Bouge !

Les épaules raides, j'ai soutenu son regard sans remuer d'un pouce.

— Michael, ne fais pas ça.

Comme je ne bougeais pas, il a tendu le bras derrière moi pour essayer d'atteindre Rika, mais j'ai planté les mains sur son torse pour le repousser.

Ils allaient peut-être essayer de me tuer, mais ils ne l'atteindraient pas autrement.

— Tu la choisis, elle ? s'est emporté Kai. Après tout ce qui s'est passé ? Elle va te baiser, comme elle l'a fait avec nous. Nous aussi, on lui faisait confiance.

— Vous me faisiez confiance ? a-t-elle lâché en me contournant pour se planter devant eux, soutenant leurs regards. J'étais votre amie ! Ça vous arrive souvent de kidnapper vos amis contre leur volonté et de les emmener au milieu de nulle part pour vous amuser un peu ?

Mon cœur s'est mis à battre plus fort. Je les ai dévisagés tous les trois. Will. Kai. Damon. Mes amis…

— Mais, putain, de quoi elle parle ?

21

Erika

Trois ans plus tôt

J'ai descendu les marches en courant, comme une furie, les bras serrés autour de la poitrine pour me tenir chaud.

J'avais l'estomac noué. Les larmes roulaient sur mes joues, et peu importe si elles étalaient le trait de cirage noir !

Comment avais-je pu me sentir si bien, puis si mal l'instant d'après ?

J'ai jeté un coup d'œil à la table où les garçons s'étaient installés plus tôt, mais elle était vide. Sérieusement ? Ils étaient partis ?

Ils m'avaient laissée là ?

J'ai essayé de ne pas me sentir vexée que Kai, Will et Damon m'aient abandonnée, eux aussi.

Mon sweat était encore là, sur le siège où je l'avais posé. Je l'ai attrapé avec rage avant de regagner la sortie au pas de charge.

Quelle bande de connards !

J'ai enfilé le sweat et mis ma capuche, puis j'ai fourré mes mains dans la poche ventrale. Mes doigts se sont refermés sur un petit objet rectangulaire. Je l'ai sorti : c'était le téléphone avec lequel Will avait filmé tous leurs mauvais tours.

Je ne comprenais pas. Comment m'étais-je retrouvée avec ce téléphone ? Puis j'ai remarqué la longueur des manches, le bas du sweat qui me tombait sur les cuisses…

Ce n'était pas le mien.

Will avait dû prendre le mien.

J'ai fourré le portable dans la poche, et je me suis frayé un chemin à travers le parking. Il aurait de la chance si je ne jetais pas son foutu téléphone — et tous leurs souvenirs — à la poubelle !

La pluie s'était calmée, ce n'était plus qu'une bruine à présent, mais le froid s'immisçait jusque dans mes os. J'ai songé à appeler ma mère pour qu'elle vienne me chercher.

Mauvaise idée. Je ne voulais pas qu'elle se demande ce que je faisais dehors à cette heure. Et puis… je n'étais pas d'humeur à affronter qui que ce soit. J'avais besoin de marcher et d'être seule.

Il avait presque été à moi.

Quand Michael m'avait suivie à l'étage de l'entrepôt, comme je l'avais espéré, planifié, je voulais qu'il me touche. Je l'avais supplié de me toucher. Juste un contact, une fois, et je saurais qu'il me désirait autant que je le désirais.

Il m'avait attrapée par le cou, serrée contre lui… C'était fait. J'étais à lui. Je le savais, et on ne pouvait pas revenir en arrière. Ni s'arrêter.

Alors, pourquoi avait-il tout gâché ?

Dans les catacombes, il m'avait dit qu'il voulait ce qu'il n'était pas censé avoir. Qu'il voulait vivre sans règles, braver les attentes des autres, et que faisait-il ? Il s'y pliait. Il liait mes mains et les siennes. Il laissait son père et son frère nous retenir. Pire encore, il comptait m'imposer les contraintes dont il essayait de se débarrasser !

Je refusais toute logique comptable et de planification. Ce n'était pas Michael, et ce n'était pas moi. J'attendais au contraire du frisson et du jeu, des scènes et des disputes, de la passion et du désir.

Je voulais le frustrer et le rendre fou, mais c'était impossible, s'il s'obstinait à tout vouloir gérer.

Je voulais que tout soit hors de contrôle entre nous, parce que nous n'avions pas d'autre choix que de plonger.

Et, pendant un moment, j'y avais cru. Puis, il avait reculé, s'était retenu, avait voulu me fixer des règles…

Des putains de règles !

Comment pouvait-il faire ça ? Ce n'était pas nous ! Nous n'allions pas nous soucier de ce que les autres pensaient, et nous n'allions pas demander la permission.

En l'espace d'une minute, j'étais passée de celle qui faisait battre son cœur à rien de plus qu'un jouet entre ses mains, malléable et sans importance. Je savais parfaitement qu'il n'allait pas m'attendre pendant un an, ne coucher avec aucune fille jusqu'à ce que je sois majeure. Je savais aussi qu'il me désirait. Je l'avais senti. Physiquement.

Mais ce n'était pas parce qu'il s'abstenait de m'avoir qu'il allait s'abstenir complètement. Je n'étais pas si naïve.

Dès demain, il m'ignorerait de nouveau, et ce serait comme si cette nuit n'avait jamais existé. Je recommencerais à avoir envie de me cacher en sa présence, je me sentirais mal à l'aise quand il serait là.

J'ai baissé la tête. Des mèches de cheveux ont glissé de la capuche alors que je remontais la route sombre, sur laquelle le bitume luisant réfléchissait le clair de lune.

Il me manquait déjà et je le détestais.

Un klaxon a retenti derrière moi. Je me suis retournée brusquement et mon cœur a fait un bond dans ma poitrine quand j'ai reconnu la Mercedes Classe G de Michael. J'ai attendu tandis qu'elle s'arrêtait à côté de moi.

Damon était au volant.

— Monte. On te ramène chez toi.

Kai était sur le siège passager, la capuche sur le crâne et le visage couvert par son masque. Will était affalé à l'arrière, manifestement à deux doigts de tomber dans les pommes. Michael n'était pas avec eux.

J'ai secoué la tête.

— Ça ira.

Je me suis remise en marche.

— Michael nous a demandé de te raccompagner chez toi, a insisté Damon. Je m'en branle de ce qui s'est passé entre vous, on ne te laisse pas rentrer à pied. Monte !

J'ai inspecté la nuit noire autour de moi. Dix kilomètres de marche m'attendaient dans cette pénombre. Ils ne m'avaient donc pas abandonnée ?

Ma colère s'est dissipée. Ma fierté en avait peut-être pris un coup, mais ce n'était pas une raison pour me comporter comme une idiote.

J'ai détourné les yeux, hors de question qu'ils voient à quel point je leur étais reconnaissante, et j'ai ouvert la portière arrière pour me glisser sur « mon » siège.

Damon a aussitôt appuyé sur l'accélérateur au son de *Feed the Fire*, de Combichrist.

Intriguée, j'ai observé Kai. Pourquoi était-il aussi silencieux ? A côté de moi, Will avait les yeux à demi fermés, la tête appuyée contre l'appui-tête. Me concentrant sur la route, j'ai remarqué que Damon me lorgnait dans le rétroviseur.

— Pourquoi tu portes ton masque ? ai-je demandé à Kai.

C'est Damon qui m'a répondu.

— La nuit n'est pas encore finie !

Un certain malaise s'est emparé de moi.

La route sur laquelle nous foncions était déserte. Mais

nous nous rapprochions de ma maison. J'ai donc chassé mes inquiétudes. Ils allaient peut-être finir la soirée ailleurs pour s'amuser, mais ils me déposaient chez moi avant. C'était inné chez Damon, de foutre les jetons.

— Tu le veux, hein ? a-t-il dit, les yeux rivés sur la route. Michael, je veux dire.

J'ai gardé le silence, les dents serrées, le regard rivé au-dehors. Damon ne désirait qu'une chose : m'embrouiller l'esprit. Et, même s'il voulait seulement discuter, je n'avais pas l'intention d'avouer aux amis de Michael que je venais de me ridiculiser.

— Merde, a grogné Will, son corps fatigué tanguant sur la banquette. Elle serait prête à se taper un piquet de clôture tellement elle a envie de le baiser !

Ils ont gloussé tous les deux. Je me suis efforcée de rester impassible.

— Sois pas un connard, mec, a plaisanté Damon. Elle est peut-être juste excitée. Les chiennes aussi ont des besoins, après tout.

Will a ricané. Sur le qui-vive, j'avais de plus en plus hâte de voir ma maison apparaître. Que se passait-il ? Ils ne se comportaient pas comme ça quand Michael était là. Et pourquoi Kai n'intervenait-il pas comme chaque fois que Damon avait dépassé les bornes, aujourd'hui ? Il demeurait immobile et silencieux.

— On te taquine, c'est tout, m'a dit Will d'une voix traînante. On se taquine toujours, entre nous.

Je me suis tournée pour lui adresser un sourire décontracté, puis il a refermé les yeux.

— Tu sais, Michael… il te veut aussi, a dit Damon en me jetant un coup d'œil dans le rétroviseur. Il t'observe. Tu aurais dû voir sa tête quand il t'a vue danser, ce soir !

Mais je ne l'écoutais plus.

Il venait de dépasser ma maison. Les lanternes et le portail nous avaient filé sous le nez.

Merde.

La peur m'a serré le ventre.

— Ouais, a-t-il poursuivi. Il ne fait jamais cette tête-là pour une fille. Je dirais qu'il était à deux doigts de te ramener chez lui pour te prendre ta petite fleur.

Ma respiration est devenue difficile.

— Kai ? ai-je demandé, ignorant Damon. On vient de passer devant chez moi. Que se passe-t-il ?

— Tu veux savoir pourquoi on ne t'a pas ramenée chez toi ? a fait Damon.

Un déclic a retenti dans l'habitacle : Damon venait de verrouiller les portières. Fébrile, j'ai agrippé la poignée. La tête de Will remuait comme un poids mort sur son cou ; aucun soutien à espérer de lui, il était dans les vapes.

Damon a poursuivi sa conversation à sens unique :

— Michael n'aime pas les vierges. Il trouve que c'est bien moins compliqué de baiser des nanas qui savent que le sexe et l'amour sont deux choses différentes.

— Où va-t-on ? ai-je demandé.

Il a ignoré ma question.

— Tu as vu la fille dans la vieille église, aujourd'hui… Et tu as aimé ça, non ?

Je respirais fort, et ma bouche était toute sèche.

Nous avons tourné sur un chemin de gravier plongé dans l'obscurité.

— Tu voulais être à sa place. Ecrasée contre le sol à te faire baiser…

Mes yeux me brûlaient, je pouvais à peine respirer. Et mon cœur battait si fort !

— Tu sais pourquoi ? Parce que c'est bon. Et on saura te donner du plaisir, si tu nous laisses faire.

J'ai posé les yeux sur Kai, incapable de maîtriser mes tremblements. Pourquoi était-il si silencieux ?

Il ne laisserait pas faire ça.

S'il te plaît, Kai, interviens !

— Tu sais, quand des mecs acceptent une nana dans leur gang, il existe deux moyens de l'initier.

Il a arrêté la voiture. Devant nous, il n'y avait que des arbres. L'endroit était lugubre, isolé.

— Soit elle se fait tabasser...

Il a coupé le moteur, éteint les phares et rivé ses yeux aux miens dans le rétroviseur.

— ... soit elle se fait baiser.

J'ai secoué la tête, les poings serrés.

— Je veux rentrer.

— Ça ne fait pas partie des options, Petit Monstre.

Puis Kai et lui, de concert, se sont retournés pour m'épingler de leur regard noir.

Non !

J'ai agrippé fébrilement la poignée et je me suis mise à tirer dessus comme une folle, prise de tremblements incontrôlables.

Qu'est-ce qui leur prenait, bon sang ?

— On peut te faire ce qu'on veut, a prévenu Damon en ouvrant sa portière. Chacun notre tour. Et personne ne te croira.

Puis il est descendu, a contourné la voiture et est venu m'ouvrir. J'ai bondi en arrière en criant, mais il m'a attrapée par le bras et tirée hors de la voiture.

Après avoir claqué la portière, il m'a poussée contre la carrosserie et s'est plaqué contre moi. J'ai voulu le frapper, le repousser, mais il m'a attrapé les poignets et a maintenu mes bras le long de mon corps.

— Nous sommes intouchables. On peut faire ce qu'on veut.

Je respirais si vite que j'en avais mal au ventre. Il m'oppressait, me privait d'air.

Kai, qui venait de sortir de la voiture, est arrivé derrière lui. Il m'a dévisagée à travers son masque argenté.

— Kai, s'il te plaît…

Je le suppliais de m'aider. Il est resté debout là, muet.

— Il ne t'aidera pas.

Damon a relevé de force mes mains au-dessus de ma tête, les clouant à la voiture.

— Tu vas voir, ça va être vraiment bon.

Il a glissé sa main libre sur mes fesses pour les pétrir et me plaquer contre son sexe.

— En plus, tu as envie de chevaucher mon engin.

— Damon, ramène-moi à la maison. Je sais que tu ne vas pas me faire de mal.

— Ah ouais ? Alors pourquoi as-tu toujours eu peur de moi ?

Il était collé à moi. J'ai gardé le silence. Il avait raison. Chaque fois que je le voyais approcher dans un couloir, à l'école, je changeais de côté. La seule fois où je m'étais retrouvée seule dans la cuisine avec lui, chez les Crist, je m'étais aussitôt enfuie.

Je ne lui avais jamais parlé avant aujourd'hui, et j'avais bien fait. Il lui avait fallu moins d'une minute pour me violenter dans l'église, cet après-midi.

Mais je ne perdais pas espoir.

Après que j'ai brisé la vitrine de la bijouterie, il m'avait offert ce petit « merci ». Peut-être qu'il me voyait différemment, maintenant. Peut-être qu'il avait un peu de respect pour moi.

Me maintenant toujours les poignets, il a continué à me tripoter les fesses, tout en m'embrassant sur la joue, remontant vers mon oreille.

— Damon ! Lâche-moi !

La peur au ventre, j'ai secoué la tête pour lui échapper.

Mais il a écrasé ses lèvres sur les miennes avec violence.

Il était partout... Je ne pouvais lui échapper, et je respirais à peine.

Je me suis tortillée pour me dégager, puis j'ai hurlé :

— A l'aide !

— Il ne veut pas de toi, a murmuré Damon, ignorant mes protestations. Mais nous si, Rika. Nous te voulons tellement ! Etre avec nous, ce sera comme avoir un chèque en blanc, bébé. Tu pourras avoir tout ce que tu voudras.

Sa main pétrissait mon sein. Puis il m'a mordu la lèvre.

J'ai tourné la tête pour lui échapper.

— Je ne voudrai jamais de toi !

— Tu as peut-être envie de lui, alors ?

Il m'a violemment attrapée par le sweat-shirt pour me jeter dans les bras de Kai.

— Kai...

Je me suis agrippée à lui, le suppliant du regard.

Pourquoi ne m'aidait-il pas ?

Il a passé les bras autour de moi. J'étais comme enfermée dans un piège.

— Non ! Arrête !

J'ai crié, levé les mains pour me défendre. Il fallait que je lui arrache son masque, que je le force à me regarder dans les yeux. Je l'ai frappé de toutes mes forces.

Un rire a retenti derrière ; puis Kai m'a retournée avec brusquerie et poussée. Je suis tombée de tout mon poids sur le sol.

Je me suis réceptionnée sur les mains, la douleur me transperçant les bras, et le téléphone est tombé de ma poche, pour rouler à quelques dizaines de centimètres de moi.

Les feuilles froides et détrempées me piquaient les doigts, et mes genoux étaient glacés. Je me suis retournée, attentive aux déplacements des garçons, tout en reculant vers le téléphone.

Ils se tenaient à moins d'un mètre. Ils m'observaient. Puis, d'un coup, Kai s'est jeté sur moi.

Malgré mes cris, il s'est étendu sur moi, son poids me coupant le souffle.

— Tu crois que tu peux me faire mal, espèce de salope ?

— Lâche-moi !

Il m'a attrapée par les cheveux et a appelé Damon en renfort.

— Tiens-lui les bras !

— Non !

Je tremblais de tous mes membres. Le désespoir m'a envahie. Dans un dernier effort, j'ai tenté de le repousser en me tortillant contre lui.

— Dégage !

Kai m'a attrapé les bras et les a soulevés au-dessus de ma tête, me clouant au sol.

Comment pouvait-il me faire ça ?

Il a plaqué son autre main sur mon cou pour me maintenir en place. Les larmes se sont mises à couler sur mon visage.

Puis une voix puissante a transpercé l'air.

— Ça suffit !

Kai s'est immobilisé.

Damon se tenait en retrait, les poings serrés le long du corps. Il a fondu sur nous au pas de charge et a renversé Kai sur le côté pour m'en débarrasser.

Puis il m'a relevée en me tirant par le sweat.

— Arrête de pleurer. On a jamais eu l'intention de te faire de mal. Mais tu sais maintenant qu'on peut.

Il m'a attrapée par les cheveux pour me ramener à la voiture. J'ai retenu mon souffle en sentant son haleine chaude sur mon visage.

— Michael ne veut pas de toi, et nous non plus. Tu comprends ? Je veux que tu arrêtes de nous observer et de nous suivre comme un clebs qui voudrait qu'on l'adopte. C'est pathétique !

Il m'a repoussée avec une moue de dégoût.

— Va t'acheter une putain de vie, Rika, et ne t'approche plus de nous ! Personne ne veut de toi.

J'étais hébétée. Pourquoi s'en prenaient-ils à moi ?

Un clebs. Pathétique. Michael me voyait-il ainsi ?

Mes yeux se sont remplis de larmes mais, avant qu'ils aient le plaisir de me voir m'effondrer, j'ai tourné les talons. Je me suis enfuie dans la forêt aussi vite que possible. Je ne voulais qu'une chose : mettre le plus de distance possible entre eux et moi.

Là, j'ai pu laisser libre cours à la peine accumulée au cours des deux dernières heures. Je suis rentrée chez moi en courant.

Je pleurais toutes les larmes de mon corps. Au moins, là, personne ne me voyait.

22

Erika

Présent

Kai m'a lancé un regard furieux.

— Elle ment !

Michael, les bras croisés, arborait une expression impassible.

— Kai était avec moi, a-t-il dit. Il m'a rejoint à la maison presque au moment où j'y suis arrivé, et on s'est bourré la gueule en regardant des vidéos de matchs toute la nuit. Il n'aurait pas eu le temps de t'emmener au milieu de cette putain de forêt.

J'ai secoué la tête.

— Non. Ce n'est pas possible. Il était là !

— Elle invente ça pour sauver sa peau, est intervenu Damon.

— Moi, je ne me souviens absolument pas de tout ça, a ajouté Will. Il y a eu l'entrepôt, puis plus rien. J'étais complètement déchiré.

Michael s'est détourné, secouant la tête presque avec regret.

— Admets-le, Rika. Tu as divulgué les vidéos, et nous le savons.

Mon cœur a fait un bond dans ma poitrine.

— Quoi ? Divulgué les vidéos ? Vous pensez…

Je me suis tue, le regard dans le vide.

« On te faisait confiance… »

« Ton caprice nous a coûté trois ans… »

« Tu nous es redevable, et ça fait longtemps qu'on attend… »

J'ai fermé les yeux, sous le choc. Alors, pendant tout ce temps, ils avaient cru que je…

Je leur ai fait face de nouveau.

— Vous pensez que c'est moi qui ai publié ces vidéos ? C'est pour ça que vous faites ça ?

Oh ! mon Dieu !

Michael m'a attrapée par les cheveux. J'ai poussé un petit cri ; la sueur perlait sur mon front.

— Tu avais le téléphone de Will.

— Non ! Je n'aurais jamais fait ça !

— Tu avais le téléphone, parce que tu avais le sweat-shirt de Will. Damon t'a vue avec.

— Oui, ai-je admis. Oui, j'avais le téléphone, mais il est tombé de ma poche quand je me suis battue avec eux !

— Tu ne t'es pas battue avec eux. Arrête de mentir !

— Je le jure !

Il m'a repoussée, et j'ai serré les poings. Tout cela n'avait aucun sens.

— Puisque Michael dit que Kai était avec lui, a souligné Will. C'est bien la preuve que tu as tout inventé !

J'ai tapé du poing.

— Il était là ! Vous étiez tous là, sauf Michael ! Tu étais dans les vapes dans la voiture, Damon me menaçait, et Kai m'a attaquée. Quand je l'ai frappé, il s'est contenté de rire et il a dit : « Tu ne peux pas me faire mal. Le diable est toujours là pour me couvrir. »

— « Le diable est toujours là pour me couvrir » ? a répété Kai, perplexe. Je n'ai jamais dit ça ! C'est la première fois de ma vie que j'entends cette phrase !

J'ai secoué la tête. Tout espoir était perdu.

— Pas moi…, a fait Michael d'une voix lugubre. Mon père le dit souvent.

Une vague de chaleur a submergé mon corps fourbu. J'ai respiré lentement, avec de profondes inspirations, le soulagement se répandant dans mes veines comme un alcool fort.

— Trevor…, a poursuivi Michael.

Le regard de Kai s'est durci. Will s'est approché pour essayer de comprendre.

Trevor ?

Trevor avec le masque de Kai, cette nuit-là… Etait-ce possible ?

Michael s'est retourné vers Damon.

— Quoi ? a craché celui-ci.

— Will était ivre mort. Mais pas toi. Tu as emmené Rika au milieu de nulle part au lieu de la ramener directement chez elle, et tu savais que c'était Trevor, sous ce masque.

Damon a soufflé un nuage de fumée et écrasé sa cigarette sur le plan de travail.

— Tu prends sa défense ?

— C'est toi qui me mens, Damon !

Kai et Will sont venus se poster aux côtés de Michael.

— Ça ne change rien, a dit Damon.

Je l'ai regardé, sans comprendre. Il n'avait jamais prétendu être mon ami. Son attitude ne m'étonnait pas ; elle ne m'affectait pas non plus.

Mais Trevor ?

Il m'avait prise pour une imbécile. C'était pour ça qu'il

avait chuchoté, cette nuit-là. Pour que je ne puisse pas reconnaître sa voix.

« Tu crois que tu peux me faire mal, espèce de salope ? »

Toutes ces années sans que je sache que… Il avait dû adorer ça.

Damon a fermé les yeux à moitié, l'air blasé.

— Kai est parti presque tout de suite après toi, ce soir-là. C'est là que Trevor s'est pointé. Il cherchait Rika, et il était en pétard. Quelqu'un lui avait dit qu'elle était avec nous et il a débarqué à l'entrepôt comme un fou. On s'est disputés, puis je me suis rendu compte qu'on pouvait s'aider mutuellement. Il ne voulait pas que Rika s'approche de nous, moi non plus. Alors, on a décidé de lui faire peur.

— C'était quoi ton problème avec moi ? ai-je demandé.

— Tu n'avais rien à faire avec nous. Les femmes viennent toujours foutre la merde. Michael était incapable de te quitter des yeux, et Kai commençait à te remarquer aussi.

Kai a changé de position à côté de moi, mal à l'aise.

— Ce n'était qu'une question de temps avant que tu nous sépares, a braillé Damon en me fusillant du regard. Tu n'es qu'une chatte, rien de plus.

Michael est parti au quart de tour.

Il s'est jeté sur lui et lui a foutu son poing dans la figure. Damon s'est écrasé contre le four.

Il n'a pas essayé de se défendre. Il s'est contenté de rester là, à cligner des yeux, le souffle court. Soit il souffrait à cause de sa blessure, soit il savait le reconnaître quand il était en infériorité numérique.

Il a dégluti péniblement et s'est redressé, avant de poursuivre comme si de rien n'était.

— On est allés à ta voiture et on a pris les masques. Will était ivre mort, on savait qu'il ne réagirait pas. On l'a chargé dans le SUV, puis on est retournés la chercher à l'intérieur, mais elle était déjà partie. On l'a rattrapée sur la route. On voulait lui foutre la peur de sa vie pour qu'elle ne nous approche plus jamais.

— Mais vous avez oublié mon sweat sur la banquette avec le téléphone, est intervenu Will.

— Que j'ai trouvé et enfilé pour rentrer, ai-je ajouté.

Bon sang!

— Et Trevor a ramassé le téléphone qu'elle a perdu dans la bataille, a conclu Kai.

— Ça, c'est ce qu'elle dit, a craché Damon. On ne peut pas lui faire confiance.

— Je lui fais bien plus confiance qu'à toi ! a hurlé Michael.

— Va te faire foutre ! C'est une putain de salope inutile, et je vais te montrer à quoi elle est bonne !

Damon a fait le tour de l'îlot pour se précipiter sur moi, mais Michael l'a intercepté et jeté contre le comptoir.

Damon a hurlé, portant la main à sa blessure. Avant qu'il puisse se redresser, Michael lui a mis un crochet du droit en plein visage. Damon s'est effondré. Michael s'est aussitôt jeté sur lui, l'a attrapé par les cheveux, et a levé le poing.

— Tu la choisis, *elle* ? s'est étranglé Damon, tendant la main pour saisir Michael par le cou. Tu la choisis plutôt que tes amis ?

Le poing de Michael s'est abattu sur sa mâchoire. Kai et Will se sont jetés sur lui pour essayer de les séparer. Mais Michael résistait.

— Tu vaux pas mieux ! a crié Damon, le visage écarlate. Pourquoi on l'a amenée ici, hein ? Elle n'est rien ! Elle te rend faible !

Echappant à l'emprise de Will et de Kai, Michael s'est de nouveau jeté sur lui.

Je ne voulais pas rester une seconde de plus.

Je suis sortie de la cuisine en courant. Déboulant dans l'entrée, j'ai foncé vers le mur près de la porte et tapé le code sur le clavier numérique pour déverrouiller le portail. Tirant mes clés de voiture de ma poche, j'ai actionné la poignée et ouvert. Soudain, quelque chose a cogné la porte qui m'a échappé des mains, et a claqué devant moi. J'ai poussé un cri.

Un ballon de basket roulait maintenant à mes pieds.

— Tu restes ici, a dit Michael derrière moi.

J'ai de nouveau tendu la main vers la poignée, mais il m'a rejointe et m'a attrapée le bras pour me faire pivoter. Ses phalanges étaient en sang.

— Lâche-moi ! Je veux partir !

— Nous n'allons pas te faire de mal, Rika. Personne ne te fera de mal. Je te le promets.

— Lâche-moi !

Je me suis redressée et j'ai reculé en voyant qui arrivait derrière Michael. Il s'est retourné pour faire face à Damon, qui essuyait du sang au coin de sa bouche.

— Sors d'ici ! a ordonné Michael.

Furibond, Damon a attrapé la poignée de la porte, tandis que Michael m'attirait à lui. Avant de sortir, Damon m'a transpercée d'un regard de tueur. Puis il a quitté la maison, prenant bien soin de faire claquer le battant derrière lui.

J'ai poussé un soupir, et mes épaules se sont affaissées.

Une main m'a effleuré la joue.

— Ça va ? m'a demandé Michael.

J'ai écarté sa main violemment.

— Va te faire foutre !

Il a laissé retomber son bras. Il savait que ce qu'ils avaient fait était impardonnable.

— Putain de Trevor, a marmonné Will en entrant dans le hall. Je n'arrive pas à y croire.

— Il nous a toujours détestés, a ajouté Kai, juste derrière lui.

Avec un soupir, Michael s'est dirigé vers l'escalier, où il s'est assis, la tête enfouie entre les mains, l'air complètement abattu.

Dur, dur de se rendre compte qu'il avait gâché trois ans de sa vie à détester la mauvaise personne. Connard.

J'avais la chair de poule, maintenant que j'étais privée de l'adrénaline qui m'avait envahie plus tôt. Mes vêtements mouillés me collaient à la peau, et je frissonnais.

Tout ce temps, j'avais cru que j'étais insignifiante à ses yeux ! Une gamine stupide, qui ne valait pas la peine qu'il lui accorde une minute de son temps. Une erreur de jeunesse dont il se souvenait à peine. Non seulement ce n'était pas vrai, mais je savais à présent qu'il avait passé ces trois ans à imaginer comment ses amis et lui allaient me faire du mal.

Les larmes me sont montées aux yeux, et j'ai serré les dents pour les retenir. Il ne les méritait pas.

Je me suis postée devant lui, déterminée.

— Où est ma mère ?

Il s'est passé la main dans les cheveux et a levé la tête, le regard las.

— En Californie. Elle est en cure de désintox à Malibu.

— Quoi ?

En désintox ? Elle n'aurait jamais accepté ça. Elle n'aurait jamais abandonné la sécurité de sa maison et de ses amis. Elle ne quittait jamais ce qui lui était familier.

— J'ai fait signer une ordonnance à un juge, pour l'y obliger, m'a-t-il expliqué comme s'il lisait dans mes pensées.

— Tu l'as forcée ?

— Ça aurait dû être fait il y a bien longtemps. Elle va bien. Elle est en sécurité et on s'occupe bien d'elle.

J'ai fermé les yeux, soulagée.

En désintox. Ils ne lui avaient fait aucun mal.

Mais…

Si Michael me voulait du mal, s'il pensait que je l'avais trahi, pourquoi faire une chose qui, au bout du compte, aidait ma mère ? Pourquoi ne pas simplement l'avoir enfermée dans une cave, quelque part, comme je l'avais cru ?

J'ai croisé les bras.

— Pourquoi n'ai-je réussi à joindre personne ?

Je savais pourquoi ma mère était injoignable. Elle n'avait certainement pas le droit d'avoir un téléphone portable en cure de désintox. Mais la mère de Michael, son père, Trevor, notre gouvernante...

— Parce que tu n'as appelé personne, a confessé Michael en me considérant avec une expression neutre. Pendant la fête de Trevor, Will est allé dans ta voiture. Il a pris ton téléphone et a remplacé le numéro de tous tes contacts. Tu appelais chaque fois un numéro sans correspondant.

J'ai serré les poings et baissé les yeux, bouillonnant de rage. Incapable de le regarder.

Comment tout ça était-il arrivé ? Pourquoi ne m'avaient-ils pas interrogée plus tôt sur cette fameuse nuit ?

— Nous étions tellement persuadés que c'était toi, est intervenu Will. Je me suis réveillé, j'ai vu les vidéos en ligne et j'ai paniqué, quand je me suis rendu compte que j'avais laissé mon sweat à l'entrepôt.

Il osait à peine me regarder.

— Et puis, Michael l'a vu pendu à une chaise de la cuisine le lendemain matin, et nous avons fini par comprendre que tu l'avais mis pour rentrer. Tu étais en colère contre Michael, tu te sentais rejetée, alors nous... nous avons...

Il s'est tu. Inutile de développer.

J'ai lancé un regard noir à Michael. Tout ce temps ! Toutes ces années où il aurait pu me poser la question...

C'était tout lui. Il avançait sans réfléchir, tant pis si des gens souffraient. Il pensait toujours avoir raison et ne s'excusait jamais. Au moins, le regret se lisait dans les yeux de Kai et de Will.

Avec Michael, rien. Jamais. Plus il faisait d'erreurs, plus il gardait la tête haute, pour que personne ne voie rien sous ce qu'il voulait bien montrer. Pour que personne ne voie rien d'autre que ce qu'il montrait.

Comment pouvait-il rester planté là, après tout ce que nous avions… ?

Putain, mais dis quelque chose !

Je lui avais fait confiance, j'avais partagé avec lui des secrets que je n'avais jamais confiés à personne, et c'était cette vengeance qu'il avait eue en tête chaque fois qu'il me parlait à l'oreille, me touchait, m'embrassait ou…

J'ai serré les poings si fort que mes ongles se sont plantés dans ma peau.

— Je veux partir, ai-je dit, la gorge nouée par les larmes.

— Non.

— Je veux partir, ai-je répété sur un ton plus ferme.

Il a secoué la tête.

— Tu ne peux pas. Je ne sais pas où est Damon. Nous retournerons tous en ville demain.

J'ai serré les dents. *Maudits soient-ils !*

D'un pas lourd, je l'ai dépassé pour monter à l'étage. Je ne supportais plus de les voir.

— On fait quoi maintenant ? a demandé Kai.

— On se bourre la gueule, a soufflé Will.

J'ai couru jusqu'à ma chambre, verrouillé la porte et calé une chaise sous la poignée.

23

Erika

Présent

Je n'avais aucune intention de rester dans cette maison. Je me fichais bien de leurs histoires ou de ce qu'ils avaient à dire. Je voulais retrouver ma vie.

Et, si je me sentais en danger à mon appartement, Alex habitait au seizième étage : je pourrais toujours dormir sur son canapé un jour ou deux.

En tout cas, je n'étais pas en sécurité ici. Je le savais.

Alors que je me penchais au-dessus du lavabo, la poitrine secouée de larmes qui ne voulaient pas couler, j'ai levé les yeux et je me suis regardée dans le miroir.

Mon débardeur, mouillé et couvert de taches de sang, me collait à la peau. Mes cheveux pendaient, froids et flasques, le long de mes joues. Mon jean trempé, plaqué contre mes cuisses, me gelait jusqu'aux os.

J'ai pressé les doigts sur le bord du lavabo. Je sentais le

sang de Damon sécher sous mes ongles, en une couche de plus en plus épaisse, jusqu'à ce que ce soit la seule chose que je sente.

J'ai fermé les yeux.

Je m'étais défendue. Je lui avais fait mal.

Et je ne m'étais pas enfuie. Pas comme trois ans auparavant.

Avoir peur n'était pas une faiblesse. Mais laisser cette peur me rendre muette et me faire baisser la tête en était une. La peur n'était pas l'ennemi. C'était le professeur.

Je détestais Michael et, dès qu'il m'aurait tout rendu, je partirais. Plus de Delcour, plus de Meridian City, plus de Thunder Bay. J'avais hâte de m'éloigner de tout ce qui m'avait blessée.

Gelée et tremblotante, les muscles épuisés par tout ce qu'il venait de se passer, je n'ai pas réfléchi. Je me suis entièrement déshabillée, jetant tous mes vêtements sur le sol, et j'ai fait couler la douche.

Juste quelques minutes.

Je me suis assise dans le bac, sous le jet brûlant, les jambes repliées, serrées contre ma poitrine. La vapeur a envahi le petit espace. J'ai levé la tête, laissant l'eau ruisseler sur mon visage, dans mes cheveux, le long de mon dos.

Des frissons m'ont parcourue, et les battements de mon cœur ont commencé à se calmer alors que je sentais mon corps se réchauffer.

Michael.

C'est lui qui avait été aux commandes. Lui qui m'avait dit de venir dans cette maison et, par amour pour ma mère, j'étais venue.

Il m'avait piégée, fait chanter, avait lâché ses amis sur moi.

Oh ! oui, comme je le détestais !

Je me suis affairée vigoureusement, me lavant le corps et les cheveux, puis je me suis servie d'une lime pour gratter le sang de Damon sous mes ongles.

Après être sortie de la douche, je me suis habillée et me suis assurée que la porte de ma chambre était bien bloquée avant de me sécher les cheveux.

Dès que j'ai eu fini — et éteint le sèche-cheveux — j'ai senti une vibration sous mes pieds.

J'ai tendu l'oreille. Un battement à peine discernable s'élevait du rez-de-chaussée.

De la musique ?

J'ai posé le sèche-cheveux et je me suis dirigée vers la porte pour y coller l'oreille. Un rythme rapide, saccadé, s'élevait du rez-de-chaussée. Quelques cris ont résonné.

Qu'est-ce qu'ils foutaient ?

J'ai retiré la chaise et entrouvert ma porte.

De la musique à plein volume m'est aussitôt parvenue, ainsi que des voix et des rires.

Beaucoup de voix et de rires.

Sans prendre le temps de refermer ma porte, j'ai couru jusqu'à la fenêtre pour regarder dans l'allée.

Elle était inondée de voitures.

J'y crois pas…

J'ai quitté ma chambre en trombe et descendu l'escalier, scrutant tous les visages autour de moi.

Que se passait-il, putain ?

J'en reconnaissais quelques-uns, certains, plus jeunes que moi, encore au lycée de Thunder Bay, d'autres, des étudiants de retour pour le week-end. Pour le reste, je ne savais pas. Peut-être des jeunes des villes voisines ? Des locaux ?

Ils se baladaient, discutaient et riaient, des verres en plastique à la main ; certains m'ont interpellée pour me dire bonjour. Je les ai ignorés.

Je n'avais qu'un but en tête : trouver Michael. Je suis passée de pièce en pièce comme une furie. La cave et la salle de cinéma privée étaient remplies de gens que je reconnaissais à peine. Will, Kai ou Michael n'étaient ni dans la cuisine ni dans le patio.

Dehors, j'ai repéré Alex en train de papoter avec des types canon près de la piscine, mais je n'avais pas le temps de me demander comment elle avait fait pour arriver si vite.

Où était Michael ?

Le terrain…

Je me suis précipitée à l'autre bout de la maison. J'entendais déjà le martèlement d'un ballon de basket.

J'ai passé la double porte ; les semelles crissaient sur le parquet verni, tandis que l'écho d'un ballon résonnait entre les murs. Des joueurs couraient sur le terrain, torse nu. La plupart étaient en terminale à Thunder Bay.

Sur ma gauche, Michael et Will se prélassaient sur le grand canapé de l'espace détente, une mer de bouteilles et de verres sur la table devant eux. Kai, lui, était assis dans un fauteuil, tout sauf détendu. Les coudes posés sur les genoux, il faisait tourner nerveusement un gobelet rouge entre ses doigts.

Je n'arrivais pas à y croire.

Une soirée ? Ils étaient en train de s'amuser ?

Je me suis approchée de la table d'un pas raide.

— Dites-moi que je rêve ?

Michael a levé les yeux sans dire un mot.

— Vous avez kidnappé ma mère, incendié ma maison, volé mon argent, vous m'avez attirée ici, attaquée…

— Nous sommes vraiment désolés, a aussitôt répondu Will, l'air sincère.

Quoi ?

J'ai ouvert la bouche pour riposter, mais j'étais trop abasourdie. J'avais presque envie de rire. Ils étaient désolés ? C'était censé tout arranger ?

Will m'a servi un verre.

— Tu veux des glaçons dans ta tequila ? a-t-il demandé d'une voix douce.

J'ai bondi, et envoyé le verre valser d'une grande claque. La tequila a éclaboussé le sol, ce qui a provoqué la fuite d'un groupe de filles qui se tenaient non loin.

J'ai fusillé Michael du regard.

— Demain, tu vas me mettre en relation avec ma mère, ai-je exigé. Tu vas me rendre chaque centime de mon argent et tu vas faire venir un entrepreneur pour qu'il entame la rénovation de ma maison. Rénovation que *tu* vas payer ! Tu comprends ?

— C'est ce qu'on a prévu de faire de toute façon. Mais je suis curieux. Il se passe quoi si on ne le fait pas ?

Je me suis redressée, bras croisés sur la poitrine, lèvres pincées.

— Vous avez retrouvé le téléphone ? Il y a plein d'autres vidéos dessus, je crois ?

Le visage de Michael s'est décomposé. Il s'est redressé d'un coup.

— Tu mens !

J'ai fait mine d'inspecter mes ongles.

— Peut-être, ai-je dit, avant de hausser les épaules. Ou peut-être que je sais où Trevor cache tout ce qui est important pour lui. Peut-être que je connais le code, peut-être que je suis prête à parier que le téléphone est dans sa cachette secrète, s'il ne l'a pas détruit.

Je l'ai regardé droit dans les yeux, incapable de dissimuler combien cela m'amusait.

— Et peut-être que, si je n'obtiens pas ce que je veux, je ne serai pas gentille et je n'ouvrirai pas le coffre pour toi.

Un éclair de colère est passé sur son visage. Il était décontenancé. Ils avaient eu la naïveté de penser que le téléphone s'était envolé ou quoi ? A en croire la lueur dans ses yeux, j'avais vu juste : il contenait d'autres vidéos compromettantes.

Kai et Will s'étaient figés sur leurs sièges, toute quiétude envolée.

— Tu nous menaces ?

Le ton glacial de Michael m'a retourné l'estomac.

— Non. Ça, c'est votre spécialité. Je ne fais que jouer à votre jeu.

Il a pris une profonde inspiration, avant de se laisser retomber sur son siège.

— D'accord. Maman, argent, maison. Facile.

Puis il a claqué des doigts à l'intention d'un groupe de filles. Une blonde, dans une robe bleue moulante ras les fesses, s'est approchée d'un pas nonchalant. Elle s'est mordu la lèvre pour cacher son sourire quand Michael l'a prise sur ses genoux.

Moi, mon cœur s'est brisé.

Il a enroulé la main autour de sa taille et l'a serrée contre lui, tout en me regardant comme quand nous étions plus jeunes. Comme si je gênais.

— Maintenant, va au lit, Rika. Il est tard.

Je me suis crispée. Je m'attendais presque à entendre Will éclater de rire comme à son habitude, mais Kai et lui sont restés silencieux, les yeux rivés sur le sol.

Hors de question qu'il me voie faiblir ! J'ai redressé le menton et tourné les talons pour quitter le terrain de basket, malgré la douleur et la colère qui me nouaient l'estomac.

Ce soir, j'avais été terrorisée sans raison, et non seulement Michael ne s'était pas excusé, mais il s'évertuait à me faire souffrir encore.

Ne ressentait-il donc rien ?

J'ai bousculé les fêtards pour me frayer un chemin jusqu'à l'escalier, que j'ai monté en courant pour regagner la solitude de ma chambre.

Sans prendre la peine d'allumer les lumières, j'ai verrouillé la porte avant d'aller m'asseoir sur mon lit.

Je voulais partir.

Je me moquais bien de l'argent et de la maison. C'était une

question de principe. Ils auraient dû venir me trouver, me supplier de leur pardonner, pour que les choses s'arrangent.

On a frappé à la porte.

— Rika ?

Kai. Son ombre filtrait dans le rayon de lumière qui se glissait sous la porte.

— Rika, a-t-il répété en frappant une nouvelle fois. Ouvre.

Une veine palpitait dans mon cou. Je me suis levée pour tourner la poignée. Elle était bien verrouillée.

— Ne t'approche pas de moi, Kai !

— Rika, s'il te plaît, a-t-il supplié. Je ne vais pas te faire de mal. Promis.

J'ai secoué la tête.

Pas me faire de mal… Pas plus que celui qui était déjà fait, il voulait dire ?

Avec un soupir, j'ai tourné le verrou et entrouvert le battant. Il se tenait dans le couloir, vêtu d'un jean et d'un T-shirt gris, une incommensurable douleur dans les yeux.

— Ça va ? a-t-il demandé timidement.

— Non.

— Je voulais te faire du mal, parce que je pensais que tu m'en avais fait. Mais maintenant je sais que ce n'était pas toi.

— Et ça excuse tout ? Le stress, la peur que vous m'avez infligés ?

J'étais hors de moi.

— Non, non. C'est juste que…

Il a baissé la tête, cherchant ses mots.

Il avait l'air épuisé.

— … Je ne sais même plus qui je suis.

J'ai lâché la poignée, surprise par cet aveu. C'était le premier moment de vérité que je partageais avec l'un d'eux depuis des années. Sans faux-semblants.

Je suis allée m'asseoir au bout de mon lit.

Kai s'est avancé, massif dans l'encadrement de la porte, bloquant la lumière du couloir.

— Cette nuit-là, il y a trois ans… Je me suis sentie si vivante ! J'avais besoin du chaos et de la colère, et vous sembliez être exactement pareils. C'était vraiment agréable de ne plus me sentir seule.

J'ai eu les larmes aux yeux. Pendant un court moment, j'avais eu l'impression d'être à ma place.

— Je suis tellement désolé, Rika. Nous aurions dû demander à Michael de te poser la question, il y a des années. Ta maison. Putain…

Il s'est passé la main dans les cheveux, fébrile, comme s'il prenait seulement la mesure de ce qu'ils avaient fait.

J'ai serré les couvertures dans mes poings et contemplé la moquette.

Au moins, il s'excusait.

J'ai haussé les épaules.

— Comme tu étais en prison, incapable de confirmer que ce n'était pas toi, mais Trevor, sous le masque, nous n'aurions probablement pas compris ce qui s'était réellement passé, de toute façon.

Je ne savais pas pourquoi j'essayais de le réconforter, mais après tout c'était vrai : même si Michael m'avait interrogée, c'était ma parole contre celle de Damon. Et, comme j'avais effectivement porté le sweat-shirt de Will, il aurait été logique qu'il fasse confiance à son ami.

Pour autant, il aurait dû me questionner. Qu'espéraient-ils obtenir, en se vengeant, à part le plaisir de me torturer ? Cela aurait-il effacé ce qui était arrivé ? Leurs mondes étaient-ils devenus si minuscules, en prison ?

Kai a tiré ma chaise de bureau et s'est laissé tomber dessus, les coudes posés sur les genoux.

— J'étais en colère contre toi. Au début, j'étais tellement furieux ! Je pensais que tu nous avais vendus. Mais je n'avais pas envie de vengeance. Jamais je n'aurais fait une chose pareille.

Il s'est tu et a regardé dans le vide. L'espace d'un instant, c'était comme s'il était parti ailleurs.

— Les choses changent, a-t-il poursuivi sur un ton sinistre.

Son air absent m'intriguait. Qu'est-ce qui avait donc changé, quand il était en prison ?

— Je ne savais pas que les gens pouvaient être si laids. Plutôt mourir que de retourner là-bas.

Ça n'aurait pas dû m'affecter, mais j'avais envie de lui demander de quoi il parlait. Il faisait référence à la prison, je le savais, comme je savais que ça avait dû être dur. Assez pour transformer sa colère en soif de vengeance.

Ses yeux, autrefois éclatants de vie, étaient las. Je ne voulais pas qu'il s'arrête de parler. Michael ne me disait jamais rien — ne s'ouvrait jamais à moi — et ce que Kai avait à dire m'intéressait.

— Tu vas bien ? ai-je demandé.

Il n'a pas répondu. Au contraire, il semblait dériver de plus en plus loin de moi.

Je me suis levée et me suis agenouillée devant lui.

— Kai ? Tu vas bien ?

Il a cligné des yeux. Je détestais son expression brisée.

— Non…

Je n'arrivais même pas à capter son regard. Que lui était-il arrivé, bon sang ?

Il a hésité, comme s'il réfléchissait, puis a repris :

— Damon y a perdu le peu de cœur qu'il avait. Les gens, les problèmes… plus rien ne le touche. Il se fout de tout. Will essaie tant bien que mal de faire face grâce à l'alcool et tout le reste, et moi… je ne veux être avec personne d'autre qu'eux. Pas même ma famille. Ils ne comprendraient pas.

— Comprendre quoi ?

Un rire amer lui a secoué la poitrine.

— J'aimerais le savoir, Rika. Je me suis complètement fermé. Ça fait trois ans que je n'ai pas touché une femme.

Il était pourtant sorti depuis plusieurs mois… Il n'avait été avec personne, pendant tout ce temps ?

— Michael achetait les gardiens pour qu'ils nous protègent, mais il ne pouvait pas nous protéger de tout. Il a vu Will s'étioler, moi, me renfermer de plus en plus. Il était impuissant, et il se sentait si coupable ! Coupable parce qu'il pensait t'avoir provoquée. Coupable parce qu'il était libre. C'est lui qui a tout imaginé. Il a concocté ce plan pour qu'on reste en colère. Pour qu'on continue à se battre. Et, sans qu'on s'en rende compte, ça nous a consumés.

Il a enfin levé les yeux et croisé mon regard.

— Je suis vraiment désolé.

J'ai poussé un long soupir. Je le voyais dans ses yeux.

Il a tendu la main, passé les doigts sur mon visage, écartant mes cheveux.

— Je n'ai pu en parler à personne. Pourquoi faut-il que la seule personne à qui j'aie envie de me confier soit celle que je détestais encore tant ce matin ?

Je lui ai adressé un petit sourire et j'ai pris sa main entre les deux miennes. C'était plus fort que moi.

Kai était un être extraordinaire autrefois. Comme Michael, mais en plus réglo. Kai était le gentil de la bande.

A présent, il y avait de la noirceur en lui. Son combat était peut-être terminé, mais quelque chose bouillonnait encore au fond de lui.

La lumière qui se déversait depuis le couloir a soudain disparu. Une silhouette se dressait dans l'encadrement de la porte.

— Je t'ai dit de dormir !

Michael.

J'ai lâché la main de Kai et je me suis levée en souriant.

— Non, tu m'as dit d'aller au lit. Et c'est justement ce que j'avais prévu de faire.

J'ai jeté à Kai un coup d'œil sans équivoque, espérant que Michael saisissait mon insinuation.

— Vous ne vous arrêtez jamais, tous les deux ? a demandé Kai avec un petit rire, en se levant.

Il m'a regardée une dernière fois avant de quitter la pièce. Michael a attendu sans un mot qu'il s'éloigne, puis disparaisse dans le couloir. Il s'est alors retourné vers moi, obscurcissant de nouveau l'embrasure de la porte. Mon ventre s'est noué.

Je ne m'en étais pas rendu compte, mais la présence de Kai m'avait apaisée. A présent, la tension était de retour.

Michael ne s'était pas changé. Il portait toujours un jean, mais pas de T-shirt.

— Viens ici, m'a-t-il dit.

J'ai obéi.

J'ai avancé vers lui comme il l'avait ordonné… puis j'ai souri d'un air suffisant en attrapant la poignée pour lui fermer la porte au nez.

Il l'a bloquée, comme je m'y attendais.

— Je n'aurais pas permis qu'il t'arrive quoi que ce soit, a-t-il affirmé. Je l'ai su à la seconde où tu as passé la porte, ce soir. Je te le jure.

— Je m'en fiche. Je ne veux pas de toi ici.

J'ai essayé de pousser la porte, mais il a plaqué la main sur le battant pour la rouvrir de force. Il est entré dans la chambre, a refermé derrière lui, puis il m'a fait pivoter pour m'adosser au battant.

— Je les ai arrêtés ! Je t'ai choisie, toi !

— Moi ? Ah ouais ? C'est pas l'impression que ça m'a fait, dans la salle de basket, ai-je ironisé, faisant référence à la fille sur ses genoux. J'en ai marre de tes jeux, Michael. J'en ai marre de toi. Dégage !

— Qu'est-ce qu'il t'a dit ?

Kai ? Etait-il en colère parce que Kai était venu me trouver ?

— Certainement plus qu'à toi.

Il a laissé échapper un rire amer, et pour la première fois j'ai eu l'impression qu'il était battu.

— T'en as marre de mes jeux, hein ? Tu es pourtant devenue douée.

J'ai croisé les bras, plus déterminée que jamais à lui tenir tête.

— Tu sais quoi, Michael ? Je ne gagne pas en jouant à *tes* jeux. Je gagne en te faisant jouer aux *miens*.

Ses yeux m'ont transpercée, orageux.

J'ai éclaté de rire, euphorique. C'était si bon de me sentir enfin supérieure à lui.

— Regarde-toi ! Tu n'es pas en train de te démener pour rester dans la course ?

Il a pincé les lèvres et m'a attrapée par les cuisses pour me soulever et me plaquer contre la porte. Mon cœur a bondi dans ma poitrine et la peur s'est insinuée dans mes veines.

J'ai noué mes chevilles dans son dos pour le serrer entre mes cuisses. C'était plus fort que moi.

— Putain, a-t-il murmuré contre mes lèvres. Ce que j'ai envie de toi !

— Tu n'es pas le seul.

— Kai ? Ne va pas avec lui, Rika.

— Pourquoi pas ?

Il s'est penché pour attraper ma lèvre inférieure entre ses dents ; la chaleur de sa bouche m'a fait frissonner.

— Parce que je te donne tout ce dont tu as besoin. Tu le ferais seulement pour ne plus être accro à moi… et, ça, ça n'arrivera jamais.

Sur ces mots, il a écrasé sa bouche sur la mienne. Etourdie, je lui ai rendu son baiser avec fougue. Quand sa langue a effleuré la mienne, j'ai senti un feu s'éveiller dans mon bas-ventre.

J'ai renversé la tête en arrière pour qu'il m'embrasse dans le cou.

— C'est une idée pourtant séduisante, ai-je soufflé dans un gémissement, quand j'ai senti ses lèvres sur ma cicatrice. Un nouvel homme. Une nouvelle bouche.

Son poing s'est resserré dans mes cheveux, et ses dents ont effleuré ma peau, comme pour me menacer.

— Si tu fais ça, je te le ferai regretter.

Puis il s'est de nouveau penché sur moi, suçant et mordillant ma peau tandis que je haletais, mes ongles plantés dans ses épaules.

— Oh ! bordel, ai-je gémi en ondulant contre lui. Oh ! Kai. Oui.

Sa main a agrippé douloureusement ma fesse à travers mon short. Ses mordillements sont devenus des morsures, et ses baisers si violents qu'ils me faisaient mal.

Je lui ai tiré les cheveux jusqu'à le forcer à renverser la tête en arrière, et j'ai passé ma langue sur sa lèvre inférieure.

— Trevor, ai-je murmuré. Touche-moi, Trevor.

Furieux, il a grogné et m'a relâchée. Haletante, j'ai soutenu son regard.

— Et puis merde, Rika !

Il m'a violemment écartée de la porte et a quitté la chambre comme une flèche, furax.

Je lui ai immédiatement emboîté le pas, un sourire amusé aux lèvres.

— Tu déclares forfait ?

— Non. Nouvelles règles. Nouveaux joueurs. Il y a plein d'autres filles ici.

— Et il y a plein de mecs aussi, ai-je rétorqué en le suivant dans l'escalier.

Il s'est arrêté dans l'entrée et s'est retourné pour me regarder, un air de défi dans les yeux.

— Vraiment ?

Il m'a adressé un sourire malicieux avant de s'adresser à la foule.

— Votre attention, s'il vous plaît ! Rika Fane appartient aux Cavaliers. Si un mec pose la main sur elle, il aura affaire à nous !

Puis il s'est retourné vers moi avec un sourire narquois.

— Bonne chance !

Fait chier.

Jouer son jeu. Jouer mon jeu. Ça importait peu en fin de compte, puisqu'il avait plus de personnes dans son équipe.

Parfaitement conscient qu'il avait gagné, il s'est dirigé vers la cuisine, me laissant seule au milieu de l'entrée.

J'appartenais aux Cavaliers ? Bon sang !

Puis ses mots me sont revenus à l'esprit, et j'ai marqué un temps d'arrêt. « Si un mec pose la main sur elle… »

Je me suis retenue de sourire.

Je suis entrée dans le salon pour fouiller la pièce du regard, avant de me diriger vers la cuisine, où j'ai enfin repéré Alex. Elle se préparait un verre sur l'îlot central. Elle portait une robe noire moulante asymétrique.

Elle a levé les yeux vers moi comme j'approchais.

— Salut ! Je n'arrive toujours pas à croire que Will m'a fait venir avec l'hélicoptère de son père pour *ça* ? Comme si j'allais trouver du travail auprès de lycéens ! Je veux dire, je n'ai pas l'esprit de contradiction, mais je ne suis pas une pédophile non plus.

J'ai pouffé.

Il n'y avait pas que des lycéens, et Alex était certainement à peine plus âgée que la plupart des garçons présents. Mais j'imagine qu'elle était habituée à fréquenter des hommes plus… sophistiqués.

— Tu prends combien ? ai-je demandé.

Elle a posé la bouteille de vodka, interloquée.

— Pour quoi exactement ?

— Pour les filles.

24

Michael

Présent

Plein d'autres filles ici. Du bluff, rien de plus. J'étais incapable de quitter Rika des yeux. Il fallait que je ravale ma fierté et que je sois réellement gentil si je voulais la mettre dans mon lit ce soir, ou…

Que je choisisse un autre combat.

Dans tous les cas, elle ferait ce qu'elle voudrait de moi. Elle saurait que je ne pouvais pas me passer d'elle, qu'elle était la seule fille que je désirais. Comment était-ce arrivé, putain ?

J'étais dans le patio, avec quelques vieux amis — des gars du coin qui bossaient en ville et des amis du lycée qui n'avaient jamais quitté Thunder Bay —, mais je n'écoutais pas ce qu'ils disaient. Non. Je la regardais parler avec Alex dans la cuisine.

Je n'arrivais pas à croire qu'elle m'avait appelé Kai, puis

Trevor. Elle l'avait fait exprès, bien sûr, mais pourquoi me mettait-elle au défi ?

Elle me voulait. Pourquoi ne pas simplement céder ?

Plus j'essayais de la faire craquer et de lui faire oublier toutes les saloperies qu'on avait vécues ce soir, plus elle ouvrait sa grande gueule pour me crier son mépris. Je ne pouvais plus en faire ce que je voulais. Elle se moquait de moi.

Et si je l'avais complètement corrompue ? Si elle s'était trop prise au jeu, si l'envie de jouer — de gagner — surpassait son besoin de moi, de nous ?

Si son cœur s'était endurci à tel point qu'elle se renfermait sur elle-même pour pouvoir survivre ?

Si c'était moi qui devais céder ?

Je devais bien me rendre à l'évidence : j'avais besoin d'elle.

Je la veux, putain, je la veux !

Au moins, ce soir, j'étais à l'abri. J'avais gagné cette manche. Aucun des types présents ici n'allait l'approcher. Elle finirait par aller se coucher, vaincue.

Il ne lui restait aucune carte à jouer.

Alex et elle ont contourné l'îlot central. *Goodbye Agony* résonnait dans la maison. Soudain, Rika s'est tournée pour croiser mon regard à travers la vitre. Plantant Alex au milieu de la cuisine, elle est venue me rejoindre dehors.

— Tu as bien dit pas de *mecs*, c'est ça ? Juste pour être sûre.

Elle m'a adressé un sourire espiègle, puis elle a tourné les talons. Alex m'a souri sournoisement avant d'attraper Rika par la main pour la conduire hors de la cuisine.

Qu'est-ce que… ?

Je les ai suivies des yeux. Rika a jeté un dernier regard vers nous, puis elles ont disparu dans l'escalier.

Pas de mecs. Ce qui voulait dire…

Je me suis rué à l'intérieur.

— Eh, tu vas où ? a demandé Kai en m'attrapant par le bras pour m'arrêter. Il faut qu'on parle de Damon.

— Demain.

Je me suis soustrait à sa poigne et précipité dans l'entrée, puis à l'étage.

J'étais incapable de penser à Damon dans l'immédiat. Il était blessé, de toute façon, il ne tenterait rien ce soir.

Remontant le couloir faiblement éclairé, je me suis approché de la chambre de Rika. La porte était ouverte. Tout l'étage était tranquille, les échos de la musique en bas n'étaient qu'un bourdonnement lointain.

Je suis entré dans sa chambre. Vide. Les lumières étaient éteintes, et le lit encore fait.

Ouvrant les portes à la volée le long du couloir, j'ai fouillé la chambre de mes parents, la chambre de mon frère, les chambres d'amis…

En arrivant devant ma propre chambre, j'ai remarqué la lueur vacillante sous la porte.

J'ai lentement tendu la main, tourné la poignée… et mon cœur s'est arrêté un instant de battre.

— Putain.

Alex était assise au bord du lit, Rika debout entre ses jambes, et elles se caressaient mutuellement. Alex tenait Rika par les hanches, les yeux levés vers elle, l'air bien trop intéressé.

Et Rika…

Je n'en croyais pas mes yeux. Je me suis glissé dans la pièce, refermant doucement la porte derrière moi.

Rika a posé un genou sur le lit à côté d'Alex. Elle la chevauchait presque à présent. Laissant aller ses hanches contre la poitrine d'Alex, elle a passé la main dans ses cheveux, lui a caressé le cou et les épaules.

Alex a soulevé le débardeur gris de Rika pour couvrir son ventre de petits baisers, goûter sa peau du bout de la langue.

Sang et chaleur ont afflué dans mon sexe, qui a douloureusement enflé.

Elle allait gagner cette manche !

— Qu'est-ce que tu fais ?

Je suais déjà à grosses gouttes. *Bordel.*

Rika a levé les yeux vers moi.

— Nouvelles règles. Nouveaux joueurs, a-t-elle répété, avec calme et douceur. Pas besoin de toi, ce soir. Désolée.

Puis elle a poussé un gémissement et s'est cambrée contre la bouche d'Alex, laissant sa tête tomber en arrière.

Etait-elle vraiment prête à aller aussi loin pour me défier ?

— Tu es dans mon lit, ai-je fait remarquer en essayant de rester naturel.

Rika a souri à Alex, qui continuait de lui embrasser le ventre. Elles m'ignoraient presque, toutes les deux.

— Ton lit est plus grand. Ça ne te dérange pas, si ?

J'ai serré les dents ; Rika a glissé la main jusqu'à la poitrine d'Alex et agrippé sa robe pour la lui enlever.

J'ai à peine remarqué le corps d'Alex qui se dévoilait : je n'arrivais pas à quitter Rika des yeux. Elle était si sexy, si innocente dans son petit short de pyjama rose.

J'ai dégluti, la gorge sèche, incapable de déterminer si elle bluffait pour me faire réagir ou si elle avait vraiment envie d'Alex. Dans tous les cas, elle ressortirait gagnante. Et elle saurait qu'elle était la plus maligne, la plus forte.

Alex lui caressait les jambes, puis elle a tiré doucement sur son short en lui mordillant la peau au niveau de la hanche.

— Ah, a gémi Rika, les yeux fermés. Michael…

A bout, j'ai secoué la tête. Je jouais à son jeu, et je perdais.

Bordel, j'avais tellement envie d'elle !

Cela dit, la partie n'était pas terminée. J'ai fait le tour du lit et attrapé Alex par le bras pour la relever.

— Dégage !

— Quoi ? Tu te fous de moi ?

Elle espérait peut-être que je les laisserais continuer, pour profiter du spectacle.

Mais je l'ai repoussée sans états d'âme. Will, Kai et des

dizaines d'autres mecs — et filles — étaient à portée de main. Qu'elle fasse son choix.

Alex a ramassé sa robe avec un soupir sonore avant de sortir, claquant la porte derrière elle.

Quand je me suis retourné, Rika était debout près du lit, un petit sourire narquois aux lèvres.

— A toi de jouer.

Je me suis approché d'elle en ricanant.

— Tu as aimé ça ? Tu étais prête à aller jusqu'où, avec elle ?

Elle s'est humidifié les lèvres du bout de la langue, dans le but manifeste de me provoquer.

— Plus loin, peut-être… Ou peut-être que je savais que je n'aurais pas besoin de trop pousser le bouchon. Peut-être que je te connais mieux que tu ne le penses.

J'ai dessiné les contours de son visage du bout de l'index.

— Vraiment ?

Elle a soutenu mon regard. Sa poitrine se soulevait et s'abaissait plus vite ; je voyais bien qu'elle avait envie de se laisser aller contre ma main. Elle voulait que je lui murmure des mots doux et que je cède, elle voulait mon cœur. C'était pour ça qu'elle me poussait.

Mais je voulais jouer.

— Le truc, c'est que… Nous avons un problème. Tu n'as pas été invitée dans mon lit, et tu es venue ici sans permission.

Je l'ai prise par la main pour la conduire de force dans le couloir, la faisant trébucher.

— Michael ! Qu'est-ce que tu fais ?

Je l'ai entraînée dans une autre chambre, deux portes plus loin, et l'ai poussée à l'intérieur, avant de refermer derrière moi.

— Voilà un lit que tu connais mieux, ai-je dit en montrant le lit de mon frère. Grimpe !

Elle s'est retournée vers moi, les poings serrés, le souffle court, son sang-froid envolé. Des larmes brillaient dans ses yeux.

Qu'est-ce qui me prenait, bon sang ? J'aurais pu lui dire que je la désirais, que j'avais besoin d'elle, et qu'après presque une semaine je la sentais encore sur ma bouche. Elle aurait pu être sous moi, dans mon lit, en ce moment même, et moi en elle, à l'écouter haleter, à me perdre en elle toute la nuit.

— Michael, pourquoi tu fais ça ? Après tout ce que tu m'as fait subir ? Pourquoi essaies-tu encore de me blesser ?

— Tu déclares forfait ?

Son visage s'est décomposé. Elle a baissé la tête, le corps secoué de sanglots.

— Tu es malade, Michael. Complètement malade.

— Quand j'ai découvert que tu sortais avec Trevor, l'année dernière, j'ai détesté ça. Je t'ai détestée, toi, mais je détestais ça encore plus. Je voulais venir ici, te voir dans son lit…

— Pourquoi ?

Je l'ai regardée dans les yeux. Je comprenais moi-même à peine la réponse à cette question. Depuis tout petit, j'avais toujours été en colère. En colère parce que mon père essayait de faire de moi quelqu'un que je n'étais pas. En colère parce qu'il me la prenait des bras. En colère parce que Trevor et elle étaient constamment poussés l'un vers l'autre. En colère d'être obligé de partir pour l'université en la laissant seule à Thunder Bay.

Puis j'avais été en colère parce qu'elle m'avait trahi. Du moins, c'est ce que j'avais cru.

Pour une raison étrange, la colère ne me brisait pas. Elle me rendait indépendant, faisait de moi un homme rebelle, qui savait ce qu'il voulait. Je tenais tête à mon père, prenais mes propres décisions… j'étais invincible. Et j'étais devenu très doué pour trouver d'autres moyens de m'amuser.

Quand nous étions plus jeunes, chaque fois qu'elle entrait dans une pièce et me regardait, si désireuse que je la remarque, je me sentais puissant en lui refusant ce plaisir, en quittant la pièce comme si elle n'avait pas été là.

Savoir que je contrôlais sa jolie petite tête plus que mon frère ne le pourrait jamais me conférait un plaisir extrême.

Et la torture que je m'infligeais alors, notamment quand je l'imaginais dans ce lit avec lui, m'excitait et me mettait à cran, à la fois. J'aimais ça, parce que j'aimais qui j'étais. Ça me rendait fort. Si je lui cédais, cela ferait-il de moi un autre homme ?

— J'aime me faire du mal, lui ai-je répondu. J'en ai besoin. Maintenant déshabille-toi et monte dans ce lit.

— Michael, a-t-elle protesté d'une petite voix.

Je suis resté immobile, inflexible.

Elle s'est soudain redressée, la bouche tordue de colère. Ses yeux sont devenus effrontés, alors qu'elle arrachait son petit pyjama et baissait sa culotte.

Mon cœur s'est mis à battre plus vite. Mais je n'ai rien laissé paraître.

Elle a tiré les couvertures, ses longs cheveux blonds lui caressant le dos. Puis elle s'est allongée et a tiré le drap jusqu'à sa taille, laissant ses seins découverts.

Une main derrière la tête, l'autre posée sur son ventre nu, elle m'a nargué. Elle semblait si douce, si chaude, si parfaite.

Il l'avait vue ainsi. Il s'était allongé à côté d'elle ainsi. J'étais rongé par le regret : ça n'aurait jamais dû être lui ! J'aurais pu être son premier amant, et je l'avais laissée filer entre mes doigts trois ans auparavant.

C'était ma faute si elle était tombée dans les bras de Trevor.

Qu'est-ce qui clochait chez moi ? Le pouvoir que je ressentais en l'ignorant était-il plus grand, plus excitant, que ce que je ressentais quand je l'avais dans mes bras ?

Non. Loin de là.

Elle a incliné la tête, les yeux remplis de larmes.

— Je suis dans son lit. Qu'est-ce que tu vas faire ? Je peux souffler son nom ou… te raconter les quatre fois où je l'ai laissé me posséder, où j'ai fait tout mon possible pour ne pas imaginer que c'était toi.

Le bleu de ses yeux vibrait derrière ses larmes.

— Tu préfères peut-être quelque chose de plus visuel ?

Elle s'est mise à califourchon sur un oreiller, qu'elle a commencé à chevaucher comme si Trevor se tenait sous elle. Elle a renversé la tête en arrière dans un gémissement.

Son cul rond allait et venait contre le tissu, et son dos s'est cambré alors qu'elle accélérait, ses cheveux se balançant au rythme de ses mouvements.

La douleur m'a transpercé la poitrine.

— Rika…

J'ai eu l'impression de l'avoir perdue.

Jusqu'à ce qu'elle gémisse :

— Michael…

Les yeux fermés, elle a poussé un lourd soupir, un petit sourire dansait sur ses lèvres tandis qu'elle chevauchait l'oreiller.

— Michael !

Elle a accéléré. Elle remuait de plus en plus vite, son ventre contracté allait et venait, sa poitrine généreuse se balançait au rythme de ses mouvements.

Elle a grogné, alors que son va-et-vient se faisait plus intense, et son visage s'est tordu de douleur tandis qu'elle se frottait de plus en plus fort.

— Oh ! putain. Oh ! bordel.

Trevor avait disparu. Il n'était plus dans la pièce.

Il n'y avait plus que nous. Elle et moi.

J'ai défait ma ceinture et laissé tomber mon jean, avant de me mettre à genoux derrière elle, sur le lit.

A ce stade, j'avais perdu le fil du score. A qui le tour de jouer ? A quel jeu jouions-nous, d'ailleurs ? Je n'en savais plus rien…

On ne choisit pas ce qu'on veut.

Je l'ai attrapée par le cou pour l'amener à moi. Elle a

renversé la tête en arrière, sur mon épaule, et mon sexe s'est dressé, effleurant ses fesses.

— Qu'est-ce que tu me fais ? ai-je demandé, sans vraiment attendre de réponse.

Elle me déchirait, et ça m'était égal. Je voulais bien brûler, si c'était par elle.

Plongeant ma main entre ses cuisses, j'ai glissé deux doigts en elle, je l'ai caressée, j'ai joué avec son clitoris.

— Je ne suis pas forte, Michael. Pas vraiment. Je sais jouer, et je peux te laisser me baiser dans le lit de ton frère ou sur le bureau de ton père, te servir de moi comme d'un objet pour te venger d'eux, mais au final… Au final, je suis toujours là. Il n'y a toujours que toi et moi.

Elle respirait bruyamment contre ma peau. Et j'ai cédé. J'ai enroulé les mains autour de son corps et je l'ai serrée fort contre moi, enfouissant mon visage dans son cou. Je ne pourrais jamais plus la laisser partir.

— Juste toi et moi, a-t-elle répété.

— Promets-le-moi.

Promettre quoi ? Qu'est-ce que j'exigeais d'elle exactement en lui réclamant cette promesse ?

Promets-moi que tu ne me quitteras jamais ? Promets-moi que tu m'appartiens ? Promets-moi que tu es mienne ?

Je l'ai embrassée fougueusement. Goûter à sa bouche m'a fait bander de plus belle.

Je me suis écarté, nos lèvres à un murmure l'un de l'autre.

— Promets-moi que tu ne me diras jamais non. Promets-moi que tu ne te déroberas jamais.

Elle m'a embrassé, un petit sourire aux lèvres.

— Je ne dirai jamais non… du moment que tu continues de me faire crier « oui ».

J'ai gémi, je l'ai poussée à quatre pattes et j'ai attrapé ses hanches pour les tirer vers moi, tandis qu'elle s'ouvrait pour moi.

— Du moment que tu as besoin de moi, c'est ça ? Du moment que tu as besoin de *ça* ?

J'ai fait glisser mon gland contre son sexe mouillé, puis je l'ai enfoncé dans son corps étroit, avant de ressortir lentement, très lentement.

— Michael, a-t-elle gémi, en me jetant un regard par-dessus son épaule.

Je l'ai de nouveau pénétrée, et son sexe s'est contracté autour de moi. C'était si bon, si torride ! J'avais juste envie de m'enfouir en elle.

— Tu ne me diras jamais non. Tu le sais.

Je suis ressorti, et elle a gémi, frustrée.

— Michael !

Elle a tapé du poing sur la couette, puis s'est dressée pour me pousser sur le matelas.

Je suis tombé contre le pied de lit dans une étrange position. Rika s'est mise à ramper sur moi comme un animal, hors de contrôle.

Mon cœur allait exploser si elle continuait comme ça.

Elle s'est placée à califourchon sur moi. Jubilant, je l'ai attrapée par les hanches, tandis qu'elle positionnait mon sexe sous elle d'une main, l'autre sur mon épaule.

Elle s'est lentement laissée descendre sur moi et j'ai glissé en elle. Pétrissant ses fesses entre mes mains, je l'ai tirée vers moi pour prendre un téton dans ma bouche. J'ai caressé sa chair durcie du bout de la langue. Je voulais la croquer ; elle était si délicieuse…

Elle a remué les hanches et agrippé le pied de lit d'une main, sans lâcher mon épaule de l'autre. La tête renversée en arrière, elle gémissait, ondulait, me baisait.

— Oui. C'est ça, bébé. C'est pour ça que tu es faite. Pour moi.

Putain, ce qu'elle me faisait bander ! J'ai pris un de ses seins au creux de ma main, j'y ai posé les lèvres, pour jouer de nouveau avec son téton, le lécher et le mordre alors qu'elle accélérait la cadence. C'était trop bon !

Dans un cri, elle s'est laissée tomber en avant pour coller sa poitrine contre mon torse et m'embrasser. Son souffle contre ma bouche m'a embrasé tout entier.

J'étais vraiment accro.

— Ne va jamais trouver personne d'autre pour ça, ai-je grogné dans un murmure, avant de l'embrasser encore.

— Michael… Je n'ai jamais voulu personne d'autre. Ne le vois-tu pas ?

Elle s'est redressée et a fermé les yeux. J'ai contemplé sa peau luisante qui se mouvait devant moi, ses seins qui rebondissaient. Ses cheveux tombaient sur ses épaules et dans son dos, révélant sa cicatrice. J'ai tendu la main pour passer mon pouce dessus.

— Tu es si belle…

Elle a haleté.

— Oh ! bordel…

J'ai senti mon sexe se gonfler de chaleur et je me suis crispé, les yeux fermés.

— Putain, bébé, tu ferais mieux de ralentir ou d'être prête à jouir.

— Je vais jouir, a-t-elle soufflé. Je vais jouir !

Elle a bougé plus vite, plus fort, une fine pellicule de sueur le long du cou, puis elle s'est soudain figée au-dessus de moi, plantant ses ongles dans mes épaules.

— Oh ! oui ! a-t-elle crié avant de reprendre son mouvement.

Je l'ai agrippée plus fort, pour accompagner la cadence, lui imprimer plus de rapidité. Mes abdos se sont contractés, chaque muscle de mon corps s'est enflammé, et j'ai joui en elle.

Elle s'est écroulée sur moi, a enfoui ses lèvres dans mon cou, et pendant quelques secondes il n'y a plus eu que nous deux. Nos deux respirations mêlées. Je ne voulais plus jamais bouger d'ici.

Rika. Petit Monstre.

— Je ne te pardonne pas pour ce que tu m'as fait, a-t-elle murmuré, sa voix encore fébrile à cause de l'orgasme. Mais tu as raison. Je crois que je ne peux pas te dire non.

J'ai fermé les yeux, passé la main dans ses cheveux en la serrant contre moi.

Je crois que moi non plus je ne peux pas te dire non.

Je reprends péniblement conscience, les paupières lourdes, le crâne sur le point d'exploser.

— Merde…

Je regarde autour de moi. Je suis dans la salle de cinéma de la maison.

— On a fini toute la bouteille ? demande Kai.

Il est assis à l'autre bout du canapé, le visage enfoui dans ses mains. Sur la table, devant nous, une bouteille vide de Johnnie Walker.

M'arrachant du canapé, je m'assieds, nauséeux, un goût amer dans la bouche.

— Putain, dit-il en sortant son téléphone. Elle doit être sacrément bonne pour te faire boire comme ça !

— Va te faire foutre, Kai !

Il ricane. J'essaie de me ressaisir. La pièce tourne, et je souffle, la bile monte dans ma gorge. Tout me revient alors en mémoire.

La Nuit du Diable. L'entrepôt. Rika.

Je l'avais dans mes bras. Enfin. Pourquoi ai-je tout gâché ?

Puis j'entends le couinement étranglé de Kai : il regarde fixement son téléphone, l'air terrorisé.

— Michael… Prends ton putain de téléphone, mec.

Je tire mon portable de la poche de mon sweat à capuche, que j'ai laissé sur le dossier du canapé en rentrant. Sitôt que je passe mon doigt sur l'écran, une liste de notifications, messages et tweets d'un kilomètre de long s'affiche.

C'est quoi ce bordel ? Mon cœur cogne dans ma poitrine. Je ne sais plus où donner de la tête : les mots « flic », « détournement de mineure » et « Cavaliers » apparaissent sur mon écran.

Quoi ?

Des images de Kai, Will et Damon apparaissent. Je ne comprends pas. Pourquoi ces images sont en ligne ?

— Le téléphone, souffle Kai en levant les yeux vers moi, le souffle coupé.

Je clique sur les vidéos, et mon ventre se serre quand je vois Kai et Will en train de tabasser le flic, à terre. Sur la vidéo de Damon, le visage de la fille est parfaitement visible. Il y a une tonne de commentaires, dans lesquels les mots « violeur » ou « prison » s'affichent, et certaines filles soutiennent qu'il leur a fait la même chose.

C'est partout, sur Facebook, YouTube, Twitter… Il y a même des articles de presse qui parlent de nous comme si nous étions un gang. Un putain de gang.

— Il s'est passé quoi ? je hurle. Comment cette merde s'est retrouvée sur Internet ?

— Je ne sais pas ! explose Kai. Will…

Nous pensons tous les deux à la même chose. C'est lui qui avait le téléphone, mais il n'aurait jamais fait ça ! Ni à nous ni à lui-même.

Ignorant mes notifications, je compose son numéro pour savoir où se trouve ce fichu téléphone. Il ne répond pas. Quand je consulte de nouveau mon écran, je vois des messages de Damon.

On est baisés ! dit le premier.

Puis un autre, quelques minutes plus tard.

C'est Rika qui a le téléphone ! Elle avait le sweat de Will, hier soir.

Je secoue la tête et croise le regard de Kai, sachant qu'il a reçu les mêmes SMS. Non. Elle non plus ne ferait pas ça. Elle ne me ferait jamais de mal.

Je jette mon téléphone sur le canapé et sors de la pièce en trombe pour traverser la maison. On frappe bruyamment à la porte.

Des voix énervées résonnent au rez-de-chaussée, et j'ai l'impression que les murs se rapprochent, que je ne peux aller nulle part.

Lorsque j'arrive près de la cuisine, je m'arrête en entendant la voix de Trevor.

— C'est avec ces mecs que tu veux traîner ? dit-il d'une voix rageuse. Des violeurs et des criminels ?

Je sais qu'il parle à Rika, mais elle ne lui répond rien. Une veine se met à palpiter dans mon cou. Des pas traversent la maison. Rapides. Impatients. Des flics. Je ne sais pas s'ils me cherchent, mais ils cherchent Kai, c'est certain.

— Michael n'est personne. Et, si tu continues à vouloir être près de lui, tu finiras comme ses amis, poursuit Trevor.

— Je n'ai aucune envie d'être près de lui, répond enfin Rika d'une voix tranchante. Et ses amis ont eu ce qu'ils méritaient.

L'air quitte mes poumons. Je me poste dans l'encadrement, mon regard furieux braqué sur son dos. Trevor lève les yeux vers moi, et Rika se retourne. Peine et tristesse se lisent dans ses yeux rougis. Elle ose à peine me faire face.

Puis mon regard tombe sur sa main : elle tient le sweat de Will, reconnaissable à sa déchirure à la manche, à cause de la bagarre avec Miles, la veille.

Je serre les dents si fort que c'en est douloureux, et je recule en la fixant. Kai crie dans le couloir. Les flics l'ont trouvé, sans aucun doute. Je ne quitte pas Rika des yeux ; la rage m'a saisi tout entier et me gaine comme une armure.

C'est ma faute, tout ça. Et je ne pourrai jamais y remédier. Ils souffriront, parce que je lui ai fait confiance.

*
* *

Mes yeux se sont brusquement ouverts et j'ai repoussé les draps, couvert de sueur.

Le souvenir de cette journée est comme une maladie incurable. Voir Kai menotté, mes amis éclaboussés par le scandale dans les médias, et savoir que rien de tout cela ne se serait produit si je n'avais pas emmené Rika avec nous, la nuit précédente…

Ce dimanche-là, ils seraient retournés à la fac et auraient continué à étudier, à construire leur avenir ; ils auraient attendu avec impatience la prochaine fois où nous aurions semé la pagaille ensemble.

Si seulement je ne l'avais pas emmenée avec nous.

A côté de moi, Rika dormait à poings fermés. Je mourais d'envie de la prendre dans mes bras. Ses cils étaient sombres contre sa peau d'albâtre, ses lèvres légèrement entrouvertes tandis qu'elle inspirait et expirait calmement.

Je me suis mis sur le flanc, en appui sur un coude, et, de ma main, j'ai frôlé son visage, sa cicatrice, ses épaules.

Puis, je me suis penché pour lui embrasser les cheveux, et respirer son odeur.

Rien n'était sa faute.

Elle était l'une d'entre nous — elle était à nous —, et non seulement j'avais beaucoup à faire pour me racheter, mais j'avais peur que rien ne suffise jamais. Je ne savais pas exactement ce que je voulais d'elle, mais je ne voulais pas la perdre.

Elle était devenue très douée pour n'en faire qu'à sa tête.

Pour l'instant, le mieux était sans doute de la laisser dormir. Sans bruit, je me suis douché et habillé. Un pantalon noir et une chemise blanche — j'aurais deux-trois affaires à gérer dans la journée.

La maison était dans un état lamentable et, comme mes

parents étaient absents, notre femme de ménage et notre cuisinière étaient en vacances également. J'ai appelé une société de nettoyage. Ils sont arrivés alors que je finissais de chasser les derniers fêtards restés dormir après la soirée. Ils se sont tout de suite occupés de récurer la maison et de préparer le petit déjeuner.

J'ai téléphoné à l'établissement où se trouvait la mère de Rika pour les informer que sa fille pourrait désormais la contacter. Puis j'ai appelé un avocat — pas celui de la famille, j'en voulais un qui n'était pas payé par mon père — pour discuter des biens de Rika. Je savais qu'elle ne me faisait pas confiance — et elle avait de bonnes raisons —, mais je ne voulais pas non plus tout remettre entre les mains de mon père. Il fallait également que nous essayions de contester le testament de son père.

J'ai fait transiter tout son argent sur ses comptes, ce qui était assez facile — nous avions légèrement bluffé, chez Hunter-Bailey. Je n'avais pas encore distribué sa part à chacun. J'avais donc accès à tout et j'ai pu tout lui restituer et réactiver ses cartes de crédit sans problème.

Tout ça m'a pris un moment, puis je me suis assis à table, où un petit déjeuner royal attendait, ainsi qu'un Kai réservé et un Will assommé par sa gueule de bois. Il avait beau être dans un sale état, il a aussitôt exigé de savoir ce qui allait se passer, maintenant.

Il voulait faire payer Trevor.

— Laisse-moi d'abord régler toutes les autres merdes.

J'avais trop de pain sur la planche.

— C'est toi qui nous as mis dans ce pétrin. Et Damon, avec ses conneries. On vous a suivis, comme on le fait toujours, a-t-il dit en regardant Kai, en quête de soutien. Mais je vais faire les choses à ma manière cette fois. J'aimerais que tu sois avec moi. Mais, sinon, tant pis.

Il a gobé un cachet d'aspirine et l'a fait passer avec une bouteille d'eau entière.

C'était ma faute, OK. Nous nous en étions pris à Rika à la place de Trevor mais, là, j'avais besoin de respirer d'abord.

J'ai repoussé mon assiette et je me suis adossé à ma chaise. C'est alors que je l'ai aperçue dans l'encadrement de la porte.

Mon cœur s'est arrêté. Elle était absolument magnifique ! Jamais on n'aurait pu deviner qu'elle venait de vivre un enfer.

Elle s'était douchée, maquillée, avait lissé ses cheveux, et elle portait un jean moulant, un chemisier blanc, une petite verste rouge et des chaussures noires.

Elle partait ?

— Rika, a dit Kai en se levant, l'air contrit. Tu veux manger quelque chose ?

Je n'aimais pas cette nouvelle proximité entre eux, et je l'ai fusillé du regard.

Mais Rika l'a ignoré et a planté ses yeux dans les miens.

— Ma mère, a-t-elle demandé.

J'ai hoché la tête et pris une carte sur la table pour la lui tendre.

— Le numéro de son thérapeute. Tu es sur sa liste de contacts maintenant. Tu peux appeler quand tu veux.

Elle s'est approchée, a saisi la carte.

Il semblait évident que ce qui s'était passé entre nous dans la chambre de Trevor, cette nuit, n'était plus à l'ordre du jour en ce qui la concernait… pour l'instant. Elle avait les idées claires, et les affaires reprenaient.

Avant qu'elle ne puisse dire quoi que ce soit d'autre, Will lui a fourré une assiette entre les mains.

— Tiens.

Il a tendu le bras pour attraper une cuillerée d'œufs brouillés et a rempli l'assiette.

Elle en est restée pantoise. C'était désopilant.

— J'en ai marre de la parlote, a repris Will en se levant

pour lui servir des fruits et des pommes de terre. Marre des stratagèmes. Marre de l'attente. Marre des putains de préparations. Cette fois, on tape dedans !

Puis il s'est figé, des pinces à la main, et a considéré Rika fixement.

— Tu aimes la saucisse ?

Sans attendre qu'elle réponde, il a haussé les épaules et lui en a servi deux. Elle l'a dévisagé comme s'il venait de pisser dans le lavabo.

Il a fini par se rasseoir.

— On sait où il est. Je ne veux pas le tuer, mais je compte bien changer sa vie pour toujours. Comme il l'a fait pour nous. Vous en êtes ou pas ?

J'ai poussé un soupir et fermé les yeux. Rika est restée immobile un moment, puis elle s'est approchée de la table pour poser son assiette.

— C'est mon frère, d'accord ? ai-je plaidé.

Je ne savais pas ce que je ressentais à l'égard de Trevor, mais c'était le fils de ma mère — de mon père aussi, bien entendu — et lui faire du mal leur ferait du mal. Je ne pouvais pas prendre cette décision aujourd'hui.

Mais Will a poursuivi son argumentaire.

— Ne te fous pas de moi ! Il ne te supporte pas, et tu le détestes tout autant. La seule raison pour laquelle tu te retiens, c'est elle.

Il a fait un signe de tête en direction de Rika.

Toujours debout, elle a agrippée le dossier de la chaise et a répondu calmement :

— Ce ne sont pas mes affaires. Je retourne en ville aujourd'hui, et je ne veux rien avoir à faire avec tout ça.

— Si, ce *sont* tes affaires, a répliqué Will. Tu es la cause de tout ça. Si tu n'avais pas été avec nous, cette nuit-là, Trevor ne se serait jamais pointé. Attention, je ne t'accuse pas. Et maintenant que je sais que tu es dans le camp des gentils, je peux admettre que je t'apprécie. Mais tu es la motivation de Trevor, et tu obsèdes Michael. Il a besoin de rester concentré, mais tu le distraies.

— Je suis concentré, ai-je protesté.

— Super ! Alors, tu pars quand pour Annapolis ?

Je me suis passé les mains sur le visage, à deux doigts de lui mettre un pain.

Rika s'est écartée de la table, se désengageant de la conversation.

— Je vais appeler ma mère.

Elle a quitté la pièce, et j'ai dardé mon regard sur Kai qui se levait pour la suivre.

J'ai voulu les suivre aussi, mais Will m'a attrapé par le bras, m'arrêtant net.

— Ta saison démarre bientôt, Michael. Il faut que ça se passe maintenant.

Je me suis rassis et lui ai lancé un coup d'œil furieux.

— Ecoute-moi, et écoute-moi bien. Trevor ne sait pas que nous savons. Il ne va pas s'enfuir. C'est Damon la menace, dans l'immédiat. Nous ne savons absolument pas où il se trouve, et il est en colère. Je ne me débine pas. Je m'organise.

Puis j'ai repoussé ma chaise et je suis sorti de la salle à manger en trombe avant de traverser le hall, et de monter l'escalier.

Sur le palier, Kai était posté à la fenêtre de l'étage, en train d'observer l'allée.

— Qu'est-ce que tu fais ?

J'ai suivi son regard ; Rika était au téléphone, et elle jetait son sac à main sur le siège arrière de sa voiture. Alex, dont la présence chez moi m'était complètement sortie de l'esprit, était assise sur le siège passager.

— Putain de merde !

Damon était là dehors, quelque part, et je ne lui faisais pas confiance. Elle ne pouvait pas partir comme ça.

— Tu vas l'arrêter ? a demandé Kai, l'air amusé.

— Je…

J'ai secoué la tête, les mains appuyées contre le cadre de la fenêtre.

— Je ne suis pas sûr de pouvoir.

Il a doucement ri.

— Tu as enfin rencontré ton égale, hein ?

Elle était toujours au téléphone, certainement avec sa mère. Le sourire qui illuminait son visage m'a rappelé une Rika plus jeune, plus douce, plus heureuse.

Avant que je ne me sois emparé d'elle.

— Je ne sais pas quoi faire, Kai…

Elle était dans mon corps, dans ma tête…

J'ai baissé les yeux vers elle. Elle a passé ses cheveux derrière son oreille, et ce simple geste a fait battre mon cœur plus vite.

Elle m'embrasait tout entier.

— Tu crois vraiment que tu as besoin de faire quoi que ce soit ? Tu ne sais pas qu'elle a toujours été amoureuse de toi ?

J'ai gardé les yeux fixés sur l'extérieur ; je ne voulais pas avoir cette conversation avec lui.

— Ça te fait peur, pas vrai ? a insisté Kai.

— Ça ne me fait pas peur.

— J'espère bien… Parce que tu l'as bien pervertie. Elle est forte désormais, et il ne faudra pas longtemps avant qu'elle soit assez courageuse pour exiger ce qu'elle veut. Si tu ne le lui donnes pas, elle trouvera quelqu'un d'autre qui le fera.

J'ai tourné la tête vers lui.

— Je n'ai pas besoin de tes avertissements. Je ne perds jamais.

— Ce n'était pas un avertissement, a-t-il rétorqué sans la quitter des yeux. C'était une menace.

Puis il m'a fixé.

— Surveille tes arrières, mon frère.

25

Erika

Présent

J'ai renversé la tête pour reprendre mon souffle, laissant le bout de ma lame tomber au sol.

Je détestais m'entraîner seule.

Je détestais être enfermée comme ça.

Cela faisait cinq jours que j'étais revenue de Thunder Bay, suivie de près par Michael, Kai et Will, et, quand je n'étais pas en cours, je restais cloîtrée dans mon appartement.

Sur ordre de Michael.

Si je sortais — pour aller à la librairie ou faire les courses — il m'appelait ou m'envoyait des messages pour savoir où j'étais. Je crois même qu'il avait demandé à M. Patterson et à Richard de le prévenir, si je n'étais pas rentrée à une certaine heure tous les jours.

J'en avais ras le bol.

Alex m'avait invitée à prendre le café avec ses amis le lendemain, et je comptais bien y aller.

A présent que je savais ma mère en sécurité — elle semblait plus optimiste et dynamique qu'elle ne l'avait été depuis longtemps, à en juger par sa voix au téléphone —, je voulais continuer à avancer. Mes comptes étaient revenus à la normale, et plusieurs entrepreneurs expertisaient notre maison pour nous proposer des devis de restauration.

Quoi que Michael et ses amis aient en tête pour faire payer Trevor et Damon, je m'en foutais. Je ne voulais pas en être.

You're Going Down, des Sick Puppies, résonnait depuis mon ordinateur dans la cuisine. Debout devant l'îlot, j'ai descendu cul sec ma bouteille d'eau.

Je venais de passer vingt minutes devant un miroir en pied, à travailler mon jeu de jambes et à parer avec une balle de tennis au bout de ma lame, avant de terminer sur trente minutes de séquences.

L'escrime n'était pas une activité dans laquelle je concourais, mais dans laquelle j'essayais de me perfectionner. C'était mon père qui m'avait initiée à ce sport, que j'avais toujours refusé d'abandonner. Ç'aurait été comme fermer une porte et le laisser derrière.

Seulement, j'aurais aimé avoir quelqu'un avec qui m'entraîner — un club ou je ne sais quoi. Seule, c'était ennuyeux.

Mon téléphone a sonné.

Michael.

Après avoir appuyé sur *Ignorer*, j'ai éteint l'appareil.

Ses appels et ses messages quotidiens se résumaient à des requêtes, des ordres et des demandes de mise à jour sur l'endroit où je me trouvais, sur ce que je faisais, à qui j'avais parlé. Il ne me demandait jamais comment j'allais, n'avait jamais un mot gentil.

Jusqu'à un certain soir, tard, où il s'était pointé chez moi, le corps en feu après son entraînement de basket, désireux de se glisser dans mon lit.

Il était entré, avait verrouillé la porte, et, lorsqu'il avait commencé à me déshabiller, toute ma détermination s'était évaporée.

J'avais enroulé les jambes autour de sa taille et je l'avais laissé me porter jusqu'à ma chambre.

Ce soir-là, il avait gagné.

Alors que je me dirigeais vers le réfrigérateur pour prendre une autre bouteille d'eau, on a frappé trois coups rapides à la porte. Je me suis figée, les poils de ma nuque hérissés.

Tout va bien, Rika… La porte est verrouillée. Personne ne peut entrer — pas même Damon ou Trevor.

Le poing serré autour de la poignée de mon fleuret, j'ai regardé par le judas.

Les revers d'une veste, une chemise, l'éclat d'une bouche, un cou bronzé. J'avais beau ne pas distinguer son visage, j'aurais reconnu Michael n'importe où.

— Qui c'est ? ai-je demandé malicieusement.

— A ton avis ? Ouvre cette putain de porte !

J'ai ri intérieurement. Toute occasion de l'agacer était une petite victoire.

J'ai ouvert de quelques centimètres seulement, et je suis restée à le défier du regard.

— T'es un peu en avance, non ? Tu aimes mon petit cul vers 22 heures, d'habitude.

Ça ne l'a pas fait rire.

— Laisse-moi entrer.

J'ai secoué la tête.

— Non, je ne crois pas. Je ne suis pas intéressée, ce soir.

— Pas intéressée ? Qu'est-ce que ça veut dire ?

— Ça veut dire que tu ne peux pas me garder enfermée, à ta disposition, pour quand tu es d'humeur.

— Tu crois que c'est ce que je fais ?

Il a poussé la porte et est entré, me forçant à reculer. Je l'avais piqué au vif.

— Tu crois que je te cache ?

Il a fait un autre pas vers moi, mais j'ai aussitôt levé mon épée ridicule entre nous. J'ai pressé le bout plat contre son torse, tandis que la garde me rentrait presque dans la poitrine, maintenant une distance de cent dix centimètres exactement entre nous.

Il est parti d'un rire amer et a baissé les yeux sur mon arme.

— Mes jeux sont plus marrants, a-t-il dit.

Mais je ne jouais pas.

— Tu étais sorti avec Alex, le jour où je me suis installée à Delcour. Elle était en robe cocktail, toi en costume, et vous rentriez juste de votre soirée. Tu ne m'as jamais emmenée nulle part.

Il a écarté l'épée et s'est approché de moi, me forçant à reculer contre le mur. La main posée au-dessus de ma tête, il s'est penché, soutenant mon regard.

— D'accord, qu'est-ce que tu veux ? m'a-t-il demandé avec mépris. Des fleurs ? Un bon petit dîner avec une jolie robe, et un petit coup vite fait dans une chambre d'hôtel ? Et puis je te raccompagne chez toi à la fin de la nuit ? Sérieux, Rika ! Tu me déçois. Ce n'est pas nous, ces trucs.

— Nous ? Il n'y a pas de « nous » ! Tu n'as aucune idée de ce qui me rend heureuse, et tu t'en fous.

— Vraiment ? Alors, entrer en douce chez Hunter-Bailey pour leur soirée escrime, ça ne te rendrait pas heureuse ? Parce que c'est pour ça que je venais te chercher.

Ma mâchoire s'est décrochée.

— Mais si tu préfères un dîner et un film... Je peux aussi aller t'acheter des putains de fleurs de merde.

J'ai souri et poussé un cri de joie en me jetant à son cou. Il est resté impassible. Il voulait faire le dur, mais j'ai senti qu'il avait envie de sourire, lui aussi.

— T'es nul !

— Toi aussi, a-t-il répliqué en me serrant dans ses bras. Ne me dis pas comment m'occuper de toi, d'accord ? Je sais exactement ce que tu aimes.

Puis il s'est écarté pour me donner une petite tape sur les fesses. J'avais un sourire jusqu'aux oreilles.

— Allez, va te doucher et te changer. Tu pues.

— Tiens-toi droite, m'a grondée Michael, en jetant ses clés au voiturier.

Je l'ai suivi jusqu'au bas du perron, redressant les épaules.

— Tu es sûr que ça va marcher ?

Il a tendu la main pour rabattre sur ma tête la capuche du sweat noir bien trop grand qu'il m'avait prêté.

— Qui va nous arrêter ? a-t-il rétorqué.

J'ai fait la grimace, tandis qu'il dissimulait mes cheveux blonds sous la capuche.

Qui va nous arrêter ?

Ce genre de réponses me viendrait-il jamais naturellement quand j'avais des doutes ? Non, parce que j'étais une anxieuse.

— Mais s'ils se rendent compte que je suis une femme ?

— Souris et assume. La seule façon de découvrir ce dont on est capable, c'est de provoquer un peu les ennuis.

J'ai haussé un sourcil.

— Parfois, chercher *un peu* les ennuis, ça peut attirer de *gros* ennuis. Demande à Kai et Will.

Il m'a regardée comme si j'étais idiote.

— Tu comptes tabasser un flic ou coucher avec une mineure ? Allez, viens !

Il m'a prise par la main et m'a entraînée en haut des marches.

Puis il a ouvert la porte et pénétré à l'intérieur d'un pas ferme. Je l'ai suivi, tête baissée.

Dans la salle de restaurant, à côté, des verres tintaient et des rires retentissaient. L'odeur âcre du cigare m'a agressé les narines.

Michael a posé une main dans mon dos pour me guider vers l'escalier.

— Monsieur Crist ? a appelé une voix.

Mon cœur a bondi dans ma poitrine, mais je ne me suis pas retournée.

— La règle veut que tout le monde s'enregistre, monsieur.

Ce devait être l'un des gardiens.

— C'est William Grayson III, a répondu Michael d'une voix calme et assurée.

Je sentais le regard de l'homme entre mes épaules.

Après quelques instants, il s'est éclairci la gorge.

— Bien sûr, monsieur.

J'ai été profondément soulagée de l'entendre acquiescer, même si je savais qu'il savait. Comment pouvait-il en être autrement ? S'il connaissait un tant soit peu Will, il n'ignorait pas que je faisais une tête de moins que lui, et qu'il me manquait quarante kilos de muscles.

Mais l'expérience m'avait appris qu'un réceptionniste ne contredisait jamais un membre du club. Si Michael disait que j'étais Will, alors j'étais Will.

— Viens.

Des pas résonnaient au-dessus de nos têtes. A l'étage, Michael m'a précédée dans le couloir. Des bribes de conversation nous parvenaient des portes ouvertes.

— Suis-moi. Et ne lève pas les yeux.

J'ai incliné la tête, le regard rivé sur ses chaussures. Nous avons passé une porte et traversé une pièce.

C'était la salle de boxe. J'ai reconnu le parquet verni, le son d'un punching-ball qu'on frappait, et des crissements de baskets sur le sol. Obéissante, je n'ai pas levé les yeux une seule fois, me contentant de marcher derrière lui aussi vite que possible jusqu'à la porte du vestiaire, qu'il a ouverte, me faisant entrer en vitesse.

Il m'a fait traverser le hammam, le sauna, et la partie jacuzzi, d'où la vapeur d'eau s'échappait comme d'une potion magique. Quelques voix masculines s'élevaient dans la pièce. Au-delà des casiers, il a tourné à droite, et nous sommes arrivés devant une rangée de portes au verre dépoli. Michael a attrapé la poignée de l'une d'elles et m'a poussée à l'intérieur avant d'entrer à son tour, refermant derrière lui.

C'était une cabine de douche, avec pommeau fixé au plafond et porte-savon encastré dans le mur.

Michael a pris mon sac et l'a ouvert pour en sortir mon pantalon, ma veste, mes gants, mes chaussettes et mes chaussures.

Puis il s'est mis à genoux et a entrepris de déboutonner mon pantalon.

— Je peux le faire, ai-je protesté en riant.

— Mais je veux le faire.

Il avait l'air espiègle. Et moi, j'en avais des papillons dans le ventre !

Avec un soupir résigné, je l'ai laissé m'enlever mes chaussures et mes chaussettes, puis mon jean. J'ai retiré mon sweat et mon T-shirt du même coup, et je les ai laissés tomber sur le sol.

J'ai croisé les bras, attendant qu'il me passe mon pantalon d'escrime blanc. Mais, au lieu de ça, il a fait remonter ses doigts le long de mes jambes en me regardant droit dans les yeux.

Il a souri étrangement, ses yeux noisette pleins de feu.

Puis, il a enroulé les doigts sous la couture de ma culotte et il l'a fait glisser le long de mes jambes.

Je devais me faire violence pour ne pas me jeter sur lui.

J'adorais quand il me regardait ainsi.

Son incorrection ordinaire rendait ses rares moments de douceur si captivants que j'avais envie de me foutre des baffes. C'était un sadique, alors pourquoi fallait-il que mon petit cœur se mette à battre tout doucement quand sa brusquerie se transformait en caresses, ses froncements de sourcils, ses regards noirs et ses grognements en murmures.

Je tombais et je n'essayais même pas de me retenir.

Le désir et la logique étaient installés sur chacune de mes épaules, équivalents modernes de l'ange et du démon : l'un me disait de suivre mon cœur, l'autre m'interdisait de céder.

Michael a glissé les mains sur mes cuisses, pétrissant ma peau, et je suis restée là, immobile, complètement nue pour lui. Ses yeux de braise se délectaient du spectacle que je lui offrais.

— N'y pense même pas. Je suis là pour l'escrime.

Il a souri, pris la main dans le sac.

— Tu es si belle…

Il m'a caressé les fesses, avant de me saisir par les hanches. Je n'en revenais pas : Michael Crist était à genoux devant moi, en train de me dire que j'étais belle !

Je l'ai repoussé.

— Allez, habille-moi.

Je ne savais pas trop pourquoi il tenait à ce que je sois complètement nue — sans soutien-gorge ni culotte — sous mon équipement. Mais, si c'était ce qu'il voulait, alors soit…

Il m'a aidée à enfiler mes chaussettes puis mon pantalon. Je me suis glissée dans ma veste, zippée sur le devant, puis j'ai enroulé mes cheveux en chignon sur le sommet de mon crâne et passé un élastique autour pour les attacher fermement, avant d'enfiler mes gants blancs.

Il m'a aidée à mettre mes chaussures et mon masque, s'assurant qu'aucune mèche ne dépassait.

— Allons-y.

Il s'est tourné vers la porte et m'a attrapée par la main.

Un sourire, dissimulé par mon masque, aux lèvres, je l'ai repoussé.

— Tu tiens Will par la main, d'habitude ?

Il a marqué un temps d'arrêt.

— Bien vu !

Il a ouvert la porte de la douche, et je l'ai suivi. Alors que nous nous apprêtions à quitter les vestiaires, Kai est entré, un sac sur l'épaule.

— Eh, qu'est-ce que tu fais ? a-t-il demandé à Michael.

Michael a secoué la tête pour l'envoyer paître, mais Kai s'est tourné vers moi, curieux. Sans hésitation, il a soulevé mon masque. Je retenais à grand-peine un sourire.

— Pas mal ! a-t-il dit en riant. Voilà qui devrait être amusant.

Il a poursuivi son chemin vers les vestiaires.

Après m'avoir guidée à travers la salle de sport et ses machines, Michael est entré dans une pièce un peu plus sombre. Quelques escrimeurs étaient déjà en train de tirer sur le grand parquet. Des fauteuils en cuir étaient disposés autour de la salle, où quelques gentlemen appréciaient la joute en discutant autour d'un verre.

Michael m'a conduite vers le mur où une pléthore d'épées, de fleurets et de sabres étaient exposés, et m'a fait signe d'en choisir un. Après un rapide coup d'œil, j'ai noté que la majorité des tireurs utilisait des fleurets.

Le bruit métallique des épées exaltait mes sens. J'ai tendu la main pour prendre un fleuret avec une poignée cross.

— Tu es partant pour tirer ? a demandé un homme dans mon dos.

Je me suis retournée, la gorge serrée.

— Euh…

J'ai essayé de trouver du soutien auprès de Michael… qui s'est contenté de me sourire, avant de me murmurer à l'oreille :

— Amuse-toi bien.

Puis il s'est éloigné.

Quoi ?

Je me suis redressée, affreusement nerveuse.

— Collins, s'est présenté le type en tendant la main.

Il était roux, un peu dégarni, et avait le teint pâle. Il m'a adressé un grand sourire, lèvres serrées.

— Euh…, ai-je balbutié avant de tendre la main à mon tour. Je m'appelle Erik.

Puis j'ai pris une voix plus grave, et ajouté par mesure de sûreté :

— Erik.

Il m'a serré la main, tellement fort que j'ai retenu une grimace.

— Allez, en piste, gamin !

Gamin ? Etait-ce à cause de ma voix ou de ma petite taille ? Enfin, au moins, il ne pensait pas que j'étais une fille.

Nous avons gagné la piste et j'ai repéré Michael, assis à une table sur ma droite. Un serveur lui a apporté à boire, et il a levé les yeux vers moi en buvant une gorgée.

Les fils rêches de mon équipement frottaient contre ma peau. Pire, la couture de mon pantalon effleurait mon clitoris.

J'ai retenu un gémissement tandis qu'une goutte de sueur roulait dans mon dos.

— On ne se connaît pas, je crois ? a demandé Collins.

Ignorant sa question, je me suis mise en position de garde.

— On est là pour parler ou tirer ?

Il a gloussé et s'est mis en position à son tour.

J'ai aussitôt avancé, mettant à profit le jeu de jambes que j'avais perfectionné au cours des années pour le mettre au défi, prenant l'attaque. Je parais, décrivant de petits cercles avec mon fleuret, le forçant à se défendre, alors que j'avançais inexorablement. Ses bras et ses jambes étant plus longs, je devais jouer de rapidité. J'essayais de me montrer audacieuse. D'être le petit chien qui aboie fort.

Lorsque j'ai estimé qu'il était concentré sur la seule tâche de me suivre, j'ai plongé et dardé mon arme, la plantant dans sa poitrine. La fine lame s'est tordue. Touché.

— Ouah ! s'est-il exclamé. Joli.

— Merci.

J'ai reculé pour reprendre ma position et continué à avancer ou reculer, tandis que nous combattions. Il était plus à l'aise, moi plus agressive.

Il a continué de me défier, et j'ai reculé, battant en retraite alors qu'il avançait. Puis je l'ai surpris en bondissant pour marquer, le touchant au niveau du ventre.

— Merde !

Je me suis aussitôt redressée de toute ma hauteur, tendue, de peur de l'avoir énervé.

Il a retiré son masque, les cheveux trempés de sueur. Il riait. Ouf !

— Bien joué, gamin, a-t-il reconnu, à bout de souffle. Allez, j'ai bien besoin d'un verre.

J'ai hoché la tête et souri, le laissant partir. J'avais moi aussi la bouche sèche, mais je n'étais pas prête pour enlever mon masque et aller boire un coup.

J'ai tourné la tête vers Michael. J'avais complètement oublié qu'il me regardait pendant le combat. Il faisait tourner sa boisson dans son verre, ses yeux de braise rivés sur moi. Je n'arrivais plus à maîtriser ma respiration. C'était comme si chaque centimètre carré de mon corps était conscient de sa présence.

J'étais trempée de sueur, et mes vêtements me collaient à la peau. C'était comme si tout mon corps était soudain hypersensible. Je voulais sentir sa bouche sur moi.

— On se fait un match ? m'a demandé un homme.

Celui-ci était brun, les cheveux ébouriffés, les yeux noirs.

J'ai hoché la tête sans rien dire.

Je me suis mise en position, attentive aux autres escrimeurs autour de moi, et j'ai commencé à me battre avec lui, mais je n'avais plus la tête à l'escrime.

Michael, Michael, Michael. Toujours dans mon esprit. Toujours en moi.

Je sentais ses yeux sur moi, et tout ce que je voulais, c'était me débarrasser de mes vêtements et sentir sa peau contre la mienne.

Pour toujours.

Qu'allais-je faire ?

— Eh, eh… on se calme ! J'essaie de m'amuser, là.

Je m'acharnais. Je ne savais plus ce que je faisais.

— Désolée.

J'ai marqué deux points et lui un, mais je n'arrivais plus à me concentrer. Je ne voulais plus me battre. J'avais envie de tout autre chose…

Avec la transpiration, le tissu irritait ma peau. Mais ce n'était pas le plus troublant : les fils qui frottaient mon clitoris me faisaient mouiller. J'ai tourné la tête vers Michael. Il avait la mâchoire contractée et la respiration rapide.

Il a esquissé un sourire suffisant : il savait que j'étais de plus en plus excitée.

J'ai grogné en sentant le bout plat d'une épée se planter dans mon ventre.

— Argh. Merde !

Le type s'est moqué de moi ; j'ai jeté un regard noir à Michael, qui souriait.

Ma peau était brûlante, et la frustration me titillait les nerfs. La combinaison et le masque me tenaient horriblement chaud, je suffoquais. Je voulais tout arracher juste pour respirer.

Les yeux de Michael brillaient de défi et j'ai serré les poings.

Oh non ! On allait le faire à ma façon, cette fois.

— Bon match, ai-je lâché pour remercier mon adversaire, avant de m'éloigner, quittant la piste.

— Eh, tu vas où ?

Je ne me suis pas retournée.

J'ai jeté mon fleuret à Michael, qui l'a attrapé au vol, et

j'ai dépassé sa table pour quitter la pièce. Je savais qu'il me suivrait.

J'ai de nouveau traversé la salle de sport et je suis entrée dans le vestiaire, avant de me retourner : comme je m'y attendais, Michael arrivait derrière moi, les yeux en fusion.

Je visais les douches, l'une des cabines individuelles : nous y serions tranquilles. Mais Michael ne l'entendait apparemment pas de cette oreille : il m'a attrapée par les hanches, a ouvert la porte du hammam, et m'a poussée à l'intérieur.

Une vapeur épaisse flottait dans l'immense pièce carrelée, embrumant les quatre niveaux sur lesquels on pouvait s'asseoir ou s'allonger.

L'endroit était désert. La porte ne fermait pas à clé, mais nous serions seuls un moment.

Je me suis retournée et j'ai attrapé le bas de mon masque pour l'enlever et le laisser tomber au sol.

— Des jeux, encore des jeux…, ai-je soufflé en descendant la fermeture Eclair de ma veste. Tu me rends folle !

Michael m'a attirée à lui pour m'enlever ma veste blanche et écraser ses lèvres sur les miennes. La veste est tombée, et je lui ai agrippé les épaules pour me presser contre lui, et mieux savourer sa bouche, si chaude, si délicieuse.

— J'aime quand tu es folle. Et j'aime quand tu es mouillée. Comment tu te sens, là, en bas ?

Il a fourré la main dans mon pantalon, et n'a eu aucun mal à découvrir à quel point j'étais mouillée.

— Ouais. Ce pantalon te titille, hein ? Je le savais.

Je me suis de nouveau plaquée contre lui, alors que nous continuions de nous embrasser, de nous mordre, de jouer. J'ai tiré l'élastique de mes cheveux pour les libérer, laissant mes longues mèches retomber dans mon dos.

Ses mains avides ont couru sur ma peau trempée de sueur, puis se sont glissées dans mon pantalon, saisissant mes fesses. L'arête épaisse de son sexe en érection a frôlé mon clitoris, et j'ai gémi. C'était bon !

— Quelqu'un pourrait entrer, ai-je murmuré dans son cou, tout en faisant glisser sa veste noire. On devrait aller dans la douche.

— Non. Je veux te voir transpirer.

Il a déchiré sa chemise et les boutons ont volé dans toute la pièce.

J'ai jeté un coup d'œil nerveux en direction de la porte. N'importe qui pouvait faire irruption, à tout instant. Mais mon sexe palpitait, et mes tétons étaient durs comme de la pierre à force de frôler ses vêtements… Plus rien ne comptait, à part l'avoir en moi.

En quelques secondes, mon pantalon, mes chaussures et mes chaussettes ont disparu. Michael m'a soulevée dans ses bras, et j'ai enroulé mes jambes autour de lui.

Il se tenait debout au milieu de la pièce, agrippant mes fesses et m'embrassant dans le cou, sur le menton, sur les lèvres. Mes cheveux collaient à ma peau. L'air est devenu lourd. Je ne voulais plus attendre.

— Rika, a-t-il murmuré contre mon cou. J'ai besoin de toi. J'ai besoin de toi chaque jour, chaque heure, chaque minute…

Je l'ai serré contre moi. J'aurais voulu que le temps s'arrête.

Il était tout.

Toute ma vie.

Je ne me sentais complètement vivante que lorsqu'il était là, et j'avais beau savoir que rien ne serait jamais facile avec lui, j'avais aussi la certitude que rien ne serait jamais bon sans lui.

J'ai enfoui la tête dans son cou et, les yeux fermés, j'ai murmuré :

— Je t'aime, Michael.

Il est resté immobile. Comme s'il avait cessé de respirer.

Son silence m'a fait monter les larmes aux yeux. Je l'ai serré fort contre moi.

S'il te plaît, ne me repousse pas.

Je ne regrettais pas de l'avoir dit. J'assumais. Seulement, je ne supportais pas son silence. Ni la possibilité que son cœur ne renferme pas les mêmes sentiments que le mien.

Mais, non, je ne regrettais pas.

— Rika…, a-t-il enfin commencé, cherchant visiblement ses mots.

J'ai secoué la tête et desserré les jambes, le forçant à me déposer sur le sol.

— Ne dis rien, ai-je demandé sans le regarder. Je ne m'attends pas à ce que tu le dises.

Ses mains étaient toujours posées sur mes hanches. Je savais qu'il me fixait.

— Putain, mais dis-lui que tu l'aimes ! a lancé une voix grave.

J'ai levé brusquement la tête pour scruter les tourbillons de vapeur. Au dernier niveau, une paire de jambes a basculé par-dessus le rebord.

— C'est si dur que ça ?

Kai a posé les pieds sur le carrelage du niveau inférieur et s'est penché sur les coudes.

— Tu es si torturé ! T'as la vie dure, hein, Michael ?

J'ai ramassé la chemise de Michael en catastrophe pour me couvrir.

Oh, mon Dieu. Il était là depuis le début ?

— Une fille magnifique qui t'a regardé toute sa vie comme si tu étais un dieu. Tu ne vas jamais trouver mieux… parce qu'il n'y a rien de mieux. Et tu es incapable de lui dire que tu l'aimes ? Tu ne mesures pas la chance que tu as ?

Michael n'a pas dit un mot ; il s'est contenté de lui lancer un regard noir. Il n'allait pas se disputer avec lui. Il ne le ferait pas. Ça n'aurait pour effet que de donner plus de poids aux propos de Kai.

Ce dernier a baissé les yeux. Il ne cessait de faire passer des petits objets rouges d'une main à l'autre, un air sérieux sur le visage.

— C'est quoi, ça ? ai-je lancé en resserrant la chemise autour de moi.

— Des cartouches, a-t-il répondu.

Des cartouches ? Je les ai regardées de plus près et j'ai reconnu les bouts dorés et les têtes abîmées, morcelées, explosées.

Des cartouches de fusil.

Qui avaient été tirées. Mon cœur s'est emballé.

— Qu'est-ce que tu fais avec ça ? a demandé Michael.

Kai s'est contenté de hausser les épaules.

— Ça n'a pas d'importance.

— Qu'est-ce que tu fais avec ça ? ai-je demandé à mon tour.

Je savais que Kai n'était pas dans son assiette, en ce moment, mais, putain, que faisait-il avec des cartouches de fusil ?

— Elles datent de la dernière fois où mon grand-père m'a emmené faire du ball-trap. J'avais treize ans. C'est aussi la dernière fois où je me souviens avoir été enfant.

Il s'est levé et a descendu les étages un par un, une serviette blanche autour de la taille, ses cheveux noirs plaqués en arrière.

— Désolé de ne pas m'être manifesté avant. J'imagine que je…

Il s'est tu.

— T'imagines que… quoi ?

Il a jeté un coup d'œil à Michael avant de détourner le regard.

— J'imagine que je voulais voir si ça m'exciterait, a-t-il confessé.

J'ai rougi. Puis je me suis rappelé qu'il n'avait pas posé la main sur une femme en plus de trois ans.

Comment était-ce possible ?

Il s'est avancé pour se diriger vers la sortie, mais je me suis plantée devant lui, sans vraiment savoir pourquoi.

Il était si paumé ! S'il avait envie de parler, je ne voulais pas qu'il arrête avant de…

Avant de se sentir bien.

— Et alors ? ai-je repris à voix basse. Ça t'a excité ?

Ses yeux ont cherché à m'éviter, et je l'ai vu déglutir comme s'il n'était pas sûr de ce qu'il devait répondre. Il avait peut-être peur de Michael. Il avait peut-être peur de moi.

Sur un coup de tête, j'ai laissé tomber la chemise de Michael sur le sol.

J'ai senti Michael se crisper à côté de moi. Kai, lui, gardait les yeux rivés sur la chemise.

Tous les poils de ma nuque se sont hérissés. La vapeur était comme une étoffe sur ma peau. Je redoutais ce que Michael pourrait dire ou faire. J'avais peur qu'il me déteste. Malgré tout, j'ai fait un pas en avant.

Kai refusait toujours de lever les yeux.

— Pourquoi tu ne veux pas me regarder ?

Il a ri, nerveux.

— Parce que tu es la première femme à qui j'ai parlé depuis que je suis sorti, et j'ai peur… J'ai peur d'avoir envie de te toucher.

J'ai tourné lentement la tête vers Michael. Son torse était couvert de gouttelettes, et ses yeux pénétrants m'observaient comme s'il attendait de voir ce que j'allais faire ensuite.

J'ai essayé d'accrocher le regard de Kai.

— Regarde-moi.

Il a secoué la tête et a tenté de me contourner.

— Je devrais sortir d'ici.

J'ai posé la main sur son torse, l'arrêtant net.

— Je ne veux pas que tu partes.

Je sentais son cœur battre à toute allure sous ma paume, et tout son corps était rigide.

J'ignorais encore ce que je faisais et jusqu'où ça irait, mais je savais que Michael ne me retiendrait pas.

Et je n'étais pas certaine de vouloir qu'il le fasse.

Kai a fini par lever les yeux.

— Pourquoi, Rika ?

— Parce que ça me semble être la meilleure chose à faire. Tu te sens à l'aise avec moi ?

Michael s'est rapproché de nous.

— Oui.

Oui. Pas un mot de plus. Que passait-il sous silence ? Où était l'ancien Kai ?

Il semblait toujours si seul… Les larmes m'ont noué la gorge. Nous avions tous été changés pour toujours. Michael n'avait pas supporté d'être impuissant face au sort de ses amis. Kai avait souffert, car ses limites avaient été repoussées. Et j'avais lutté si longtemps pour découvrir qui j'étais et où était ma place…

Nous avions tous été seuls et perdus, errant sans but, parce que aucun d'entre nous n'avait voulu admettre que non seulement nous n'étions pas seuls, mais que nous ne pouvions pas être heureux, seuls. J'avais besoin de Michael. Kai avait besoin de ses amis, et Michael avait besoin…

Je ne savais pas exactement de quoi il avait besoin. Mais je savais qu'il éprouvait… beaucoup de choses. Je voulais ça de lui, et que Kai relâche tout ce qu'il réprimait ; je voulais que nous évacuions tous les trois la peine et la frustration, parce que cela faisait bien trop longtemps que nous les refoulions.

J'ai passé les bras autour du cou de Kai.

Le visage enfoui dans son cou, retenant les larmes qui me montaient aux yeux, j'ai plaqué mon corps contre le sien et je me suis agrippée à lui comme si c'était moi qui avais besoin de lui.

— Touche-moi, ai-je chuchoté. S'il te plaît.

Sa respiration s'est faite plus lourde ; son pouls palpitait fort contre mes lèvres. Sa peau sentait le sel, et la chaleur humide de son corps s'est fondue à la mienne lorsqu'il a commencé à se détendre.

Il a dégluti, posé les mains sur mes hanches. Puis, il est resté immobile quelques instants, reprenant son souffle. Enfin, il a fait glisser ses mains dans mon dos, ses doigts s'enfonçant dans ma chair, toujours plus forts, plus pressants.

Ses caresses se sont aventurées plus bas, sur mes fesses, et j'ai commencé à l'imiter. J'ai posé les mains sur ses épaules, son torse, sentant la peau lisse de sa clavicule, les contours de ses abdos, sa taille fine.

— Ça fait mal ? a-t-il demandé.

J'ai relevé la tête. Ce n'était pas à moi qu'il parlait. Mais à Michael.

Michael a entrouvert la bouche. Il respirait rapidement, fébrilement.

— Ouais, a-t-il soufflé, son regard planté dans le mien.

— Mais tu aimes ça, ai-je affirmé, en sentant la main de Kai remonter sur mon ventre. Tu aimes cette brûlure. Ça t'excite.

Accrochée à Kai, j'ai pressé mon front contre le sien et guidé sa main jusqu'à mon sein nu.

Il a expiré, nerveux, et s'est doucement mis à pétrir ma peau, mon téton durcissait et fourmillait sous ses caresses.

J'ai fermé les yeux ; le plaisir s'insinuait dans mes muscles, les rendait plus légers.

— C'est bon…

Soudain, Michael s'est plaqué contre mon dos. Il m'a attrapée par les cheveux, enroulant une mèche autour de son poing. Puis il a tiré d'un coup sec et j'ai penché la tête en arrière pour rencontrer son regard.

— Tu es parfaite, putain, a-t-il dit, avant de glisser la main entre mes jambes.

Il a posé sa bouche sur la mienne et Kai a plongé dans mon cou.

Oh ! bordel !

Mon gémissement de surprise s'est perdu dans la gorge de Michael et mes genoux ont failli se dérober. Je me suis cambrée, prête à tout pour l'embrasser, sentir sa langue, tandis que je pressais les seins contre le torse nu de Kai. Le plaisir m'a inondé les veines.

C'était trop ! Leurs lèvres qui me suçaient, me goûtaient, avides, revenant sans cesse à la charge ; leurs mains qui me pelotaient et prenaient. J'ai levé un bras pour le passer autour du cou de Michael, derrière moi, tandis que de l'autre je tenais toujours Kai par la nuque.

Michael a glissé ses doigts en moi. Je mouillais tellement ! Ma tête avait beau être dans les nuages, mon corps, lui, savait assurément ce qu'il voulait…

Michael me faisait gémir ; la pulsation entre mes jambes s'est faite plus rapide, plus puissante. Kai a pris un de mes seins en coupe et a couvert mon téton de sa bouche.

— Oh ! putain !

Je me suis immobilisée, tandis que Michael continuait de passer sa langue sur mes lèvres.

Entre la chaleur de la bouche de Kai et la torture de celle de Michael, j'étais prête à exploser. Les muscles de mon sexe étaient contractés comme jamais.

— Il faut que je jouisse !

— Tu entends ça, Kai ? a demandé Michael sans me quitter des yeux. Elle veut jouir.

J'ai senti le rire de Kai contre ma peau, alors qu'il passait d'un sein à l'autre. Il a dardé la langue, léchant ma chair durcie, avant de me prendre de nouveau dans sa bouche. Puis il s'est redressé, plaquant son corps contre moi, tandis que Michael me bloquait par-derrière.

— Il faut que tu jouisses ? Je peux m'en occuper, bébé. Je vais te lécher comme un pro, m'a-t-il soufflé à l'oreille.

J'ai gémi, au comble de l'excitation. Kai a mis un genou à terre et j'ai écarquillé les yeux lorsqu'il a retiré sa serviette.

Bon sang ! Il était sacrément doté et, là, il ne pouvait pas dire qu'il n'était pas excité…

— Ecarte-lui les cuisses pour moi, a-t-il dit à Michael.

Michael s'est exécuté, soulevant une de mes jambes sur le côté. Je n'avais plus aucun contrôle sur la situation. Je ne pouvais que planter mes ongles dans le cou de Michael et fermer les yeux, les jambes molles, pendant que son pote aspirait mon clitoris.

Il me dévorait comme un affamé, m'excitait, me faisait mouiller.

— Tu aimes qu'il te suce ? a demandé Michael à mon oreille, me pétrissant les seins des deux mains. Ouais, je crois que tu adores sa bouche sur ta chatte.

J'ai poussé un gémissement, le dos cambré et les seins saillants, tandis que la langue de Kai se glissait en moi. J'ai pressé mon sexe contre lui, encore et encore… C'était si bon !

La chaleur a envahi mon corps, mon sexe palpitait, et je me suis mise à gémir, à haleter, tout en faisant onduler mes hanches, en quête de l'orgasme qui s'annonçait.

— Oui, oui !

Lentement, Michael a fait glisser un de ses doigts de haut en bas entre mes fesses. Il s'est arrêté à l'étroit orifice, celui que Kai ne dévorait pas, et j'ai cligné des yeux, en proie à un soudain moment de panique.

Ma bouche est devenue sèche quand il exercé une légère pression, et j'ai retenu mon souffle lorsqu'il a inséré l'extrémité de son doigt en moi et l'a laissé là, sans forcer plus avant.

— Allez, m'a poussée Michael, en m'embrassant tendrement sur la joue. Montre-moi que tu aimes que mon pote te suce.

— Oui, ai-je gémi, sentant mon clitoris vibrer de désir. Kai, putain, c'est bon !

J'ai encore fait rouler mes hanches, les dents serrées, sentant l'orgasme monter.

Allez. Allez. Allez.

— Oh ! putain ! me suis-je écriée, empoignant les cheveux de Kai, le pressant contre moi alors que l'orgasme se déversait en moi, m'inondait d'un plaisir incomparable et dévastateur.

Michael remuait le doigt derrière moi, mais ça ne faisait pas mal. Pas du tout.

J'ai pressé les fesses contre lui, j'avais besoin de… je ne savais pas de quoi, mais je n'étais plus que désir, envie, satisfaction.

Mon cœur battait à tout rompre, et je me suis laissée aller contre le torse de Michael. Je me sentais faible.

— Kai…

Kai a tendu la main pour attraper la capote que Michael lui lançait.

— J'ai besoin de toi, a soufflé Michael dans mes cheveux.

Il a retiré pantalon et caleçon, et tout laissé tomber par terre, pendant que Kai se relevait et déchirait l'emballage du préservatif avec les dents, avant de le faire rouler sur son sexe.

Puis il m'a attrapée par l'arrière des cuisses pour me soulever et j'ai enroulé les jambes autour de sa taille, m'agrippant à ses épaules, le regard plongé dans ses yeux noirs.

— Merci, Rika, a-t-il dit, la voix vibrante de sincérité.

Il m'a embrassée sur la bouche et a lentement fait pénétrer son sexe dans mon intimité.

J'ai gémi en le sentant s'enfoncer en moi, tandis qu'il m'agrippait les fesses, me serrait contre lui.

— Tu as envie de moi, Rika ?

— Oui.

J'ai hoché la tête. Je savais ce qu'il voulait entendre.

Avais-je envie de *lui* ?

J'avais envie de *ça*. De lui et moi et Michael. De tirer quelque chose de bien de ces trois dernières années. Je voulais qu'il sache qu'il n'était pas seul.

Il était aimé, et il pouvait compter sur certaines personnes.

Je n'étais pas amoureuse de lui. Mon cœur appartenait à Michael. Néanmoins, j'étais son amie, et j'avais envie de ça.

Michael s'est plaqué derrière moi, et j'ai senti son sexe contre mon dos.

— C'est tellement *hot* ! a-t-il dit en me saisissant par les hanches avant de m'embrasser sur l'épaule. Pose un pied par terre pour moi, mais reste accrochée à Kai.

Mon cœur a tressauté, mais j'ai obéi.

Gardant une jambe enroulée aux hanches de Kai, j'ai posé l'autre au sol. Kai me tenait fermement, les muscles de ses bras contractés.

Michael a frotté son sexe contre mon entrée étroite, mon corps déjà prêt et mouillé grâce à la vapeur et à Kai. J'étais parfaitement détendue depuis mon orgasme précédent, et trop épuisée pour avoir peur.

Je n'avais jamais fait ça auparavant. Ni ça, ni baiser avec deux mecs.

— Dépêche, a dit Kai à Michael. Il faut que je bouge. C'est trop bon.

Michael a pressé son sexe contre moi, et j'ai inspiré, puis retenu ma respiration.

— Détends-toi, bébé, a-t-il dit en me pétrissant les fesses. Je te promets que tu vas adorer.

J'ai poussé un soupir, forçant mes muscles à se détendre, tandis que Michael appuyait de plus en plus.

Une soudaine brûlure m'a fait grimacer.

— Je ne crois pas que…

— Chut, m'a-t-il soufflé pour m'apaiser, une main glissée contre mon ventre pour jouer avec mon clitoris. Ton cul est tellement étroit. Tu penses que je vais te laisser arrêter après cet avant-goût ?

Puis il m'a empoigné les cheveux pour me tirer la tête en arrière. Il m'a mordu la joue, me narguant.

— Personne ne peut t'entendre crier, Rika. On va te baiser tous les deux, et tu vas adorer chaque seconde. Personne ne viendra t'aider.

Mon cœur a bondi, et j'ai haleté, mon clitoris palpitait plus fort sous le coup de la peur.

— Oui.

Maudit soit-il !

La peur. Cette putain de peur m'excitait, et il savait exactement ce qu'il fallait dire pour que mon corps soit encore plus avide.

Lentement — très lentement —, il s'est enfoncé de plus en plus profondément en moi, tandis que Kai plongeait la tête dans mon cou pour sucer et embrasser ma peau. J'étais si excitée ! Kai s'est retiré, puis m'a donné un coup de reins, et le mouvement m'a fait bouger sur le sexe de Michael. J'ai senti son grognement, qu'il a étouffé en écrasant sa bouche sur la mienne.

Ils ont commencé à aller et venir doucement, trouvant leur rythme pour me pénétrer et se retirer en même temps. J'ai de nouveau passé un bras autour du cou de Michael, toujours agrippée à Kai de l'autre.

Tout mon corps fourmillait. J'avais la chair de poule.

— Plus fort, ai-je gémi.

Ils ont bougé plus vite. J'avais un peu mal là quand Michael bougeait en moi, mais en même temps c'était tellement bon… Mon orgasme allait être multiplié par dix.

— Bon sang ! a haleté Michael.

Ses mains se sont crispées sur mes hanches alors que je reculais contre lui, prête à prendre tout ce qu'il me donnait.

— Putain, Rika, a grogné Kai, une main sous ma cuisse, l'autre sur mon sein.

Il a penché la tête pour le prendre dans sa bouche, et je me suis cambrée contre lui.

La tête renversée en arrière, j'ai approché mes lèvres de celles de Michael.

— Tu vas m'en vouloir, demain matin ?

— Et si c'est le cas ?

Je respirais fort, et les coups de reins de Kai et Michael se faisaient de plus en plus puissants.

— Alors je partirai, lui ai-je dit, et je ne reviendrai jamais, à moins que tu me coures après.

Ses lèvres se sont fendues d'un sourire.

— J'en avais envie autant que toi, a-t-il murmuré. Je voulais voir à quel point ça me ferait mal.

— Ça te fait mal ?

— J'ai envie de le tuer.

J'ai souri.

— Bien.

Il a capturé ma bouche, m'embrassant si fougueusement que j'ai failli en perdre l'équilibre.

Puis il a renversé la tête en arrière et m'a pénétrée puissamment, ivre de plaisir. Je me suis retournée pour prendre les lèvres de Kai, gémissant contre sa bouche, alors que sa langue caressait la mienne, nos souffles brûlants se mélangeant l'un à l'autre.

— Rika, a-t-il haleté. Putain, c'est si bon ! Je n'arrive pas à croire que je me suis passé de ça pendant si longtemps.

La sueur faisait briller son corps.

— Fais-moi encore jouir, Kai.

Il a serré le poing dans mes cheveux.

— Tu n'as pas besoin de demander, bébé.

Il s'est mis à me pilonner, et j'ai de nouveau passé mon bras autour du cou de Michael. J'adorais les sentir en moi.

Je me suis mordu la lèvre, les yeux fermés pour mieux profiter de mon sexe qui pulsait et palpitait autour de Kai.

Mais c'était Michael qui répandait tout ce plaisir dans mon corps. Mon ventre et mes cuisses étaient en feu. J'ai fini par trouver moi aussi le rythme parfait, et je me suis mise à les baiser à mon tour.

— Oh ! bordel ! Plus fort, plus fort !

— Allez, bébé, m'a encouragée Michael.

— Qu'est-ce qui se passe, ici ? a crié une voix derrière nous.

Manifestement, quelqu'un était entré. Mais j'étais sur une autre planète. Je m'en foutais royalement.

— Dégage ! a hurlé Michael.

— Putain !

Kai a renversé la tête en arrière ; il était au bord de l'orgasme.

Personne n'a tourné la tête vers l'intrus, mais j'ai entendu la porte se fermer. Il était parti.

— Oui ! ai-je crié. Oui !

L'orgasme est monté et a explosé, dans mes cuisses, mon dos, partout en moi. Je m'y suis abandonnée, tandis qu'ils continuaient à aller et venir en moi, encore et encore. Le plaisir faisait rouler mes yeux dans mes orbites.

Michael.

C'était le meilleur orgasme que j'avais jamais connu.

Michael s'est enfoncé en moi encore quelques fois avant de planter ses doigts dans mes hanches, marquant ma peau, alors qu'il éjaculait.

— Putain, a-t-il lâché, haletant, laissant tomber son front sur mon épaule. Bordel.

Puis Kai m'a détachée de Michael. La sensation de brûlure lorsqu'il a quitté mon corps m'a fait grimacer. Mais Kai m'a allongée sur le banc carrelé et m'a écarté les cuisses pour me pénétrer encore.

J'ai cambré le dos en gémissant.

Il s'est allongé sur moi, moulant son corps contre le mien, écrasant sa bouche sur la mienne.

Il me baisait avec brutalité, comme s'il était possédé. Il

s'était emparé de moi. Je ne pouvais même pas lever les yeux pour voir où était Michael.

J'ai senti son gémissement dans ma bouche alors qu'il allait et venait de plus en plus fort avant de tressaillir. Son corps tout entier s'est contracté quand il a joui, dans un grognement.

Je lui ai caressé le dos, embrassant doucement ses lèvres immobiles, tandis qu'il essayait de reprendre son souffle.

— Putain de merde, a-t-il soufflé. J'avais jamais connu ça.

Après un moment, il s'est lentement redressé.

— Ça va ?

J'ai resserré les cuisses et tourné la tête. Michael était assis sur ma droite, les coudes sur les genoux, en train de nous observer.

J'ai hoché la tête.

Puis j'ai fixé la vapeur au plafond. Je me sentais bien, merveilleusement épuisée, et satisfaite.

Kai s'est levé et a jeté le préservatif dans la poubelle, puis il a attrapé sa serviette sur le sol, l'a enroulée autour de lui et est revenu s'asseoir à côté de moi.

Nous sommes tous les trois restés immobiles quelques minutes, le temps que les battements de nos cœurs s'apaisent.

Mon corps flottait comme un ballon de baudruche, et j'ai senti mes joues s'échauffer en songeant à ce qui venait de se passer.

Que penseraient les gens, s'ils nous voyaient maintenant ?

Alex serait fière. Elle voudrait participer.

Trevor me traiterait de pute.

Ma mère se servirait un verre, et Mme Crist passerait son chemin comme si elle avait surpris une bataille de polochons.

Un certain calme m'a envahie quand je me suis rendu compte que le seul avis qui comptait pour moi était celui qui ne me rendait jamais honteuse. Celui qui me poussait toujours à prendre ce que je voulais, qui me demandait seulement de ne jamais laisser tomber.

De ne jamais déclarer forfait.

Avec n'importe qui d'autre, j'aurais peut-être eu peur d'avoir mis notre relation en danger, mais Michael savait où était mon cœur. Il ne doutait pas de moi.

Il doutait de lui-même.

Kai a fini par se lever. Ses yeux étaient houleux, mais un sourire dansait sur son visage. Il avait retrouvé son air juvénile.

— Tu n'as pas peur ? a-t-il demandé à Michael. Je pourrais essayer de te la voler.

— Tu pourrais toujours essayer.

Kai a souri, avant de se pencher pour m'embrasser tendrement sur les lèvres.

— C'est bon, maintenant que tu sais que ta bite fonctionne encore, l'a averti Michael, trouve-toi quelqu'un d'autre !

Kai a pouffé contre ma bouche. Puis il a posé les yeux sur moi, calmement, avec une assurance nouvelle.

— Je n'ai pas de mots, Rika…

Il s'est retourné et a regagné le vestiaire.

Michael et moi sommes restés assis en silence quelques instants, puis j'ai entendu des voix à l'extérieur du hammam, me rappelant soudain que nous avions été pris sur le fait. Quelqu'un était peut-être allé chercher la sécurité.

J'ai fait basculer mes jambes sur le banc et je me suis levée, chancelante, le corps endolori. Je suis allée ramasser mes affaires sous le regard attentif de Michael.

— Tu sais, ai-je commencé en enfilant mon pantalon, je ne me souviens pas d'un temps où je n'étais pas amoureuse de toi.

Sans le regarder, j'ai poursuivi, tout en continuant de me rhabiller :

— Quand tu me regardes, quand tu me touches, quand

tu es en moi, je suis complètement amoureuse de ma vie, Michael. Je ne veux être nulle part ailleurs, jamais.

Une fois rhabillée et mes lacets noués, je me suis redressée.

— Ressentiras-tu jamais ça pour moi ? Auras-tu jamais besoin de moi, ou peur de me perdre ?

Je m'étais sentie bien avec Kai. Lui avait eu besoin de moi. Et il avait été reconnaissant de m'avoir.

Michael a soutenu mon regard. Calme plat dans ses yeux. Impossible de savoir ce qu'il pensait.

— Accepteras-tu jamais d'être vulnérable ? ai-je insisté.

Comme il se contentait de rester assis là, sans répondre, j'ai fini par me lever pour regagner la porte.

— Je te retrouve dehors.

26

Erika

Présent

— On devrait réviser, ce soir, a proposé Alex à la sortie des cours. J'ai cette super technique où je m'accorde un Skittle, chaque fois que j'ai la bonne réponse.

J'ai lâché un petit rire en secouant la tête.

— On n'a que des dissertations à faire.

— Merde… Bon, alors un sachet par question !

Elle a tourné à gauche, et je l'ai suivie sur une petite terrasse de café, où elle a laissé tomber son sac à côté d'une table de filles qui riaient gaiement.

— Salut, Alex, l'a saluée une rousse.

— Salut, tout le monde, a dit Alex en tirant une chaise. Je vous présente Rika. Rika, voici Angel, Becks et Danielle. On habitait ensemble en résidence universitaire, l'année dernière.

Elle s'est penchée vers moi.

— Elles pensent que j'ai un amant marié et friqué qui

m'entretient, alors chut ! Et dis-toi que tu es spéciale, parce que je te fais confiance sur tout ça, OK ?

J'ai pouffé. Puis j'ai salué à mon tour les filles, qui m'ont souri. Les conversations ont repris, petits amis, examens… tout y est passé. Je suis restée assise en silence, m'efforçant de me détendre et de m'imprégner de l'énergie de cette fin d'après-midi.

Les klaxons des voitures, les voix et les cris autour de moi…

Lentement, les bruits se sont estompés. La conversation des filles est devenue un écho lointain, et j'ai senti une chaleur se diffuser dans mon cou comme chaque fois que je me posais une seconde… et que je les sentais comme si j'y étais encore.

Les corps. Le hammam. La sueur.

J'ai fermé les yeux. Mes membres étaient endoloris, et je pouvais encore les goûter dans ma bouche.

Je n'arrivais pas à croire que c'était arrivé.

Michael.

Dans ce hammam, la veille, j'avais ravalé ma honte et repoussé mes limites. J'étais bien incapable de savoir si je l'avais fait pour tester son amour, découvrir la vérité, ou seulement par curiosité, pour voir les émotions que cette expérience pourrait nous apporter. En tout cas, une chose était sûre : rien ne pouvait nous arrêter.

S'il m'aimait, nous serions invincibles.

Il ne s'était rien passé entre Kai et moi, pas vraiment. Il m'avait seulement aidée à constater que Michael n'était pas prêt. Il avait trop besoin du mouvement — des jeux — pour s'abandonner véritablement à moi.

Mon téléphone a vibré dans ma poche et je l'ai sorti. C'était lui.

J'ai ignoré l'appel et remis mon portable dans mon sac. C'était la sixième fois qu'il m'appelait aujourd'hui, et il m'avait laissé six messages vocaux et une flopée de SMS.

Je savais ce qu'il voulait mais, s'il ne me donnait pas son cœur, je refusais de me soumettre à ses ordres.

— C'est Michael ? a demandé Alex en me glissant un des verres d'eau que le serveur avait apportés.

J'ai hoché légèrement la tête et je me suis adossée à la chaise en fer forgé, les avant-bras posés sur les accoudoirs.

— Tout va bien ?

J'ai secoué la tête, paupières baissées. Je ne savais pas comment parler de lui.

— Non, tout ne va pas bien, a dit une voix masculine derrière moi.

Je me suis figée.

Les filles se sont tues et ont levé les yeux. Alex a tourné la tête pour voir qui c'était.

J'ai fermé les paupières, agacée, avant même de regarder par-dessus mon épaule : Will et Kai se tenaient derrière moi, une Jaguar noire garée derrière eux.

— Michael a essayé de te joindre, m'a lancé Kai en venant se poster entre ma chaise et celle d'Alex. Il a peur que tu ne sois pas en sécurité.

— C'est noté. Merci.

Et j'ai pris mon verre d'eau, le congédiant.

J'aurais dû me douter que c'était stupide de le provoquer, il me l'a violemment arraché des mains et l'a vidé dans le bac d'un arbre derrière lui, avant de jeter le verre vide sur la table. Les filles avaient l'air terrifié.

— Excusez-nous, mesdemoiselles, a-t-il dit d'un ton brusque, avant de me grogner à l'oreille : Il s'inquiète pour toi, Rika.

Les effluves de son parfum ravivaient mes souvenirs de la veille et j'ai lutté pour ne pas fermer les yeux.

— Alors qu'il le dise, au lieu d'envoyer ses toutous me chercher !

Il s'est redressé brusquement, a tiré ma chaise en arrière

et m'a attrapée par le bras pour me mettre debout. J'ai crié. Il m'a poussée vers Will et a ramassé mon sac pour me le jeter.

Je le lui ai aussitôt renvoyé à la figure.

— Monte dans la voiture, ou c'est moi qui t'y emmène !

— Rika, ça va ?

Alex s'était levée.

Kai s'est retourné, la dominant de toute sa hauteur.

— Assieds-toi, et ne t'en mêle pas.

Elle s'est laissée retomber sur sa chaise. Pour la première fois depuis que je la connaissais, elle semblait effrayée.

— Allons-y.

Will m'a tirée par le bras, mais je me suis dégagée pour me diriger avec fureur jusqu'à la voiture.

Kai a suivi, et nous sommes tous montés. Une fois les portières claquées, Will a démarré.

Kai m'a lancé un regard noir. Puis il a tendu la main et m'a attrapée pour me faire asseoir sur ses genoux.

Qu'est-ce qui lui prenait ? Il croyait que je lui appartenais, après ce qu'il s'était passé hier soir, ou quoi ?

— Pendant que tu es occupée à bouder, laisse-moi te décrire une image manifestement pas assez claire dans ton esprit…

Je me suis débattue, essayant de le frapper, mais il m'a immobilisée et a saisi ma mâchoire dans sa main.

— Pense à la dernière fois où Trevor était en toi, a-t-il craché. Pense à son odeur, à sa sueur et à ses lèvres sur ton corps, à la brutalité avec laquelle il t'a prise, et combien il a aimé ça…

J'ai grogné et je me suis débattue de plus belle.

— Tu veux savoir ce qui se passait dans sa tête ? Hein ?

Je respirais fort, la colère me brûlait la peau.

— Quelle. Pauvre. Conne, a-t-il répondu, imitant les intonations de Trevor. Elle pige que dalle. Cette abrutie sans cerveau ne sait même pas que c'était moi, cette nuit-là, derrière le masque. Sur elle, à la toucher… et maintenant je suis là, à récolter le pactole. Quelle pauvre conne, oui, vraiment.

Il m'a libérée, et je me suis précipitée à l'autre bout de la banquette, le souffle court.

Enfoiré de Trevor !

La dernière fois que nous avions couché ensemble, il avait dû aimer me voir pliée en deux pour son bon plaisir. Me dominer et me prendre pour une idiote.

— J'espère que tu es bien en colère là, a repris Kai, parce que Michael ressent cette colère aussi. Trevor nous a tous bernés, et tu devrais savoir maintenant que les seuls dangers qu'on peut combattre sont ceux qu'on voit venir. Et, pour l'instant, on est complètement aveugles. Trevor est imprévisible, indéchiffrable, et Damon ne connaît qu'une émotion : la haine.

J'ai regardé par la vitre, tandis qu'on remontait vers Delcour. Il avait raison. Le danger était réel, et j'avais été puérile. Mais il fallait dire aussi qu'ils me traitaient comme une gamine.

— Est-ce si difficile à comprendre, que Michael veuille que tu sois en sécurité ? a-t-il demandé avec douceur.

— Non… Mais peut-être que vous pourriez me parler comme à une personne normale, au lieu de me malmener.

Le regard de Kai s'est attardé sur ma peau…

La voiture m'a soudain paru trop petite.

Will s'est arrêté devant Delcour, et je suis sortie d'un bond en attrapant mon sac.

— Je vais vérifier son appartement, a dit Kai à Will. Va te garer.

J'ai souri au portier qui m'ouvrait la porte de l'immeuble. Kai m'a suivie jusqu'à l'ascenseur.

— Tu n'es pas obligé de monter, tu sais. Je suis tout à fait capable de m'enfermer à clé.

— Ce ne sera pas trop long. Michael passera plus tard pour te tenir compagnie, j'imagine.

Nous sommes montés dans l'ascenseur. Je savais que Michael était à l'entraînement. C'était sans doute la raison pour laquelle il les avait envoyés à ma recherche, mais je n'étais pas certaine que j'avais envie de le laisser entrer, quand il arriverait ce soir.

Je n'aimais pas sa façon de me couver, et c'était encore pire quand il envoyait ses amis le faire pour lui.

Kai est entré le premier dans mon appartement pour fouiller toutes les pièces et vérifier que la sortie de secours et la baie vitrée étaient bien verrouillées.

— Tout a l'air en ordre.

— Evidemment ! Trevor est à Annapolis et Damon est certainement bourré, croulant sous une pile de jeunes prostituées à New York.

Kai a souri.

Son regard s'est attardé sur mon cou, et je me suis figée, sentant la chaleur fuser entre mes cuisses.

Il a relevé les yeux vers moi.

— Je peux rester si tu veux, a-t-il proposé d'une voix rauque.

Je lui ai adressé un sourire en coin.

— Et on ferait quoi ?

Un sourire sexy a illuminé son beau visage.

— On pourrait commander à manger, a-t-il suggéré avant de me dévorer une nouvelle fois des yeux, ou boire un coup.

— Ou peut-être… que tu me testes. Pour voir si je t'invite à rester dans le dos de Michael.

— Pourquoi ferais-je une chose pareille ?

— Parce que tu aimes Michael plus que moi.

— Peut-être, a-t-il répondu en tendant la main pour me caresser le menton, un sourire séducteur aux lèvres. Ou peut-être que j'ai aimé ça. Peut-être que je voudrais voir ce que ça fait de t'avoir pour moi seul…

J'ai haussé un sourcil, lui lançant un regard entendu.

Il a laissé retomber sa main dans un petit rire.

— Désolé. Il fallait que je sois sûr.

Il n'avait aucun souci à se faire. J'aimais Michael, et je le quitterais avant de le trahir. Je savais que Kai mettait ma loyauté à l'épreuve pour le protéger, mais ce ne serait jamais nécessaire. Je ne regrettais pas la nuit passée, seulement, ça ne se reproduirait pas. Nous étions amis.

Kai a reculé dans l'encadrement de la porte pour partir, mais, avant que je puisse la refermer sur lui, il s'est retourné.

— Il n'y a pas que Michael, tu sais ? Will et moi, on s'inquiète aussi pour toi. Tu es l'une d'entre nous. Ce serait dur de…

Il a baissé les yeux, comme s'il cherchait les mots justes.

— On se sent proches de toi. On ne veut pas qu'il t'arrive du mal.

Cela me réchauffait le cœur de l'entendre. Pour autant, je n'ai pas pu m'empêcher de rétorquer :

— Si je suis l'une d'entre vous, pourquoi suis-je la seule à être protégée comme une petite chose fragile et évincée de vos plans ?

— Parce qu'il t'aime plus que nous.

Je voulais le croire. J'attendais depuis si longtemps qu'il me le dise…

J'ai verrouillé la porte derrière Kai, heureuse de retrouver la sérénité de mon appartement vide. Mon téléphone a vibré : Alex. Elle devait appeler pour s'assurer que j'allais bien.

Mais, à part à ma mère, je n'avais envie de parler à personne.

Je suis restée debout devant l'îlot de la cuisine, à penser aux devoirs que je devais commencer, à la lecture que je devais finir, à mon absence des réseaux sociaux depuis plus d'une semaine.

D'un coup, je me suis sentie épuisée.

J'ai envoyé balader mes chaussures, retiré mes chaussettes, et je suis allée dans ma chambre où j'ai à peine pris le temps de poser mon téléphone sur la table de nuit avant de m'écrouler sur mon lit. Mon corps a aussitôt fondu contre la couette moelleuse et mes yeux se sont fermés.

— Michael ?

J'ai relevé brusquement la tête de l'oreiller.

J'avais cru entendre quelque chose.

La pièce était plongée dans le noir, tout comme le couloir. Et pas un bruit.

Une lumière clignotait sur mon téléphone. C'était ce qui avait dû me réveiller.

— Merde.

Je me suis passé les mains sur le visage pour essayer de reprendre mes esprits.

J'ai regardé le réveil et poussé un soupir agacé. Il était un peu plus de 23 heures.

J'avais dormi six heures. Je n'arrivais pas à croire que j'avais dormi si longtemps.

J'ai attrapé mon téléphone. J'avais plusieurs messages de Michael, dont le dernier disait :

Tu ferais mieux d'ouvrir ta putain de porte quand j'arrive.

Je n'avais pas lu ses SMS de la journée, mais j'imaginais qu'il y avait une progression dans sa colère — colère peut-être justifiée dans la mesure où je n'avais répondu à aucun.

J'ai jeté l'appareil sur le lit et je me suis levée, avançant pieds nus dans le couloir jusqu'à la cuisine pour me faire quelque chose à manger.

J'avais loupé le dîner et je mourais de faim.

Dans le couloir, quelque chose de bizarre m'a attiré l'œil. Je me suis retournée. Mon cœur a fait un bond dans ma poitrine : la porte de derrière était grande ouverte.

Pire, une silhouette noire portant un sweat dont la capuche était tirée se tenait dans l'encadrement de la porte, les yeux rivés sur moi à travers un masque blanc. Le même masque que celui que les garçons portaient, quand ils m'avaient attirée dans la maison des Crist.

Ma respiration s'est accélérée, et mes mains se sont mises à trembler. J'étais en danger.

Puis, soudain, la peur a cédé la place à la colère.

Michael…

— Quoi ? ai-je demandé. Tu veux ta collation de minuit ?

Lui et ses satanés jeux ! Ce n'était pas le moment ; je n'étais pas d'humeur à jouer, ce soir.

— Va-t'en, Michael.

Mais il a levé la main pour planter la pointe d'un énorme couteau de boucher dans le mur du couloir. Puis il s'est avancé vers moi d'un pas raide, la lame d'acier entamant le mur sur toute sa longueur.

J'ai expiré tout l'air que j'avais dans les poumons et reculé.

— Damon…

Il a laissé retomber sa main et s'est brusquement mis à courir vers moi. Avec un cri, je me suis élancée vers la porte d'entrée. J'ai percuté le mur et essayé de défaire les verrous, mais c'était inutile, j'étais trop lente : il s'était écrasé contre mon dos, le bout de la lame planté sous mon menton.

J'ai hurlé de douleur.

— Damon ! Non !

Il m'a serré la gorge et a pressé un tissu sur mon nez et ma bouche. Je ne pouvais plus respirer.

— Qui va m'arrêter ? m'a-t-il chuchoté à l'oreille.

Et tout est devenu noir.

27

Erika

Présent

Je me sentais flotter.

J'avais la tête qui tournait et, l'espace d'un instant, j'ai eu l'impression qu'elle se détachait de mon corps et s'élevait dans les airs. Que mon crâne allait exploser.

Qu'est-ce que… ?

J'ai cligné des yeux et porté mes mains à l'endroit douloureux, au-dessus de ma tempe.

Je ne saignais pas, mais c'était assurément sensible.

Damon !

Je me suis figée quand tout m'est revenu en mémoire. Il s'était introduit dans mon appartement !

Je me suis redressée péniblement, et la pièce est devenue plus nette.

Où est-ce que j'étais ?

Le tissu sur lequel j'étais allongée était doux. J'ai jeté

un coup d'œil rapide autour de moi : des meubles et des équipements beiges en bois, des portes en verre menant à un pont en bois, des tableaux et des appliques dorées sur les murs, des tapis…

Cette pièce très impersonnelle m'était familière.

Puis j'ai senti un vrombissement sous mes pieds. Un vrombissement de machines.

Le *Pithom*. Nous étions sur le bateau des Crist.

Je n'étais montée que peu de fois à bord, pendant mon enfance — et seulement pour des soirées ou des excursions d'une journée le long de la côte —, mais je le connaissais bien.

— Content de voir que tu émerges enfin…

J'ai brusquement tourné la tête.

Damon se tenait à l'autre bout du canapé, une épaule appuyée contre le mur, les bras croisés, ses yeux noirs braqués sur moi.

— Je commençais à m'inquiéter, a-t-il ajouté d'un ton sinistrement calme.

Il portait un pantalon noir et une chemise blanche lâchement rentrée dans son pantalon, col ouvert.

Ses cheveux bruns étaient ébouriffés comme s'il venait de se réveiller, mais ses yeux prouvaient le contraire. Ils étaient parfaitement concentrés sur moi, alertes, vifs. A croire qu'il ne s'était pas fait poignarder moins d'une semaine plus tôt.

— Je n'y avais jamais vraiment pensé, mais en te regardant dormir, ici et dans ton appartement… Tu es très belle. Longs cheveux blonds, lèvres pleines… Tu dégages une espèce de sérénité innocente.

Je l'ai fixé, le cœur battant, nauséeuse. Il m'avait regardée dormir dans mon appartement ? Bon sang, combien de temps était-il resté, avant que je ne me réveille ?

Je me suis détournée pour observer de nouveau la pièce. Il fallait que je trouve quelque chose. J'aurais aimé avoir la dague.

— Ouais, si pure, si parfaite… C'est exactement comme ça qu'il te veut.

Perplexe, je me suis levée, avant de reculer au fur et à mesure qu'il approchait.

— Qui ? ai-je demandé d'une voix tremblante.

Qui voulait que je sois pure et parfaite ?

Ma tête bourdonnait, et je me sentais encore étourdie, mais j'ai tendu les mains en avant pour tenir Damon à distance.

— Seulement, tu n'es plus si pure, n'est-ce pas ? Michael t'a souillée, et tu n'es plus bonne qu'à une chose maintenant.

— De quoi tu parles ?

J'ai reculé encore, chancelante, les entrailles nouées par la peur. Une lueur diabolique dansait dans ses yeux.

— Il va s'amuser avec toi. Oh ! ça oui… Mais il n'épousera jamais la pute de son frère.

Epouser… quoi ?

Puis les yeux de Damon se sont posés quelque part derrière moi et je me suis retournée : Trevor !

Il se dressait derrière moi, grand, imposant, vêtu d'un jean et d'un polo bleu marine. Il avait toujours les cheveux très courts, à la militaire, et il me transperçait de ses yeux bleus, l'air content de lui.

J'ai secoué la tête.

— Trevor ?

Je n'ai eu qu'une seconde de répit avant que sa main ne s'abatte sur ma joue. J'ai reculé, titubant sous la force du coup. Ma joue était en feu, comme si un million de piqûres d'aiguilles meurtrissaient ma peau. Les larmes me sont montées aux yeux. La douleur, dans mon crâne, explosait, tout est devenu trouble autour de moi.

Damon m'a attrapée et m'a jetée sur son épaule.

— Non ! ai-je crié en me débattant, lui martelant le dos de mes poings.

La bile me montait à la gorge, tandis qu'il me portait dans un couloir sombre.

— Damon ! Damon, s'il te plaît.

J'ai attrapé le cadre de la porte pour me retenir, sans cesser de me débattre, de donner des coups de pied dans les airs.

— Lâche-moi, espèce de taré ! ai-je hurlé, parce que j'en avais marre d'avoir peur. Tu n'es rien ! Tu m'entends ? Tu n'es rien qu'une merde ! J'espère que tu vas crever !

Il a tiré d'un coup sec et j'ai perdu prise, les bras transpercés de douleur : il avait failli me déboîter les épaules.

Il m'a envoyée valser dans les airs et j'ai atterri sur un lit, le souffle coupé. Je me suis aussitôt redressée, mais il s'est rué sur moi. M'attrapant par les poignets, il m'a tirée vers la tête du lit et a planté un genou sur ma poitrine pour me maintenir en place.

— Damon !

Je n'arrivais plus à respirer.

— Tais-toi ! a-t-il grogné.

Je me suis débattue. Je me sentais étouffer sous son poids et la pression de son genou. Il fallait que je me débarrasse de lui.

— Va te faire foutre ! ai-je voulu crier, mais seul un murmure a quitté mes lèvres.

Il a sorti une cordelette et l'a enroulée autour de mes poignets.

— Non !

J'ai essayé de dégager mes mains pour lui donner un coup de poing ou le déstabiliser, mais il n'a fait que resserrer son emprise.

J'avais vraiment de plus en plus de mal à respirer et mes forces commençaient à m'abandonner. Il m'a attachée, et a fixé mes mains à la tête de lit.

J'ai jeté un rapide coup d'œil autour de moi. Une large baie vitrée laissait entrer le clair de lune et la lumière des étoiles dans le ciel nocturne. Il n'y avait rien dont je puisse me servir comme d'une arme sur les tables de chevet, mais, si je pouvais me libérer, je trouverais certainement quelque chose dans l'un des tiroirs ou dans la salle de bains.

— Où sommes-nous ?

— A trois kilomètres au large de Thunder Bay.

Je me suis figée. Nous étions en mer ? Pourquoi ?

D'ordinaire, le yacht restait à quai, à la marina. Il ne pouvait y avoir qu'une seule raison pour que le bateau soit en mer.

Ici, personne ne me viendrait en aide.

— Michael…

— Il sera bientôt là, a dit Damon, sur un ton sinistre qui voulait tout aussi bien dire « tout sera bientôt fini ».

Un frisson m'a secouée tout entière. Il a enfin retiré son genou de ma poitrine et j'ai pris une inspiration bienvenue.

Mais cette liberté relative n'a pas duré. Il s'est dressé au-dessus de moi et s'est niché entre mes jambes, me forçant à écarter les cuisses. Je me suis crispée, terrorisée.

— Enfin, je t'ai pour moi tout seul…

Je me suis débattue, tirant sur mes liens, jurant, le maudissant. Les larmes roulaient sur mes tempes.

— Une vraie battante ! Je savais que j'allais bien m'amuser avec toi.

J'ai enfoncé mes pieds nus dans le matelas et soulevé mon corps pour tenter de le repousser, mais il s'est contenté de rire en pressant son sexe contre le mien à travers son jean.

J'ai grimacé et enfoncé la tête dans l'oreiller pour lui échapper.

— C'est ça, débats-toi. J'adore ça, Rika, a-t-il soufflé en posant sa bouche sur ma joue avant de me lécher le visage. Tu sais que c'est inévitable. Je crois que tu as peur d'aimer ça.

J'ai secoué la tête.

— Tu ne le feras pas. Je te connais.

— Tu ne me connais pas.

Sa voix était devenue menaçante. Mais je n'ai pas cédé.

— Tu es méchant, cruel, mais tu n'es pas mauvais. J'ai cru que Kai — ou plutôt Trevor — et toi alliez me faire du mal, cette nuit-là. Je ne savais pas si c'était une sale blague ou si vous étiez sérieux, mais je ne me sentais pas en sécurité. J'étais même morte de peur. Tu ne l'as pas laissé me faire de mal, souviens-toi. C'était une plaisanterie, pour toi, mais, quand tu as pris conscience que Trevor allait trop loin, tu l'as arrêté. Tu n'es pas mauvais, Damon.

Il m'a léché le menton, et j'ai fermé les yeux, la poitrine secouée de sanglots, tandis qu'il descendait le long de mon cou jusqu'à mes seins, par-dessus mon chemisier.

— Tu n'es pas mauvais, ai-je répété en tirant sur la corde qui nouait mes poignets. Tu n'es pas mauvais.

A présent, sa langue décrivait un cercle autour de mon téton, à travers le tissu, et j'ai retenu un frisson de dégoût.

— Tu te trompes, je ne suis rien. Ah, si ! Un taré. Une merde… C'est toi qui l'as dit.

Il s'est brusquement redressé et a quitté le lit, son regard glacial braqué sur moi.

— Et je vais être ton pire cauchemar, Erika Fane !

Il s'est retourné et est allé s'asseoir dans un fauteuil, sur ma gauche, étrangement calme.

Il y avait comme un écran devant ses yeux, et j'ai avalé la boule qui me serrait la gorge : je redoutais qu'il ait fini de parler et décidé de passer à l'action.

— Alors quoi ? ai-je demandé. Tu es sous la houlette de Trevor, maintenant ? Tu as appris à être la salope de quelqu'un d'autre, en prison ?

Il a souri d'un air suffisant.

— Si tu fais ça, ai-je poursuivi, tu les perdras pour toujours.

— Qui ?

— Les gars. Ils sont ta famille. Ils ne te le pardonneront jamais.

Il a secoué la tête et détourné les yeux.

— C'est trop tard, de toute façon. Les choses ne seront plus jamais pareilles.

Son regard s'est fait lointain. Il était déterminé.

Et déjà perdu.

— Tu sais pourquoi il t'a emmenée, cette nuit-là ? En temps normal, je me foutais bien de qui Michael baisait, sauf si je la trouvais à mon goût. Mais, toi, tu étais différente. Je l'ai su immédiatement. Il voulait plus avec toi.

J'ai contracté mes bras et tiré sur la corde ; les fils rêches me mordaient la peau.

— Pourquoi ça te dérangeait autant ?

— Parce que, quand il est question de femmes, il n'y a rien d'autre que le cul. Tu allais te mettre entre nous. Nous changer, gâcher ce que nous avions.

Son front s'est creusé, et il m'a lancé un regard noir. Je ne comprenais pas de quoi il parlait. Comment aurais-je pu me mettre entre eux ?

— Quand je suis tombé sur Trevor, on s'est dit qu'on allait t'embêter un peu. Te faire peur. C'était gagnant-gagnant, tu t'éloignerais de Michael, de nous, et cette petite bite de Trevor, qui a toujours été jaloux de son grand frère, te récupérerait au bout de sa laisse.

Il s'est humecté les lèvres et a continué.

— Ça a été facile avec Will. Il était complètement fait mais, même sobre, il ne sait pas combien font deux plus deux. Trevor a mis le masque de Kai et le reste s'est enchaîné sans accroc.

— Mais quand nous sommes arrivés dans la clairière, ai-je repris, tu t'es rendu compte que Trevor avait son propre plan. Tu voulais m'effrayer, me faire flipper, peut-être même me baiser si je te laissais faire dans un moment de faiblesse, pour que je me sente ensuite trop honteuse pour faire face à Michael. Mais tu ne voulais pas me faire de mal.

J'ai pris une profonde inspiration avant de conclure :

— Et tu ne veux pas me faire de mal maintenant non plus.

— C'est là que tu te trompes, a-t-il dit en me regardant dans les yeux. Je veux te faire mal. Te tuer, même, et ensuite je tuerai Trevor.

— Trevor ?

Il a hoché la tête.

— Il aura ce qu'il mérite, puisque c'est lui qui a volé le téléphone… Toi, c'est juste parce que je suis en colère et que je n'ai plus rien à perdre. J'ai déjà tout perdu. Comme les femmes ont l'habitude de le faire, tu as tout gâché. Tu t'es mise entre des frères.

C'était faux. Je n'avais jamais forcé Michael à choisir et je n'avais jamais voulu qu'il gâche ce qu'ils avaient.

Je voulais faire partie de leur groupe, m'amuser avec eux. J'étais curieuse, mais jamais je n'avais voulu les changer, ni les arrêter, ni…

J'ai marqué un temps d'arrêt en me souvenant du kiosque. J'avais protesté, je n'étais pas d'accord avec Will sur ce coup-là. J'étais partie, alors que Michael m'avait dit de rester. J'avais jugé.

Damon avait peut-être raison.

Mais je ne regrettais pas de m'être dissociée de ce mauvais tour. C'était un coup bas, stupide et injuste. Michael était resté auprès de ses amis, ce soir-là, mais je voyais ce que Damon voulait dire : il était possible qu'un jour les choses soient différentes.

Qu'une nuit ce soit moi qu'il choisisse.

Je n'avais rien fait de mal, bien sûr. Ce n'était pas ma faute, et je le savais.

Mais rien de tout cela ne serait arrivé, si je n'étais pas venue avec eux ce soir-là. Je devais bien reconnaître que j'avais joué un rôle dans tout ça. Comme Will l'avait dit, c'était aussi, ça avait toujours été aussi, *mes* affaires.

— Nous avons tous été affectés par ce qui s'est passé, ai-je dit en le fixant. Ce n'est pas moi qu'il faut punir.

Il est resté un moment immobile.

— Peut-être, a-t-il fini par concéder. Peut-être que tu n'es qu'une victime comme nous autres, après tout.

Une expression est passée sur son visage, une sorte de lassitude sous la colère qu'il affichait tel un masque. Il se repassait manifestement quelque chose en mémoire, une scène ou un souvenir…

— Ça n'a plus vraiment d'importance, a-t-il conclu doucement.

Avant que je puisse lui demander ce qu'il voulait dire, une ombre a glissé sur le sol. Trevor venait d'apparaître dans l'embrasure de la porte.

— Vous êtes en train de tisser des liens ?

Sa voix était douce et légère, comme s'il ne m'avait pas frappée quelques minutes seulement auparavant.

Je l'ai observé. Il paraissait plus mince.

Annapolis.

Tout à coup, ça m'a frappée : il n'était pas censé être là ! Il ne pouvait pas quitter l'Académie quand ça lui chantait. Damon était-il allé le trouver dès la soirée chez les parents de Michael ? Forcément…

Trevor devait avoir peur que Michael se lance à sa poursuite. Il le coiffait au poteau.

Damon s'est levé du fauteuil et a quitté la pièce, me laissant seule avec Trevor. Etrangement, je me suis sentie beaucoup moins en sécurité.

— Il ne te viendrait jamais en aide, a déclaré Trevor. Il déteste les femmes.

Il s'est approché, et j'ai enroulé le mou de la corde autour de mon poing pour remonter dans le lit, m'éloigner de lui. Ma main a heurté le miroir, à la tête du lit, et je me suis figée pour le tapoter avec mon ongle.

Du verre.

— Tu savais que sa mère a commencé à le violer quand il avait douze ans ?

Mon cœur s'est arrêté de battre et je l'ai dévisagé, horrifiée.

Quoi ?

— Et, quand il en a eu quinze, il l'a tabassée et l'a menacée de la tuer si elle revenait un jour. J'ai entendu mon père en discuter avec le sien, il y a quelques années.

Etait-ce vrai ? Cela expliquerait pourquoi Damon détestait tant les femmes.

— Son père a noyé le poisson et n'en a jamais reparlé. Les Cavaliers étaient tout ce qu'il avait, et tu les lui as enlevés.

— C'est *toi* qui les lui as pris !

Chacun de mes muscles s'est contracté quand il s'est assis sur le lit.

Ses mains sont remontées le long de mes jambes et j'ai donné un coup de pied pour le repousser, mais il s'est contenté de sourire et a violemment agrippé ma hanche.

Je n'arrivais pas à croire que j'avais pu le laisser me toucher.

L'année dernière, j'avais cédé à des années de pression. On m'avait toujours poussée vers lui pour les bals, les soirées et les photos. J'avais fini par laisser faire. Il me conférait une certaine stabilité, il me voulait dans sa vie, et j'étais trop stupide pour croire que je méritais mieux. Surtout, il me distrayait de Michael. Je pensais qu'il me ferait passer à autre chose, m'aiderait à oublier.

Il ne m'avait pas fallu longtemps pour me rendre compte que ça ne serait jamais le cas. En une nuit, Michael m'avait montré que je n'étais pas faible. Que j'étais belle, désirée, forte, et, même si cette nuit n'avait pas duré, ce que je ressentais pour Trevor n'était pas comparable à tout ce que Michael représentait pour moi.

Je n'étais qu'un trophée pour Trevor. Il ne me voyait pas.

— Comment peux-tu faire ça ? Qu'est-ce que tu veux ?

— Je veux vous voir perdre tous les deux. Souffrir. J'en ai marre de vivre dans l'ombre de Michael, marre de te voir lui baver dessus.

J'ai serré les dents et tiré plus fort sur la corde.

— Laisse-moi partir.

Il a glissé la main sous ma jupe, et j'ai essayé de me tordre pour lui échapper. Son contact me donnait la chair de poule.

— Damon, lui, veut voir tout le monde souffrir. Lui et moi, on fait la paire.

— Pourquoi te couvrirait-il ? Il savait que c'était toi, sous ce masque, cette nuit-là. Pourquoi m'a-t-il laissée penser que c'était Kai ?

Trevor a haussé les épaules en regardant sa main glisser sur mon ventre.

— Michael était déjà obsédé par toi. Ça servait notre but si tu pensais qu'ils ne voulaient pas être tes amis. Et puis, a-t-il ajouté avec un sourire, je crois que ça l'excitait de savoir que la seule vraie menace était juste sous ton nez.

Autrement dit, lui-même. Toujours là. Dans la pièce d'à côté. Rôdant, attendant…

— Tu savais qu'ils croyaient que c'était moi, pour les vidéos. Tu devais bien te douter qu'ils viendraient me demander des comptes.

— Ce qui n'aurait pas été un problème si tu n'avais pas décidé de quitter Brown ! J'aurais pu tenir Michael à distance, et il aurait fait patienter les autres. Mais tu as quitté ma protection, et j'ai décidé de laisser faire. S'ils te faisaient du mal — si Michael te faisait du mal — avant de comprendre qu'ils s'étaient trompés et avaient accusé la mauvaise personne, alors peut-être que tu renoncerais à lui une bonne fois pour toutes.

Il s'est mis à quatre pattes et a rampé sur moi. Son visage planait au-dessus du mien, à quelques centimètres à peine.

— Peut-être que tu le ferais tomber de ce piédestal sur

lequel tu l'as toujours mis. Peut-être que tu le verrais enfin pour ce qu'il était vraiment.

— C'est-à-dire ?

— Un mec moins bien que moi.

Il a brusquement relevé la tête comme s'il avait entendu quelque chose. Il s'est précipité hors du lit et est allé regarder par la fenêtre.

— La seule erreur que j'ai faite, a-t-il poursuivi en sondant la nuit, a été de citer mon père cette nuit-là, dans la forêt. Sinon, vous n'auriez probablement jamais compris.

Mon corps tremblait de peur, et j'ai renversé la tête en arrière, tirant de nouveau sur la corde.

— Alors, c'est quoi ton plan, maintenant ? Qu'espères-tu accomplir avec tout ça ? Michael a tout ce qui m'appartient — la maison, les actions, tout — et tu ne me récupéreras jamais. Plutôt mourir que de te laisser m'approcher !

— Tu penses que je veux te récupérer ? a-t-il demandé en se retournant, les bras croisés sur la poitrine. La putain de mon frère ?

Il a ri et s'est approché de moi, l'air suffisant.

— Oh ! non. Je peux faire tellement mieux que toi ! Et, pour ce qui est de Michael, c'est facile : les morts ne possèdent rien.

Les morts ? Il voulait dire…

Si Michael mourait, tout reviendrait à leur père. Et si Trevor ne voulait plus de moi pour obtenir ce qui m'appartenait, alors, pour qu'il hérite de tout, il fallait que moi aussi…

Michael !

J'ai tiré plus fort sur les cordes. J'avais mal, je m'étais certainement entaillé la peau, mais il fallait que je me libère. Maintenant.

— Va te faire foutre ! ai-je crié, sentant la brûlure de mes larmes sur ma joue, à l'endroit où il m'avait frappée.

— Ecoute, a dit Trevor, tout joyeux. Tu entends ça ?

Oui. Un bruit de moteur. Le son devenait de plus en plus fort.

Se rapprochait.

Un hors-bord.

Je me suis immobilisée.

Non !

— Il arrive ! Il est 23 h 08, bébé, a-t-il annoncé après un rapide coup d'œil à sa montre. Dans moins d'une demi-heure, vous serez tous les deux au fond de l'océan.

28

Michael

Présent

— Plus vite, merde !

Le hors-bord rebondissait sur l'eau. Devant nous, le grand yacht blanc se dessinait très nettement à présent. Les lumières de sa coque, qui baignaient l'eau noire d'une lueur mauve, lui donnaient l'air d'une étoile dans la nuit.

— On est au max, a répliqué Will, tout aussi inquiet que moi. Détends-toi, Michael. Il n'a pas laissé ce mot pour rien. Il veut qu'on la trouve.

— Ça ne veut pas dire qu'il ne lui fait pas de mal…

Des rafales de vent nous giflaient le visage alors que nous filions sur la surface de l'eau. Kai et moi étions obligés de nous tenir au tableau de bord et au pare-brise pour ne pas tomber, tandis que nous rattrapions le *Pithom*.

Enfoiré de Trevor !

Comme Rika ne répondait pas, quand j'avais frappé à

sa porte, je m'étais servi de ma clé pour entrer chez elle. L'appartement était plongé dans le noir et complètement vide. Une note m'attendait, posée sur le sol.

Un seul mot : *Pithom*.

Complètement paniqué, j'avais appelé le capitaine du port tout en quittant la ville à toute vitesse. Ce dernier m'avait immédiatement confirmé que Trevor avait, en effet, demandé à une équipe réduite d'appareiller le bateau dans l'après-midi. Puis j'avais appelé Will et Kai pour leur demander de me retrouver sur les quais, où le hors-bord de la famille de Kai était amarré.

« Je t'aime, Michael. »

Ma poitrine s'est mise à trembler, et je me suis passé la main dans les cheveux.

— Rika, ai-je murmuré pour moi-même. Je vous en prie, faites qu'il ne lui soit rien arrivé !

Le yacht grossissait à mesure que nous avancions, et Will a coupé le moteur pour s'approcher de la poupe au ralenti. J'ai immédiatement sauté sur le pont, tandis que Kai nous y arrimait.

J'ai repéré le hors-bord rouge du *Pithom*, côté bâbord, et je me suis tourné vers Will.

— Tu restes ici. Garde l'œil sur les hors-bord et donne un coup de corne de brume si tu vois du mouvement de ce côté.

Je ne voulais pas que Trevor ou Damon s'enfuie avec elle.

Il a hoché la tête et tendu la main vers le vide-poches derrière le volant pour prendre la corne de brume.

— Pont supérieur, ai-je ordonné à Kai. Et fais gaffe ! Ils savent qu'on arrive.

Kai a emprunté l'escalier sur ma droite, tandis que je traversais le pont, dépassais la piscine, et entrais dans le salon. Je me forçais à avancer lentement, même si tous mes muscles ne demandaient qu'à se ruer à l'intérieur.

J'avais coincé un Glock chargé de ses dix balles dans mon

pantalon noir, dissimulé sous mon T-shirt. Ils me verraient très probablement avant que je ne les trouve, et je voulais garder un élément de surprise.

J'ai dardé le regard sur la petite caméra blanche au plafond; la boule a roulé pour zoomer sur moi.

Il savait que j'étais là, il savait même exactement où.

Prudemment, j'ai traversé la pièce à pas de loup pour entrer dans le couloir faiblement éclairé. Il y avait deux cabines sur la gauche et une à droite. Rika pouvait être n'importe où, et j'espérais que Kai, sur le pont supérieur, l'avait déjà trouvée.

J'ai fait un pas sur la gauche et attrapé la poignée de la porte, mais un gémissement m'a arrêté net. J'ai tendu l'oreille.

Un grognement a suivi, et je me suis tourné vers la cabine de mes parents pour ouvrir la porte à la volée.

Allongée sur le lit, Rika essayait visiblement de se libérer de la corde qui lui enserrait les poignets. Elle a tourné la tête et son visage s'est décomposé quand elle m'a vu.

— Michael ! Non, tu n'aurais pas dû venir !

Je me suis précipité vers elle. Des bris de verre jonchaient l'oreiller.

— Putain, qu'est-ce qu'ils t'ont fait ?

Elle avait les mains en sang, et ses cheveux étaient trempés de sueur. Elle tenait un éclat de verre dans le poing.

— Il fallait que je coupe la corde.

Sa voix tremblait. C'est alors que j'ai remarqué le miroir de la tête de lit : il était brisé. Elle l'avait cassé pour essayer de se débarrasser de ses liens.

J'ai pris le morceau de verre de sa main pour scier ce qui restait de la corde.

— Je vais te sortir de là. Je suis vraiment désolé, bébé.

La corne de brume a retenti, et j'ai levé brusquement la tête, le sang en ébullition.

— Putain de merde !

J'ai fini de trancher la corde et jeté l'éclat de verre sur le lit avant de la redresser, ses poignets toujours liés.

— Viens ici que j'examine tes mains.

— Je vais bien. Il faut qu'on sorte d'ici. Ils voulaient que tu me trouves. Ils peuvent être n'importe où.

Je mourais d'envie de la prendre dans mes bras, mais je me suis retenu. Nous n'avions pas de temps à perdre. Will avait besoin de nous.

Je l'ai maintenue prudemment derrière moi, alors que je passais la porte, regardant à gauche puis à droite pour m'assurer qu'il n'y avait rien de suspect.

— Damon est avec Trevor, a-t-elle murmuré.

— J'avais deviné.

— C'est lui qui m'a enlevée.

J'ai secoué la tête, m'efforçant de ne pas laisser la colère me submerger. Les mains de Rika étaient en sang parce qu'elle avait essayé de se sauver elle-même. Elle ne m'avait pas attendu.

C'était ce que j'avais toujours voulu pour elle, non ? Qu'elle se défende ?

Pourtant, seule la rage m'animait dans l'immédiat. Ils me l'avaient prise. Ils auraient pu me la prendre pour toujours.

J'aurais pu ne jamais la retrouver.

— Viens, ai-je dit en la guidant à travers le salon.

Sitôt que nous sommes sortis sur le pont, j'ai aperçu Kai au sol. Il respirait péniblement et du sang s'écoulait de son nez et de sa bouche. Damon se dressait au-dessus de lui, son regard furieux posé sur moi.

J'ai jeté un coup d'œil dans le hors-bord derrière lui. Il était vide. Putain, où était Will ?

Je me suis redressé, prêt à les affronter, et je suis sorti dans l'air crépitant de tension, Rika toujours dissimulée derrière moi.

Merde !

Kai et elle étaient blessés, Will avait disparu, et je ne savais absolument pas comment j'allais nous tirer de là.

Puis j'ai aperçu Trevor. Il se tenait au bord du bastingage, une lueur amusée dans les yeux.

Il nous a fait signe d'approcher. Gardant les yeux rivés sur lui, j'ai longé le bastingage, puis regardé vers le bas.

— Will !

Il était dans l'eau. Sa tête flottait à peine au-dessus de la surface. Une corde sortait de l'eau, près de lui. Elle remontait le long du bateau, jusqu'au pont, où elle était fixée à deux parpaings posés aux pieds de Trevor.

Bon sang !

— Il m'a attaché les mains dans le dos, mec ! a crié Will.

Ce qui voulait dire qu'il ne pouvait pas détacher l'autre bout de la corde, certainement attaché à ses pieds. Il s'efforçait de rester à la surface en battant des jambes, mais il avait du mal.

Je me suis rué sur Trevor.

Mais il a tendu le bras, un pistolet à la main, et je me suis figé.

— Qu'est-ce que tu fous ? ai-je hurlé.

— Tu savais que la profondeur moyenne de l'océan Atlantique est de 3 332 mètres ? a-t-il dit calmement, ignorant ma colère. Il y fait sombre. Froid. Et, quand quelque chose coule dans ces profondeurs, il ne remonte jamais.

Puis il a lancé un regard à Will avant de se reconcentrer sur moi.

— Tu ne le retrouverais jamais.

J'ai regardé Kai. Il était à quatre pattes et essayait de se relever, le visage en sang.

— Ça va ? ai-je demandé.

— Ça va, a-t-il lâché, mais je voyais bien qu'il tremblait.

— J'aurais dû m'occuper d'elle avant que t'arrives, a repris Trevor en désignant Rika derrière moi. Mais, franchement, ce n'est drôle que si tu es là pour assister au spectacle, n'est-ce pas ?

— Putain, mais tu penses à quoi, Trevor ? ai-je lancé.

Discrètement, j'ai tapoté mon dos pour faire signe à Rika. Elle a passé la main sous ma chemise et a sorti le flingue, avant de le glisser dans ma main derrière ma cuisse.

— Je ne sais pas... mais, ce qui est sûr, c'est que je m'amuse.

Qu'est-ce qui clochait chez lui ? Il me détestait, d'accord. Mais Will ? Kai ? Rika ? Il ne s'en tirerait pas comme ça. Avait-il perdu la tête ?

— Vas-y, m'a-t-il défié, pointant le pistolet sur moi. Pousse-moi. Tu prendras une balle, mais tu me feras quand même tomber.

J'ai secoué la tête et je me suis tourné vers Damon.

— Ne fais pas ça, Damon. Will et Kai ne t'ont jamais fait de mal. Rika ne t'a jamais fait de mal.

— Mais leur faire du mal t'en fera, a rétorqué Damon en posant son pied sur le dos de Kai pour le pousser de nouveau sur le sol.

Kai a grogné, et fermé les yeux. Je devinais à sa façon de se tenir le flanc qu'il devait avoir des côtes cassées.

— Tu n'as jamais souffert, a poursuivi Damon d'une voix rageuse. Tu n'as jamais perdu, et ça changera ta vie pour toujours. Tu n'aurais jamais dû la choisir plutôt que nous.

— Tu es un putain de lâche ! lui a crié Kai.

Damon s'est contenté de le fusiller du regard avant de relever les yeux vers moi. Je ne le reconnaissais plus.

— Dis-moi que tu la laisseras partir, a-t-il exigé. Dis-moi que tout redeviendra comme au lycée.

Je me suis redressé, serrant le bras de Rika derrière moi.

— Elle n'a pas sa place parmi nous, tu lui donnes trop de pouvoir sur toi. Dis-moi qu'elle n'est rien. Dis-moi que tu nous choisis plutôt qu'elle. Ou mieux encore...

Il a marqué une pause, une étrange lueur au fond des yeux.

— ... Dis-moi que tu l'échangerais contre Will et Kai.

Ma gorge s'est serrée, et mon cœur a cogné plus fort contre ma poitrine.

— Choisis ! m'a exhorté Trevor. Rika peut prendre la place de Will et, tous les quatre, vous pourrez revenir en arrière, comme si rien de tout ça n'était arrivé.

J'ai entendu sa respiration s'accélérer derrière moi, et j'ai su qu'elle avait peur.

Elle était en moi. Je la sentais. Sur ma peau, dans ma poitrine, sous mes mains… La douceur de ses lèvres alors qu'elle haletait contre moi dans le hammam…

« Je t'aime, Michael. »

— Will et Kai s'en sortiront, a assuré Damon. Mais tu dois la sacrifier.

La sacrifier. Je ne peux pas…

Elle était partout. Toujours. Depuis des années, impossible de me débarrasser d'elle. Chaque fois que je fermais les yeux, elle était là.

« Je sens que c'est toi que je touche. »

Seize ans, à me regarder comme si j'étais un dieu.

« Tu es dans tout. »

Le moment où j'avais su que son cœur était à moi, où j'avais eu hâte d'être en elle.

« Oui, ça m'excite. »

La voir basculer, me faire confiance, alors que je la pénétrais pour la première fois et qu'elle explosait entre mes bras. Bon sang…

J'ai regardé Kai et entendu Will nous appeler depuis l'océan, nous supplier.

Qu'est-ce que j'étais censé faire, putain ?

Trevor n'a pas attendu de réponse.

Il s'est penché et a ramassé les parpaings pour les poser sur le rebord du yacht.

— Non !

J'ai lâché Rika et tendu la main en avant.

— Arrête ! Juste… attends !

Il a fait basculer les blocs d'avant en arrière, jouant avec mes nerfs.

— Arrête ! Juste…

J'ai serré les dents, la tête prête à exploser.

— Va te faire foutre !

Si je tirais, Trevor aurait quand même le temps de jeter les parpaings, et Damon ne ferait qu'une bouchée de Kai avant que j'aie une chance de l'aider. Je serais peut-être capable de tirer Rika de là, mais je ne pourrais pas les sauver, eux.

— Pourquoi tu fais ça ? Pourquoi ?

— Pour ça ! a fini par grogner Trevor, laissant enfin exploser sa colère. Pour ça, juste là. Pour te voir dans cet état. Tu es tellement désespéré, c'est tordant !

Il a lâché les parpaings. Posés en équilibre sur le rebord du yacht, ils chancelaient, menaçant de tomber à la moindre vibration.

— Je pourrais te répondre que c'est à cause de toute l'attention qu'on t'accordait, à cause du basket, a-t-il ragé, ta façon de toujours venir à bout de choses dont je ne pouvais même pas rêver pour moi, ou l'amour que Rika te portait…

Il a laissé tomber le pistolet le long de son corps et jeté un regard furieux à Rika, qui s'était postée à côté de moi.

— Mais pour de vrai ? Je crois que c'est parce que le grand Michael Crist est complètement impuissant en ce moment même, et que je veux voir le regard de Rika quand elle saura que tout est sur le point de s'arrêter et que tu ne peux pas l'aider.

Les poumons en feu, j'avais la respiration lourde.

— Ne t'inquiète pas, m'a consolé Trevor. Tu la rejoindras bientôt.

Puis il a poussé les blocs par-dessus bord. Je me suis rué en avant, et j'ai tiré trois coups de feu sur lui.

Puis j'ai jeté le pistolet par terre et grimpé sur le bord pour plonger, alors que la tête de Will disparaissait sous la surface.

J'ai plongé dans la mer noire gelée de ce mois d'octobre.

J'ai ouvert les yeux, et vu Will juste devant moi ; il coulait vite, se débattait pour se libérer de ses cordes. Je me suis enfoncé dans l'eau à coups de pied, tendant la main pour l'attraper par la chemise.

Mais lorsque j'ai essayé de le tirer vers le haut, luttant pour remonter à la surface, la lumière mauve au-dessus de nos têtes n'a fait que s'estomper.

Nous étions en train de couler.

Je suis resté accroché à ses vêtements, descendant le long de son corps, alors que mes poumons s'étiolaient, réclamaient de l'air. Atteignant son pied, j'ai tiré sur le nœud. Le poids de ces putains de parpaings m'empêchait de dénouer la corde.

Will se tordait et luttait, les yeux rivés sur la surface. J'ai tiré encore. Je devais le libérer.

L'eau s'assombrissait toujours. Les lumières du yacht avaient presque disparu, et Rika et Kai étaient seuls là-haut.

J'ai grogné et continué à tirer violemment.

Putain !

Je ne pouvais pas le laisser partir.

S'il vous plaît.

Pas encore.

Serrant toujours la corde entre mes doigts glacés, j'ai fait levier, me déchirant la peau jusqu'à ce que…

… la corde cède ! Elle s'est débloquée, et je l'ai rapidement détachée, laissant les parpaings couler dans les profondeurs noires. Agrippé à Will, j'ai commencé à nous faire remonter vers la surface.

Nous avons percé la surface et inspiré profondément. Sur le pont, Kai serrait le cou de Damon entre ses mains. Il l'a plaqué contre le bastingage, puis l'a frappé de son poing.

Rika.

— Va là-bas ! ai-je hurlé à Will, en montrant le hors-bord.

— Et mes mains ?

Son corps grelottait dans l'eau.

— Il faut que je rejoigne Rika.

J'ai nagé en direction du bateau.

Quelque chose s'est écrasé dans l'eau, sur ma droite, et j'ai levé les yeux pour voir une corde tomber le long de la coque.

Qu'est-ce que…

Deux parpaings ont basculé, s'enfonçant dans l'océan. Trevor, penché par-dessus bord, haletant, affichait un sourire tordu.

— Putain !

J'ai plongé, mes bras douloureux repoussaient l'eau glacée, j'avançais péniblement.

Rika.

J'ai regardé partout autour de moi, à la recherche de ses mains, de son T-shirt blanc, de ses cheveux, mais…

Je m'enfonçais encore et encore, aussi vite que possible, balayant de tous côtés les ténèbres marines.

Les secondes passaient. Je ne la voyais pas. La peur m'a serré la poitrine. J'allais perdre la tête !

Mes poumons se sont contractés, et ma vue s'est brouillée. J'ai eu un haut-le-cœur, j'avais besoin d'air ! Hurlant de frustration, je suis remonté comme une flèche à la surface, où j'ai repris mon souffle frénétiquement.

— Rika ! ai-je crié en tournant en rond pour regarder si elle avait refait surface. Rika !

Rien.

J'ai levé la tête ; Kai se tenait à la rambarde, le souffle court, l'air épuisé.

— Kai, viens par ici ! Je ne la trouve pas !

Il avait l'air rongé par l'inquiétude. Je ne voyais ni Damon ni Trevor, mais je m'en branlais. Will était toujours attaché, et Rika était…

J'ai replongé, entendu le bruit distant du corps de Kai

fendant la surface de l'eau quelques secondes plus tard. Nous sommes descendus, sombrant dans le noir.

Si profond… C'était si profond…

Elle était déjà au fond, s'éloignant de plus en plus de moi, et je ne la retrouverais jamais.

Jamais.

S'il te plaît, bébé. Où es-tu ?

Mon cœur s'est arrêté quand j'ai vu un éclair blanc.

Rika remontait, ses bras la propulsant vers le haut, ses jambes battant l'eau. Elle se rapprochait de nous un peu plus à chaque seconde.

Kai et moi l'avons attrapée chacun par un bras et tirée vers le haut. Nous avons percé la surface et elle a toussé, haleté, essayant désespérément de reprendre sa respiration.

— Rika. Tu vas bien ? Comment as-tu… ?

Je me suis tu, incapable de formuler la moindre pensée. Mon ventre se serrait à l'idée que j'avais failli la perdre.

Elle tremblait. Et, soudain, elle a fondu en larmes.

— Il m'a frappée après que tu lui as tiré dessus. Ça m'a sonnée suffisamment longtemps pour qu'il ait le temps de m'attacher. Quand j'ai repris connaissance, il me poussait par-dessus bord.

Je l'ai remorquée à la nage jusqu'au yacht. Nous sommes montés sur le pont. Kai la soutenait, tandis que je la tirais.

— Comment t'es-tu libérée ?

Elle a ouvert le poing.

— Le morceau de verre. Je l'ai récupéré sur le lit.

Je l'ai serrée contre moi, enroulant mes bras autour d'elle pour la presser si fort que j'en tremblais.

— Où est Damon ? ai-je demandé à Kai qui avait fini de hisser Will sur le pont et lui détachait les mains.

C'est Will qui a répondu.

— Il s'est barré sur le hors-bord du *Pithom* pendant que vous étiez sous l'eau.

J'ai fermé les yeux et serré plus fort Rika dans mes bras.

Kai et Will ont monté les marches jusqu'au niveau principal ; quant à Rika, elle avait besoin d'une douche chaude, d'un bon lit et de moi.

Trevor était allongé près de la piscine, en sang. Il arrivait à peine à lever la tête.

Je ne savais pas combien de coups de feu l'avaient atteint sur les trois que j'avais tirés, mais le sang ruisselait sur le pont, et il respirait péniblement.

— Michael, a-t-il dit, dans un souffle, la main posée sur la blessure à son torse. Ramène le bateau au port. Je saigne.

Kai et Will l'observaient. Je tenais toujours Rika dans mes bras, la colère et la haine bouillonnant en moi.

Aucun de nous n'a bougé pour l'aider.

Il avait failli la tuer ! Il avait essayé de tuer Will, Kai et menacé de me tuer !

— Michael, a-t-il supplié. Je suis ton frère.

Je suis resté immobile. Je ne voyais pas un frère. Je voyais des parpaings lancés par-dessus bord, Rika jetée comme un vulgaire déchet et Will envoyé au fond de l'océan comme s'il n'était rien.

J'aurais pu les perdre. J'aurais pu *la* perdre.

Pour toujours.

Où était donc mon frère ?

Quelque chose s'est brisé en moi, mais je n'ai même pas hésité. Je n'avais peut-être pas été capable de choisir entre les vies de Rika et de mes amis, mais je n'avais aucun mal à choisir entre eux tous et mon frère.

J'ai posé ma chaussure sur son épaule et j'ai poussé.

Il a essayé d'empoigner ma jambe, les yeux écarquillés de peur. Puis il a basculé dans la piscine, ses bras s'agitant frénétiquement alors qu'il coulait. Il a tenté de lutter. D'attraper l'eau comme si c'était un mur qu'il pouvait escalader.

Le regard levé vers nous, il voyait son seul espoir à portée de main qui ne faisait rien pour l'aider.

— Michael, a soufflé Rika. Tu devras vivre avec ça toute ta vie.

Mais je me suis contenté de dévisager Trevor sans bouger.

Je savais qu'elle ne voulait pas que je le fasse. Je savais qu'elle avait peur que je le regrette, et que j'en subisse les conséquences. Je savais que, quoi qu'il advienne, Trevor était mon frère, qu'il avait fait partie de nos vies à tous les deux.

Je l'ai regardé se vider de son sang, lutter, trop faible pour nager à la surface et se sauver.

Quand il a cessé de bouger, j'ai fermé les yeux et laissé mes poings se desserrer lentement.

— Tu n'aurais jamais été en sécurité, Rika…

Elle a enfoui son visage contre mon torse, et j'ai serré contre moi son corps secoué de sanglots silencieux.

Je me suis tourné vers Kai.

— Ramène le bateau au port, d'accord ?

Il a hoché la tête en se tenant le flanc.

— Occupe-toi d'elle. Will et moi, on s'occupe du reste.

Alors, j'ai pris Rika par la main et je l'ai entraînée dans le salon puis dans le couloir, jusqu'à la cabine qui m'était réservée quand j'étais sur le *Pithom*.

Je me suis passé une main tremblante dans les cheveux, plaquant les mèches mouillées en arrière avec la sensation que mon cœur allait bondir hors de ma poitrine.

J'avais failli la perdre.

Sa main serrée dans la mienne, je suis allé directement dans la salle de bains, j'ai fait couler l'eau dans la douche, et je me suis mis à ouvrir les placards, sans vraiment savoir ce que je cherchais.

Je lui ai frotté les bras des deux mains.

— Tu es gelée. Enlève ces vêtements.

Puis je me suis retourné pour vérifier la température de l'eau.

— Je vais la monter un peu, d'accord ?

— Michael, a-t-elle fait avec douceur.

Je savais qu'elle essayait de m'arrêter, mais j'ai continué à m'activer, le ventre serré, incapable de l'affronter.

— On a des serviettes pour quand tu auras fini. Sauf si tu préfères un bain. Je peux t'en faire couler un. Peut-être qu'un bain ce serait mieux.

— Michael…

— Je vais…

Je me suis passé la main sur le visage, cherchant mes mots.

— Je vais essayer de te trouver des habits. Ma mère a certainement des trucs que tu peux porter ici…

— Michael, a-t-elle répété plus fort, en tendant les bras pour prendre mon visage entre ses mains.

Mais je me suis écarté, et je me suis appuyé contre le lavabo, la tête baissée.

La douleur s'immisçait partout en moi.

Etait-ce ce qu'elle voulait ? Me rendre vulnérable, capable de ressentir la peur qui avait failli me détruire ce soir ?

Etait-ce ce qu'elle ressentait pour moi ?

— Je croyais t'avoir perdue, ai-je dit à voix basse. L'eau était si noire, et je ne te trouvais pas. J'ai cru que je ne te trouverais jamais.

Elle s'est approchée de moi pour prendre de nouveau mon visage entre ses mains.

J'ai plongé les yeux dans ses yeux bleus. Je savais que ça me hanterait toute ma vie. Et si elle n'était jamais remontée ?

J'ai glissé la main sur sa nuque et enroulé mon bras autour de sa taille, posant mes lèvres sur les siennes. Je l'ai embrassée si passionnément que la chaleur de sa bouche m'a embrasé tout le corps.

Je pourrais passer ma vie à l'embrasser !

Nos deux fronts plaqués l'un contre l'autre, j'ai caressé son visage.

— Je t'aime, Rika.

Je t'ai toujours aimée.

Elle a souri, les joues baignées de larmes, et m'a serré contre elle. J'ai enfoui mon visage dans ses cheveux ; je ne voulais jamais plus la laisser partir.

Après toutes ces années, toutes ces fois où j'aurais dû savoir, comprendre ! Et il fallait qu'elle se fasse presque tuer pour que je comprenne enfin ce qu'elle représentait pour moi. Pour que je comprenne qu'elle était enracinée dans chaque moment de ma vie, qu'elle avait toujours été là, juste devant moi.

Elle, en train de faire du vélo dans mon allée quand elle avait cinq ans. Elle, en train d'apprendre à nager dans ma piscine. Elle, en train de courir et de faire la roue dans mon jardin.

Elle, en train de se ronger les ongles quand j'entrais dans une pièce.

Elle, assise à côté de ma mère à chacun de mes matchs de basket.

Elle, refusant même de regarder dans ma direction quand je traînais avec une fille.

Et moi, à peine capable de me retenir de sourire quand je surprenais les petits regards furtifs qu'elle me lançait et sa nervosité en ma présence.

Elle était toujours là, et c'était toujours nous.

La voir avec Trevor me blessait, me donnait envie de lutter, de me libérer de cette force entre nous, mais c'était la voir avec Kai, la veille, qui m'avait fait prendre réellement conscience de… tout ça. Que rien ne pouvait nous ébranler. Qu'elle était à moi, moi à elle, et qu'il en serait toujours ainsi.

J'ai pris une profonde inspiration, sentant enfin mon ventre se dénouer.

— Est-ce qu'ils t'ont… ?

Elle a reculé et secoué la tête.

— Non.

— Damon court toujours.

— Damon est parti, Michael.

Elle a saisi le bas de ma chemise trempée pour me l'enlever.

— Comment allons-nous raconter ça à tes parents ? Comment allons-nous leur parler de Trevor ?

— Je m'en charge, lui ai-je dit en lui enlevant son haut à mon tour. Je veux que tu ne t'inquiètes de rien.

Je l'ai soulevée et je me suis assis sur le bord du lavabo, ses jambes enroulées autour de mes hanches, son corps tout contre moi.

Elle a effleuré mes lèvres des siennes, moulant son corps contre le mien.

— Tu m'aimes vraiment ?

J'ai fermé les yeux, et inspiré son odeur.

— Je t'aime tellement…, ai-je murmuré, resserrant mon étreinte. Tu es tout pour moi.

29

Erika

Présent

En entrant chez les Crist, j'ai adressé un petit sourire à Edward qui a pris mon manteau, avant de débarrasser ma mère du sien.

Elle était si belle !

Cela faisait trois semaines qu'elle était rentrée du centre, et je me détendais à mesure que les jours passaient. Elle ne rechutait pas.

Sa robe patineuse épousait son corps qui ne semblait plus si chétif. Et les couleurs, sur ses joues, la rajeunissaient de dix ans. Elle ressemblait chaque jour un peu plus à la mère de mon enfance.

Je portais une robe ivoire qui tombait juste au-dessus de mes genoux. Ma mère m'avait poliment fait remarquer qu'elle était peut-être un peu moulante pour un dîner de Thanksgiving. Je n'avais pas hésité à lui faire savoir que

Michael aimait admirer mon corps, et que j'aimais qu'il le fasse.

Elle avait rougi, et j'avais ri.

— Rika !

Delia Crist est entrée dans le hall d'un pas tranquille, toute pomponnée et élégante, comme à son habitude.

— Ma chérie, tu es sublime.

Elle m'a embrassée, me claquant une petite bise sur la joue.

Puis elle s'est tournée vers ma mère.

— Christiane, a-t-elle dit, en la serrant dans ses bras. Je t'en prie, viens habiter ici. Comme ta maison ne sera pas prête avant l'été prochain, je ne vois aucune raison pour que tu ne t'installes pas ici.

Ma mère a souri.

— Ce serait avec plaisir, mais pour l'instant j'apprécie vraiment d'être en ville.

Personne, à part Michael, Kai et moi, ne connaissait la véritable cause de l'incendie et, comme les travaux étaient ralentis à cause de la baisse des températures, j'avais emmené ma mère à Meridian City avec moi. Je lui avais proposé la chambre d'amis de mon appartement mais, comme elle voulait nous laisser de l'intimité, à Michael et moi, elle avait préféré loger à l'hôtel.

J'y étais restée avec elle pendant deux semaines — pour m'assurer qu'elle allait bien. Le fait était qu'elle allait vraiment mieux : elle passait son temps à la salle de sport pour se refaire une santé, était bénévole dans un refuge, une bonne façon de s'occuper et de rencontrer de nouvelles personnes. Elle mangeait bien, dormait encore mieux et, étonnamment, n'était pas pressée de rentrer à Thunder Bay.

J'avais fini par la laisser tranquille et réintégré Delcour. Au grand soulagement de Michael.

Non qu'il ne veuille pas que je passe du temps avec ma mère, mais il était encore à cran, en ce qui concernait ma sécurité. Prétendument parce qu'on ne savait toujours pas où se trouvait Damon. A mon avis, ce n'était pas l'unique raison.

Depuis la nuit sur le yacht, plus d'un mois auparavant, il lui était arrivé de se réveiller en sursaut et en sueur au beau milieu de la nuit. Il faisait des cauchemars. Je me noyais et il essayait d'attraper ma main comme il l'avait fait, cette nuit-là.

Seulement, dans les cauchemars, il ne me trouvait pas.

— Madame Crist, je n'arrive pas à croire que vous ayez fait tout ça, ai-je dit en regardant autour de moi, ébahie par le salon fraîchement relooké et toutes les décorations de fête disposées dans la maison.

Des guirlandes et des couronnes de fleurs pendaient aux murs et dans l'escalier.

A cet instant, Michael est apparu en haut des marches. Il est descendu dans son beau costume noir, un léger sourire aux lèvres. Ses yeux se sont posés sur moi, et j'ai pris une profonde inspiration, sentant mon estomac se nouer, comme toujours.

— Eh bien, a répondu Mme Crist, d'une voix triste. Il fallait que je m'occupe.

J'ai quitté Michael des yeux et croisé le regard brillant de sa mère. Elle avait les larmes aux yeux.

Je me suis sentie terriblement coupable.

— Je suis désolée.

Trevor était dangereux, plus encore que Damon, car il cachait bien son jeu ; néanmoins, ce devait être terrible de perdre un enfant. Si mauvais soit-il.

J'espérais ne jamais avoir à vivre une chose pareille.

— Je t'en prie, ne dis pas ça. Ce n'était pas ta faute s'il était comme ça, et vous êtes tous les deux sains et saufs, a-t-elle ajouté en regardant Michael. Je n'échangerais ça pour rien au monde.

Michael a baissé les yeux vers elle, peiné.

J'étais presque sûre que sa mère était la seule femme qu'il

aimait à part moi. Et, si son premier instinct avait été de me protéger, son second avait été de protéger sa mère. Après la noyade de Trevor, Will avait essayé de convaincre Michael de jeter son corps dans l'océan, pour qu'il ne soit pas obligé de dire à ses parents qu'il avait tué son frère.

Michael avait refusé. Il ne pouvait pas laisser le fils de sa mère là-bas. La moindre des choses était de lui rapporter un corps. Il aurait été incapable de la regarder dans les yeux s'il lui avait menti.

C'est pourquoi, après avoir ramené le yacht au port, nous avions appelé la police pour lui raconter toute l'histoire. Trevor m'avait enlevée, avait attiré Michael et ses amis en pleine mer, et avait failli nous tuer, Will et moi.

Cette révélation avait eu un effet dévastateur. Mme Crist était heureuse que nous allions bien, mais elle souffrirait pendant longtemps.

M. Crist, en revanche, semblait davantage déçu qu'accablé de chagrin. Il n'avait plus qu'un fils. C'était sans doute la raison pour laquelle il avait commencé à s'impliquer dans sa vie plutôt que de le mépriser, comme pour reporter en lui les espoirs qu'il avait placés en Trevor.

Heureusement que Michael avait l'habitude de lui tenir tête !

Ma mère et Mme Crist se sont dirigées vers la cuisine, et le père de Michael s'est approché, un verre à la main, un cigare entre les doigts.

— Il faut qu'on se voie aujourd'hui. Nous avons des choses à nous dire.

Il parlait à Michael, mais me regardait. Je savais ce qu'il voulait. Comme je n'allais plus épouser Trevor, ses plans incluaient à présent Michael.

— Des choses à nous dire, a répété Michael en me prenant par la main. Tu veux parler de mon avenir et de l'argent de Rika ? Parce que c'est trop tard. J'ai révoqué le fidéicommis. Tout est à son nom.

— Tu as fait quoi ?

J'ai souri.

— J'aimerais beaucoup discuter avec vous de mon avenir, la prochaine fois que vous serez en ville, ai-je dit à M. Crist pour lui faire savoir que c'était moi qui étais aux commandes des affaires de ma famille, à présent.

Mon père et lui étaient copropriétaires de plusieurs biens immobiliers, mais je n'étais pas un pion qu'on pouvait épouser et contrôler. Au moins, les choses étaient claires.

Michael et moi sommes entrés dans la salle à manger ; Will et Kai étaient déjà arrivés ; ils discutaient, un verre à la main, tandis que leurs parents et quelques autres convives étaient rassemblés en petits groupes dans la pièce.

Les serveurs allaient et venaient, chargés de plateaux d'amuse-bouches, remplissant les verres de champagne.

Kai et Will se sont avancés à notre rencontre.

— Je sais où est Damon, nous a aussitôt annoncé Kai.

— Où ? ai-je demandé.

— A Saint-Pétersbourg.

— En Russie ? s'est étonné Michael. Pourquoi ?

— C'est son agent de probation qui l'a retrouvé. Il avait manqué son dernier rendez-vous avec lui. Ils ont tracé son passeport jusqu'en Russie. C'est logique. La famille de son père est originaire de là-bas. Il est entouré d'amis. Ils ne vont pas se lancer à sa poursuite, bien entendu, mais nous pouvons.

J'ai secoué la tête.

— Laissez-le tranquille.

Michael a tourné la tête vers moi.

— Je refuse d'attendre qu'il se pointe ici, Rika. Il est dangereux.

— Il ne reviendra pas. Il ne voudra pas échouer une troisième fois. Laissez-le tranquille, et passons à autre chose.

Kai et Michael m'ont dévisagée ; j'espérais qu'ils comprenaient ce que je taisais.

Il y avait eu trop de souffrance. Trop d'années, trop de temps gâché. Il fallait reprendre le cours de nos vies.

Damon ne réessaierait pas de me faire du mal. Une autre tentative, après deux échecs, le rendrait pathétique. Il était parti. Point.

Et, comme nous avions trouvé le téléphone de la Nuit du Diable exactement là où je pensais le trouver — dans la cabine de Trevor à bord du *Pithom* — et l'avions détruit, plus rien ne nous retenait. Il était temps de s'amuser un peu.

— Alors on fait quoi, maintenant ? a demandé Will.

Michael a souri avec malice.

— Ce pour quoi on est doués, j'imagine. On fout le bordel !

D'un signe de tête, il a désigné deux serveuses derrière Kai et Will.

Les garçons ont brièvement tourné la tête et leurs regards se sont allumés à la vue des serveuses, vêtues de jupes crayon noires, de chemisiers blancs et de vestes noires. Ils ont essayé de dissimuler leurs sourires en les dévorant des yeux, tandis qu'elles allumaient des bougies et vérifiaient l'arrangement de la table.

— Vous repoussez le dîner pour nous ? a demandé Michael.

— Combien de temps il te faut ? a répondu Kai, une lueur espiègle dans les yeux.

— Une heure.

Kai et Will se sont retournés, de larges sourires aux lèvres, emboîtant le pas aux deux serveuses et disparaissant avec elles dans la cuisine.

J'ai considéré Michael, perplexe.

— Viens. Je veux te montrer quelque chose.

Je suis sortie de la voiture. Les feuilles bruissaient sous mes talons et j'ai resserré sur moi mon manteau ivoire.

Le ciel était clair, pas un nuage à l'horizon. J'ai regardé

autour de moi : des échafaudages, des bâches et des petits bulldozers jaunes occupaient les abords de la vieille église de St Killian.

— Que se passe-t-il ? ai-je demandé.

Ils n'allaient pas la détruire, si ?

— Je la fais restaurer, a répondu Michael en me prenant par la main pour me faire passer la porte.

Je suis entrée, dévorant des yeux le spectacle qui s'offrait à moi. L'équipe avait déjà abattu un travail impressionnant.

Les bancs cassés du balcon avaient été réduits en miettes, et tous les déchets et les débris s'étaient volatilisés. Le chœur et le vieil autel avaient été enlevés, et il y avait désormais une véritable porte à l'entrée des catacombes. Des bâches étaient tendues sur les zones abîmées du toit et des murs, et une nouvelle dalle en ciment avait été coulée, propre et solide.

A droite et à gauche, les échafaudages montaient jusqu'au toit, et un cadre en bois était fixé à mi-hauteur, comme si on ajoutait un étage.

Il n'y avait aucun ouvrier, certainement parce que c'était Thanksgiving.

— Restaurer ? Ça va être quoi ? Une nouvelle église, un site historique… ?

Il a ouvert la bouche, l'a refermée, et a inspiré profondément. Comme s'il appréhendait ma réaction.

— Ça va être… une maison.

— Une maison ? Je ne comprends pas.

— J'aurais dû t'en parler, mais je…

Il a pris le temps de regarder autour de lui.

— … J'avais vraiment envie de ça, et j'espérais que tu voudrais vivre ici.

Je me suis figée.

— Avec moi.

Vivre ici ? Avec lui ?

En fait, j'habitais déjà quasiment dans son appartement,

en ce moment, mais j'avais toujours le mien, et on parlait d'une maison, là. C'était un tout autre niveau.

J'adorais l'idée de transformer ces vieux murs en maison. Si étrange que cela puisse paraître, c'était ici que j'avais certains de mes meilleurs souvenirs avec Michael. J'adorais cet endroit.

Mais… serait-ce seulement chez lui, ou serait-ce chez nous ? Pourrait-il m'envoyer balader quand il voulait ? Ou cette maison représentait-elle davantage ?

— Ça veut dire quoi, exactement ?

Mon cœur battait la chamade.

Les yeux rivés aux miens, il s'est lentement approché de moi, me forçant à reculer. J'ai poussé un cri de stupeur quand mon dos a heurté une colonne de pierre.

Une lueur amusée dans les yeux, il s'est penché pour murmurer :

— Retourne-toi.

J'ai hésité, me demandant ce qu'il mijotait, mais… je ne me défilais jamais face à un défi.

Me retournant lentement, je l'ai laissé prendre mes mains et les clouer contre la colonne devant moi. Puis il m'a saisi la taille et il a plaqué son torse contre mon dos, frottant ses lèvres dans mon cou. Je n'avais plus froid.

— Ça veut dire que je veux continuer de jouer, a-t-il répondu d'une voix grave et fiévreuse. Ça veut dire que, jusqu'à ce que la maison soit finie et que nous soyons prêts à nous installer ici, mon appartement est ton appartement, mon lit est à toi, et mes yeux ne regardent que toi.

Il m'a embrassée dans le cou, ses lèvres chaudes me faisant frissonner tout entière.

— Ça veut dire que je vais faire de mon mieux pour t'emmerder à chaque occasion, parce que tu es furieusement sexy quand tu es en colère.

J'entendais son sourire dans sa voix.

Il a glissé la main à l'intérieur de mes cuisses.

— Et je vais faire de mon mieux pour te rappeler à quel point je suis gentil, pour que tu penses sans cesse à moi, quand nous ne sommes pas ensemble.

J'ai inspiré, ses doigts remontaient sur ma peau, me faisant déjà palpiter.

— Ça veut dire que tu vas passer ton diplôme, mais j'exige, avec tout le respect que je te dois, que, quand tu rentres à la maison, tu t'occupes de moi avant de t'occuper de tes devoirs, a-t-il poursuivi en passant son pouce sur mon clitoris, à travers ma culotte. Et ça veut dire également que tu vas devoir être en permanence sur le qui-vive pour guetter mon prochain tour, parce que je serai sans cesse en train de te pourchasser.

Il a levé son poing fermé, puis a déroulé les doigts, et j'ai aperçu un scintillement sur sa paume. J'ai retenu mon souffle quand il a glissé l'anneau à ma main gauche, me murmurant à l'oreille :

— Et tu vas vouloir connaître chaque seconde de tout ça, parce que je sais ce que tu aimes, Rika, et je ne peux pas vivre sans toi.

Je tremblais, les larmes aux yeux. Il a enroulé ses deux bras autour de moi pour me serrer contre lui de toutes ses forces.

— Je t'aime, a-t-il soufflé dans mon cou.

Oh ! mon Dieu ! J'ai examiné la bague.

Je la connaissais.

C'était un anneau en platine avec un arrangement de diamants qui ressemblait à un flocon de neige. Il y avait une pierre au milieu, entourée d'une dizaine d'autres.

— C'est l'une des bagues que j'ai volées pendant la Nuit du Diable, ai-je dit d'une voix tremblante, avant de lever les yeux vers lui. Je croyais que tu avais tout rendu.

— J'ai tout rendu, a-t-il affirmé en hochant la tête. Sauf celle-ci, je l'ai achetée.

— Pourquoi ?

Pourquoi aurait-il acheté une bague pour quelqu'un qu'il détestait ? Ce devait être après l'apparition des vidéos sur Internet. Ça n'avait aucun sens !

Il a resserré ses bras autour de moi.

— Je ne sais pas. Peut-être que je voulais garder un souvenir de cette nuit-là. Ou alors, j'ai toujours su que ce jour viendrait.

J'ai souri, les larmes roulaient sur mes joues. C'était parfait. La bague, la maison, même la demande en mariage.

Il avait promis de m'emmerder, mais il avait aussi promis d'être bon envers moi et de toujours me pourchasser.

Mais… en serions-nous vraiment capables ? Saurions-nous continuer les jeux ? Maintenir l'excitation ? La passion ?

— Les gens ne vivent pas comme nous, Michael. Ils vont au cinéma. Ils se câlinent au coin du feu…

— Je te baiserai au coin du feu, a-t-il rétorqué avec un sourire narquois, tandis que j'éclatais de rire. On s'en fiche des autres, Rika. Nous ne laissons pas les règles nous retenir. La question de ce que nous pouvons faire ou ne pas faire ne se pose pas. Qui va nous arrêter ?

Je me suis jetée à son cou, transportée de joie, et j'ai renversé la tête en arrière pour contempler le haut plafond.

— Notre maison ! ai-je soufflé, tout excitée. Je n'arrive pas à croire que c'est à nous ! Je t'aime, Michael.

Il a pris mon visage entre ses mains et m'a embrassée, sa chaleur se répandant dans tout mon corps.

— Moi aussi, je t'aime, Rika. Alors c'est oui ?

J'ai hoché la tête.

— Oui.

Puis, soudain, l'inquiétude m'a envahie.

— Les catacombes ! Ils ne les bouchent pas, n'est-ce pas ?

Il a éclaté de rire.

— Non.

Je me suis dirigée vers la porte, et j'ai posé mon manteau sur l'échafaudage.

— Qu'est-ce que tu fais ?

— Tu as oublié de mettre un genou à terre.

Il a pouffé.

— C'est un peu tard pour ça, Rika. J'ai déjà fait ma demande.

— Tu peux toujours te mettre à genoux…

Je lui ai fait signe d'approcher.

— L'entrepreneur a dit qu'il passerait peut-être aujourd'hui pour prendre quelques mesures, m'a-t-il avertie.

Je me suis contentée de sourire et l'ai mis au défi, le regardant par-dessus mon épaule, tout en ouvrant la porte.

— Tu déclares forfait ?

Il a secoué la tête. Evidemment. Il était toujours partant.

Et grâce à lui, moi aussi, j'étais toujours partante…

Il m'avait corrompue.

Epilogue

Michael

Le parfum des lys et l'odeur de la pluie m'ont chatouillé le nez, et j'ai enfoui mon visage dans l'oreiller pour les chasser.

Rika.

Le sommeil pesait encore sur mes paupières. J'ai fait glisser ma main sur les draps pour la chercher à côté de moi.

Personne.

J'ai cligné des yeux. Soudain inquiet, je me suis retourné et dressé sur un coude, tournant la tête pour la chercher.

Je l'ai immédiatement trouvée.

Un sourire aux lèvres, je me suis détendu alors que je la contemplais sous la douche, dans la chambre de mon appartement à Delcour.

Notre appartement.

Un mois après la nuit sur le yacht, j'avais insisté pour qu'elle y emménage véritablement. Elle y dormait déjà toutes les nuits, de toute façon, et, comme Will voulait rester près de nous, nous lui avions donné l'appartement de Rika.

Kai, au contraire, avait choisi de prendre ses distances. Il avait acheté une vieille maison victorienne à l'autre bout de la ville. Je ne savais pas trop pourquoi. Il aurait pu avoir l'appartement qu'il voulait, ici, et je ne comprenais pas la valeur de la monstruosité en brique noire qu'il avait achetée. C'était une ruine.

Enfin, pour une raison qui m'échappait, il voulait être seul.

Rika s'est passé un luffa sur les bras, et je me suis allongé sur le côté pour l'observer.

Elle a dû sentir mon regard, car elle a tourné la tête et m'a souri par-dessus son épaule.

Elle a placé son pied sur le bord de la baignoire et s'est penchée, se passant le luffa sur les jambes, lentement, avec malice, elle savait parfaitement l'effet que ses sourires faussement innocents avaient sur moi.

La douche effet pluie tombait sur son corps, mais ses cheveux, relevés en chignon, n'étaient pas mouillés. Malgré mon érection de plus en plus pressante et le parfum de son gel douche qui emplissait la pièce, je n'ai pas bougé, me contentant de l'admirer.

La récompense pour ma patience viendrait bien assez tôt.

Parfois, j'avais juste besoin de la regarder. De garder les yeux sur elle, parce que j'avais encore du mal à croire qu'elle était réelle. Qu'elle était là, et qu'elle était à moi.

Je m'étais demandé mille fois comment nous nous étions trouvés et comment nous en étions arrivés là. Elle dirait que c'était grâce à la Nuit du Diable.

Sans les événements de cette nuit-là, je ne l'aurais pas mise au défi. Elle n'aurait pas appris à être forte et à se défendre, ni à assumer qui elle était.

Nous n'aurions pas été paume contre paume à essayer de pousser l'autre toujours plus loin, et nous n'aurions pas fait de l'autre ce qu'il était devenu. « Il n'y a pas de hasard », affirmerait-elle.

Elle dirait encore que je l'avais modelée. Que j'avais créé un monstre, et que, quelque part au milieu du sang, des larmes, du combat et de la douleur, nous avions compris que c'était de l'amour. Que toute étincelle crée une flamme.

Mais ce dont elle ne se souvenait pas… c'était que notre histoire avait débuté bien avant cette nuit-là.

Je suis debout à côté de ma Classe G flambant neuve, appuyé contre la carrosserie, les bras croisés. J'ai des choses à faire, je n'ai pas le temps pour ça.

Pour la énième fois, je consulte mon téléphone et le SMS de ma mère.

Coincée en ville, Edward occupé. Tu peux récupérer Rika à l'entraînement de foot stp ? 20 heures.

Je lève les yeux au ciel et je vérifie l'heure sur l'écran. 20 h 14. Mais elle est où, putain ?

Kai, Will et Damon sont déjà à la soirée, et je suis en retard, tout ça pourquoi ? Bah ouais. J'imagine qu'avoir enfin seize ans et mon putain de permis de conduire signifie que je dois servir de chauffeur aux gamines de treize ans, dont la loque de mère ne peut pas bouger son cul d'ivrogne pour la récupérer.

Rika sort enfin du stade. Elle porte encore sa tenue rouge et blanc et ses jambières, et s'arrête net en me voyant.

Ses yeux sont rouges comme si elle avait pleuré, et je sens bien, à sa façon de se raidir, qu'elle est mal à l'aise.

Elle a peur de moi.

Je me retiens de sourire. Ça me plaît assez que ma présence lui fasse toujours de l'effet, même si je ne l'admettrais jamais à voix haute.

— Pourquoi c'est toi qui viens me chercher ? demande-t-elle doucement.

Ses cheveux sont relevés en queue-de-cheval et des frisottis flottent autour de son visage.

— Crois-moi. J'ai d'autres chats à fouetter. Monte !

Je me tourne pour ouvrir ma portière et m'installer.

Je démarre le moteur et passe la vitesse comme si je n'allais pas l'attendre ; elle fait précipitamment le tour de la voiture et ouvre la portière côté passager pour monter.

Elle attache sa ceinture et garde les yeux rivés sur ses genoux, muette.

Elle a l'air contrariée, mais je ne crois pas que ça ait quoi que ce soit à voir avec moi.

— Pourquoi tu pleures ? dis-je sur le ton de l'indifférence.

Son menton tremble, et elle porte une main à son cou pour toucher sa cicatrice, cette cicatrice qui date de l'accident qui a tué son père, il y a à peine deux mois.

— Les filles se sont moquées de ma cicatrice.

Elle se tourne vers moi, l'air peiné.

— Elle est si moche que ça ?

Je la regarde, furax. Je pourrais leur faire fermer leur gueule, à ces nanas.

Mais je refoule mes émotions et hausse les épaules, comme si je me fichais de ce qu'elle ressent.

— Elle est plutôt voyante, dis-je, en quittant le parking.

Elle se remet face à la route, l'air plus triste encore.

Elle est si brisée, putain !

Je veux dire, oui, elle a perdu son père récemment, et sa mère est embourbée dans son propre malheur et son égoïsme ; mais, chaque fois que je la vois, elle me fait penser à une plume qui pourrait s'envoler à la moindre brise.

Ce n'est pas la fin du monde. Pleurer n'arrangera rien.

Elle reste assise en silence, toute minuscule à côté de moi — je fais un mètre quatre-vingts maintenant. Bien qu'elle ne soit pas petite, on dirait presque qu'elle va disparaître.

Je secoue la tête, et regarde de nouveau l'heure sur mon téléphone. Merde, je suis sacrément en retard.

Soudain, j'entends un coup de klaxon, et je lève les yeux ; des feux arrière se rapprochent de nous.

— Merde !

J'écrase la pédale de frein et je braque à mort.

Rika retient son souffle et attrape la poignée de la porte. Une voiture est arrêtée au milieu de la route de campagne et une autre fait une embardée devant moi, avant de s'éloigner à toute vitesse. Je pile dans un crissement de pneus, nos deux corps propulsés contre les ceintures de sécurité.

Une femme s'agenouille sur la route.

— Putain ! Il se passe quoi, là ?

Les feux arrière de l'autre véhicule deviennent de plus en plus petits au loin. Je jette un coup d'œil par-dessus mon épaule : pas d'autre voiture en vue.

Je sors de la Classe G ; Rika fait de même.

Je m'approche de la femme. Elle est penchée sur quelque chose.

— Je n'arrive pas à croire que ce connard s'est tiré ! fulmine-t-elle en se retournant vers moi.

Un chien à moitié mort est allongé sur la route, geignant et peinant à respirer, le souffle erratique. Du sang coule de son ventre ; on aperçoit ses entrailles.

C'est un genre d'épagneul, et mon ventre se soulève quand j'entends sa respiration.

Il suffoque.

Le connard qui est parti à toute allure a dû le percuter.

— La petite ne devrait pas aller s'asseoir dans la voiture ? demande la femme en désignant Rika.

Mais je n'accorde aucun regard à Rika. Pourquoi tout le monde veut-il la couver ? Ma mère, mon père, Trevor... Ça ne fait que l'affaiblir.

Les enfants de la dame sont assis dans la voiture ; ils l'appellent.

Moi, je baisse les yeux vers le chien, qui gémit et remue frénétiquement pour rester en vie.

— Vous pouvez y aller. Je vais voir si je peux trouver un vétérinaire ouvert.

Elle lève les yeux vers moi, mi-incertaine, mi-reconnaissante.

— Vous êtes sûr ? demande-t-elle en jetant un coup d'œil en direction de ses enfants.

Je hoche la tête.

— Ouais, emmenez vos gamins loin d'ici.

Elle se lève, lance un regard attristé au chien, les larmes aux yeux, puis elle tourne les talons et monte en voiture.

— Merci ! lance-t-elle.

J'attends qu'elle parte et je me tourne vers Rika.

— Va t'asseoir dans la voiture.

— J'ai pas envie.

Je lui lance un regard noir.

— Tout de suite !

Elle lève ses yeux remplis de larmes vers moi, impuissante, et finit par courir jusqu'à la Classe G.

Je me mets à genoux et pose la main sur la petite tête du chien. Sa fourrure est douce entre mes doigts, et je le caresse gentiment.

Ses pattes tremblent alors qu'il se bat pour respirer, et les gargouillis de sa gorge me fendent le cœur.

— Tout va bien, dis-je doucement, tandis qu'une larme roule sur ma joue.

Je déteste être impuissant.

Les yeux fermés, je lui caresse la tête, puis fais lentement descendre ma main.

A l'arrière de sa tête, à l'arrière de son cou…

Puis j'enroule les doigts autour de sa gorge et je serre le plus fort possible.

Il tressaute, son corps tremble à peine, alors qu'il rassemble ses dernières forces pour résister.

Mais il ne lui reste presque aucune énergie.

Mon corps est fiévreux, chacun de mes muscles crispé, et je contracte la mâchoire, je dois tenir une seconde de plus.

Juste une seconde de plus.

Je ferme les yeux, les larmes me nouent la gorge.

Le chien convulse, puis… enfin… retombe. Inerte. La vie a quitté son petit corps.

Je pousse un soupir tremblant et retire ma main.

Merde !

Une bile acide me monte à la gorge. Mais je m'efforce de respirer calmement pour repousser la nausée.

Je glisse les mains sous le chien pour le porter jusqu'à la voiture, et je m'arrête net. Rika se tient à moins d'un mètre de moi. Je sais qu'elle a tout vu.

Elle me regarde comme si je l'avais trahie.

Je détourne les yeux et la contourne pour mettre le chien à l'arrière de la voiture.

Qui est-elle pour me juger ? J'ai fait ce que j'avais à faire.

J'attrape une serviette dans mon sac de sport — je suis allé la chercher juste après l'entraînement de basket —, et je pose le chien dessus. Avec une autre serviette, j'essuie le sang sur mes mains avant d'en recouvrir son corps et de refermer le coffre.

Je remonte en voiture, démarre. Rika ouvre la portière côté passager et se laisse tomber sur le siège sans un mot.

Je pars en trombe, les mains agrippées au volant. Son silence est aussi assourdissant que les insultes et les réprimandes de mon père.

J'ai fait ce qu'il fallait. Va te faire voir ! Je me fous de ce que tu penses.

Je respire péniblement, bouillonnant de colère.

— Tu crois que le véto qui a euthanasié ton chat l'année dernière vaut mieux ?

Mon ton est accusateur et je lui jette des regards noirs.

Elle pince les lèvres ; elle est de nouveau au bord des larmes.

— Tu l'as fait avec tes mains, sanglote-t-elle en se tournant

vers moi avant de se mettre à crier : Tu l'as tué toi-même, jamais je n'aurais pu faire ça !

— Et c'est pour ça que tu seras toujours faible. Tu sais pourquoi la plupart des gens sont malheureux dans le monde, Rika ? Parce qu'ils n'ont pas le courage de faire ce petit truc qui changera leur vie. Cet animal souffrait terriblement, et tu souffrais terriblement en le regardant. Dorénavant, il ne souffre plus.

— Je ne suis pas faible, affirme-t-elle, mais son menton tremble encore. Et ce que tu as fait ne m'a pas rendue heureuse. Je ne me sens pas mieux.

Je souris méchamment.

— Tu crois que je suis mauvais ? J'ai baissé dans ton estime ? Eh ben, devine quoi ? Je m'en branle de ce que tu penses ! Tu es un fardeau de treize ans dont ma famille doit s'occuper et qui ne deviendra rien de plus qu'une copie conforme de son ivrogne de mère !

Ses yeux s'inondent, et elle semble sur le point de craquer.

— Sauf que, toi, tu ne trouveras jamais un mari riche avec cette cicatrice !

Elle retient son souffle, sidérée. Son visage se décompose, et son corps est secoué de sanglots. Elle attrape la poignée de la portière et tire frénétiquement.

— Rika ! Merde !

Je roule à quatre-vingt-dix kilomètres heure, putain !

Je tends la main pour lui attraper les poignets et braque à droite pour m'arrêter dans un crissement de pneus.

Elle bataille, déverrouille la portière, et bondit hors du SUV avant de s'enfuir entre les arbres.

Je mets la voiture au point mort et sors d'un bond.

— Remonte en voiture !

Elle se retourne.

— Non !

Je lui cours après.

— Tu crois que tu vas où comme ça ? J'ai des trucs à faire ! Je n'ai pas de temps à perdre !

— Je vais voir mon père, lance-t-elle par-dessus son épaule. Je rentre à pied.

— C'est ça, ouais. Monte et arrête de me faire chier.

— Laisse-moi tranquille !

Je m'arrête, fulminant. Le cimetière est juste de l'autre côté de la colline, mais il fait nuit noire.

Je secoue la tête.

— Très bien ! Va donc rendre visite à ton père !

Tournant les talons, je regagne la voiture au pas de charge et je l'abandonne là.

En allumant le moteur, j'hésite un instant. Il fait vraiment très noir. Et elle est seule.

Et puis merde ! Si elle veut jouer la sale gosse, ce n'est pas ma faute.

J'enclenche une vitesse et je démarre en trombe.

Arrivé devant chez moi, je laisse le moteur tourner le temps d'aller chercher une pelle dans le cabanon.

La fraîcheur du mois d'octobre me glace les oreilles, mais le reste de mon corps est encore en feu à cause de la dispute.

Elle m'a regardé comme mon père m'a toujours regardé. Comme si je faisais tout de travers.

Je refoule mes émotions — la colère et ce besoin que je ne peux expliquer. Quelque chose veut s'autodétruire en moi, veut mettre le bordel, veut faire des choses que d'autres ne font pas.

Je ne souhaite pas faire de mal aux gens, mais plus le temps passe, plus j'ai l'impression que j'essaie de sortir de ma propre tête.

Je veux le chaos.

Et j'en ai marre de me sentir impuissant. J'en ai marre qu'il m'opprime.

J'ai essayé de faire le plus dur aujourd'hui. Ce que personne d'autre ne voulait faire, mais qui devait être fait.

Et elle m'a regardé comme il l'aurait fait. Comme si quelque chose clochait chez moi.

Je remonte l'allée en vitesse et me rends au seul endroit qui me vient à l'esprit.

St Killian.

M'arrêtant devant le vieux bâtiment délabré, je laisse les phares allumés et fais le tour pour creuser le trou. Le chien n'a pas de collier, et il ne peut pas rester suffisamment longtemps à l'air libre pour que je retrouve son maître. Il faut que je l'enterre.

Et c'est le seul endroit que j'apprécie ; c'est logique, une évidence, de faire ça ici.

Après avoir creusé un trou d'environ soixante centimètres de profondeur, je retourne chercher le chien à la voiture. Sur le siège avant, mon téléphone vibre : j'ai des messages.

Les mecs doivent se demander où je suis.

J'étais censé repasser à la maison pour prendre notre stock de papier toilette, de bombes de peinture et de clous : c'est la Nuit du Diable. Toujours ces mêmes trucs ennuyeux qu'on fait, avant de se bourrer la gueule à l'entrepôt.

Je prends délicatement le chien dans mes bras, toujours enveloppé dans les serviettes, et le porte jusqu'au trou où je me mets à genoux pour le placer délicatement dans la terre.

Le sang a traversé la serviette, et ma main est tachée de rouge. Je l'essuie sur mon jean puis reprends la pelle pour combler le trou.

Quand j'ai fini, je reste là, appuyé sur la longue poignée de la pelle, à contempler le tas de terre fraîche.

Tu es faible.

Tu n'es rien.

Arrête de me faire chier.

Je me suis comporté avec elle exactement comme mon père avec moi. Comment ai-je pu faire une chose pareille ?

Elle n'est pas faible. C'est une gamine.

Je suis en colère contre mon père, et je suis en colère à cause du pouvoir qu'elle a sur moi. Depuis que nous sommes tout petits.

Et, surtout, je suis en colère d'avoir grandi avec cette rage en moi. Peu de choses me mettent de bonne humeur.

Malgré tout, je n'aurais pas dû la blesser. Comment ai-je pu lui dire ces choses ? Je ne suis pas lui.

Je pousse un soupir, et de la vapeur s'échappe de ma bouche. Je me les gèle, dehors, le froid me glace les os, me rappelle que je l'ai laissée. Seule. Dans le noir. Dans le froid.

Je retourne en vitesse jusqu'à la voiture et jette la pelle à l'arrière avant d'attraper mon téléphone pour regarder l'heure.

Une heure.

Ça fait une heure que je l'ai abandonnée.

Je m'installe au volant et j'enclenche la marche arrière pour faire demi-tour. Passant la première, je sors de la clairière et remonte le vieux chemin de terre, tandis que l'église disparaît dans l'obscurité dans mon rétroviseur.

Je roule à tombeau ouvert sur la route, m'engage dans Grove Park Lane et roule jusqu'au bout, où se trouve le cimetière St Peter.

Rika s'était enfoncée dans les bois pour arriver par l'arrière, je me contente d'entrer en voiture. Je sais exactement où je vais.

La tombe de son père se trouve non loin du caveau de ma famille. Il aurait pu s'offrir quelque chose de tout aussi grandiose, mais Schrader Fane n'était pas un connard prétentieux comme les hommes de ma famille. Une simple tombe suffisait et c'était tout ce qu'il demandait dans son testament.

Je remonte l'étroite allée obscure, bordée d'arbres et d'un océan de pierres grises, noires et blanches.

Au sommet de la petite colline, je me gare et j'éteins le moteur, repérant déjà ce qui semble être une paire de jambes étendues sur l'herbe, un peu plus loin.

Merde.

Je me faufile entre les pierres tombales au pas de course et trouve Rika roulée en boule sur la tombe de son père, les mains serrées contre sa poitrine.

Je m'arrête et la regarde dormir, revoyant un instant ce bébé d'il y a si longtemps.

Je pose un genou à terre, glisse les mains sous son corps et la soulève. Elle est si petite, si légère.

Elle gigote entre mes bras.

— Michael ?

— Chut, dis-je pour l'apaiser. Je te tiens.

— Je ne veux pas rentrer à la maison, proteste-t-elle en s'accrochant à mon épaule d'une main, les yeux toujours fermés.

— Moi non plus.

Je repère un banc en pierre un peu plus haut sur la colline et la porte jusque-là, rongé par la culpabilité quand je sens à quel point sa peau est froide.

Je n'aurais pas dû l'abandonner.

Je m'assois sur le banc et je la garde sur mes genoux. Elle pose la tête contre mon torse et je la tiens contre moi, essayant de la réchauffer, faisant ce que je peux pour la réconforter.

— Je n'aurais pas dû te dire ces choses, Rika. Ta cicatrice n'est pas moche.

Elle glisse les bras autour de ma taille et me serre en frissonnant.

— Tu ne t'excuses jamais. Auprès de personne.

— Je ne suis pas en train de m'excuser, dis-je en plaisantant à moitié.

C'est exactement ce que je suis en train de faire, en réalité. Ça me fait bizarre — il m'est toujours difficile d'admettre que j'ai mal agi. Probablement parce que mon père ne manque jamais de me le faire remarquer.

Mais elle a raison. Je ne m'excuse jamais, d'habitude. Les gens supportent les crasses que je leur fais, mais pas elle. Elle m'a fui. Dans le noir. Jusque dans un cimetière.

— Tu as beaucoup de cran, lui dis-je. Pas moi. Je ne suis qu'un lâche qui s'en prend aux gosses.

— Ce n'est pas vrai, répond-elle, et je sens qu'elle sourit.

Mais elle ne voit pas ce que je vois. Elle n'est pas dans ma tête. Je suis un lâche, je suis méchant, et si furieux tout le temps !

Je resserre mon étreinte, m'efforçant de la garder au chaud.

— *Tu peux me dire un truc, gamine ? dis-je, la gorge nouée. J'ai toujours peur. Je fais ce qu'il me dit de faire. Je me lève et je parle, ou je me tais, et je ne lui dis jamais non. Je ne me défends jamais.*

C'est moi, le faible. Je me déteste. Tout me rentre dans le crâne, et je n'ai aucun contrôle.

— *Les gens ne me voient pas, Rika. Je n'existe que comme un reflet de lui.*

Elle lève légèrement la tête, les yeux toujours fermés.

— *Ce n'est pas vrai, marmonne-t-elle, à moitié endormie. Tu es toujours la première personne que je remarque dans une pièce.*

Je fronce tristement les sourcils, et je tourne la tête, de peur qu'elle n'entende ma respiration rapide.

— *Tu te rappelles quand ta mère vous a obligés, tes amis et toi, à nous emmener en rando avec vous, Trevor et moi ? Tu nous as tout laissés faire. Nous approcher du bord de la falaise. Escalader des rochers. Trevor jurer…*

Ses doigts s'enroulent dans mon dos, agrippent mon T-shirt.

— *Mais tu ne nous as pas laissés aller trop loin. Parce qu'on avait besoin de garder de l'énergie pour le retour. Tu es comme ça, toi.*

— *Qu'est-ce que tu veux dire ?*

Elle inspire profondément, puis expire.

— *Eh bien, c'est comme si tu gardais ton énergie pour quelque chose. Tu te retiens, dit-elle en se lovant contre moi, se mettant à son aise. Mais à quoi bon ? La vie est à sens unique, il n'y a pas de chemin retour. Qu'est-ce que tu attends ?*

La poitrine tremblante, je baisse les yeux vers elle, ses mots me percutent comme un camion.

Qu'est-ce que j'attends ?

Les règles, les contraintes, les attentes et ce qu'on considère comme acceptable… tout ce qui me retient a été créé par les autres. Ce sont les contraintes des autres. Les règles et les attentes des autres.

Une illusion. Puisqu'elles n'existent que si je les laisse exister.

Rika a raison.

Que va me faire mon père, et est-ce important ?

Je veux ça.

Tu ne peux pas l'avoir.

Et que se passe-t-il, si je le prends quand même ?

Je veux faire ça.

Tu ne peux pas.

Qui va m'arrêter ?

Bon sang, elle a raison ! Qu'est-ce que j'attends, putain ? Que peut-il faire ?

Je veux un peu de bordel, un peu d'ennuis, un peu m'amuser, avoir l'occasion d'aller où mon cœur me mène… Qui va m'arrêter ?

Chaque muscle de mon corps se détend petit à petit ; les nœuds dans mon estomac commencent à se délier. Ma peau vibre, je sens mes entrailles bondir, et je fais mon possible pour retenir mon sourire.

J'inspire profondément, emplissant mes poumons de l'air frais qui est comme de l'eau dans le désert.

Oui…

Rika fermement pressée contre moi, je me lève pour la porter jusqu'à la voiture.

Je ne prends pas la peine de la ramener chez elle. Je ne veux pas qu'elle soit seule.

Je la porte à la maison. Il est presque 22 heures et l'entrée est plongée dans le noir. Mon père passe certainement la nuit en ville, et ma mère est probablement en train de se coucher.

A l'étage, Rika endormie dans mes bras, je croise ma mère dans le couloir.

— Elle va bien ?

Elle se précipite vers nous, déjà en chemise de nuit, un livre à la main.

— Ça va, dis-je en entrant dans ma chambre.

Arrivé près de mon lit, j'allonge Rika sur la couette et je tire la couverture pliée sur elle.

— Pourquoi tu ne l'installes pas dans une chambre d'amis ?

Je secoue la tête.

— J'irai moi. Laisse-lui ma chambre. Elle a besoin de se sentir en sécurité. D'ailleurs, elle devrait avoir sa propre chambre, ici.

Elle reste souvent dormir chez nous depuis la mort de son père et, vu le comportement de sa mère, je ne pense pas que ça changera de sitôt.

Il faut qu'elle ait un endroit où elle se sente dans son petit cocon.

Ma mère hoche la tête.

— C'est une bonne idée.

Je la dépasse et j'attrape un jean et un T-shirt propres dans mon placard.

— La pauvre, dit ma mère en lui caressant les cheveux. Si fragile !

— Non, elle n'est pas fragile. Ne la couve pas.

Je récupère mon sweat à capuche noir sur le fauteuil près de la porte et me rends dans la salle de bains pour me changer, puisque j'ai du sang de chien plein le jean.

Une fois changé, j'appelle Kai. Quand il prend l'appel, j'entends de la musique et des voix en fond sonore.

— Tu as toujours les masques dont on s'est servis pour le paintball, le week-end dernier ? je demande, en fourrant mon portefeuille dans mon jean propre.

— Ouais, ils sont dans le coffre de ma voiture.

— Bien. Rassemble les mecs, et retrouvez-moi au Sticks.

— On va faire quoi ?

— Ce qu'on veut.

Puis je raccroche, je retourne dans ma chambre, et je regarde une dernière fois Rika, endormie dans mon lit.

Je souris. J'ai hâte d'être à ce soir.

Elle m'a corrompu.

Merci pour votre lecture, et merci pour vos critiques.

Votre soutien et vos retours sont les plus beaux cadeaux que vous puissiez faire à un auteur.

Playlist ♫

Bodies, de Drowning Pool
Breath of Life, de Florence & The Machine
Bullet with a Name, de Nonpoint
Corrupt, de Depeche Mode
Deathbeds, de Bring Me The Horizon
The Devil in I, de Slipknot
Devil's Night, de Motionless In White
Dirty Diana, de Shaman's Harvest
Feed the Fire, de Combichrist
Fire Breather, de Laurel
Getting Away with Murder, de Papa Roach
Goodbye Agony, de Black Veil Brides
Inside Yourself, de Godsmack
Jekyll and Hyde, de Five Finger Death Punch
Let the Sparks Fly, de Thousand Foot Krutch
Love the Way You Hate Me, de Like A Storm
Monster, de Skillet
Pray to God (feat HAIM), de Calvin Harris
Silence, de Delirium
The Vengeful One, de Disturbed
You're Going Down, de Sick Puppies
37 Stitches, de Drowning Pool

Remerciements

Tout d'abord, à mes lecteurs — vous avez été si nombreux à être présents, à partager votre enthousiasme et à me montrer votre soutien, jour après jour, je vous suis tellement reconnaissante pour votre confiance perpétuelle. Merci. Je sais que mes aventures ne sont pas toujours faciles, mais je les adore, et je suis ravie que tant d'autres personnes les apprécient aussi.

A ma famille — mon mari et ma fille ont supporté mes horaires dingues, mes papiers de bonbons, et mes rêvasseries chaque fois que je pense à une conversation, un rebondissement ou une scène qui me vient soudain à l'esprit pendant le dîner. Vous supportez tous les deux beaucoup de choses, alors merci de m'aimer quand même.

A Jane Dystel, mon agent chez Dystel et Goderich Literary Management — il est absolument hors de question que je t'abandonne, tu es coincée avec moi.

A « House of PenDragon » — vous êtes mon paradis. Enfin, vous et Pinterest. Merci d'être le système de soutien qu'il me faut et de toujours rester positifs.

A Vibeke Courtney — ma relectrice indépendante qui passe tout ce que je fais au peigne fin. Merci de m'apprendre à écrire et de tout mettre à plat.

A Ing Cruz du blog littéraire *As the Pages Turn* — tu me soutiens par bonté de cœur, et jamais je ne pourrai te rendre la pareille. Merci pour les annonces chocs, les tours des blogs, et d'être à mes côtés depuis le début.

A Milasy Mugnolo — qui lit, et me donne toujours son vote de confiance, dont j'ai besoin, qui s'assure que j'aie toujours quelqu'un à qui parler en dédicace.

A Lisa Pantano Kane — tu me mets au défi avec tes questions difficiles.

A Lee Tenaglia — qui fait du grand art pour les livres et dont les tableaux Pinterest sont ma drogue ! Merci. Vraiment, il faut que tu te lances. Il faut qu'on en parle.

A tous les blogueurs — il y en a trop pour tous les nommer, mais je sais qui vous êtes. Je vois vos publications et les mentions, et tout le travail que vous abattez. Vous passez votre temps libre à lire, à analyser, à promouvoir, et vous le faites gratuitement. Vous êtes l'âme du monde littéraire, et qui sait ce que nous ferions sans vous. Merci pour vos efforts acharnés. Vous le faites par passion, ce qui rend la chose encore plus incroyable.

A Samantha Young, qui m'a surprise avec un tweet sur *Falling Away*, alors que je ne savais pas qu'elle savait qui j'étais.

A Jay Crownover, qui est venue me voir à une dédicace, s'est présentée et a dit qu'elle adorait mes livres (je me suis contentée de la regarder bêtement).

A Abbi Glines, qui a donné à ses lecteurs une liste de livres qu'elle avait lus et aimés, et l'un d'eux était de moi.

A Tabatha Vargo et Komal Peterson, qui ont été les premiers auteurs à me contacter après ma première publication pour me dire combien ils avaient aimé *Bully*.

A Tijan, Vi Keeland et Helena Hunting, merci d'être là quand j'ai besoin de vous.

A Eden Butler et N. Michaels qui sont toujours prêts à lire mes livres et à me donner leurs impressions.

A Natasha Preston qui me soutient.

A Amy Harmon pour son encouragement et son soutien.

Et à B.B. Reid de me lire, de partager le petit coin avec moi, et de m'avoir donné un cours sur « Calibre » à minuit et demi.